흔들어 줄까

이래서 장편소설

동아

흔들어 줄까

초판 1쇄 인쇄일 | 2021년 4월 23일
초판 1쇄 발행일 | 2021년 5월 03일

지은이 | 이래서
펴낸이 | 박성면
펴낸곳 | (주)동아

출판등록 | 제406-3960100251002007000071호
주소 | 경기도 파주시 문발로 115, 세종대학교출판부 206호
전화 | (031)8071-5201
팩스 | (031)8071-5204
E-mail | bear6370@hanmail.net

정가 | 11,800원

ISBN 979-11-6302-483-5 (03810)

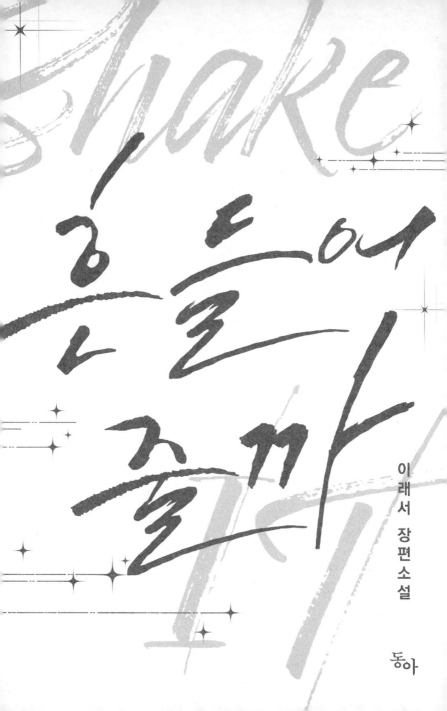

흔들어 줄까

이래서 장편소설

동아

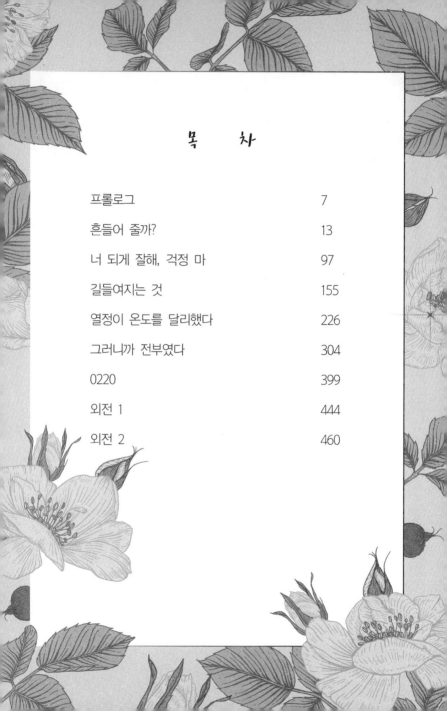

목   차

프롤로그

지현은 최선을 다해 '안녕하게' 잘 살아왔다. 그저 안녕히 무탈하고 편안하기 위해 너무 악착같이 살지도, 그렇다고 너무 엉망으로 살지도 않았다. 공부도 할 수 있는 만큼만, 욕심도 가능한 만큼만, 꿈도 너무 허황되지 않은 만큼만. 먹고 자고 하고 싶은 것들의 균형을 잘 잡아 가며, 그저 안녕히.

그것은 누군가의 환심을 사거나, 걱정과 우려를 사지 않는 가장 안전한 방법이었기 때문이었다. 혼자서도 '아주, 안녕히' 잘 살고 있다는 것을 매 순간 자랑스럽게 여겼고, 다른 어떤 것보다 보람을 느꼈다.

이런 일종의 강박은 그녀의 성장 환경과 무관하지 않다. 지현은 그녀가 다섯 살 무렵 세상 쿨하고, 원만하게 이혼에 합의한 부모를 가졌다. 그 후, 곧바로 재혼한 아빠와, 무려 네 번째 결혼 생활 중인 엄마가 만들어 준 수많은 인연과 새로운 환경들에 쉼 없이 적응해야만 했다.

이렇듯 남다른 성장 환경에서 받은 상처에서 그녀가 앞으로 살아야 하는 삶의 원칙들을 설정하게 하는 맹렬한 의지로 발전하기에 이른다. 너무 많은 기대와 예쁨을 받는 것도, 그리고 걱정과 근심을 사는 것도 늘 끔찍한 결과를 낳기만 했었기 때문이다.

가령, 공부를 빼어나게 잘한다는 소식을 듣자마자 강제로 키워 주신 외할머니와 떨어져 친가에서 살아야 했고, 체육대회 때 발목을 다치자 어른들이 한데 모여 서로를 탓하는 끔찍했던 순간 같은 경우가 그러했다.

그렇게 끔찍했던 어느 날 문득, 혼자서 안녕히 잘 사는 것으로 지현은 그 모든 심란한 시선들에서 놓여 날 수 있음을 깨달았다. 남들에게 시선을 사지 않는 가장 안전한 일상을 영위하는 것.

원칙은 간단했다. 특별하지 않은 보통의 삶을 살면 된다. 별나지 않게, 그저 조용히. 일어나는 모든 상황에 침묵하고, 눈은 맞추지 않으며, 반응도 하지 않게 되었다.

다년간의 강제 침묵과 무반응이 그녀를 다소 시니컬하고 염세적으로 만든 경향이 없지는 않다. 그래서 가끔 지독한 말들을 쏟아 내긴 하지만, 그도 범람하는 감정들에 비하면 몹시 말이 적은 편인 걸. 그런 의미에서 지현은 작금의 사태가 몹시 실망스럽지 않을 수 없었다.

회식 다음 날, 전날의 지워진 기억을 가지고 눈을 뜬 곳이 하필 낯선 호텔 방이라니. 아무리 정신 줄을 놓았기로, 이렇게까지 끔찍할 수 있단 말인가. 게다가 진부하다. 진부하기 짝이 없다. - '보통의 삶'에서는 참신해서도 안 되지만, 반대로 진부해서도 절대 안 된다. 행동거지가 낡고 고루한 것은 대체로 혀 찰 일이기 마련이니까.

지현은 몸서리치는 것도 잊고, 덮고 있던 이불을 다급히 걷었다. 실오라기 하나 입고 있지 않은 제 몸을 보며 유체 이탈이라도 한 듯이, 남의 몸 보듯 혀를 끌끌 찼다. 감각 능력을 최대치로 끌어올려 제 몸을 살핀 결과, 그녀가 어젯밤 질펀한 섹스를 치렀음을 어렵지 않게 깨달을 수 있었다.

섹스.

무려 섹스를 했다. 이 또한 진부하기 짝이 없는 흐름이 아닐 수 없다. 술에 취해 낯선 이와 호텔에서 할 수 있는 수만 가지의 행위 중, 가장 뻔한 섹스를 선택했다니. 몹시 실망이야, 부지현.

100분 토론이나, 할리 갈리. 그것도 아니면, 참신하게 홈 트레이닝 영상을 틀어 놓고 땀을 흘려도 되는 거잖아. 그 수십 가지 버라이어티 한 경우 중에 겨우 섹스라니. 지구별 사람들 다 하고 사는 한낱 섹스라니. 이 얼마나 사람 덜떨어져 보이는 사건이란 말인가!

그녀는 제가 한 짓에 몸서리치는 것을 재차 미루고 전날의 기억을 다급히 더듬었다. 기억해 내자, 부지현! 지금 이 장면이 어떤 인과 관계의 결과물인지 생각해 내라고. 아직 덜 깬 뇌세포의 멱살을 탈탈 흔들어서라도 기억해 내.

아, 새카맣다. 혈기왕성 대신 취기 왕성 했던 대학 새내기 그 방종한 시절 이후로 단 한 번도 필름 끊겨 본 적 없는데. 실로 오랜만에 겪은 블랙아웃에 눈앞이 캄캄해지는 듯했다. 이렇게 완벽히 지워지다니. 하룻밤이라는 긴 시간이 통째로 말이다. 사람이 이럴 수도 있나, 약을 탄 술을 마셨다든가 하는 못된 짓을 당한 건 아닐까!

그러나 곧 그 못된 짓을 한 것이 다름 아닌 자신임을 떠올리고 머리카락을 쥐어뜯을 수밖에 없었다. 감기 기운을 초장에 잡길 강권하는 직장 동료 민환 때문에 두 시간 단위로 두 차례나 종합 감기약을 삼킨 것은 분명 저 자신이었기 때문이었다.

독한 약을 먹고 만취해 버린 주제에 기억이 남아 있길 바라다니. 우매하다, 우매해.

지현은 상체를 일으키던 기세 그대로 머리통을 매트리스에 푹 박아 버렸다. 접시 물에도 코 박고 죽을 수 있듯이, 이대로 얼굴을 묻은 채로 유명을 달리할 수 있지 않을까. 솟구치는 들숨의 욕구를 모른 척 억누르고, 폭신한 이불에 소리 없는 악을 써 남은 숨까지 뱉어 냈다. 죽자. 죽어 버리자.

숨이 꼴딱꼴딱 넘어가기 전, 지현은 벌떡 상체를 세웠다. 이 진부하고, 식상한 아침 장면에 뭔가 어색한 것이 하나 있지 않은가. 섹스의 기운이 완연한 이 침대 위에 딱 하나 빠진 것이 있다.

그렇다, 남자! 귀신이랑 일을 친 게 아니라면 응당 옆자리에 누워 있어야 하거늘!

"……나, 누구랑 잤니."

누구냐, 너!

지현은 그러나 드넓은 호텔 방 어디에서도 느껴지지 않는 인기척에 절망해야 했다. 섹스 한 남자의 얼굴도 기억할 수 없다니. 오늘 아침 일어난 일 중 그나마 가장 덜 진부한 부분에 일종의 위안을 느낄 새도 없이 지현은 다시 머리통을 매트리스에 박고 자진 원산폭격을 수행했다.

"죽어, 죽어!"

아아악! 메마른 입 안에 담요를 욱여넣던 지현은 다시 고개를 벌떡 들어 올렸다.

"아니지? 서, 설마 아니지? 아닐 거야, 그치?"

스멀스멀 난삽한 몇몇 장면이 이마를 때리는 가운데, 전혀 얼굴이 떠오르지 않는 그 남자의 목소리가 꿈결처럼 머릿속에 스쳐 지나갔다.

'……부, 회사에서 봐.'

벗은 어깨에 입을 맞추던 남자. 푹 잠긴 잠 속에서 웅얼웅얼 지현이 대답했었다.

'으응…….'

아아! 다시 한번 안면을 후려치는 이 진부한 전개를 보라. 차라리 낯모르는 뭇 남성과의 원 나잇이기를 빌었던 찰나의 기원은 무참히 구겨지고 말았다.

그러니까, 부지현? 너는 매일같이 얼굴을 마주하는 낯익은 직장 동료 누군가와 사고를 쳤구나. 도대체 얼마나 취하면 인지와 사고 능력을 내버리고 일을 칠 수 있는 걸까. 차라리 꿈이기를 바라마지 않으며 지현은 굳어서 삐거덕 소리가 나는 사지를 움직여 운동장만 한 침대를 빠져나왔다.

뒹구는 가방 속에서 자신의 신용카드와 정직하고 분명하게 제 사인이 박힌 호텔 영수증도 발견했다. 이쯤 되면 납치나 범죄일 가능성을 각오해야 할 수도 있다. 그러니까 죄 없는 남자를 질질 끌어 호텔방에 가둔 부지현의 범죄 가능성을 말이다.

높은 건물을 찾아가거나, 한강 물이 아직 얼지 않았기를 바라마지 않으며, 의식의 흐름대로 유서에 남길 혼신의 '띵언'을 고민하기 시작했다.

죽음 또한 무사히 안녕하고 싶었던 그녀의 인생은 이렇듯 서른을 몇 달 앞두고 벌써 글러 먹었다.

흔들어 줄까?

미친년, 미친년.

지현은 자신을 중벌로 처단할 새도 없이, 오늘 아침 맞이한 그 어떤 사안보다 중차대한 일정을 수행하기로 한다. 출근 시간이 임박했다. 호텔 방을 나서서 회사로 전력 질주 하는 동안에도 지현은 틈틈이 자신에게 연신 욕을 해 댔다.

지각을 몇 분 앞둔 시각, 간신히 로비를 가로지르고 엘리베이터에 올라탄 그때, 이제 막 혼수상태에서 겨우 벗어난 핸드폰이 울리고, 반대로 여전히 혼수상태 중인 그녀의 바람과 똑같은 톡 메시지 알림이 팝업 됐다.

[부지현, 미쳤지? 죽고 싶지?]

마치 그녀의 간절한 바람을 정확히 알고 있다는 듯이, 이만 이 세상 하직을 종용하는 동거인의 메시지에 지현은 엘리베이터 벽에 이마를 꽁꽁 짓찧었다. 동거인이자 외삼촌인 서원은 아마 지금쯤 요망한 조카의 행실에 이를 갈고 있지 않을까. 별수 없이 서원에게 이 끔찍한 사태의 전말을 보고해야 하는 의무가 있건만, 그녀는 여태 줄거리 요약이 가능할 만큼의 기억이 부활하지 못한 것이다.

서원의 메시지 덕분에 모른 척하고 있던 숙취까지 스멀스멀 단전에서부터 피어오르기 시작했다. 이토록 끔찍하게 시작된 하루는 대체로 끔찍하게 마무리되곤 하는 당연한 전개를 경건하게 받아들여야 할 때였다.

누가 머리 좀 세게 가격해 줬으면 소원이 없겠다. 그럼 집 나간 기억이 돌아오거나, 혹은 천운으로 정신을 잃은 채 오늘 아침의 기억까지 삭제된 새로운 날을 맞이할 수 있지 않을까.

톡 메시지 읽음 표시 이후 폭격에 가까운 잔소리 중인 외삼촌 서원의 대화창을 내리고 최근 통화 리스트를 열었다. 맙소사, 뭐가 이렇게 많아. 대부분이 서원의 전화였다. 그녀의 귀가가 자정을 넘기는 시점부터 망나니처럼 칼춤을 추는 편인 서원은 아마 밤새 안광을 뿜으며 지현을 기다렸을 것이었다.

그리고 다음 리스트는 누굴까. 층마다 사람들이 내리는 승강기에 남아 빨갛게 핏줄 터진 눈으로 지난밤 통화 상대들을 노려보고 있을 때였다.

"부, 좋은 아침."

세상 좋지 않은 목소리로 귀 가까이 얼굴을 들이대고 인사하는 통화 상대 1번, 예민환이 사람들 틈을 비집고 그녀에게 다가왔다. 책상까지 맞대고 일하는 동갑내기 동료. 하루 중 가장 많은 시간을 보내며 많은 대화를 주고받아야 하는 관계지만, 매사 빼질거리고 예민하게 구는 민환과는 통하는 구석이 1도 없어서 그야말로 애증의 업무 파트너다.

"감기는 좀 어때. 에에이! 왜 마스크 안 했어? 내가 어제 줬잖아."

지현은 민환이 까칠하게 백팩에서 마스크를 꺼내는 것을 보다가 조심히 물었다.

"저기…… 내가 어제 예, 너한테 전화했어?"

"밤에? 어, 했잖아."

마스크를 그녀에게 주려다가 마음을 바꿔 제 얼굴에 쓴 민환은 가방을 연 김에 휴대용 손 세정제도 꺼내 손을 질척질척 씻기 시작했다. 그리고 늘 그렇듯 허락 따위 구하지 않고 지현의 손등에도 세정제 젤을 짰다. 세정제가 엎어진 제 손을 남의 손 보듯 멍한 지현에게 혀를 찬 민환은 그녀의 손을 주물주물 반죽하듯 뭉개며 세정을 대신 했다. 지현이 물었다.

"……왜."

"뭐가."

"내가 왜 너한테 전화했어?"

"나는 모르지."

"왜 몰라."

"그야 네가 전화를 해 놓고…… 으응?"

민환은 그제야 지현을 자세히 들여다보았다. 세정제 도포를 마친 손을 툭 놓았다. 그리고 핏발 선 두 눈에서부터 그녀의 상의와 하의를 모두 살핀 후, 뒤로 멀찍이 물러나는 것이었다.

"부지현, 어제 필름 끊긴 거야? 그럼 이 알코올 향이 세정제 냄새가 아니라 술에 찌든 냄새란 말야? 아직도 취해 있는 거지? 그치?"

종종 그가 그러하듯, 그녀를 사람 아닌 세균 덩어리로 고쳐 보는 시선에서 지현은 어쩐지 일종의 안심을 느꼈다. 전날과 비슷한 옷만 입어도 같은 옷을 스무 날 째 안 빨아 입은 취급하며 질색하는 민환을 잘 안다.

그래, 저치가 나와 기꺼이 맨살을 맞대고 사고를 쳤을 리가 없잖아?

술 취한 여자와 하룻밤을 보낼 용기가 민환에게는 없다. 여자가 아무리 알코올에 통째로 빠졌다가 나오는 길이라고 해도, 그는 그럴 리 없다. 알코올에 푹 젖은 여자에게 한차례 불을 붙여 소독과 박멸의 과정을 거친 다음이라면 몰라도 말이다.

그래. 이로써 지난밤 11시 21분, 1번 통화자 예민환은 섹스남 유력 용의 선상에서 제외해도 무방하다.

* * *

"예민환, 부지현."

두 사람은 사이좋게 딱 2분 지각을 한 혐의로 사무실에 들어서자마자 호명을 당했다. 행여 제 옷자락에 그녀의 옷자락이 닿을까 선봉을 양보한 민환에게, 지현은 썩은 미소를 보낸 후 앞장섰다. 항상 당하는 일이지만, 매번 새로이 기분 상할 수 있다니.

"부지현 때문에 늦었는데요."

길은 양보해도 진술을 새치기당할 것까지는 그녀도 예상하지 못했다. 분하다.

"부지현이 엘리베이터에서 매우 바삐 출근하는 절 질기게 붙들고 늘어지는 바람에 수십 초나 지체했습니다. 얘만 아니었으면 제시간에 도착했을 거예요."

보통은 묻는 말에도 대답을 떼어 먹는 편인 민환, 말을 아꼈다가 이런 순간에 투 머치 하게 쏟아 내는 경향이 있다. 그러니까 대체로 시답잖은 편인 것이다.

"야, 내가 언제……."

황당함에 온 얼굴의 구멍이 다 열린 지현과는 달리, 쥐어박을 준비를 하며 손가락 관절을 뚝뚝 부러뜨리던 정은희 대표이사는 그리 놀라워하지도 않았다.

"입력된 속도로 상승과 하강을 하는 승강기를 부지현이 어떻게 붙들고 늘어져야 시간을 지체할 수 있는지는 굳이 묻지 않겠다."

이미 상습 지각으로 한 사람이 지어낼 수 있는 최대치의 창작 핑계들을 들어 왔던 바, 오늘 예민환의 부지현 팔아넘기기 정도로는 눈썹 하나 까딱이지 않게 되는 것이리라. 이를 두고 노련미라고 부르는 것일까. 아니면 내성이라고 해야 하나.

"진짜예요. 부지현 어제 필름 끊겼대요. 어제 어떻게 된 건지를 전혀 기억하지 못하더라고요. 옷도 봐요, 어제 그대로잖아요. 흭, 이 블라우스 주름 좀 봐! 소오름!"

낮은 파티션 하나 없는 드넓은 사무실 저 끝까지 쩌렁쩌렁 지현의 주취 중 외박 소식이 널리 퍼져 나가기 시작했다. 초연했던 정 이사도 이번엔 놀라는 눈을 했다.

"부지현, 괜찮니?"

세 살 일란성 쌍둥이 아들들의 모친이기도 한, 그래서 회식은 나라님 주최라 해도 칼같이 1차만 참석하고 퇴근을 감행해야 하는 정 이사는 어제, 종국에는 굴러다닐 주정뱅이들을 지현에게 부탁했더랬다. 제 발로 걸을 수 없는 이들을 하나씩 택시에 태워 귀가시키는 일은, 대개 술에 취하는 법 없이 적당히 주량을 지키는 지현의 몫이었다.

"네, 괜찮습니다."

그녀는 정 이사와 눈을 똑바로 맞추며 또박또박 대답했다.

"안 괜찮아요, 얘. 취해서 밤에 누구랑 통화했는지도 모르고 있더라니까요? 어제 기억이 통으로 날아간 모양이에요. 떡실신, 떡실신."

다물어라, 지현은 눈으로 말했고.

"닥치고 회의 준비 해. 오늘 네가 회의실 세팅 차례지?"

정 이사는 소리 내어 민환의 입을 친히 틀어막았다. 민환은 아무래도 좋다는 듯이 제꺽 뒤돌아 사라졌다. 그저 오늘도 안전하게 지각 사태를 넘겼다는, 나름 만족스러운 결과를 뿌듯해하는 얼굴이었다.

"진짜 괜찮은 거야? 길바닥에서 잔 건 아니지?"

정 이사는 목소리를 낮추고 재차 지현을 걱정했다.

"네."

"그래. 얼어 죽지 않았으니 출근했겠지."

"길에서 안 잤다고요……."

듣지 않기로 했나 보다. 정 이사는 누가 안 집어 간 게 다행이네, 끝내 혀를 찼다. 지현은 아니라고요, 힘없이 대꾸하며 닥치듯 생각했다. 누가 날 집어 간 경우 말고, 내가 누굴 집어 가 해를 가한 경우도 대비해야 하는 건 아닐까.

"누가 홀랑 집어 갔으면 어째, 그걸. 우리 회사 일은 누가 다 하냐고. 오늘 당장 부지현이 해야 할 일이 얼마나 많은데. 그치? 아마 10분 뒤 시작할 남 피디 주재 회의에서 배럴 광고 기획 아이디어 보고 하기로 했는데, 그치? 너 그거 되게 열심히 준비했잖아, 그치?"

지현은 마지막 '그치?'의 물음표가 찍히기도 전에 몸을 돌려 파워 워킹을 시작했다.

"회의 준비 합니다!"

잊고 있었다, 섹스남 유력 용의자 색출보다 더 급한 게 있다는 것을. 아무리 쇼킹한 사건이 발발했다고 해도, 대한민국 직장인에게는 출근 시간이, 또 출근해서는 맡은 직분이, 혹은 오늘처럼 억지로 떠맡은 남의 업무에 대한 책임이 우선이다.

당장 목숨의 위협보다는 하루 열두 시간씩 노동하고 꾸역꾸역 급여를 채운 뒤, 이달 말 곳곳에 찢어발겨 메꿔야 할 의무가 더 먼저니까 말이다. 직장인은 그 어떤 재앙보다 근무 시간이 최우선이다.

　그녀가 반년 전 입사한 이 〈영상 제작단 활(活)〉은 영상 콘텐츠를 만드는 회사다. 개인과 기업의 의뢰를 받아 영상을 기획, 제작해 내는 크리에이터들의 그룹. 광고 홍보물을 제작하기도 하고, 분야와 규모를 가리지 않고 영상 제작에 관련한 의뢰를 받아 프로젝트별로 성과를 만들어 내는 〈활〉에서 지현은 제작 팀에 속해 있다.

　스무 살에 의기투합한 세 명의 대표이사들은 10년 넘게 초석을 다지고, 시행착오를 겪으며 이 작은 회사까지 설립했다. 세 친구는 자유롭고 이상적인 회사를 만들어 일만 하고 살지는 말자는 단순한 목표 아래, 열심히 일하고, 즐기는 중이다.

　정은희 대표이사는 방송국과 영화 제작사 극작가 출신으로, 지금은 〈활〉의 제작 팀 전반 업무와 스무 명 가까운 회사 식구들의 살림을 도맡고 있다. 3년에 한 번씩 대표이사들이 돌아가며 갖는 안식년에 결혼과 출산을 겪는 바람에 그녀의 오랜 목표인 영화 시나리오 작업이 요원해졌다는 깊은 불행에 빠져 있다.

　그리고 지금 이 회의를 주재하는 또 다른 대표이사 남주형 피디. 안식년을 마치고 이달 초에 돌아와 아직 지현과는 초면에 가까운 그는 쉬는 동안 다큐멘터리를 만들었다고 들었다.

　죽어라, 돈을 버는 두 대표와는 달리 그는 대체로 돈을 퍼다 쓰는 편이라는 정 이사의 '앞 담화'처럼, 회사 일 전반에 그다지 큰 흥미가 없어 보일 만큼 여유로운 성격인 듯하다. 보기 좋게 탄 피부에 서글서글한 눈매와 개구진 미소가 인상적인 남주형 피디는 어제 복귀 환영 회식 자리에서 건배사로 말했었다.

'우리 활이 엄청 좋은 회사인 이유는, 능력 있는 두 대표이사와 돈푼깨나 있는 집안을 배경으로 둔 제가 있기 때문이죠.'

건배사를 빙자한 자기 자랑이지만, 직원들은 어젯밤 〈활〉이 망할 이유가 단 하나도 없다는 완벽한 근거에 오랜만에 정신 줄을 놓고 맘 편히 퍼마실 수 있었던 것이다.

그리고 남주형 피디는 바로 어제 11시 52분, 약 2분 동안 지현과 통화를 한 남자이기도 하다. 지현은 회의 시간 발표 내내 '용의자 2'의 정수리를 뚫어지게 노려보고 있었다.

돈 되게 많이 줬을 명품 셔츠를 9,900원짜리 보세 면 티 구기듯 함부로 구기며 의자에 두 다리 올려 쪼그려 앉은 남 피디. 마른 몸매가 돋보이게 큰 키에 어울리는 헐렁하고 자유로운 복장과 태도. 이사라는 직함에 질색한 그는 이번 복직 직후 맡은 일에 팀을 꾸리며 팀원들에게 '남 피디'라 불러 달라고 당부했었다. 남 피디는 판사봉 치듯 주먹으로 테이블을 쾅쾅 내리치며 선언했다.

"좋네요, 이대로 가죠."

지현이 준비한 쇼핑몰 배럴 영상 광고 기획서를 대충 살핀 남 피디는 그녀가 두 가지로 준비한 광고 시놉시스 중 겨우 하나의 발표가 끝났을 때 기습적으로 의사 결정을 해 버렸다.

"난 딱 이대로 좋은데. 다른 의견 없으면 이걸로 가죠? 어때요?"

회의란 본디 치열하고, 삭막하며, 모름지기 피와 살이 튀는 전쟁의 그것으로 알고 익힌 직원들이 당황할 만큼 남 피디는 한숨 나오게 해맑았다.

"다른 의견을 강구할 틈을 좀 줘야 대답할 수 있지 않을까요, 남 피디님?"

저 끝에서 조용히 듣던 정 이사가 참다못해 한 번 끼어들었다. 친구의 '좋게, 좋게' 성향을 아는 정 이사는 자신의 기획이 아니어도 회의에 몸소 참석하는 수고를 하고 있다.

"왜? 이거 좋은데?"

"아니, 나쁘다는 게 아니라……."

"더 손댈 데가 있어, 정 이사님?"

"아니, 손대겠다는 게 아니라……."

"그래, 손댈 데가 없잖아. 내가 맞다니까? 그치?"

매사 대충하는 법이 없는 정 이사는 죽을힘을 다해 참고 또 참아야 한다는 일념만 떠올리는 듯했다. 남 피디는 친구이기 전에 함께 일하는 공동 대표였고, 지금은 이 팀의 수장이니 그를 존중해야 했으니까. 정 이사는 시선을 천장에 두고 주기도문을 외우는 것으로 이번 참견을 참아 냈다.

"부지현 씨."

남 피디가 의자를 빙글 돌려 아직 앞에 선 지현을 향해 돌아앉으며 그녀를 불렀다. 그녀는 엉덩이를 연신 촐랑거리며 의자 바퀴로 쓸데없는 소음을 만드는 그에게 거부감을 숨기지 못하고 몸을 뒤로 물렸다.

"네, 피디님."

"다른 의견 없대요."

"아, 그랬나요?"

그녀가 전혀 그렇지 않은 얼굴의 정 이사의 눈치를 살피고 있을 때였다. 저 뒤의 문이 열리고, 오전에 외부 회의 일정이 있었던 진범용 대표이사가 들어왔다. 아직 회의 중임에도 몇몇은 엉덩이를 들썩이며 인사를 했고, 느슨했던 회의실 공기가 확 당겨질 만큼 긴장을 보이며 자세를 요란하게 바로잡고, 침음을 삼키느라 분주했다.

소문난 블랙성애자, 진범용 대표이사. 그가 이 회사 세 명의 대표이사 중 마지막 하나다. 지현이 패션 잡지사 4년 차 에디터로, 죽지 못해 근근이 살던 어느 날 그녀를 이 회사로 불러들인 장본인이 대학 선배 범용이었다.

아직 작은 규모의 회사였지만, 지현은 기꺼이 사표를 사수에게 집어던지고 이곳으로 왔다. 그냥 저 비범하고도, 능력 넘치는 선배 진범용이 이유의 전부였다. 다만 너무 비범하고, 너무 능력 넘치는 데다, 몹시 일에 적합하게 '지랄 맞다'는 점을 간과하고 말았지만 말이다.

늘 똑 떨어지는 검은색 셔츠와 슈트 팬츠를 입고, 새카만 머리를 잘 빗어 넘겨 어디 한 군데 흐트러진 데 없이 하고 다닌다. 덕분에 그의 하얀 피부가 숨 막히게 돋보이는 것이리라. 닿으면 시릴 것처럼 벼린 금속 같달까. 190cm가 넘는 키에 탄탄한 체격이라 뭘 입어도 근사하지만, 그중 가장 성의 없는 블랙 착장만 고집하는 것도 알고 보면 일종의 '지랄'일 것이 분명하다.

"나 신경 쓰지 말고 회의 계속해, 따라잡을게."

모두 그에게 시선을 주고 있다는 것을 보지 않고도 안다는 듯이, 맨 뒤에 바로 앉아 여분의 기획서를 끌어다 날카로운 눈으로 훑기 시작했다. 아마 그도 정은희 이사처럼 남 피디의 '좋게, 좋게' 회의 스타일을 염려하여 들어온 것이리라.

그가 한 장씩 회의 자료 페이지를 넘길 때마다 이 안의 공기가 뭉텅뭉텅 사라지는 기분이 드는 건 비단 지현뿐만은 아닐 것이었다.

"아, 맞다. 지현 씨, 어제 기억을 몽땅 잃었다면서요? 지금은 괜찮아요?"

딱 한 사람, 해맑은 남 피디만이 시종일관 해맑게 의자를 엉덩이로 빙글빙글 까불며 지현에게 말을 걸었다. 그런 사적인 질문은 회의 끝나고 해 주십사, 양해를 구하려던 그때였다.

"뭔 소리야."

진범용 이사의 묵직한 목소리가 지현 대신 남 피디를 타박했다.

"부지현 대리, 어제 말야. 나 복귀 회식에서 만취했다지 뭐야. 분명히 멀쩡하게 마시고 다른 사람들 챙기는 것까지 봤는데. 아까 소문 들으니 어제 기억이 하나도 없대. 영 믿어지지가 않네."

주형은 미심쩍은 얼굴로 지현을 살피듯 올려다봤고, 지현도 질문을 음절 단위로 뉘앙스를 분석하며 주형을 뚫어지게 내려다보았다. 남 피디는 지금 날 떠보는 것일까, 그런 걸까.

"멀쩡하게 취하는 타입입니다."

"아. 멀쩡하게 취하는 타입이구나, 지현 씨는?"

그러냐며 이해받는, 언뜻 다정하게 들리는 문장도 신중하게 곱씹어 보는 그때였다.

"부지현."

범용이 그녀를 불렀다. 아직 뉘앙스 번역기가 다 돌아가기 전이라

남 피디의 눈을 쏘아보고 있는 그녀의 이름을 범용이 굳이 한 자, 한 자 힘주어 다시 발음했다.

"부지현 대리?"

"네⋯⋯."

이 방에 있는 모든 이들이 제꺽 돌아보지 않는 그녀에게 하얗게 질린 얼굴을 하는 동안에도, 지현은 끈질기게 남 피디를 볼 뿐이었다. 이 남자의 얼굴 어딘가 실마리가 있을지도 모른다는 일념으로. 시그널을 줘 봐요, 당신입니까?

"흠, 부 대리야?"

정은희 이사가 너무 오래 참아 착 가라앉은 목소리로 끼어들었다.

"네?"

"부르신다."

아, 네.

지현은 아직 혼란스러운 가운데 저 끝 상석에 앉은 범용을 느릿하게 돌아보았다. 창에서 쏟아지는 햇살을 받고 앉은 모습이 흡사 지옥 불을 이고 있는 것처럼 보이는 것은 그녀가 아직 숙취에서 벗어나지 못한 탓일까.

"진짜야?"

정은희 이사가 목에 칼이 들어와도 1차만 하고 자리를 뜬다면, 진범용 이사는 하늘이 두 쪽이 나도 회식 따위에 참석하지 않는 편이다. 본인이 주인공인 자리에도 법인 카드만 출석시키는 대쪽 같은 사람.

"네? 멀쩡하게 취하는 거요?"

뭘 그런 추궁을 이런 자리에서 하느냐는 얼굴로 말대꾸를 준비하는데 범용이 먼저 입을 열었다.

"얼마나 취한 건데."

그것도 어떤 수치로 표시할 수 있는 것이 아니라, 대답이 어렵다는 제스처로 입을 달싹이는데 이번엔 정 이사가 대신 입을 열었다.

"길바닥에서 잤대."

아까 아니라고 분명히 말했는데요. 지현은 경악하는 얼굴이 된 좌중에 고개를 잘게 흔들어 부정했다.

"누가 안 집어 간 게 다행인 지경인가 봐. 앞으로 부지현한테 법카 셔틀 맡기면 안 되겠어. 퍼마셔도 취하지 않는 거 믿고 쟤로 정한 건데, 멀쩡한 얼굴로 정신을 잃는 애였다니. 다음부터는 부지현부터 일단 태워 보내야겠다."

노숙 주취자의 누명에서 절대 벗어날 수 없음에 단념하는 그때, 범용이 기획서를 탁! 하고 테이블에 던졌다. 회의실의 암살자, 진범용 이사의 '기획서 패대기'가 의미하는 것은……!

"……이거 누구야? 부지현이야?"

이제 수만 자의 기획서 글자 하나, 하나 뼈째로 씹힐 시간이 도래했다.

* * *

"부."

"네……."

"안 그럴 수는 없는 거야?"

"네에…… 응? 네?!"

반쯤 나가 있던 혼이 확 들자, 경기하듯 놀란 지현의 목소리는 데시벨이 살짝 높았다. 민환은 그 소리에 놀라, 방금 집어 든 미트볼을 테이블에 떨구고 원한에 찬 눈초리를 했다. 지현은 미안, 속삭여 준 후 그녀의 식판 위 미트볼을 젓가락으로 꾹 찔러 그의 식판에 떨어뜨려 주었다. 그러나 더 경악하는 얼굴을 하는 민환이었다.

웁스. 먹던 건 아닌데.

"부 대리, 너 말야. 회의 때 안 그럼 안 되냐고."

정 이사는 벌써 국에 만 밥을 반 이상 해치우고 있었다. 먹을 수 있을 때 최대한 욱여넣고 보는 쌍둥이 모친의 본능적 식습관이었다.

"회의 때요?"

밥알을 입에 넣어 보는 것을 깔끔하게 단념한 지현은 이제 알맞게 식었을 재첩국을 호로록 떠 마셨다. 하아. 혈관에 갇혔던 알코올들이 휘발되는, 이 짜릿한 해장의 순간.

"안 그래도 살자랑 회의할 때 다들 초긴장하는데 말야. 넌 살자를 더 날뛰게 하는 묘한 재주가 있다니까?"

살자. 암살자. 침묵의 암살자. 냉혈한 진범용 이사의 공식 별칭.

"나 아니어도 살자와의 회의는 늘 핏빛이잖아요, 뭐."

"그렇지. 핏빛이지. 그래도 너 여기 오기 전에는 비산혈과 낙하혈만 곱게 흩뿌려졌었다면, 너 오고부터는 피범벅, 피웅덩이, 피칠갑이 되었어. 스케일 업이라고나 할까?"

에에이! 하고 오늘의 식사를 포기한 민환은 잔뜩 비위 상한 얼굴로 일어나 가 버렸다. 그러거나 말거나 그가 놓고 간 복숭아 맛 팩 주스를 태연히 득템 한 정 이사가 말을 이었다.

"말대꾸를 참아 보는 건 어때."

"묻는 말에 대답하는 걸 말대꾸라고 하면 섭하죠."

"너에게 묻는다고 생각하지 말고, 혼잣말이라고 생각하면 말대꾸가 참아지지 않을까?"

"이딴 걸 기획 아이디어라고 가져온 거야? 라는 질문에 살자한테 침묵으로 대응하라고요? 그게 더 공포감을 조성하지 않을까요?"

"이딴 걸 기획 아이디어라고 가져온 거야? 라는 질문에 네, 그렇습니다! 라고 네가 힘주어 외치는 바람에 아까 우리 예민한 예민환 커피 토했어. 점심도 먹기 전에 셔츠 갈아입었잖아. 쟤 지금 점심 먹고 갈아입을 셔츠 없어서 밥도 못 먹는 거다?"

아뇨. 쓸데없이 선연한 혈흔 묘사로 이사님이 못 먹게 했는데요.

"초딩이야? 열 살 먹었어? 라는 질문도 못 들은 척해요, 그럼?"

"초딩이야? 열 살 먹었어? 라는 질문에는 나잇값 못해 송구한 얼굴로 고개를 푹 숙이는 거야. 그렇게까지 초동안이지는 않는데요, 얼굴 붉히면서 주접떠는 게 아니라."

"애초에 말대꾸가 불가피한 말들만 하는 살자의 잘못이 더 크지 않을까요?"

"살자가 왜 살자인지 넌 잊었니. 애초에 아무런 말을 않음으로써 보고자에게 '보고 트라우마'를 일으켜 일의 능률을 도모하는 자야. 너만 아니면 그런 말 자체를 하는 사람이 아니라니까."

"그러니까요. 침묵의 암살자라서 살자라면서요. 보고 받고 침묵함으로써 일할 의지와 사원의 기강을 말살시키며, 매번 새로이 다시 태어나게 만드는. 근데 왜 저렇게 잔소리가 많아진 거래요? 저는 침묵의 암살자답게 침묵하는 꼴을 단 한 번도 본 적이 없는데요."

"알고 있네, 부 대리도. 근데 왜 말을 그렇게 많이 할까, 우리 침묵의 암살자가? 유독 너한테만 말이야."

정 이사의 젓가락 끝이 콕콕 그녀의 미간을 향해 뻗어 왔다.

"나한테만 그렇다고요?"

"응. 너한테만 잔소리라는 걸 해, 살자는. 대단히 소름 끼치는 사실이지."

"아무래도 대학 후배기도 하고. 제가 편한가 봐요. 그러니까 나만 잡지."

"너만 살자를 편하게 대해. 네가 살자를 잡는 편이야."

지현이 억울한 얼굴로 항변하려던 그 순간이었다.

"속 풀렸어요? 든든히 먹어야 숙취도 터는데."

남 피디가 이미 싹 비운 식판을 들고 두 사람 곁에 서서 물었다.

"아, 네."

아직 의혹이 다 풀리지 않은 '용의자 2'를 보는 지현의 눈길이 곱지만은 않다. 늘 해맑아서 쉬운 것 같다가도, 오늘 보니 표정이 딱 저거 하나인 사람이라 굉장히 어려운 사람인 것도 같다. 뭔가 의뭉스럽다.

"점심시간 전에 내려와도 밥 일찍 안 내준다고 몇 번을 말하니, 내가. 11시부터 여기서 혼자 뭐 했어?"

정 이사는 일찍이 지하로 사라졌던 남 피디를 타박했다.

"수백을 상대로 1등을 해내는 성취감을 너는 몰라."

이 건물 사무실들뿐만 아니라, 이 주변의 직장인들을 상대로 하는 이 구내식당은 맛도 가격도 훌륭했다. 덕분에 경쟁률이 어마어마했다.

"하마터면 네가 자랑스러울 뻔했어."

정 이사의 환멸 어린 타박에도 남 피디는 스스로 자랑스러워해 마지않으며, 친구 옆에 한 자리 차지해 앉았다. 자연스럽게 정 이사가 득템 한 복숭아 맛 팩 주스를 가로채려다가 걸린 그는 잠시 친구와 아웅다웅 귀여운 몸싸움도 했다. 대표이사로서의 위엄과 근엄 따위는 안중에 없는 편인 두 이사 앞에서 지현은 익숙하고 편안하게 식사를 마무리했다.

"남 피디, 너! 우리 지현이 그만 봐."

정 이사의 경고에 지현이 식판을 정리하다 말고 고개를 들었다. 아예 턱을 받치고서 노골적으로 그녀를 보는 남 피디의 눈이 부담스러웠다.

그것에 지현은 또 레이더의 전원을 달칵 켰다. 그 눈빛은 뭔가요, 용의자 2의 눈인가요. 용의자 2는 묘하게 느끼한 눈으로 그녀를 오래 보다가 말했다.

"부지현 씨, 이제 화장하지 마요. 민낯이 더 예쁜데?"

해소된 줄 알았던 숙취가 다시 목구멍에서 움트고 있었다. 느끼하고 부대끼는 기분을 가까스로 삼킨 지현이 받아쳤다.

"……죄송합니다, 메이크업 기술이 미천하여."

"아닌데. 피부 칭찬한 건데?"

"아, 죄송합니다. 제가 지금 속이 말이 아니라, 긍정을 몽땅 잃고 없어서요."

이런 수작, 지금은 곱게 안 들립니다! 하는 경고를 담았건만 그는 해사하게 웃는 것을 멈추지 않았다. 그녀는 속이 말이 아니고, 이 사람은 속이 없다.

"남주형! 우리 지현이 꼬시지 마라."

정 이사의 재차 만류에도 남 피디는 지현만 보며 대답했다.

"아직 안 그랬는데?"

아직이요……?

"예쁜 거, 지금 방금 알았는데?"

"이봐, 이봐! 안 돼! 우리 지현이는 안 돼!"

그녀를 앞에 두고 찧고 까부는 두 사람 덕분에 점점 기분이 나빠지고 있었다. 안 그래도 속 시끄러워 몽땅 잃은 긍정을 애써 광고했건만. 미간을 잔뜩 찌푸리며 이성을 잃어 가는 지현을 구경하며 남 피디는 정 이사에게 물었다.

"왜? 부지현 씨 남자 친구 있어? 그럼, 예쁘다고 안 할게."

"우리 부? 아니, 없어."

"근데 왜."

"쟤 여기 들어온 지 몇 달 안 됐어. 아직 일 너무 못 해. 일도 못 하는데, 정신을 쏙 빼놓으려고? 양심이 있어라, 이 날탱이 대표이사야."

아, 그런 이유로 제 철벽을 대신 치신 건가요. 이 부분에서 결국 기분이 확 나빠진 지현은 입술을 꽉 물었다가 놓으며, 이 악문 소리를 냈다.

"어제 제가 기억을 잃어서 그런데요. 남 피디님, 어젯밤에 저한테 전화하셨었나요?"

분기탱천한 기세 그대로, 지현은 결연히 '용의자 2'를 상대로 취조를 시작했다.

"응? 어젯밤! 맞아요, 나랑 통화했어요. 그때만 해도 진짜 멀쩡한 목소리였는데."

"멀쩡히 취하는 편이라서요."

"아. 멀쩡히 취하는 편이랬지, 부지현 씨?"

또 빤히 보는 눈.

"왜 하셨나요?"

"미리 선약이 있는 줄 모르고 놀다가 전화 받고 급히 갔거든요. 가장 멀쩡하게 보이는 부지현 씨한테 마무리 부탁했지. 그게 아니었다는 건, 오늘 알았지만."

중간에 갔다? 부담스러운 눈의 용의자 2도 유력 용의 선상에서 제외해도 좋은 걸까.

해결될 기미는 보이지 않고 점점 미궁으로만 빠지는 것만 같아 어지러운 지현은 재첩국 리필을 위해 분연히 일어났다.

* * *

"부지현 들어와."

그러면 그렇지. 이대로 안전하게 퇴근을 맞이하려나, 간이고 염통이고 다 쪼그라들던 즈음 진범용 이사의 호출이 터졌다. 느릿느릿, 하늘을 저주하며 앉은 자리에서 일어나고 있을 때였다. 진 이사가 상주하며 개인 사무실처럼 쓰는 안쪽 소회의실 문이 벌컥 열렸다.

"들어오라는 말 못 들었어?"

"들었는데요."

"근데 왜 대답이 없어."

"들어오라면서요. 들어가는 중인데요."

대답부터 하고 들어와, 하지 그랬냐는 뉘앙스의 저항감 가득한 말대꾸를 못 알아들었을 리 없는 진범용 이사. 범용은 안 그래도 냉랭하고 시린 눈에 힘을 주어 순간 뿜을 수 있는 최대치의 새카만 오로라를 출력했다. 정 이사의 짙은 한숨 소리가 옆에서 들려왔다. 평화롭게 퇴근하고 싶은 쌍둥이 모친의 애원을 접수한 지현이 처연히 눈을 깔았다.

"……들어와."

"……네."

지현의 대답이 끝나자마자 회의실 문이 쾅 닫혔다. 보폭을 최소한으로 줄여 꾸역꾸역 회의실로 향하며 지현이 기어이 꿍얼거렸다.

"들어오라고 해 놓고, 문은 왜 닫고 들어간담?"

"부지현, 그마안……."

"알았어요, 알았어. 제물은 제 발로 산 채로 들어가니, 어서들 안전 퇴근 하시죠."

살자는 이미 자신의 자리에 앉아 있고, 막 들어선 그녀는 안중에도 없이 노트북에 눈길을 주고 있었다.

"남 피디 쇼핑몰 건, 넌 빠져."

범용은 얌전히 선 지현을 보지도 않고 용건을 말했다.

"기획 수정 중입니다."

"빠져."

"음, 기획 수정 완료 임박입니다."

"빠져."

"남 피디님이랑도 벌써 손발 잘 맞추고 있는데요. 잘할 수 있어요."

그제야 진 팀장은 고개를 들어 지현을 쏘아보았다. 또 눈으로 이야기하기 시작하는 살자.

"……빠져야 하는 이유를 말해 달라고요."

말대꾸 아닙니다, 지현도 눈으로 항변했다. 범용은 눈 한 번 깜빡이지 않고 올곧게 그녀를 향해 살벌한 눈빛을 쏘고 있었다. 하루가 무지 긴 그녀는 이쯤에서 '잘못했습니다.'라고 해야 할까 고민에 빠졌다.

"빠져. 정 이사랑 카피만 참여해. 그 배럴, 큰 건이야. 안 그래도 내가 합류하려고 했어. 남주형 피디 감시해야 할 사람도 필요하고, 손도 모자라."

"정은희 이사님이 다른 건들로 바쁘다고 절 남 피디님 팀에 넣은 걸로 아는데요. 사람 부족하면 저도 붙어서 하던 거 할게요. 그냥 하게 해 주세요. 배우고 싶어요."

다시 살자의 침묵이 시작되고 있었다. 피곤하다. 그냥 말로 하지. 그녀와 같은 대학 동문으로 지현이 2학년일 때 범용은 복학생이었다.

그때나 지금이나 한결같이 묵묵하게 저 잘난 맛에 사는 것은 변하지 않았지만, 그땐 그의 겉모습에 홀린 팬클럽 일개소대를 끌고 다녔다는 것과 그 소대원 중 가장 극성맞았던 하나가 부지현이었다는 점이 달랐다.

지금은 살자와 마주치지 않으려 부적까지 써서 가지고 다니는 그녀니까 말이다. 별다른 교류 없이도 늘 편안하고 좋은 사람이던 '선배 진범용'이 이곳에서는 무소불위의 자리에 군림하며 상상해 본 적 없는 카리스마를 흩뿌리는 '대표이사 살자'라는 것에 극심한 배신감을 앓는 중이다.

"메일로 정은희 이사가 진행 중인 기업 홍보 영상 건 보낼게. 거기 구성으로 붙어, 거기도 손 모자라."

"이럴 거면 처음부터 이사님이 기획 맡지 그랬어요."

"뭐?"

"비슷하게 활에 들어온 예 대리도 벌써 혼자 기획 맡는데요. 저도 할 수 있습니다. 여기 데리고 오실 때 하신 약속도 잊으셨습니까."

패션 잡지사 에디터로 일하던 지현은 어느 날 갑자기 번 아웃을 경험하며 하루아침에 열정을 잃고 비실비실 죽어 갔다. 낮과 밤, 출근과 퇴근이 없는 생활에 지쳐, 외삼촌 서원에게서 쌍욕을 한 문장씩 데일리 잉글리시처럼 익혀 구사하며 버티던 어느 아침, 홀연히 바람을 몰고 와 구세주처럼 그녀에게 내민 범용의 손을 붙들었었는데.

'일 배워. 가르쳐 줄게. 일한 만큼 줄 테니, 너도 너 하고 싶은 일 찾아서 하고.'

이 회사를 만든 세 대표가 그러하듯, 어느 정도 호봉이 되면 유급 안식년을 준다. 각자 가정으로 돌아가거나, 취미생활을 하거나, 혹은 세 대표처럼 각자의 꿈을 실현하게 한다는 약속이었다. 일 가르쳐 준다더니, 왜.

"부지현."

"네."

"부지현."

"네에."

"……지현아."

지현은 그제야 범용 뒤편의 건물 밖 풍경을 보던 먼 시선을 거두어 그에게 고정시켰다. 침묵으로 사람 죽이는 것 말고, 이젠 같은 말 반복으로 죽이는 신기술인가.

범용은 지친 듯이 의자 헤드 레스트에 뒤통수를 기대고 있었다. 반쯤 덮인 눈꺼풀이 그도 몹시 피곤한 상태임을 말하고 있었다. 아무래도 지현 그녀가 그를 피곤하게 만들고 있는 모양이었다. 지현이 그만 백기를 들기로 했다, 늘 그렇듯이.

"남 피디님께 빠진다고 말씀드릴게요. 저는 지금 이메일 확인하러 나갑니다."

"내가 해."

"네?"

"남 피디한테는 내가 전화한다고. 메일도 내일 확인해. 퇴근 시간 지났어."

남 피디님께는 짧은 시간이나마 일을 가르쳐 주셨는데 아쉽게 됐다는 말 한마디 정도는 전해야 하지 않을까요, 하려는데 지현은 남 피디와 살짝 껄끄러운 제 처지를 떠올리고는 고개를 떨구며 그저 네, 했다.

해장과 숙취 해소를 끝마쳤어도 아직 기억은 1도 돌아오지 않고 있었다. 퇴근길에 어디 단단한 재질의 외벽을 찾아 머리라도 대차게 짓찧어야 할 것이었다.

"부지현."

"네?"

왜 자꾸 부르나요. 부르다 네가 죽을 이름이라면 계속 목 놓아 부르시게 이만 나가도 될까요? 지현은 축 처진 이목구비로 범용을 다시 응시했다. 짙은 눈썹과 그린 듯 직선에 가까운 눈, 코, 입. 하얗고 투명해 여린 것 같은 피부색과 대비되는 간결하고 단단한 생김은 그의 시리고 냉한 성정과 들어맞았다. 그 어떤 메시지 없는 올곧은 시선이 한참 있고 나서야 그가 물었다.

"……속은."

"괜찮아요……."

"정말 괜찮아?"

"네에. 보시다시피 살아 있잖아요."

이제 온 우주가 그녀의 숙취 해소 경과를 궁금해한다. 민환은 숙취 해소제 두 병과 두께가 최소 0.5cm는 되는 듯한 공업용 마스크를 제공했고, 정은희 이사는 온종일 조퇴를 강권했었다.

'혼자 먹어요. 다 먹어요. 시고 단 게 숙취엔 제일이지.'

그리고 여전히 의심스러운 용의자 2, 남 피디의 레모네이드

조공까지.

"기억은."

구깃구깃한 기분을 숨기지 못한 지현이 인상을 팍 썼다.

"네?"

"기억은 돌아왔냐고."

한심해하는 질문일까? 저의를 알 수 없어 대답이 늦는 그녀에게 범용이 또 확인해 왔다.

"아직도야? 정말 기억이 하나도 없어? 그게 가능해?"

"가능하다는 걸 저도 이번에 처음 배워서요."

한심한 대답이라는 듯이 범용은 하아! 하고, 감탄인지 한숨인지 모를 반응을 했다.

"부지현, 회식 금지."

"네?"

"아니다. 그냥 술 금지."

참나. 술 마시고 기억 좀 잃었기로, 모두가 한마음으로 나라를 판 것처럼 삿대질이다.

* * *

유흥가도 아닌 주택가 초입에 위치한 작은 바, 〈오직 위스키〉 는 지현의 외삼촌 서원이 그 한목숨 다 바쳐 운영하고 있다.

명서원의 큰 누나이자, 지현의 엄마 자형은 딸을 외삼촌에게 맡기며 그의 오랜 꿈인 이 위스키 바를 통 크게 인수해 주었다.

엄밀히 말해, 엄마의 오랜 뒤퉁거리인 막냇동생을 딸에게 맡긴 꼴이므로 지현으로서는 여간 억울한 증여가 아닐 수 없지만.

오래된 나무 냄새가 그윽한 계단을 밟아 지하로 내려가면 아담하지만, 분위기 있는 공간이 나온다. 이곳의 오너는 뺀질거리는 생김답지 않게 성실했고, 단골 술꾼들과 아침 댓바람부터 다음날 새벽녘까지 친분을 돈독히 하는 것을 행복이자 낙으로 여겼다. 거의 비밀 결사대 수준의 결속력과 의리 넘치는 단골들 덕분에 굴러가는 신통하고도 은밀한 동네 아지트인 셈이다.

"다리몽둥이를 부러뜨리고, 머리를 빡빡 깎아 가두는 쪽으로 중론이 모였어."

서원은 지현이 문을 열고 들어서자마자 잔을 닦던 마른 수건을 집어 던지며 시근덕거렸다.

"어떤 이들의 의견인데."

지현은 쓰러지듯 차가운 우드 바에 엎드렸다. 아무리 동갑 외삼촌이라 해도, 혼날 짓을 한 건 엄연히 그녀였다. 잔뜩 밀렸을 외삼촌의 잔소리까지가 오늘의 진부하고, 지루한 일과임을 안다.

"누구긴. 여기 오는 형님들이지."

"동네방네 다 큰 조카 무단 외박을 소문내느라 오늘 하루 고생이 많았겠구나, 우리 삼촌."

아주 수고 많았어, 지현이 웅얼웅얼 그를 치하했다.

"친구 집에서 잤다는 둥, 늦게까지 퍼마시다 찜질방에서 눈만 붙이고 출근했다는 둥. 씨알도 먹히지 않을 소리는 거부한다."

서원은 불퉁하게 말하면서도 떼꾼한 지현의 눈을 살피듯이 들여다보았다. 그리고 영롱한 볼 얼음과 냉수를 막 닦은 온 더록 잔에 담아 지현의 앞에 주욱 밀었다. 겨우 몸을 일으켜 벌컥벌컥 원샷을 한 그녀는 독한 걸로 한 잔만, 하며 다시 잔을 밀어 보냈다.

"스읍."

짙은 색 뿔테 안에 지나치게 가느다란 눈이 그녀를 향해 부라려졌다.

"맨 정신에는 말 안 해. 못 해."

말을 해야 한다는 생각만으로도 벌써 이렇게 눈물이 터질 것 같거든. 그녀의 심상치 않은 눈을 읽은 서원은 지현이 좋아하는 크라운 로열에 소다수를 조금 섞어 주었다. 적당히 단 술을 좋아하는 조카를 위한 배려였건만, 지현은 맛을 음미하기는커녕 받자마자 단숨에 털어 넣었다. 서원은 혀를 끌끌 차 주고는 다크 초콜릿 두 톨을 접시에 대충 담아 또 그 앞에 밀어 주었다.

"부지현. 내가 널 그렇게 키웠어?"

"동갑인데 삼촌이 날 어떻게 키워?"

"내가 널 그렇게 가르쳤냐고."

"말은 똑바로 해. 삼촌 재수할 때 공짜로 과외 해 준 건 나야."

"누나한테 다 이를 거야."

"명자형 씨는 내 외박 소식에 어깨춤을 출 사람이야. 엄마 네 번 결혼하는 동안 당신 딸은 한 번도 못 했다는 사실을 수치스러워하는 사람이거든?"

지현의 바른말에 서원이 경박스럽게 웃음을 터뜨렸다.

"우리 집 모계 내림이잖아. 울 엄마도 생전에 총 두 번 결혼, 큰누나 네 번 결혼, 작은누나도 두 번. 누나들에게는 아직 결혼과 이혼이 계속될 긴 여생이 남았다는 것이 여기서 가장 놀라운 부분이지. 쇼는 계속된달까. 설렌다."

"반면에 늦둥이 막내 남동생은 모태 솔로. 남자한테만 두 번 고백받은 게 이력의 전부. 모계 내림이라 안타깝군."

느닷없었던 박장대소가 단숨에 지워지고, 서원은 조카의 얼굴을 무섭게 노려보기 시작했다. 지현은 어깨를 얄밉게 들었다 놓으며 말했다.

"정체성을 속여서라도 그만 그쪽으로 넘어가 보는 것도 나쁘지 않아. 외롭게 고독사 하는 것보다는 낫잖아, 삼촌아."

"내가 왜 고독사를 하나. 업어 키운 조카 부지현 덕 봐야지."

"세상에는 외삼촌 부양 의무 같은 건 없어. 나란히 붙어 앉아 쌍으로 벽에 똥칠할 의향은 더더욱이 없고. 끔찍한 소리 좀 마."

앙칼지게 노려보면서도 서원은 지현의 핏기 없이 말간 얼굴을 조심히 살폈다. 그녀를 편하게 하려고 궁금한 것도 꾹 참고 실없는 농을 하는 노력을 안다.

"……나 누구랑 잔 거 같아."

그래서 쌉쌀한 초콜릿을 앞니로 톡 깨물어 혀에 굴리며 지현이 최대한 심상하게 고백을 시작했다. 그녀가 갑작스럽게 말을 시작한 것에 놀란 건지, 서원은 한동안 멀거니 입만 벌리고 있을 뿐이었다.

"……내가 어디서 이마를 짚어야 하는 거냐. 누구랑, 에서? 아니면 잔 것 같아, 에서?"

그렇다. 대체로 누군가를 이해시키기 어려운 엉성한 줄거리이긴 하다. 하지만 정말 이게 다인걸. 아무리 머리통을 벽에 짓찧어도 육하원칙의 세부 항목들이 떠오르지 않는걸.

"회식 때 필름이 끊겼어. 눈 떠 보니, 호텔이야. 호텔인데, 나 혼자야."

"필름이 끊겨도 각 잡힌 걸음으로 멀쩡히 귀가하는 애가 어쩌다가."

취해도 취한 티가 나지 않는 지현을 잘 안다. 그래서 서원은 늘 오히려 함께 술 먹는 무모한 주정뱅이들을 걱정하는 편이다.

"회사 사람인 것 같아."

"헐. 후보는?"

"둘, 아니면 셋?"

"쌍."

"삼촌아."

"부르지 마, 아직 욕이 다 안 삼켜졌어."

"알았어, 시간을 좀 줄게. 마저 삼키면서 들어."

지현은 오늘 그녀가 짚어 낸 것들을 시간대별로, 그리고 인물별로 중요 사항만 골라 뽑아 읊기 시작했다. 그러나 그 모든 줄거리를 듣고도 서원은 누구 하나를 심도 있게 의심해 주지 않고, 그저 떫은 얼굴인 것이었다.

"조카야."

"응."

"섹스남 유력 용의자를 색출하는 게 의미가 있냐?"

"뭔 소리야. 그럼 의미가 없어?"

"너랑 잤어. 널 두고 혼자 갔어. 그리고 연락도 없어. 네 기억이 휘발되었다는 사내 소문에도 자신을 드러내지 않아. 그렇다면 결론은?"

아직 제 컨디션을 다 회복하지 못한 지현의 사고력이 서원의 취조 속도를 따라잡지 못하고 맹한 얼굴로 있자, 그는 작고 가느다란 눈을 있는 힘껏 치떠 험악하게 부라리는 것이었다.

"그 쌍놈의 새끼가 먹튀 한 거잖아!"

이런 씨.

* * *

젖무덤에 박힌 머리통에서 나는 달콤한 샴푸 내음이 코를 자극했다. 풍성한 머리카락에 열 손가락을 묻어 부드러운 감촉에 살짝 미소를 지었다. 손가락 빗질을 해 남자의 머리카락을 쓸고, 곧 드러난 그의 이마에 맺힌 땀도 손끝으로 닦아 냈다. 기분 좋은 열기에 한숨을 길게 내보냈다.

제 한숨 소리가 낯설어 눈꺼풀을 떨며 눈을 느릿하게 감았다. 그 순간 한쪽 가슴 끝이 남자의 이에 긁혔다. 비명에 가까운 교성이 터지고, 그녀는 남자의 머리카락을 아프게 움켜쥐며 몸을 떨었다. 뜨거운 입술 안에 갇힌 유두에서부터 피어난 자극은 온몸의 감각들을 일깨웠다. 단숨에 뜨겁게 달궈진 숨을 헉헉 뱉으며 지현은 애원하듯 끙끙댔다.

집요한 애무는 잔혹하기까지 했다. 틈을 주지 않고 양쪽을 번갈아 장악하는 남자의 입술. 빙글빙글 천장이 도는 것을 참지 못하고 그녀는 눈을 질끈 감아 몸을 내맡길 수밖에 없었다. 허벅지 사이를 파고드는 남자의 다른 손.

'흐흑!'

기대감인지, 두려움인지 모를 커다란 감정에 파들파들 떨며 그의 손목을 붙들었다. 그러나 그는 저항에 영향을 받지 않고, 깊이 손을 넣어 그녀의 음부를 커다랗게 덮었다. 마치 뜨거운 것에 덴 것처럼 지현은 상체를 튕기며 진동했다.

단단한 엄지에 눌린 클리토리스에서부터 열락이 피어나기 시작했다. 가르릉, 하는 낯선 제 신음에 남자의 열띤 숨소리가 피부 위에 흩어졌다. 그의 숨이 닿은 살갗에 오스스 소름이 돋았다.

눈조차 뜨지 못하고 바들바들 떨고 있는 그녀의 이마로 입맞춤이 지나갔다. 그것이 위로인 것처럼 느낀 지현은 절박하게 그의 입술을 찾아 매달리듯 키스했다.

그 순간이었다. 그녀의 젖은 질구 안으로 침범한 손가락, 그리고 한층 더 큰 힘으로 튕겨진 클리토리스.

'흐흣.'

울듯이 남자의 입술을 깨문 채로 신음했다.

그러자 그가 그녀를 머금은 채로 낮고 음험한 목소리를 냈다.

'흔들어 줄까?'

헉!

지현은 얼굴 끝까지 덮고 있던 이불을 던지듯 치워 냈다. 그리고 방금까지 꾸고 있던 꿈속의 그 목소리를 되짚었다.

'흔들어 줄까, 흔들어 줄까, 흔들어 줄까, 흔들어 줄까……'

자신의 온몸과 내부를 공명하던 목소리. 한 음, 한 음 전류를 일으키던 다섯 글자. 있었던 일인지, 진실을 애타게 기다리던 그녀의 절박함이 만들어 낸 꿈인지는 모르겠다.

하지만 너무 사실 같았다. 게다가 꿈에서 깨 두 눈을 뜬 지금까지도 방금 있었던 일처럼 선명하지 않은가. 선명할 뿐만 아니라, 아직도 심장이 커다랗게 발을 찧고 있다.

귀접이 아니라면, 술에 절었던 뇌세포 몇몇이 부활을 하는 건지도 몰라. 잠을 더 청해야 하나, 그럼 남은 섹스를 다 보여 주나. 서원이 칭한 것처럼 그 '쌍놈의 먹튀남'의 얼굴을 볼 수 있지 않을까. 베개에 다시 온 얼굴을 박으며, 지현은 간절히 꿈속으로의 백 스텝을 결정했다.

우우우우웅.

알람 시간 아직 안 됐을 거야. 아니야.

우우우우우우우우웅.

다시 잘 수 있어. 아직 까맣잖아. 잠깐만 더 이어서 꾸고 일어나자.

그러나 핸드폰 진동음은 계속 이어졌다. 알람이 아닌 모양. 그렇다면 전화가 온 거란 말인데. 지현은 얼굴을 베개에 처박은 채로 손만 움직여 발작하는 핸드폰을 낚아챘다.

'엄마'

페이스 톡이라니, 이 새벽에. 우리 명자형 씨 타이밍이 늘 그렇지, 뭐.

"여보세요."

- 응! 안 잘 줄 알았어, 얘!

자고 있었어도 일어나 받을 때까지 할 거였으면서.

"왜."

- 얼굴이 안 보여, 부지현! 내 폰이 망가진 건가?

"나 한참 자던 중이야. 얼굴 보이기 싫어."

- 어우, 야! 얼굴 보고 싶은데, 엄마는!

"싫다니까."

- 알았어, 얘. 까칠하기는. 서원이는 좀 어때? 아직 안 망했지?

망할 것을 알고도 그 비싼 걸 해 줬다니.

"망하길 기다리는 거면, 서두르라고 전해 줄게."

- 얘는! 재수 없게!

"망했냐 소리는 엄마가 먼저 했거든?"

엄마 자형은 지난해 세 번째 이혼과 네 번째 결혼을 치렀다. 그 어려운 걸 다른 사람도 아니고, 지현의 모친인 자형이 해낸 것이다.

지현의 '4번 아빠'는 파란 눈의 캐나다 사람. 역시 파란 눈의 두 딸을 가진 새 아빠 맷과 살기 위해 자형은 캐나다로 훌훌 떠났다. 토털(total) 네 명의 아빠와 두 명의 엄마, 다섯 명의 의붓남매를 가지고 있는 지현은 그래서 비교적 만남과 헤어짐에 초탈한 편이다.

- 딸?

"응."

- 잘 지내지?

"응…… 엄마는 어때?"

엄마의 애틋한 목소리가 마음에 걸려 결국 얼굴을 카메라에 대고 마주 봤다. 그러나 엄마는 곧 고개를 돌려 옆에 있는 누군가와 높다란 소리로 대화를 하는 것이었다. 이런 순간에도 오롯이 딸에게 집중하지 못하는 엄마에게 서운함이 들고 말았다. 지현은 엄마가 누군가와의 대화를 마치기도 전에 또 얼굴을 감춰 버렸다.

- 난 다 좋아. 맷이 푸근하고 품이 넓어. 뭐든 예쁘게 봐 주고. 얘, 맷이 엄마 이상형이잖아.

세 번째 남편은 맷과 전혀 다른 외모와 성격이었다. 그때도 자형은 남자다운 카리스마의 그를 이상형이라고 했었다.

"다행이네."

- 캐나다 한 번 안 와 볼 거야?

"다음에. 엄마가 아들 셋을 낳으면 날개옷 주러 날아갈게."

캐나다에서 있었던 결혼식에 지현은 참석하지 않았다. 서원과 이모만 가서 축하한 것이 여태 서운한 엄마.

- 말을 해도! 얘, 징그러!

그렇지? 우리는 지금도 충분히 다복하긴 해.

"엄마."

- 응?

"행복한 거지?"

밤중이었고, 통화도 오랜만이었고. 지현의 목소리가 가라앉아 있어, 엄마는 조금 대답을 늦추며 진지하게 망설이는 것이다.

- 알아, 너 불안해하는 거. 엄마가 너무 많은 결혼을 한 탓이라는 것도. 그래서 엄마 또 헤어지네, 마네 울고불고할까 봐 네가 항상 전전긍긍하는 것도.

근데 딸? 한 사람만 처음부터 끝까지 사랑하는 사람도 있고, 사랑이 식어도 그냥 정으로 참고 사는 사람도 있고, 엄마처럼 뜨거운 것만 찾는 사람도 있는 거야. 그냥, 엄마는 그래. 열렬한 것만이 사랑처럼 느껴져. 사랑받아야 행복하다고 느끼고.

그러니까 내가 주는 사랑 하나로는 안 되는 거지? 지현은 또 속엣말을 삼켰다. 고약한 습벽이 아닐 수 없다. 진저리가 쳐질 만큼 뜨거워야만 사랑이라 느껴진다니. 지현의 아빠도 언젠가 그녀에게 그랬다.

'네 엄마와 나는 온도가 맞질 않아. 그게 큰 불행이라더라, 추워서 못 살겠대.'

질기게 이혼을 요구하던 엄마의 이혼 사유는 '사랑이 식었다' 였다고.

- 자꾸 결혼하고 이혼하는 거, 이해해 달라고 안 할게. 엄마 미워만 말아.

"이해 안 해, 미워도 안 하고."

- 그래, 고마워.

아빠에게 새 가정이 생기고, 엄마가 목하 열애 중이던 일곱 살 때 지현은 외갓집에 맡겨졌다. 그 이후로 대부분은 외할머니에게, 가끔 아빠의 본가에서, 또 얼마만큼은 이모가, 한 번은 엄마의 새 가정에서도.

여기저기 짐짝처럼 맡겨지던 그 시절의 기억이 그렇게 나쁘지 않은 건, 많은 시간 동갑내기 외삼촌인 서원과 함께였기 때문이었다. 일종의 동지애와 전우애가 우리에겐 있다.

— 오늘쯤 여기서 보낸 소포 도착할 거야. 맷이 너한테 카드랑 선물이랑 준비해 준 거 있지? 사람이 참 자상해. 나도 작고 반짝이는 걸로 하나 샀고. 서원이가 부탁한 선글라스랑 이것저것 더 보냈으니까 그렇게 알아.

"응, 고마워. 고맙다고 전해 줘요."

보나 마나 작고 반짝이는 뭔가는 엄마 취향이 분명하다. 일생 눈에 띄지 않는 장신구만 추구하는 딸의 취향 따위는 고려하지 않은 화려하고도 고집스러운 울 엄마.

— 딸.

"어."

— 생일 축하해.

아, 내 생일이었구나.

"고마워, 엄마. 낳느라 고생하셨어."

— 분명한 것 같으니. 낳고 키우느라 고생했다 소리는 안 하지?

"왜 이래. 양심이 있으면 그 소리까지 바라면 안 되는 거지."

— 서원이가 잘 챙겨 주겠지만, 그래도. 미역국 꼭 챙겨 먹고, 응?

"……알았어. 그럴게요."

이런 순간이다, 엄마에게 너무 먼 거리감을 느끼는 순간들.

어렸을 때부터 지현은 미역국을 먹지 않았다. 외할머니는 지현의 생일에 미역국 대신 소고기뭇국을 끓여 주셨었다.

잘 불린 당면을 넣고, 매콤한 청양 고추 고명을 얹은. 생일인데 그래도 아쉽다며, 막 무친 배추 겉절이와 포슬포슬 감자조림까지 지현이 좋아하는 음식만 한 상 가득 받는 생일날 이른 아침상.

3년 전 돌아가신 외할머니가 엄마 대신 생각이 나고 말았다. 시큰한 코끝을 훔치며 다 깨 버린 잠을 버리듯 자리를 박차고 일어나 버렸다.

"명서원! 일어나라! 이봐, 삼촌! 네 조카 생일이야, 일어나아!"

* * *

'흔들어 줄까?'

귓가를 맴도는 환청에 진저리를 치며 블루투스 이어폰을 깊이 쑤셔 넣어 보지만, 귀만 아프고, 보태어 두통까지 새로 생기고 있었다.

서원을 괴롭혀 기어이 간이 엉망인 소고기 뭇국을 얻어먹고, 맛없다고 시비 거는 것으로 생일 푸닥거리를 마친 아침이었다. 트집도 잡았겠다, 원 없이 통곡이라도 하고 올 걸 그랬나. 영 컨디션이 엉망이었다. 돌아오려면 다 돌아오든가. 목소리와 흐릿한 몇 장면이 전부였다.

회사 앞을 그득 매우며 바삐 건물 안으로 뛰어 들어가는 출근자들의 뒤에 서서 지현은 오늘도 변함없이 이 안으로 들어가는구나, 아직 지구가 멸망하지 않았음에 희미한 긍정적 의미를 가져다 붙였다.

컨디션이 별로여도, 머리가 아파도 출근 시간은 어김없이 돌아온다. 비록 술에 취해 사고를 친 이후 기억을 다 되찾지 못한 한심하고 답답한 인생에게도 말이다.

그래, 먹튀남인 게 어쩌면 더 나을 수도 있다. 얼굴을 알아내, 나 먹고 튀었니? 따져 본들, 내가 덜 한심해지겠는가. 아는 것이 힘이다, 라는 낯모르는 자의 조언은 버리도록 하자. 대신 모르는 게 약이라는 이 땅의 선인들 말씀을 기억하자.

오늘처럼 부지런히 일상이 일구던 어느 날, 전혀 상상도 못 했던 어떤 이가 갑자기, 내가 너랑 잤었다! 하고 커밍아웃을 하고 나선 그때. 그때의 나에게 모든 짐을 미루는 것도 괜찮지 않을까. 굳이 억지 같은 명분이라도 필요하다면, 나는 오늘 생일이니까. 나를 위한 생일 선물로, 나에게 망각을 주기로 하자.

지현은 일시 멈춤을 풀고 출근을 위한 씩씩한 도보를 다시 시작했다. 발걸음도 씩씩하게 다른 이들처럼 평범한 아침으로 어깨를 쭉 펴고 똑바로 걸어 들어가기로 했다.

"여기서 이러시면 곤란합니다. 돌아가세요."

"놔요. 여기는 당신네 건물 땅 아니에요. 나한테 가라고 할 권리 없어요."

푸른 정복의 경비실 직원과 새카만 정장을 입은 보안 팀 직원들까지 나와 한 중년 여성을 에워싸고 있었다.

"경찰 부르기 전에 돌아가요. 영업 방해라는 걸 모릅니까. 아줌마 때문에 여러 사람 곤란해요, 지금."

"경찰? 불러요, 불러?!"

그제야 커다래진 아주머니의 외침에 출근하던 사람들의 시선이 한데에 모였다. 지현도 가던 길을 돌려 그쪽으로 자연스레 다가갔다.

아주머니가 들고 있는 것은 검붉은 글씨가 빼곡히 들어찬 이 절지였다. 거리가 멀어 읽을 수가 없어서 지현은 조심히 사람들 틈을 비집고 더 가까이 다가갔다. 그러나 그녀의 마지막 걸음은 메고 있던 가방 줄을 뒤로 당기는 힘에 의해 좌절되고 말았다.

"어허. 부지현, 회사로 가야지?"

"이사님, 잠깐만."

"지각이다, 너."

"아직 예민환 안 나타났으니까 멀었어요."

지현은 출입구 쪽을 턱으로 가리켰다.

"그래?"

건물 정문 출입문 왼쪽에 자리한 자전거 주차 라인에 색깔도 눈부신 형광 노랑 자전거가 없으니, 지금 이 건물 사람들 어느 누구도 지각이 아닌 것이다. 이는 진리와 다름없다. 정은희 이사도 확인했는지 마음을 푹 놓으며, 아직 덜 마무리한 메이크업을 위해 다급히 핸드폰 액정 화면에 얼굴을 비춰 눈썹을 그리기 시작했다.

"무슨 일일까요?"

더 비집고 들어가고 싶지만, 그새 사람들이 겹겹이 더 몰렸다.

"몰랐어? 저 아주머니 어제 아침부터 저러고 있었는데."

네에, 어제 아침의 나는 지구가 반으로 쩍 갈라지고 있었어도 몰랐을 거예요.

"딸이 이 건물 10층에 있는 엔터 연습생이었대. 불륜, 내연녀로 몰려 망신을 독박으로 당하고, 충격에 약을 먹었다네. 혼수상태라고 하더라. 이제 겨우 스물밖에 안 됐다던데."

"어머."

"근데 그 상대남이 그 엔터 간부였대. 실제로 유부남인."

"그런 개 같은 새······!"

그러니까 개와 같은 분, 이라고 지현이 정정하는 것까지 확인하고 만족한 정 이사가 말을 이었다.

"인터넷에 작게 기사도 나고 그랬던 모양이야. 그 정도면 작은 사건이 아닌데, 원래도 언론 플레이가 주전공인 엔터 쪽에서 기어이 무마하는 모양이야. 게다가 상대남인 그 간부가 엔터를 대표하는 중견 연기자거든. 너도 알잖아, 신 이사."

"그럼, 그 새끼가!"

"저기 오네, 그 개와 같은 분."

음흉한 황금 박쥐처럼 누르뎅뎅한 정장 코트 자락을 날리며, 구둣발도 험악하게 성큼성큼 걸어온 남자는 지현도 잘 아는 놈이었더랬다.

"으으, 신경재."

지현이 얼굴을 알아보고 질색을 했다. 이곳에 막 들어와 일을 배울 때, 같은 건물 클라이언트로 있던 엔터테인먼트의 홈페이지 개편을 맡았었다. 팝업 영상 트레일러에 자막 작업을 짜고 그녀도 처음 칭찬을 받았었던 작업이다. 그때, 신인 연기자 모집과 관련해 대표의 인터뷰 영상이 필요했는데 대표 대신 회사 얼굴마담인 신경재가 대신 촬영에 임했었다.

"그래, 너랑은 악연 깊은 개놈이지."

시간 약속을 똥으로 알고, 제 일이 아닌 모든 세상사가 하찮은 놈이었다. 그런 면면을 부끄러운 줄 모르고 신념인 듯 쏟아 내더니 '바빠서 이만' 사라진 그가 괘씸했지만, 억지로 마음을 다스려 소중한 첫 기획을 진정성 없는 편집 기술로 그럴듯하게 탈바꿈해 내놓았건만.

"그때 화장 떡칠하고 개기름 흐르는 얼굴을 내 볼에 비비며 기념 샷 찍는다고 주접떨 때 망설이지 말고 목숨을 끊어 주었다면, 저분의 어린 따님 불행은 막을 수 있었겠네요."

영상 잘 나왔다면서, 고맙다며 사무실로 쳐들어와 다짜고짜 지현의 볼과 어깨와 손을 마구 조몰락거렸었다. 그걸 본 정 이사가 지현 대신 정색해 크게 항의를 하고, 민환이 지현을 포박해 가두지 않았다면 저놈은 그날 저승 가고, 그녀는 그날 감옥 갔을 것이다.

"널 아끼는 마음에 그날 살인을 막은 게, 천추의 한이 될 줄이야."

그때였다. 사람들 시선에 작은 소리로 타이르던 신경재가 악다구니하는 아주머니를 상대하기로 태세를 바꾼 모양이었다. 말리는 보안 요원을 과장되게 떠다미는 것을 시작으로 거칠게 해 대기 시작했다. 아주머니가 두 손으로 쥐고 있던 사연 대자보를 마구 찢고, 밟았다. 놀라 휘청이는 아주머니를 떠밀기까지 했다.

"법대로 해! 명예훼손이 얼마나 무서운지 몰라, 아줌마? 아줌마 딸이랑 서로 좋아서 벌어진 일이야! 그리고 오히려 아줌마 딸이 멀쩡한 남자 팔자 망친 거라고. 나야말로 그 여자애 때문에 망신이나 당하고, 피해가 이만저만이 아니라고!"

사람들이 대놓고 촬영하는 것에 몰린 그가 카메라 렌즈를 의식하며 연기 아닌 연기를 시작했다.

"뭐, 이 새끼야! 이 천하의 불한당 같은 놈! 하늘이 무섭지도 않냐! 네 딸보다 어린애였어!"

품위를 벗어던진 개새끼는 기어이 엉겨 붙어 개싸움을 연출하기 시작했다. 정의롭지 못한 일에 맞선, 상남자의 면면을 그리고 있는 듯이. 그것이 관중들에게 더 억울해 보일 거라 계산한 모양이었다. 경력이 의문스러울 만큼 매우 엉성한 발연기였다.

그러나 하필 보안 요원이 둘이나 붙어 말리는 아주머니는 상황이 불리해졌고, 요상하게도 양팔을 집힌 채로 신경재의 행패에 당하는 모양새가 되어 가는 것이었다. 정 이사가 한 걸음, 저도 모르게 홀린 듯이 사람들을 비집고 나서는 것이 보였다.

"내 딸은 네놈이 총각인 줄 알았어! 네 놈의 결혼 약속을 믿었다고! 내 새끼 배 속 네놈의 새끼까지……! 이…… 이 악마 같은 놈아!"

신경재는 연예계에서 유명한 사람임에도 사생활은 잘 드러내지 않았던, 신비로운 인물이기는 했다. 그녀가 영상 촬영 전에 사전 조사를 위해 검색을 했을 때도 신상이 분명한 것이 없었다. 그저 몇 년 전 갑자기 중년 아이돌로 유명세를 탔다는 것, 그리고 그의 경력을 차지하는 숱한 막장 드라마 리스트가 전부였다.

철저히 감추고 싶은 이유는 완벽히 방탕하기 위해서였나. 아이를 가진 여자가 약을 먹고 죽고 싶었을 절망과 비탄의 무게가 느껴져, 지현은 손으로 입을 가리고 눈을 질끈 감아야 했다.

"여기서 더 떠들 것도 없고! 경찰서 가서 고소하시라고! 법정에서 싸우자고! 내 이미지 실추도 명백히 영업 방해야!"

누가 누구한테 법정 싸움을 예고하는 것인가, 이맛살이 아프게 찌푸려지는 동안 정 이사는 벌써 아주머니 곁에 서 있었다.

"이 건물 12층에 있는 활, 정은희 대표입니다. 그거 놓으세요."

정 이사가 그녀보다 두 배는 큰 보안요원의 팔을 톡톡 쳤다. 네? 하고, 갑작스러운 누군가의 출현에 지적을 받은 보안 요원의 얼굴이 무섭게 일그러졌다.

"놓으시라고. 이 아주머니 이 빌딩 땅 밖에 있어요. 확성기를 들고 떠든 것도 아니고, 영업 방해를 목적으로 온 게 아니잖아요. 말릴 권리 없어요, 그쪽이."

마치 범죄자 속박하듯 함부로 팔을 잡아 옥죄고 있는 두 장정의 팔을 번갈아 찰싹찰싹 쳤다. 지현은 그런 정 이사가 어쩐지 아슬아슬해 보여 슬그머니 그녀 옆에 가 섰다.

"우리도 이 건물 사람이 보내서 나온 겁니다, 대표님."

보안 요원들의 팔을 풀어내기 위해 눈싸움을 시작한 정 이사를 대신해 이번엔 지현이 나섰다. 정 이사의 너무 작은 체구가 외로워 보여 옆에 서야 했기 때문이었다.

"우리나라 집시법상 1인 시위는 불법이 아닌 걸로 알아요. 게다가 개인 한 사람을 성토하는 내용인데, 건물 전체를 담당하는 보안 요원이 개인인 신경재 씨를 대신해 아주머니를 쫓아내는 것도 웃기는 일이잖아요? 경비실과 보안 팀 직원들이 신경재 씨 개인 용역은 아닐 텐데요? 동네 깡패도 아니고 보기 흉하게, 이게 뭔가요?"

출근 시간의 압박도 이겨 내며 주변을 에워싸고 있던 다른 사람 몇몇도 놔줘요! 하고 목소리를 보탰다.

"괜히 끼어들지 말아요, 아가씨. 뭘 모르나 본데……."

신경재는 목소리를 잔뜩 줄이고 그녀에게 속삭이듯 말했다. 은밀히 뭔가를 더 말하고 싶은 모양인지, 얼굴을 잔뜩 들이대는 통에 지현은 티가 나게 불쾌한 얼굴로 그를 밀어내고 말았다.

"뭐 하는 거예요!"

어디다 그 얼굴을 들이밀어?

"뭐야, 너 또 우리 지현이 추행하니!"

정 이사가 지현이 펄쩍 뛰는 순간 득달같이 달려왔다. 사람들이 웅성대기 시작했다. 지현의 날카로웠던 '뭐 하는 거예요!'와 정 이사의 '너 또, 추행'에서 야기된 추잡한 상상들이 뭉게뭉게 피어나는 것이 눈으로 보일 지경이었다.

"뭐라는 거야! 내가 뭘 어쨌다고 이래!"

그것을 사람들의 반응에 극도로 예민한 상태의 신경재가 눈치채지 못할 리 없었다.

"너 옛날에도 우리 지현이 만지고 안고 그랬잖아!"

"내가 언제……!"

"이, 사, 님!"

지현이 흥분한 신경재와 너무 가까운 정 이사를 뒤로 끌어다 놓으며 엄하게 불렀다. 응? 왜! 눈에서 화염이 나오고 있던 정 이사에게 지현이 서슬 퍼런 목소리로 대답했다.

"만지고 안다니요. 만지고, 안고, 볼을 비비고! 쪼물딱대고! 내 걸, 지 거처럼! 그것도 회사 안에서! 막! 어? 막!"

"어, 그래! 막!"

사태는 살짝 이상하지만, 바람직하게 돌아가기 시작했다. 일단 신경재 옆을 지키던 경비실 직원이 그에게서 물러나고, 아주머니를 붙들던 두 보안 요원도 사태에서 슬쩍 물러났다. 그리고 웅성웅성 대던 사람들은 이제 무섭게 침묵하기 시작했다. 그 침묵이 의미하는 바를 구석에 몰린 신경재가 또 모를 리 없었다.

"너희 뭐야. 너희도 저 여편네랑 한편이야? 누구 사주받고 사람을 쓰레기로 모는 거야! 누구야, 이진오! 그 새끼가 벌이는 일이지!"

갑자기 툭 막장 드라마계 라이벌 연기자인 이진오를 우짖는 걸 보니, 이 미친 자는 윤리 사상만 병든 것이 아니라, 망상증까지 앓는 모양이었다.

"말해, 누구냐고! 누구 사주받았어! 내가 순순히 당해 줄 줄 알아?!"

아무 말이나 뱉다가 놀랍게도 홀로 확신을 얻은 신경재는 급격히 흥분해 날뛰기 시작했다. 입고 있던 누르뎅뎅한 명품 코트를 벗어 바닥에 내동댕이치고, 악을 쓰며 한동안 드라마 대사 같은 복식 발성을 서슴지 않았다.

"이것들이, 누굴 호구로 봐? 내가 순순히 당해 줄 줄 알고? 약 처먹고 쇼하는 년이랑 다 한패지?"

뭐? 아까 서로 좋아 벌어진 일이라고 당당히 말한 것은 껄렁껄렁하긴 했어도 썩 괜찮은 변명이었던 모양이다. '약 처먹고 쇼하는 년'에 비하면. 지현은 결국 참지 못하고 말았다.

"버젓이 가정이 있는 놈이 총각 행세 하며 멀쩡한 여자 인생

망치고도 당당한 척하는 게 쇼라고 하는 거야, 이 무식한 분아. 어차피 전 국민한테 팔린 얼굴이라고, 쪽팔린 줄도 모르는 거예요?"

신경재는 눈 깜짝할 사이 달려들어 지현의 멱살을 높이 들어 올렸다. 갑작스러운 거센 힘과 목이 눌린 채 탈탈 흔들리는 것은 별로 큰 타격이 아니었다. 지현은 드디어 제 눈에서도 불이 튀는 노여움을 느끼기 시작한 것이다.

평범하게, 보통으로 사는 인생의 유일한 장점은 모나거나 유난하지 않은 심신의 건강을 유지한다는 것이다. 적당한 선을 지키고 살며, 그 선을 벗어나는 것에 충분히 분노를 느낄 줄 안다는 것이다. 그래서 지현은 지금 정도를 벗어난 것들에 두려움이 아닌 분노를 느끼고 있다. 덕분에 전혀 아프지 않았다.

"뭐 해요! 이 건물! 소속 회사! 우리 직원이 폭행을 당하고 있잖아요!"

정 이사의 날카로운 외침에 물러나 있던 보안 요원 둘은 잽싸게 신경재의 두 주먹을 그녀의 목에서 떼어 냈다. 두 장정에게 두 팔이 나란히 꺾이고 속박된 것은 이번엔 신경재 그였다.

"미친 새끼……! 내가 가만 안 둘 거야, 너! 이 후쿠시마 방사능 오염수로 염장을 할 새끼. 껍데기를 홀랑 벗겨 개나 줘 버려야지. 아니지, 개 주기도 더러운 새끼지! 어후!"

괜찮아? 지현을 살피면서 정 이사는 연신 육두문자를 쏟아 냈다. 막힌 줄도 몰랐던 밭은 숨이 쌕쌕 쉬어지다가도 지현은 정 이사의 앙칼진 욕 퍼레이드에 큭큭 웃어야 했다.

* * *

그날 아침 회사 분위기는 사뭇 삭막했다. 먼저 살자와 함께 회의실로 들어간 정 이사는 들어간 지 10분 만에 핏기 없이 새하얗게 질려 초주검 상태로 나왔다.

"부 대리야……."

정 이사는 민환의 부축을 받고 서서 지현에게 처연히 유언을 남기고자 했다. 지현은 두 손을 곱게 앞으로 모으고, 얌전히 그녀의 말을 기다렸다.

"네."

"……내 마지막 부탁이다."

"네."

"들어가서는 입을 다물어, 제발. 우리 부디 오래 봐야지?"

살자의 방을 두드렸지만, 안에서는 대답이 없었다. 지현은 들어가길 청했으나 기별을 받지 못했으니 이대로 뒤돌아 가도 되지 않을까, 나름 긍정적 해석을 해 보았다.

"부지현, 입니다……?"

개미만 알아들을 수 있는 가느다란 목소리로 재차 알렸다. 동공을 좌에서 우로 빙그르르 돌리는 동안 기다렸다가 회심의 미소를 막 지었던 그 순간이었다.

찰칵, 하고 절로 열린 문. 범용이 손수 문을 열어 웰컴 투 헬을 알렸다. 머뭇거리는 그때, 범용이 그녀의 어깨를 한 손으로 잡아당겨 강제 입실을 시키고 문은 지옥의 그것처럼 탕, 하고 뒤에서 닫히고 말았다. 뒤로는 문이 닫히고, 앞으로는 거구의 살자가 버티니 흡사 불구덩이에 갇힌 기분이 되었다. 아, 이곳이 지옥이구나. 땅 파는 수고가 없어도 입장이 가능한 곳이었구나.

지현은 정 이사의 유언을 꼭 받들기로 작정한 대로 입술을 꽉 깨물었다. 고개를 푹 숙였다. 시선을 마주치면 힐난하는 눈을 보게 되고, 그럼 그녀는 약속을 지킬 수 없을 것이었다. 지현은 침을 꼴깍 꼴깍 넘겨서 말을 삼켰다. 그러나 자신의 침 넘기는 소리가 제 귀로 들릴 만큼 방은 끔찍하게 고요했다.

"······부지현."

목소리가 정수리 위에서 쏟아지자 찌르르, 하고 솜털이 돋을 만큼 전율이 일었다. 저도 모르게 고개를 번쩍 들어 범용과 눈이 마주쳤다. 원래도 표정이 없는 사람이었다. 그렇지만 표정이 없는 표정들에도 매번 표정이 있다는 것을, 그를 오래 알아 온 그녀는 알고 있다.

"······잘못했어요."

그래서 지현은 정 이사의 당부가 아닌, 진심으로 잘못을 순순히 인정했다. 형형하게 빛나는 두 눈이 무서워서가 아니라, 두 푸른 흰자에 터진 실핏줄을 보았기 때문이다. 이마 끝에 가는 잔머리가 젖어 있어서. 꾹 다문 입술이 말라 있어서. 범용은, 걱정하고 있었다.

"뭘 잘못했는데."

"네?"

"뭘 잘못했냐고."

"음······."

아랫입술을 씹으며 말을 고르는데, 그가 뜨겁고 기다란 한숨을 내쉬는 바람에 지현은 다시 입을 다물어야 했다. 그의 안에 오래 고여, 더 짙은 숨이 바람을 일어 눈썹을 간질이자 몸이 굳는 기분이었기 때문이다.

"고개 들어."

"들고 있는데요."

"더."

지현은 턱을 높이 쳐들고 그의 눈치를 봤다. 범용은 그녀의 턱을 손으로 잡아 고개를 옆으로 비틀었다. 그의 따뜻하지만 사나운 악력에 놀라 소리를 내어 하아! 하고 들숨을 쉬고 말았다. 그는 지현이 입은 울 니트 상의의 터틀넥을 검지로 거칠게 내렸다.

"선배……!"

지현은 저도 모르게 '이사님' 대신, '선배'로 부르고 말았다.

"가만있어."

놀라 그의 손목을 붙들었지만, 범용은 저항받지 않고 아예 고개를 숙여 한쪽 목둘레에 붉게 남은 자국을 확인했다. 아까보다 더 짙은 숨이 그녀의 볼에 쏟아졌다. 솜털이 설 만큼 긴장되는 순간이었다.

시발, 하고 시작된 이 악문 상소리들이 움직이지도 않는 범용의 입술 새에서 마구 쏟아져 나왔다. 너무 상스럽고 험악해서 지현은 저도 모르게 그의 팔뚝을 찰싹 때렸다.

"미쳤어요?"

그러거나 말거나, 범용의 새카만 동공은 그녀의 목덜미에 남은 자국에 꽂혀 있었다. 그렇게 단단히 그녀의 살갗에 시선을 박은 채로 그가 말했다.

"네가 잘한 건 없지만, 잘못하지도 않았어. 더러운 거 만나면 피해서 가는 게 아니라, 치우고 가는 게 맞는 거니까."

"……화난 거 아니었어요?"

다친 데가 있어서 조금이나마 면죄를 받아 보나, 은근슬쩍 기대를 담아 소심한 목소리로 물었다.

"화났어. 더러운 거 치운 사람이 하필 부지현이라서."

아직도 턱을 잡힌 상태라 고개를 획 돌려 그를 정면으로 보지는 못했어도, 지현은 그 순간 그의 얼굴에 표정이 드러난 것을 엿보았다. 어두운 이채가 흐르는 범용의 눈은 마치 자신이 아픈 것처럼 찌푸려진 채였다. 뭔가 말을 해야 할 것 같아 입술을 달싹일 때, 그가 또 말을 했다.

"더러운 거, 미리 안 치워 둔 내 잘못이지."

그때 죽였어야 했어, 하고 다시 상스러운 소리가 그 후로 오랫동안 흘러나왔다. 욕을 멈춰야 했다. 아아, 귀에서 피가 날 것 같았다. 지현은 임기응변으로 엄살을 택했다.

"아파요."

"아파?"

"네, 아파요. 턱 좀 놔주면 안 될까요?"

그의 손이 떠난 자리는 여전히 화끈했다. 흠흠, 어쩐지 불편한 목을 가다듬으며 너무 가까운 범용과의 거리를 의식했다. 터틀넥을 매만져 올리고, 스커트를 괜스레 쓸었다.

"부지현."

"네."

"병원 다녀와라."

"상처도 없는데요, 괜찮을 것 같……."

"데려다줄까?"

저릿!

지현의 눈이 크게 벌어졌다. 낮게 갈라진 목소리, 한 자씩 억누른 발음들. 살갗에 닿는 묵직한 울림까지. 어제 꿈같이 그녀를 괴롭힌 그 음성처럼 머리통을 후려쳤다.

'흔들어 줄까?'

'데려다줄까?'

번쩍 위로 들린 그녀의 시선에도 범용은 흔들림 없이 그녀를 보았다. 그저 지현을 당장 병원으로 보내는 것만이 중요하다는 듯이, 평소의 그처럼 고집스러운 눈이었다. 평이하고, 다를 것 없는 범용의 눈에 지현은 너무 혼란했다. 당황하는 그녀를 뒤늦게 알아본 그가 미간을 찌푸렸다.

"왜, 아직도 아파?"

그리고 성큼 거리를 좁혀 그녀의 턱으로 다시 조심스럽게 손을 뻗는 것이었다. 눈두덩에 뜨끈하게 열이 올라서 지현은 질끈 감아 버렸다.

그때, 꼭 감은 붉어진 눈두덩 안으로 마치 영화처럼 장면 하나가 스쳤다. 갈증이 나 연신 입술을 깨물고, 입을 달싹이는 그녀를 위해 남자는 생수병을 들이켜고 입에 머금은 냉수를 키스로 흘려 보냈다. 갈급한 몸짓으로 더 열렬히 그의 입술을, 혀를, 입 안을 핥고 빨았다. 그사이 남자의 손은 그녀의 블라우스 단추를 모두 풀어 헤쳤다. 브래지어 위를 아프게 쥐는 우악스러운 손길에 지현은 그의 입술을 깨물었다. 그가 아랫입술을 떼는데도 그녀는 입술 살점이 길게 늘어질 때까지 물고 놓지 않았다. 목구멍 깊은 곳에서 울려 나오는 남자의 웃음소리.

그리고.

'미치겠네······.'

그 소리를 발음하는 그의 붉은 입술을 보며 지현이 가쁘게 숨을 뱉었다. 잠시 그렇게 반 벗은 몸을 맞대고 대치했다. 그녀가 그의 턱에서, 입술에서, 저 위로 힘겹게 시선을 올리려는 그때, 몸이 붕 들렸다. 바닥에서 발이 떨어지고, 남자는 브래지어 아래가 들린 사이로 비어져 나온 가슴살을 아프게 깨무는 것이다.

그의 어깨 위로 두 팔을 짚어 버티며 야릇한 자극에 고개를 뒤로 젖혀 한숨을 뿌렸다. 한숨은 곧 신음이 되고, 까무러치듯 몸서리를 치는 그때 그녀는 매트리스에 그와 함께 떨어졌다. 모두 드러난 젖가슴을 차지한 남자의 새카만 머리카락을 쓸어내리는데, 그에게서 나른한 목소리가 흘러나왔다.

'네가 시작했어, 부······.'

* * *

그녀의 휴대전화에는 그날 밤 진범용과의 통화 내역이나 메신저 대화 내역이 전혀 없었다. 있었다고 해도 지현은 그를 의심하는 것이 힘들었을 것이었다. 열정적이기보다 냉소적이고, 살갑기보다 거리

유지에 능한 진범용을 그날 밤 충동적인 그 잠자리 상대로 가져다 놓는 것 자체가 어불성설이었다.

그런데도 점점 더 크게 그로 기우는 것은 단 하나, 그 목소리. 정확히는 전신을 울리는 전류의 세기. 귓가에 찰싹 붙은 목소리 때문에 지현은 도저히 업무에 집중할 수가 없었다.

'흔들어 줄까?'

'네가 시작했어, 부⋯⋯.'

부, 부.

자꾸 되풀이되는 환청에 이마와 가슴이 뜨끈해지며, 두 볼이 벌겋게 달아오른다. 상상만으로도!

그녀를 그렇게 불렀다는 건, 선배처럼 가까운 사람이라는 말이다. 그럼 정말 진범용? 그가 왜? 도대체 어떻게 그가? 열 여자가 홀딱 벗고 떼로 덤벼도 저 무표정일 남자가.

그리고 회식 때도 없던 그가 어디서 갑자기 나타나 그녀와 함께 호텔 갈 적절한 핑계를 강구했을까. 아니! 아무리 이렇게, 저렇게 진범용 캐릭터를 각색해 보아도 아니었다. 그는 절대 그녀와 그럴 리 없다. 애석하게도 아주 잠깐만 스치고 만 기억의 파편이 머리통에 박힌 채로 지현은 좀비처럼 생기를 잃어만 갔다.

띠익!

귀를 후비고 들어오는 난데없는 기계음에 지현은 발작하듯이 몸을 부르르 떨었다.

"뭐 하는 짓이야."

민환은 지현의 귓구멍에서 꺼낸 체온계를 읽고 있었다. 이

인간은 저런 걸 왜 소지하고 다니는 거야?

"왜 열이 없지? 이거 고장인가?"

다시 해 보자, 하고 다시 귓구멍을 노리는 민환을 의자째로 발로 차 밀어냈다. 저쪽에서 다시 의자를 운전해 다가온 그는 걱정스레 그녀를 보는 것이었다.

"얼굴이 벌게, 너."

민환은 또 백팩 지퍼를 열고 부산하게 뭔가를 찾기 시작했다.

"안 아파, 아무것도 처방하지 마."

단호한 철벽에 민환은 약통을 꺼내지 못해 아쉽다는 듯이 입맛을 다시더니, 제 책상 서랍에 있던 탁상용 선풍기를 꺼내 그녀의 책상에 놓았다.

"한겨울에 선풍기를 틀어 주다니. 넌 참 좋은 친구야. 잘 쓰고, 꼭 감기에 걸려 볼게."

"요즘 왜 이러는 거지, 부지현? 아슬아슬, 불안해 죽겠네?"

"너야말로 왜 이러지? 왜 자꾸 날 걱정하는 척하는 거지?"

"난 늘 널 걱정해. 부지현 없으면 난 이 회사에 다닐 이유가 없어."

민환의 진심 어린 고백은 불행히도 누구의 심금도 울릴 수 없었다. 옆에서 듣고 있던 정은희 이사가 선뜻 나서 주었기 때문이다.

"그럼, 그럼. 자기 일 미루고 도망가고, 어렵고 품 드는 업무 독박 씌울 동기 없으면 예민환 쟤가 여기 어떻게 있니? 우리 부지현이 호구해 줘야 월급 따박 따박 타 먹는 재미도 쏠쏠하겠지. 부 대리야, 네가 예 대리 밥줄이다. 의미가 커!"

정 이사님 덕분에 깨달음은 빨랐다. 이기적이고, 자기중심적이고,

빼질빼질하고, 예민하기까지 한 민환을 불쌍히 여긴 그녀의 탓이다. 귀한 동기를 이렇게 개 버르장머리로 만든 건 전적으로 부지현이 물러 터진 덕분인 것이다. 지현은 눈이 찢어지게 민환을 째려보았다.

"사랑해, 부지현."

민환의 얄미운 얼굴에 침을 퉤 뱉는 대신, 그가 제일 혐오하는 닭기 전 맨손을 척 붙여 드렸다. 부디 짭짤하길 바라며 그의 입술에 손바닥 정중앙을 교묘히 맞추었다.

"나도 사랑해, 예민환. 이 손에 있는 수억 마리 세균만큼, 널 사랑해."

사랑을 나누마.

"……떨어져."

그 순간 두 사람의 정수리로 떨어진 천만근 무게의 명령어. 살자는 그 명령어 하나만 바위처럼 투척한 뒤, 들어오던 기세 그대로 늦추지 않고 주된 서식지로 사라졌다.

쾅, 하고 문이 닫히기 전 살기 어린 범용의 눈이 잠깐 엿보였다. 그 사나운 눈에 놀란 지현은 돌처럼 굳어 버려, 오히려 명령어 수행에 애를 먹게 되는 것이다.

"방금 살자가 너희한테 그런 것 같지 않니?"

"그……죠? 우리죠?"

정 이사가 상냥하게 깨달음을 주었지만, 지현은 방금 제게 닥친 음성을 다시금 꿈속의 그 목소리와 과학적으로 비교 분석하느라 움직이지 못하고 있었다.

"부지현?"

"네?"

정 이사는 모니터에 집중하며 재차 상냥했다.

"우리 예민한 예민환 저러다 숨넘어가겠잖아? 손!"

지현은 그제야 손바닥에 갇힌 민환을 석방했다. 닿아 있던 입술 때문에 축축해진 손바닥을 그의 '오후 셔츠'에 쓱쓱 닦았다. 새빨갛게 터지기 직전인 그에게 지현이 샐샐 웃어 주며 말했다.

"숨 쉬어."

"나 썩고 있는 것 같아……."

으이그, 진심으로 지겨워하며 의자를 다시 힘껏 발로 차 주었다. 근데 방금 떨어져, 하던 목소리가 말이다? 저 멀리에서 나직이 뱉은 그 목소리의 거리감이 말이다. 그것이 매우 마음에 걸린단 말이다. 귀로만 들리는 것이 아닌, 너무 가깝고 오묘한 공명들이 낯설지 않다. 그는 분명 저쪽에서 한마디 했던 것뿐인데도, 지현은 아까 '데려다줄까?' 때도 이처럼 전율했음을 떠올렸다.

"민환, 잠깐만."

지현은 앉은 자세로 의자를 운전해 겨우 제자리에 닿은 민환을 다시 저 멀리 사무실 입구까지 밀었다.

"야!"

"야아!"

황당한 민환과, 애들 싸움에 자꾸 집중력 잃고 있는 정 이사가 동시에 짜증을 냈지만, 지현은 민환에게 잽싸게 명령했다.

"거기서 내 이름 불러 봐."

"……."

지현이 하는 모든 것에 어깃장으로 놓는 평소의 민환이기에.

"내 이름."

"꺼져."

그녀는 씨익 미소 지으며 이번엔 귀를 기울였다. 뭐라고? 어깨를 으쓱해 안 들리는 척.

"꺼지라고."

분명 저쯤에서 범용이 '떨어져'라고 했을 텐데. 지현은 너무 먼 민환의 목소리와 비교하니 분명해진다. 꿈속인지, 기억 속인지 그 속에서 그녀를 까무러치게 했던 그 목소리의 너무 가깝던 울림. 귀로만 깔끔하게 꽂히는 민환과 비교하니 확실히 알겠다.

범용의 목소리는 꿈속의 목소리와 싱크로율이 완벽하다! 그녀가 떠올린 장면들이 그냥 그저 꿈이나 상상력의 산물이 아니라면!

히익, 그렇다면!

* * *

"이게 뭘까요?"

"이런 걸, 꽃이라고 불렀던 것 같아. 응, 그래. 기억나."

"이 흉물스러운 게 왜 내 책상 위에 있는 걸까요?"

지현은 점심 식사 후 자리로 바삐 돌아와 '신경재 사태'와, '흔들어 줄까 사태'로 아깝게 낭비한 오전 업무를 보충하려 했다. 그러나 제 책상 위를 그득 차지하고 있는 스케일도 섬뜩한 이것의 정체는……?

그녀는 들고 있던 칫솔 끝으로 꽃바구니를 소심하게 톡 밀고 한 걸음 물러났다.

"이런 흉물스러운 것을, 내 오래전 기억이 맞다면, 아마 꽃, 바, 구우니? 응, 그래! 꽃바구니라고 불렀던 것 같아. 맞을 거야, 꽃바구니. 확실하지 않지만, 둥이 엄마 이전 생에서 받았던 기억이 있어."

정 이사도 아련한 얼굴로 지현처럼 꽃바구니라고 불리는 것에서 한 걸음 물러났다.

"잘못 배달된 꽃바구니는 어디로 연락해야 해요? 보안 팀? 경찰?"

국가정보원? FBI, NASA? 아는 기구 이름들을 끝도 없이 나열하려는 지현의 어깨를 툭 밀어 이 흉물스러운 것의 정체를 확인하게 한 정 이사가 말했다.

"터지는 건 없는지 확인해. 우리 둥이들 이제 세 살이다. 폭발물이라면 네가 혼자 안고 여기 12층에서 뛰어내리도록."

지현은 울며 겨자 먹는 심정으로 검붉은 장미 무덤 한가운데, 보랏빛 찬란한 카드를 두 손가락으로 조심히 꺼냈다.

[생일 축하합니다. 오늘 저녁 어때요? - 남주형]

지현과 정 이사는 쪽지에서 눈을 떼고 서로를 마주 보았다. 한참을 서로의 맹한 표정에서 해답을 찾다가, 답답한 정 이사가 먼저 입을 열었다.

"잘못 왔나 봐, 그치?"

"음…… 그죠? 받는 사람 이름이 없네. 받는 사람 이름이 없어서 아무 책상에 버린 건가? 남 피디님한테 알려야겠죠?"

대화의 내용과는 상관없이 아직도 미심쩍은 얼굴이던 정 이사는 흠흠, 목을 가다듬고 자신감 없이 물어 왔다.

"저어기…… 혹시 말야? 부지현 너, 생일이 언제니?"

그녀의 자신 없는 두 눈을 번갈아 들여다보며 지현이 맹하게 대답했다.

"오늘이요."

"아……."

마주 봤던 두 사람의 고개가 동시에 꽃바구니로 향했다. 그리고 동시에 지현은 카드를 공중에 집어 던지고, 정 이사는 자신의 머리카락을 움켜쥐며 외마디 비명을 질렀다.

"아악!"

미치겠다. 생일날 남자에게 서프라이즈 꽃바구니 배달이라니! 이런, 진부하고 식상한 순간을 다시금 맞이하다니! 내 인생은 도대체 어디로 흘러가는가. 지현은 어제 눈뜬 찰나부터 시작된 이 진부한 저주가 아직 끝나지 않았다는 것에 절망했다. 어떻게 해야 끝나는 거야, 이 머피는! 정말 내가 죽어야만 끝나는 거야?

"이 미친놈이 어디서 쌍팔년도 썸질을! 이런 똥센스로 무슨 크리에이티브 콘텐츠 일을 하겠다는 거야! 내가 사채를 땡겨서라도 이 미친놈의 지분을 다 사들이고, 지구 밖으로 던져 버리겠어! 남주형, 이 인간 어디 갔어! 이거 또 있지도 않은 외근 핑계 대고 나갔지!"

지현과는 다른 의미로 절망한 정 이사는 대노하여, 남주형을 부르짖기 시작했다.

* * *

똑똑.

"들어와요."

범용은 누군가 안에 들어와 문이 닫히고도 한참 아무 말이 없다는 것에 인상을 쓰며 정면을 보았다. 보통은 뚜벅뚜벅 책상 앞에 서서, 보고나 확인 같은 용건을 빠르게 말하고 그의 답을 기다리는 데에 10초면 충분하니까. 그런데 보통의 경우에서 벗어난 경우라면.

"뭔데."

범용은 습관처럼 한숨을 뱉으며 앞에 선 지현에게 먼저 물었다.

"뭐냐니까."

"저기."

"어디."

"……"

지현이 늘 하던 것처럼, 저도 모르게 말꼬리를 잡고 장난을 쳤다. 그러나 실없는 짓이 주효했는지 그녀는 망설이던 것도 잊고 정색하며 덤비듯 말하는 것이다.

"49금 아재 장난을 어디서……."

"까불 거면, 퇴근 시간 지나서 하지? 부지현 대리."

"……선배."

퇴근 시간 이후에나 선배 소리 하던 지현이어서, 범용은 노트북 위에 아직 대기 중이던 두 손을 거두고 의자에 등을 묻으며 다음 말을 기다렸다. 무슨 일인데.

"나랑 저녁 안 먹을래요?"

없었던 일은 아니다. 업무 시간 외에 지현과 단둘이 밥을 먹는 일이. 지현을 이 회사에 데리고 온 초창기에는 일 때문에 자주 그랬었으니까 말이다. 물론 그 모든 경우, 그가 먼저 제안했었다. 그것을 은연중에 의식하고 있는 범용만 아는 사실이겠다. 지현이 처음 먼저 그에게 말해 온 것을.

"약속 있으시면, 그냥 나랑 약속 있는 척만 해 줘도 되는데."

"……왜?"

"음, 저 밖의 유해한 세력들이 내 **삥끼**를 알아채지 않기만 하면 되는 거거든요."

늘 그렇듯이 저 좋알좋알 입 때문에 급격한 피로를 느끼며 마른세수를 했다.

"알아듣게 말해."

저녁을 먹자는 거야, 아니란 거야.

"누구 좀, 불편해서 그런데요. 저녁 약속을 거절할 명분이 없어요. 근데 아무도 날 도울 생각이 없는 것 같아요. 내가 이렇게나 인간관계가 협소해요."

"누구."

실망감은 너한테 드는 걸까, 나한테 드는 걸까. 묘했던 설렘은 빠르게 실망감으로 변했다.

"누구 피하는 건데."

"그냥……."

"남 피디?"

꿀꺽, 하고 침 넘어가는 소리로 대답을 대신 들었다. 범용은 헤드레스트에 기댄 머리를 삐딱하게 기울여 지현을 길게 훑었다. 촌스러운 꽃바구니 소식은 이미 한차례 회사 전체를 휩쓸었다. 두 시간 전부터 남 피디의 공식 썸녀가 된 지현의 얼굴은 흙빛이었다.

남주형, 이 자식이 기어이.

"왜 피하는데."

"불편해서요."

"왜."

하지만 그녀답지 않게 좀 더 냉정하게 철벽을 치지 않는 것이 신경에 거슬렸다. 범용의 따져 묻는 말투에 지현은 그의 눈을 뚫어지게 쳐다만 보는 것이다. 할 말이 많은 눈. 범용은 가만히 기다렸다.

"내가 누굴 좀 찾고 있는데요. 누군지는 모르겠어요. 그거 때문에 머릿속도, 가슴속도 무언가로 꽉 막혀 있어서 심신이 천근만근이거든요."

범용은 올곧게 꽂히는 지현의 시선을 피하지 않고 마주 봤다. 누구든 편하게 대하지도 않고, 아무도 그를 편해하지 않는데도, 어떻게 된 일인지 지현은 언제나 눈을 피하는 법 없이, 어려워하는 법 없이 범용을 대했었다. 친분을 쌓기 위해 별다른 무언가를 그녀와 공유해 본 적 없는데도 그랬다. 다른 이들과 달리 지현은 오히려 그 멀지도 가깝지도 않은 거리감을 편해하는 것 같았다. 범용, 그가 지현에게 그랬듯이.

"어떤 일인지 왜 안 물어요?"

"어떤 일인데."

"말할 수 없어요, 내 입으로는."

"어쩌라는 거야. 물으라는 거야, 말라는 거야."

어쩔 수 없이 그의 목소리는 불퉁했다.

"근데 그게 선배 같아요."

범용의 입이 도로 닫히고 말았다. 확신에 차지 않은, 확신 같은 말. 그렇다는 것은 그를 떠보고 있는 것이라는 말. 저렇게 그를 어려워하는 법이 없다, 부지현.

"선배 같은데, 어떤 대답을 할까 겁나서요."

지현의 상처받은 것 같이 젖은 목소리에 범용의 흐렸던 눈이 흔들, 출렁였다.

* * *

속절없이 남 피디와 마주 앉아 밥을 꾸역꾸역 먹어야 한다는 사실을 받아들이기 힘들어 어제 못 했던 조퇴를 꾀하던 그때였다.

[남 피디님이랑 약속 잡았어?]

팝업된 PC 메신저 창을 보다가, 대략 30cm 옆에 앉은 민환을 보다가 다시 메신저 창을 확인했다. 그리고 민환의 옆통수에 대고 물었다.

"바로 옆에 앉았는데, 왜 메신저로 묻는 거야?"

민환은 그녀를 보지 않고 요란하게 키보드를 두드렸다.

[업무 시간이잖아.]

"업무 시간에 메신저로 수다 떠는 게 더 용감하지 않니?"
너까지 보태지 마라, 한숨을 쉬는데 또 대화창이 떴다.

[남 피디님은? 밥 먹기로 했어? 전화 온 거야?]

"아니."

[전화 안 왔다고? 밥 안 먹는다고?]

지현도 이젠 민환을 일반적이고 정상적인 현실 속 대화의 세계로
이끄는 것을 그만두고 제 모니터로 고개를 돌려 앉았다.
"몰라, 아무것도 안 정했어. 머리 아파."

[안 내켜?]

"말하기 싫어."
지현이 정말 얼굴을 확 찌푸리며 툴툴거렸다. 그때 정은희 이
사가 자리에서 부스스 일어났다. 그녀는 지현을 물끄러미 보더니,
그녀의 눈앞에 대고 손바닥을 휘휘 저었다.

"무서워진다, 부. 너 귀신 보니?"

"그런 거 아니에요."

"그럼, 막 마음의 소리가 들려? 제 이, 제 삼의 인격이 말을 걸어?"

"뭐, 다중이요?"

지현의 얼굴은 이제 더 구겨질 데가 없이 구겨졌다.

"괜찮아, 부 대리야. 병은 감추는 게 더 안 좋다? 말해 봐. 누가 자꾸 너에게 말을 걸디?"

정 이사의 과한 걱정을 걱정스러운 눈으로 보고 있을 때 또 메신저 창이 팝업 되었다.

[조현병, 그거 무서운 거래.]

"조현병은 안 무서워, 친구야. 미친년을 작정한 네 옆의 준미친 년이 무섭지."

지현은 기꺼이 몸을 써 민환의 목을 낚아챘다. 외삼촌 서원이 1년 치나 미리 끊어 두고 기억상실 행세를 하는 바람에, 울며 겨자 먹는 격으로 대신 배운 격투기. 그때 관장님은 도를 닦고, 지현은 오로지 한 우물 파듯 헤드록만 갈고 닦았더랬다.

민환의 머리통을 옆구리에 야무지게 끼우고 숨통을 끊어 놓을 각오로 힘을 주기 시작했다. 소리도 요란한 기합이 무색하게 민환은 호흡 한 자락 흐트러짐 없이 머리통을 지현에게 내맡긴 채 물었다.

"그래서? 준미친년은 언제쯤 무서워지는 건데?"

치기에 불을 당기는 말을 듣고 발끈한 지현은 사력을 다해

민환을 옆에 끼운 채 내달리기 시작했다. 두 사람이 사무실 밖 복도로 사라지자, 비탄에 잠긴 정 이사는 홀로 중얼거렸다.

"넘치는 거 하나랑, 모자란 거 하나. 신년에 어디 용한 분께 작두라도 타 달라고 예약 걸어야 하나. 푸닥거리 비용도 산재 처리는 되나 문의해 봐야겠다."

"되겠어, 산재 처리가?"

"그치? 근무 중에 저 지경이 된 건지, 아니면 전생에서부터 저 지경인지 증명이 까다롭겠지?"

슬그머니 나타난 범용이 정 이사의 무거운 어깨를 토닥토닥해 주었다. 그리고 곧 평소보다도 더 낮고 스산한 목소리로 용건을 털어놓기 시작했다.

"정은희 이사님? 회사 차원에서 신경재를 상대로 법적인 조치를 진행할 예정입니다. 방금 정식으로 마성 엔터 측에 조처를 요구했고, 로펌 측과도 간단한 상담 마쳤습니다. 우리 쪽에서 맡아 진행 중이던 엔터 홍보 영상물 촬영과 홈페이지 관리도 전면 중단을 통보한 상태입니다. 무난히 진행될 것이라 믿지만, 사안이 사안인 만큼 어디 믿고 맡길 데에 기사 하나 작성하는 게 어떻겠습니까. 그쪽으로는 정 이사님이 힘써 주실 수 있을 것 같습니다만."

범용은 친구가 아닌 대표이사로서 협조를 정식 요청하고 있었다.

"네, 진범용 이사님. 안 그래도 오늘 저녁 만나 줄 기자님들과 연락 주고받고 있습니다. 그냥 우리 직원 하나 위해한 것만이 문제가 아니라, 대한의 딸로서도 그 쓰레기가 얼굴 팔아 잘 살고, 잘 먹는 사태를 좌시할 수는 없거든요. 아시다시피, 제 바깥양반이 일하는 언론사가 지저분한 연예계 일을 더 지저분하게 파헤치는 데에는 타의 추종을 불허하는지라 사태 좀 더럽게 만들어 볼 예정입니다."

쨍한 목소리로 각오한 바를 천명하는 정 이사의 어깨에 힘이 바짝 들어갔다.

"법인 카드 지참하세요."

범용은 긍정적이고 순탄한 대화의 마무리와는 상반된, 깊고 짙은 한숨을 내쉬었다. 그는 아직도 격투기 시합의 승패를 내지 못하고 있는 두 사람을 보고 있었다.

"걱정 마. 쟤네 저래 보여도 사이좋아."

"……그렇지? 사이가 참…… 좋아."

삐딱한 되물음에 옆에 있던 범용을 돌아본 그 순간, 그는 벌써 저 앞으로 나아가고 없었다. 그들을 지나며, 엉켜 있는 둘을 짧고 굵은 한 마디로 툭 떼어 놓고 회사 밖으로 사라지는 범용과 멍하니 그런 그가 사라진 데를 보고 선 지현을 보며 은희는 혀를 끌끌 찼다.

"등신들. 이 등신 삼 종 세트. 어디 진짜 용한 데 하나 뚫어야 하나, 어째야 하나. 맨 등신들만 모여, 이렇게."

* * *

예민환. 민환은 지현과 만난 지 6개월도 되지 않아, 한시도 지현의 곁에서 떨어질 줄 모르고 세트처럼 붙어 다녔다. 둘이 마치 날 때부터 단짝이었던 것처럼 붙어 다니는 꼴이 거슬린 건 이미 오래였다.

지현의 손을 수시로 제 것처럼 닦고, 아침에 출근과 동시에 지현이 벗어 놓는 외투에서부터 구두까지 따로 챙겼다. 데스크와 사무 용품을 닦고, 그녀의 방석과 의자 커버도 주기적으로 가져가 세탁한다. 그뿐이면, 그냥 결벽증 환자의 강박적 오지랖으로 여기겠지.

틈만 나면 그녀의 간식을 챙기고, 약을 챙기고, 영양제를 챙기고, 또 이미 챙긴 것도 다시 챙겼다. 타인과는 스킨십은커녕 말도 잘 섞지 않는 결벽증 환자는 유일하게 부지현에게만 곁을 주는 것이다. 아니다, 민환이 곁을 주는 것이 아니라 지현의 곁을 그 자식이 차지하고 있다.

어디 지현의 주변에 예민환 하나뿐인가. 남주형 이 화상은 또 어떻고. 태생이 자기 노력 하나 없이 잘난 그놈은, 여자에게도 노력이란 것을 하지 않았어도 늘 여자가 따랐다. 그런데 그렇게 부족한 것 없는 놈이 먼저 부지현을 콕 찍어 궁금해했다.

'부지현 씨라고 했나? 이번에 들어온 거야?'

복귀하기 전 사무실에 잠깐 들렀던 날. 주형이 그가 있는 회의실로 들어와 블라인드 사이로 훔쳐보던 건 다름 아닌 부지현이었다.

'일하러 돌아오는 거 아니면, 더 쉬어라.'

'일도 하고 님도 보고 그러는 거지, 인마.'

그 '님' 소리에 정색하며 주형의 뒤통수에 티슈 통을 던져 주었는데. 뒤통수를 대차게 얻어맞은 주형은 아련한 얼굴로 물었다.

'부지현, 부지현…… 이름이 익숙한데 말이야. 내가 아는 인물인가?'

'네가 어떻게 알아?'

'그러니까. 그럼 왜 이름이 익숙하지? 얼굴도 처음 보는 얼굴인데

말이야. 분명해, 처음 보는 여자야. 저렇게 예쁜 얼굴을 내가 못 알아볼 리 없잖아.'

'신경 꺼.'

주형의 멀었던 시선이 그에게 홱 꽂힌 건 그때였다. 기묘한 빛으로 변한 친구의 시선이 기분 나빴다.

'뭐지, 진범용?'

'뭔데.'

짓궂게 변해 가는 진득한 시선을 못마땅한 얼굴로 피하는데, 주형은 되레 흥미롭다는 듯이 그에게 물었다.

'익숙한 부지현이라는 이름에, 진범용의 어색한 그 표정을 더하니 어쩐지 기억이 나는 것도 같아.'

'나가.'

'부지현, 부지현…….'

'나가라고.'

'진범용, 부지현…….'

헉! 하고, 손에 괴어 놓고 있던 턱을 번쩍 든 주형을 보고 범용은 절망했다.

'그……! 그 대학 후배 맞지? 네가 술 취해서 목 놓아 불렀던! 그 애!'

와 씨! 진범용, 이 음흉한 새끼! 외치는 것과 동시에 주형은 회의실을 박차고 나갔다. 은희와 한참을 쑥덕대더니, 그날 주형은 새로 꾸릴 제 팀에 지현을 포함시켰던 것이다.

범용은 요즘 들어 자주 헤드 레스트에 뒤통수를 처박는 자신을 깨달았다. 역시 툭툭 뒤통수를 찧으며 엉망이 된 제 일상에 고함을 치고 싶은 심정으로 묵묵히 한탄했다.

옆에 딱 붙어 지현이 마치 제 것인 양 구는 민환만 아니었어도. 매일 모든 업무 시간 그의 눈앞에서 지현을 데리고 사라지는 남주형만 아니었어도. 자신의 두 눈을 두 손가락으로 찌르고, 그 두 손가락을 그를 향해 찌르며 '나는 너의 음흉한 마음을 알고 있다.' 경고하는 정은희만 아니었어도.

아니, 아니. 하필이면 그날 그를 도발한 부지현, 너 때문에!

한 번도 뻗쳐 본 적 없던 망신살이다.

감히 네가, 날 가지고 장난해?! 진범용을 가지고 놀아?!

* * *

[언니. 나, 단혜. 생일 축하해.]

퇴근을 위해 나가던 건물 로비에서 받은 단혜의 톡 메시지. 지현은 걷던 걸음을 멈추고 서서, 깊은 자책을 느꼈다. 마지막 연락이 반년 전이었나, 더 많이 지났든가 하는 아연한 기억력 때문에 더.

[고마워. 다음에 언제 한번 보자.]

의도하지 않는데도 저절로 건조해지는 문장에, 지현은 차마 보내지는 못하고 고민했다. 열 살이나 어린 동생이다. 받은 것보다 더 상냥하게, 따뜻하게 꾸며 낼 수도 있는 건데. 남들한테는 얼마든지 하는 거짓말인데. 그러나 윗입술을 깨물 만큼 마음을 굳게 먹고도 액정에 띄운 자판을 누르지 못하겠는 것이다.

단혜는 엄마의 두 번째 결혼 때 만난 의붓동생이다. 네 명이 단란한 가족이 되어 함께 살았던 시간은 딱 1년이었다. 영원히 살 줄 알았지만, 지현이 친할머니의 부름으로 억지로 본가로 가는 바람에 헤어졌다.

그리고 이즈음부터 어렴풋이 깨닫기 시작했다. 엄마의 딸인 자신은 어쩌면 영원히 이렇게 만남과 헤어짐을 습관처럼 해 나가야 하는 걸지도 몰라, 하고.

그래서였다. 예민하고 아프던 시절을 맞아 지현이 가장 먼저 버린 것이 단혜였다. 하지만 단혜는 인생에 처음이자 마지막으로 만난 자매를 지금까지 버리지 못하는 것이 비극이었다. 지현은 결국 답 메시지를 그만두어 버렸다. 로비 중간에서 멈췄던 걸음을 다시 시작했을 때였다.

"마음에 안 들었나 보네? 나름, 최고로 인상에 남았으면 하고 고민해 본 건데."

남 피디.

방금까지도 이 양반을 손수 죽이겠다고 날뛰던 정 이사를 떠올리며 지현은 피식 웃었다. 퇴근 시간이 극적으로 자신의 목숨을 살렸다는 사실을 알까?

"웃는 걸 보니, 성공이었나?"

그녀의 웃음을 칭찬으로 받아들이고 기뻐하는 남 피디였다.

"성공하셨어요. 내 생애 가장 소름 돋는 생일 빵이었어요. 인상적이었습니다."

"다행이다. 예민환 대리 조언이 먹혔네. 그래도 받자마자 창밖으로 버린 건 아니죠? 비싼 건데."

예민환이었구나. 그래서였나, 지현이 질색하는 걸 보고 만면에 흡족해했던 민환의 얄밉던 얼굴.

"못 버렸어요, 아직."

"카드도?"

"네, 그 카드도 아직."

머리에 쓰고 있던 비니를 벗어 코트 주머니에 넣은 남 피디가 할 말이 남은 모양, 장발 머리카락을 흐트러뜨려 귀 뒤로 꽂으며 빤히 그녀를 보았다.

"꽃이랑 달리 그 메시지 카드는 폭탄 아니고, 진심인데."

"아…… 어쩐지 터지지는 않더라고요."

실은 꽃보다도 그게 더 처치 곤란이었다는 그녀의 진심을 알아봐주기를 바라며 지현이 어색하게 눈만 웃었다.

"그럼, 저녁 제안은 거절?"

"네, 거절이요."

그녀를 굽어보려 기울이고 있던 그의 고개가 이번에는 반대로 기울어졌다. 거절의 말을 듣고도 흥미로워 죽겠는 두 눈이 부담스러웠다.

"음, 선약?"

"네, 선약이요."

"아쉽지만, 알았어요. 근데 거절 아니고, 그냥 좀 미룬 걸로 하죠. 나도 그 작은 회사에서 나름 지위와 명예가 있는 사람이라."

"네, 미룬 걸로요."

남 피디의 어색하고 낯선 제안이 그녀도 익히 아는 익살로 결론이 지어지자, 지현도 마침내 안심하며 푸스스 웃는 목소리가 나왔다.

"대신 서둘러서 일 배워요. 부지현 씨가 일 잘하는 날에나 연애란 걸 해 볼 수 있다잖아요."

정은희 이사가 쳐 놓은 철벽을 의식하는 말에, 지현이 한쪽 눈을 찌푸리며 겨우 웃었다. 이러지도 저러지도 못 하겠는 대표이사님의 독려사라니.

"혹시."

지현이 씁쓸해하는 동안을 기다린 남 피디가 다시 목소리를 냈다.

"네?"

"혹시 회사 사람들도 모르는 남자 친구가 있는 건가요? 사생활, 물으면 실례지만."

"아뇨. 숨겨 놓은 남자 친구 없는데요."

"아. 숨겨 놓은 남자 친구는 없구나. 그렇구나, 지현 씨?"

남 피디는 느리게 고개를 끄덕이더니, 마침 내려와 문이 열린 엘리베이터를 잡기 위해 바삐 손을 흔들며 달려가 버렸다. 지현도 마침내 로비를 벗어날 수 있었다.

너무 순순해서, 오히려 겁먹고 달달 떨었던 오후가 우스워질 정도였다. 지현은 한숨을 내쉬며 고개를 얕게 흔들었다. 초면이나 다름없는 직장 상사의 대시가 자신에게 겁을 줄 만큼 깊거나 진지한 감정일

리 없다는 것쯤은 계산할 줄 아는 나이인데 말이다.

부지현 정말! 순수한 건지, 어디 모자란 건지.

밖은 벌써 어두웠고, 바람은 벌써 차가웠다. 지하철역을 향해 걸어가며 가방 손잡이에 묶어 놓은 스카프를 풀어냈다. 언제나 계절 오는 것에 무감한 지현은 옷차림도 늘 허술했다. 볕이 뜨거워진 것도 모르고 니트 상의를 입고 나선다거나, 오늘처럼 기온이 뚝 떨어진 날 너무 얇은 겉옷처럼. 고민할 필요도 없었다. 부지현은 어디 모자란 건가 보다.

조금 덜 추워 보였으면 하는 마음으로 머플러를 목에 감던 지현은 터틀넥 주변을 손으로 매만졌다. 검붉게 멍울이 잡힌 살갗 위로 쏟아지던 범용의 더운 숨이 생각났다. 가깝던 시선에 떨던 자신의 반응도.

'선배 같은데, 어떤 대답을 들을까 겁나서요.'

기억이 나지 않아서, 겁이 나는 것이 아니었다. 그에게 당신이었냐 묻고 있는 그 순간이 공포였던 것 같다. 그이기를 바라는 마음일까, 그이지 않았으면 하는 마음인가. 답안지를 적어 내기도 전에 정답을 확인하는 것이 두려웠다.

"……부지현."

인도 중간에 멍하니 멈춰 서 있던 지현에게 말을 건 사람은 정차한 자동차 차창 속 범용이었다.

"타."

"……왜요."

"밥 먹자며."

그는 조수석에 놓았던 코트를 뒷좌석으로 옮기고 조수석 문의 잠금을 풀어냈다. 그녀는 달칵 열린 조수석 문에 두어 걸음 다가가 상체를 숙여 말했다.

"선약 있어요."

아까 생겼어요, 남 피디님이 만들어 준.

"그거 나라며."

"대답도 안 했으면서."

어떤 대답도 듣고 싶지 않았던 것은 누구도 아닌 정작 나였지만.

"얼른 타. 생일 밥은 먹어야지."

그래, 생일. 지현은 고개를 마구 저어, 더 이상의 고민을 버리기로 했다. 밖은 벌써 어두웠고, 바람은 너무 찼고, 어제오늘 내내 하루는 너무 길었으며, 자꾸만 많아지는 생각들 덕분에 피곤했다.

이젠 정말 아주 먼 훗날의 부지현에게 떠맡기고 망각을 선물받은 부지현으로 돌아가야겠다. 나온 입도 숨기지 않고 차에 오른 지현을 가만히 지켜보던 범용이 물었다.

"아파?"

"네?"

그녀가 멈춰 서서 매만지던 목덜미를 보았을까. 터틀넥과 그위에 감은 머플러 아래 숨겨진 목덜미에 아까처럼 강렬하게 꽂힌 그의 시선에 지현은 자연히 숨이 턱 막혔다.

"선배."

"어."

지현의 부름에도 범용은 그녀의 목에서 눈을 떼지 않았다. 언제부터 이 사람이 이렇게 불편한 사람이었던가. 그 모든 변화가 부지현의 망상에 가까운 상상 때문이라는 것에, 한숨이 푹 쉬어졌다.

"다친 목은 안 아파요."

"어."

그는 여전히 그녀의 목덜미를 진득하게 보고 있다.

"주린 배가 더 아파요."

마침내 그녀의 동공을 마주 보는 범용의 눈에 대고 다시 말했다.

"진짜 배고파요. 보이죠, 눈 뒤집히는 거."

그에게 정성스레 눈을 까뒤집어 주었다. 익숙한 한숨 소리가 들리자, 지현이 배시시 웃었다.

* * *

이 회사로 와 가장 놀란 것은 그녀가 몰랐던 범용의 낯선 모습들이었다. 칼을 품은 사람처럼 늘 날이 선 눈이나, 다물린 채 여간해서는 말을 않는다거나, 저대로 박제된 것은 아닐까 싶게 일관된 블랙 착장. 그 견고하기까지 한 고집스러움이 대체로 위엄과 냉철한 기운을 뿜는다는 것도 생경했다.

그뿐인가. 진범용에 관한 차라리 신화에 가까운 무용담들까지. 작은 업체에서 큰 기업에 이르기까지 물불 가리지 않고 일을 맡아 가며 이만큼 이 업계에서 인정받을 수 있었던 데에는 모두의 인정처럼 그의 능력에 있었다.

작가와 영상 연출이라는 특기를 앞세운 두 친구에게 부족한 모든 면면을 떠맡고 나선 그였다. 대학원 수강에, 필요한 경영 업무 능력을 키우기 위해 수년간 회사 생활도 하고, 훈련 삼아 작은 업체도 인수해 경영하다가 도산한 경험까지 등등.

지현이 몰랐던 그의 숨겨진 치열한 시간에 대한 전설에 가까운 무용담들이 여전히 낯설었다. 원래 열심히 살았던 사람인가, 하는 의문이 들었던 건 사실이다. 그녀가 알고 지낸 진범용은 전혀 달랐으니까.

오만하고, 까칠한 말본새는 지금이나 그때나 같았다. 하지만 그때의 오만함과 까칠함은 지금의 것과는 결이 달랐다. 잘생기고 훤칠한 복학생. 숱한 소문의 주인공으로, 태생부터 다 가진 스물 몇의 그는 어쩐지 홀로 세기말에 사는 것만 같은 지극히 삐딱한 사람이었다.

사람들의 시선에서 벗어나 누군가의 무엇이 되고자 하는 의지가 전혀 느껴지지 않는, 그래서 쉽게 다가서는 사람이 없을 만큼 어려운 사람이었다. 어울리고 싶지 않다, 가 아니라 너희와 나는 어울리지 않는다, 라고 써 붙이고 있었으니까.

그래서 지금의 범용이 낯설었다. 목적을 위해 쉼 없이 자신을 담금질하는 그의 열정이 적응되지 않았다. 지금의 오만함은 제 것을 밑바탕에 둔 것이기에 정당하다 느껴지는 건 아닐까. 인정했어도, 아직 그가 낯설다. 자신은 달라진 바 없다는 듯이, 다름없는 무표정인 지금의 진범용을 이렇게 가까이 보고 있자니, 더.

"배고프다며."

두 사람이 마주 앉은 테이블을 가득 채운 음식들을 두고, 야금야금

달짝지근한 사케만 홀짝이는 지현이 마음에 들지 않는 모양이다.

"네."

"남기면 네가 사는 거야."

"생일 밥 사 주는 거 아니었어요?"

지현의 항의에도 범용은 묵묵히 식사할 뿐이었다. 그러고 보니, 고마운 그에게 한 번도 밥을 산 적이 없었다. 오늘 한 번은 내가 사는 것도 나쁘지 않겠네.

"선배."

자주는 아니지만, 그와 이렇게 마주 앉은 풍경은 매번 똑같았다. 조용히 주어진 음식을 먹는 시간. 나눌 대화가 없어도 그게 어색하지 않은. 그와 나란히 앉아 몇 시간씩 아무 말도 없이 공부만 하던 대학생 때처럼.

"응."

"선배는 안식년에 뭐 해요?"

〈활〉에 소속된 대표이사와 이 회사 직원들 전부 일정 기간 근무 후 갖는 안식년. 그 기간에 하고자 하는 계획서와 예정 기간만 제출하면 심사 후 결정된다고 했다.

얼마 전 1년 만에 돌아온 남 피디는 오래 준비한 인권을 주제로 한 다큐멘터리 한 편을 마무리했다는 것처럼, 직원 모두는 회사의 영리와는 상관없이 자신의 꿈과 진로를 〈활〉에 있는 동안 가꾸어 나갈 수 있다. 안식년이 아니어도 투 잡은 물론, 대학과 대학원 과정을 지원받기도 했다.

"안식년 안 가져 봤어."

"한 번도?"

"그럴 틈이 없어서."

정작 시스템을 만든 그는 한 번도 가지지 못했다니. 영상 그래픽을 하는 21살 권미진 씨도 전문대학 과정을 밟으러 내년 1월 안식년이 결정 났다던데. 비정규직을 정규직으로 전환 시키면서까지 지원하는 안식년을 왜 대표이사는 지키지 않는 걸까.

낮은 조도의 조명 아래로 얼굴을 디밀어 훅 다가든 지현의 표정을 읽었나 보다. 가만히 초밥 접시를 그녀에게 밀어 준 그가 말을 이었다.

"내가 하고 싶은 건, 회사에서 할 수 있는 것들이니까."

"뭐, 돈 버는 거요?"

"그것도 그렇고."

돈 버는 일이 그렇게 급급할 만큼 어렵지 않은 걸로 아는데. 유명한 공예가가 아버지고, 역시 유명한 미술 평론가이자 대학교수인 형도 있다. 가끔 언론에 노출되었던, 호화롭지는 않아도 유복해 보이던 일상들은 그녀도 이 남자의 팬클럽 시절부터 익히 알고 있었다. 그러니 이 사람에게 쉴 시간도 모두 투자해 절박하게 매달릴 만큼 어려운 사정이 있을 리 없다.

"집에서도 미운 말 때문에 쫓겨났어요? 왜 있는 집 아들이 돈 버느라 혈안이 된 거예요?"

범용은 노란 성게 알 초밥을 젓가락으로 쿡쿡 뭉개며 심상하게 묻는 그녀의 말에 또 익숙한 그 한숨부터 쏟아 냈다. 하지 말라는 경고인 걸 알아들은 지현은 슬쩍 마지막으로 소심하게 한 번 더

밥알을 으깬 뒤 젓가락을 놓았다. 그다음 참한 앉음새로 고쳐 앉아 조신하게 그의 말을 기다렸다.

"쫓겨나서 그동안 밀린 못된 말들이 많은데, 네가 한번 당해 볼래?"

이거 봐. 나한테는 예전의 그 진범용이면서. 비록 협박이어도 두 문장 이상, 살뜰히 챙겨 대답해 주는. 어쩌다가 그는 '살자'가 되었냔 말이다.

"얌전히 먹을게요."

망친 초밥을 가져오려는 그녀의 젓가락을 탁, 치고, 그는 다른 초밥을 집어 그녀의 접시에 놓았다.

"근데 진짜 쫓겨났어요? 왜요?"

"애초에 누가 들고나는 집이 아니었어. 그냥 각자 사는 거지."

사람이 들고나는 집. 그러고 보니, 그런 집에서 그녀도 살아 본 적 없다. 한 군데에 길게 소속되어 본 적도 없었으니까. 그의 말을 헤아리는 대신, 제 맘을 헤아리고 나니 입이 꾹 다물린 채 죽 내밀어졌다. 잘게 고개를 흔들어 기분을 턴 지현이 또 물었다.

"회사에서 하고 싶은 건, 돈 버는 거 말고 또 뭔데요."

아주 큰 초밥을 꿀떡 삼키는 것으로 '집'에 대한 말들을 삼켜 버리고는 할 말이 딱히 남지 않았다. 그래서 아무 말이나 물었던가 보다.

"……너."

큼큼한 사케를 홀짝인 그 순간에 닥친 말에 지현은 사레가 들고 말았다. 눈물이 찔끔 날 만큼 콜록거리고 나니, 잘못 들었던가 싶어진 지현이 뒤늦게 되물었다.

"나요?"

회사에서 해야 할 일이 '너'라는 말로 서술될 업무 내용이 무엇인가 골똘한 가운데, 그는 아무 말 없이 식사만 할 뿐이었다.

"어떤 건데요? 나 일 가르치는 거요?"

아무리 골똘해도 그것 말고는 결론이 나지 않았다.

"여기저기 아무 데나 보조만 시키면서, 무슨. 한 번이라도 붙들고 가르친 게 뭐 있어요? 남 피디님 아래 들어가 겨우 뭐 좀 해보나 했더니, 그것도 손수 좀 냈으면서."

말이 나왔으니 하는 말인데, 하며 지현은 줄줄 품었던 불만을 읊기 시작했다. 뭐 성과를 낼 만한 일을 맡아 본 적 없으니 아직도 초짜 달고 있질 않은가. 정 이사가 내린 억울한 썸 금지령을 그도 들었어야 한다. 억울한 내 신세를 아시냐고요.

"그만 마셔."

입이 마르게 성토하자니, 계속 술이 넘어가고 있었다. 사케는 별로더라, 하며 꿍얼거렸던 1시간 전 말이 무색하게 혼자 다 둘러마시고 있었다.

"비싼가 봐요. 자꾸 꿀떡꿀떡 넘어가네."

무안한 소감 말을 뱉고 나니, 또 어째서? 싫어졌다. 오늘은 그녀가 돈을 내기로 했으니까. 미안할 것도 없지, 뭐.

"걱정 마요. 취해도 실수 안 할게요."

이제 식사를 마치고, 테이블을 비추는 조명 밖으로 나가 기대앉은 범용에게서 콧방귀 비슷한 웃음소리가 들려왔다.

"에? 왜요? 나 취해도 진짜 아무도 몰라요. 멀쩡히 걷고, 멀쩡히 말하고 한다니까요. 말했잖아요, 멀쩡히 취하는 편이라고."

"그래, 알아."

"우리 삼촌이 그랬어요. 얼굴색도 하나 안 변하고, 비틀거리는 꼴도 한 번 본 적 없다고."

"안다고."

"블랙아웃으로 통으로 기억이 나간다고 해도 다른 사람들은 정말 눈치 못 챌 만큼 멀쩡하다고요."

말을 하면서 점점 더 억울하고 분통 터지는 중이었다.

"취한 거 쥐도 새도 모른다니까요? 실수 안 해요, 나. 다만 딱 하나만 할 뿐이지. 같이 사는 울 삼촌만 아는 내 주사가 뭐냐면요."

그녀 자신도 통 몰랐던 주사가 딱 하나 있더랬다. 언제나 집에 와 허물어지듯 누워 자기 직전에야 세상 만만한 삼촌 서원에게 하는 짓.

"악담."

어? 웃으며 말할 기회를 뺏긴 지현의 입이 벙싯대다가 이내 쩍 벌어졌다.

"취중 악담. 소심한 부지현이 취하면, 아주 고약한 입이 되던데?"

맞다, 악담. 뼈를 가격하는 팩트 폭력. 그 무섭다는 전설의 앞담화.

"어? 어, 어떻게……?"

알아요? 하고 말을 마치지도 못하고 머뭇대던 중에 밝은 조명 아래로 들어선 그의 얼굴이 겁주듯이 그녀의 얼굴에 가까워졌다.

"어떻게 알겠어, 내가. 당해 봤으니 알겠지."

코끝이 거의 닿을 것처럼 가까이 온 범용의 눈이 새카맣게 빛났다. 얼어붙어 숨도 잊은 그때 그가 그녀의 눈을 찌르듯 쏘아보며 경고했다.

"그러니까 그만 마시는 게 좋을 거야. 오늘도 기억이 나가는 꼴은 내가 못 봐."

두 번은 안 당해, 악다문 소리가 귀로 파고들었다.

너 되게 잘해, 걱정 마

"해."

그녀의 크로스백과 코트를 한 손에 몰아 쥔 범용이 차고 냉한 얼굴로 명령했다. 노출된 조명 하나 없는데도, 표정 하나 감출 데 없이 용하게 밝은 호텔 복도에 선 채로 지현은 부질없이 버텼다.

"호텔 방 값, 네가 냈다고 네 방이라면서 발로 걷어찼어. 그때 했던 것 그대로 해. 기억나게 해 줄게."

그는 거짓말이라고 전혀 믿지 않으려는 지현을 친히 돕겠다고 나섰다. 그날 밤, 있었던 일 그대로 복기해 주겠다는 말은 그냥 말로만 하는 게 아니었던 것이다.

"꼭 이렇게까지 해야 해요?"

더 붉어질 데 없이 새빨간 불덩이의 얼굴인 지현은 턱이 바르르 떨릴 만큼 이를 악물었다.

"섹스 먹튀? 먹고 튄 다음 입 싹 닦은 건 너야. 사라진 기억으로 억울한 건 네가 아니라, 나라고."

열어, 하고 으르렁거리는 마지막 말에 흠칫 어깨를 떨었다. 지현은 두 주먹 불끈 쥐고 키 카드를 착 붙여 문을 오픈했다.

말도 안 돼, 내가 이랬다고? 분을 못 이겨 닫히는 문을 발로 걷어차면서도 믿을 수가 없었다. 하지만 그날 그녀가 그에게 쏟아냈다는 악담의 내용을 듣는 순간, 도리어 자신을 의심할 수밖에 없었던 것이다.

호텔로 끌려오기 30분 전, 이자카야에 마주 앉아 평화로운 한때를 종식시킨 범용은 눈에 화염을 보이며 상세히 진술해 주었다. 그날 밤, 회사에 남아 일을 하던 그에게 찾아온 건 술 냄새가 폴폴 나는 지현이었다고 했다. 다음 날 아침이 그녀가 처음 앞으로 나가 프레젠테이션 하는 날이라, 리허설을 해야 하니 회의실을 당장 비워 달라고 다짜고짜 땡깡이더란다.

미련한 그녀에게 윽박지르고 차에 태워 데려다주는 그에게 지현은 전에 없이 청순한 얼굴로 또박또박 완벽한 딕션으로 말하기 시작했단다.

'그거 알아요? 선배 진짜 나쁜 새끼인 거?'

차를 끼익, 멈춰 세운 그가 귀를 의심하자 지현은 태연한 얼굴로 부연 설명을 하기 시작했다고 했다.

'보통 나쁜 새끼가 아니지. 가까이 있는 사람 시려 죽는 걸 보는 재미가 어때요? 그거, 변태 아닌가? 사람 기죽이고, 주눅 들게 하면서 보람과 희열을 느끼는 게 변태지. 달리 변탠가? 일상만 그런 거예요, 아니면 성생활도 그래요?'

'말해 봐요. 한 번도 상대 여자한테 변태라는 말 못 들어 봤어요? 아니다, 여자랑 자 보기는 했어요? 하긴, 어느 여자가 선배랑 살 맞대고 싶겠어요? 동사를 작정한 자살 충동자가 아닌 이상.'

'왜 그런 얼굴을 해요? 저런, 본인만 몰랐나 보다. 나는 변태 새끼, 라고 얼굴에 써 붙이고 다니는 편인데.'

다분히 제 입에서 나왔을 가능성이 농후한 말들을 토씨 하나 흔들림 없이 복기해 주는 범용에게서 도망칠 틈이 없었다. 입이 얼어붙고, 사지가 굳었다. 부지현이 정말 그랬을까, 하는 근본적인 의구심부터가 성립이 힘들었다. 부지현은 충분히 그러고도 남을, 못된 입을 남몰래 가지고 있다.

분명한 제 짓임을 각성한 지현은 그대로 이자카야에서 끌려 나왔다. 그는 기억나게 해 주겠다는 친절을 가장한 겁박을 하며, 그 날 지현이 범용의 넥타이를 목줄 삼아 끌고 들어갔던 그 호텔로 질질 끌고 온 것이다.

'변태가 변태 아니라고 하는 말을 믿는 사람이 어딨어. 내가 확인해 볼게요, 억울하면 따라와 봐요.'

범용은 그녀가 그에게 했던 말을 되돌렸다.

"가해자가 가해자 아니라고 하는 말을 어떻게 믿어. 그렇지?"

정확히 그날 그 아침, 그녀가 뛰쳐나왔던 그 방이다. 보통 잔혹한 살자가 아니라는 것을 다시금 절감한다.

"그리고 문이 닫히기도 전에 네가 날 덮쳤어. 해 봐."

"거짓말……."

고개를 마구 젓는 지현에게 한 발 다가들며 범용이 말했다.

"덮쳐, 그때처럼."

"싫어요."

"불행히도 나는 그때 싫다는 소리도 못 해 봤어. 바로 네 입에 씹히느라 틈이 없었거든."

"아아아! 몰라, 안 들려요. 안 들려, 안 들려."

귀를 막고 아무 말도 듣지 않고자 절박한 몸짓으로 부정을 해 보지만.

"잃은 기억 핑계 삼아, 없는 일로 만들어 버리는 걸 이제 참아 줄 수 없거든. 설마 곧 기억하겠지, 하고 기다린 내가 멍청했지. 그 냥 없어진 그날을 다시 현실로 만들어 주면 되는 거잖아. 그치?"

두 사람 사이에 이제 주먹 하나만큼의 여유도 없이 다가들었다. 그녀의 가방을 목에서 벗어 던지고, 열심히 흔들어 대고 있는 그녀 의 얼굴을 두 손으로 움켜잡았다. 흡, 하고 놀란 지현의 눈을 재미있 다는 듯이 본 그가 속삭였다.

"궁금하다며. 변태라서 애인이 없는 건지."

"내가 잘못했……!"

진심으로 용서를 구하는 중간에 먹힌 입술에 그의 앞니가 박 혔다. 펄쩍 뛸 만큼 예리한 고통에 비명처럼 터진 신음은 그의 입 안에 흩어졌다. 자비 없이 시작된 키스는 흉포하기까지 했다. 딱딱, 치아가 부딪히고 살이 깨물렸다. 차라리 무기와 다름없는 혀는 그녀의 목구멍까지 막고 들어섰다. 숨이 꼴딱꼴딱 넘어가 다리에 힘이 쫙 풀린 즈음에야 갑자기 그의 입술이 떨어졌다. 혼이 나가 간신히 버티고 선 지현에게 또 명령이 떨어졌다.

"벗겨."

"네?"

"네가 직접 벗겼어, 그때도. 벗겨."

그녀의 손을 가져가 그의 셔츠에 댔다. 황망하게 흔들리는 동공에 대고 또 그가 반복했다.

"거칠게, 벗겨."

"싫……."

"네 건, 내가 벗겼어."

범용은 그녀의 상의를 밑에서 위로 순식간에 벗겨 냈다.

"노여워 마. 네가 명령했었거든."

부지불식간에 벗겨져서가 아니라, 시종일관 낯선 그의 말에 한 기가 드는 기분이었다. 다급히 브래지어 위를 가리느라 두 팔을 모두 쓰자, 범용은 기분 나쁜 얼굴이 되었다.

"아니지. 그것도 마저 벗기라고 명령해야지. 넌 내가 상대를 뭉개며 희열을 느끼는 변태가 아닌 걸 증명하라고 했어."

지현이 부푼 입술을 꾹 깨물며, 즐거워 보이기까지 한 그의 눈을 노려봤다.

"지금 보니, 다분히 그런 성향인데요?"

"너한테 깔렸을 때도 기분 좋았어. 그날, 네 아래에서 숨이 넘어가던 나를 기억한다면 알 텐데. 근데 이것도 나쁘지 않네.

일단 끝까지 가 보고 둘 중에 어느 쪽이 더 내 입맛인지 말해 줄게. 기다릴 수 있지?"

그가 다시 벗겨, 하고 그녀의 팔짱을 세게 당겨 풀어냈다. 아예 두 손을 제 손안에 가두고 직접 자신의 셔츠를 찢듯이 벌렸다. 거센 힘에 힘없이 나가떨어지는 단추들에 또 놀라 지현이 새된 비명을 질렀다.

"미쳤어요?"

"이런 미친 짓이 처음이 아니라고, 그러니까."

아까처럼 무섭게 그녀의 목덜미로 달려든 그의 입술은 이번 엔 두려울 만큼 조심스러웠다. 길게 핥아 올려 귓불을 입 안에 담고 굴리는 짧은 시간 동안 눈꺼풀이 바르르 떨렸다. 옴짝달싹 못 하게 갇힌 것도 모자라, 그의 단단한 몸이 피할 데 없이 맞 붙어 왔다.

"선배……."

지현이 잇새로 간신히 그를 불렀다.

"다물어. 적어도 네가 젖을 때까지는 거칠어지고 싶지 않아. 넌 젖기 전에 시작하는 걸 좋아하는 것 같지만."

젠장. 기억 못 하는 나는 도대체 그에게 어땠던 걸까. 지현이 경악하며 그의 얼굴을 떼어 냈다.

"작고 좁더라고, 너. 아파서 야하게 신음하던 것도 난 좋지만. 아무리 생각해도 나는 네가 다치는 건 별로야."

불쾌해 보기도 전에 그가 다시 키스해 왔다. 좀체 자연스럽지 못 한 호흡 때문에 그가 힘주어 입을 벌릴 틈도 없이 지현이 알아서 입을 크게 벌렸다. 그리고 벅차게 파고드는 그의 입술을 크게 문 채로 풍선 불듯이 바람을 채워 밀어냈다. 흉한 꼴로 거부당한 키스에 범용이 짜증스러운 얼굴을 했다.

"기발하다, 부지현? 키스를 이렇게 기분 나쁘게 밀어낼 수 있다니."

"칭찬 고마워요. 진범용 칭찬 그거, 워낙 레어 템이라 이 와중에 기쁘네요."

두 팔을 활짝 벌려 벽에 박히고, 반 벗은 채로 쌕쌕 숨을 몰아쉬면서 기쁠 일도 아니지만. 가쁜 숨 덕분에 가슴이 크게 들썩이고 있지만, 지현은 최대한 덜 씩씩거리고 싶어 입술을 앙다물었다. 그리고 턱을 높이 쳐들고 그에게 말했다.

"내가 덮쳤다면서요."

"그래서."

"덮쳐 볼게요. 직접 덮쳐 봐야 기억이 돌아오지 않을까요?"

기가 막힌 것도, 가소로운 것도 같은 혼란한 미소가 그의 입에 걸렸다. 그의 시선이 그녀의 벗은 가슴에서 두 눈까지 훑고 올라왔다. 새카맣고 시린 그의 눈과 마주치자마자 겨우 짜낸 패기가 사그라드는 기분이었지만, 지현은 제 아랫입술을 세게 깨물며 의지를 다졌다.

"안 도망가요, 그러니까 놔요."

내가 피해자가 아니라, 가해자였다는 것을 알고 나니 없던 용기가 솟는다. 지위가 사람을 만드나? 그리고 기대감이 드는 것이다. 어쩌면 알 수 있을지도 몰라, 하는. 어째서 평화롭고 안녕한 일상을 버리고 진부하고 식상한 원나잇 섹스를 선택했는지 말이다.

그가 그녀의 손을 쥔 손에 힘을 서서히 풀었다. 지현은 겨우 그에게서 놓여나며 처음으로 시선을 떨굴 수 있었다. 비록 그의 단단한 하체가 아직도 그녀의 몸을 못 박은 듯이 가두고 있지만.

"내가 또 뭐라고 했어요?"

"뭘."

"내가 선배한테 뭐라고 했기에, 선배가 순순히 내 밑에 깔려 줬냐구요."

이렇게 힘이 센 남자를 내가 무슨 수로 덮쳤느냐는 물음이었다. 힘으로는 절대 그를 깔고 올라탈 수 없었을 테지.

"⋯⋯악담했다니까."

"변태 아니냐는 말 말고. 진범용이 겨우 그런 말 때문에 순순히 이성을 놓쳤다고 하면 내가 믿을 것 같아요? 나, 선배 옆에서 자그마치 십 년이에요."

팔뚝까지 흘러내린 브래지어 끈을 어깨에 다시 걸어 놓고, 흐트러진 머리카락을 귀에 걸었다. 기어이 다 듣고 말겠다는 굳은 의지였다.

"그건, 네가 기억해 내."

하지만 그 어느 때보다 더 그르렁거리는 목소리였다. 살갗에 소름이 솟을 만큼 섬뜩한 노기 어린 그의 목소리. 지현은 저도 모르게 고개를 번쩍 들어 그와 눈을 맞췄다.

범용은 그러거나 말거나 한 걸음 물러서 남은 옷가지들을 벗어 내기 시작했다. 시계와 허리띠를 풀어 소파에 던진 범용은 허리에 걸린 바지 앞섶을 가리키며 물어 왔다.

"버클은? 이게 네……."

지현이 그 앞섶을 보고 그가 하려던 말을 이었다.

"그게 내, 환상이었어요. 어…… 남자 버클 푸는 거, 해 보고 싶었어……."

멋대로 좋알거리고는 제 입을 두 손으로 틀어막았다. 했던 말인가, 해 보고 싶었던 말인가. 분간할 수 없어서 숨까지 더럭 막혔다.

"역시. 이 미친 짓이 꽤 효과가 있나 보네."

마음에 든다는 듯이 범용이 어깨를 으쓱했다. 그리고 그녀의 입을 막은 한 손을 떼어 내, 그의 바지 버클 위로 가져다 댔다.

"시작해, 너 젖을 때까지 기다릴 인내가 빠르게 바닥나고 있어서."

버클 아래 단단히 용쓰고 있는 그의 페니스가 손 아래 느껴져 지현은 다급히 다른 손으로 입을 재차 꽁꽁 틀어막아야 했다.

* * *

그건 일종의 반칙이었다. '부지현'은 제아무리 멋대로, 내키는 대로 사는 진범용이라고 해도 차마 넘어서는 안 되는 마지막 선 같은 거였다. 오랜 시간 지켜 온 나름 숭고하고 의미 있는 그 경계를 무너뜨린 것이, 다른 누구도 아닌 부지현이라는 것도 다른 의미의 반칙이었고 말이다.

부지현은 우리 사이에 암묵적으로 둔 그 편안하고 편리한 거리를 지우고, 눈망울까지 적셔 가며 그를 도발하지 않았어야 했다. 그 선은 서로에게 옆에 있을 수 있는 꽤 가치 높은 명분이었다.

그래서 암묵적인 우리들의 금기였다.

그런데 오히려 네가 분하고, 아픈 듯이 눈물까지 그렁그렁 매달다니.

"……벗겨 줘요. 젖어서 속옷이 불편해."

간지럽게 할짝대고 있던 그의 귓불을 놓고 그곳에서 속삭이는 지현의 목소리에 아랫배가 부르르 진동했다. 범용은 살살 만지던 그녀의 젖꼭지를 뭉개듯이 아프게 쥐었다 놓았다. 그리고 그녀의 몸에 마지막 남은 속옷 한 장을 양쪽 검지에 걸었다.

길게 밀어내며 따뜻하게 열기를 품은 음모를 슬쩍 덮어 쓸었다. 지현의 더운 한숨이 그의 어깨에 쏟아졌다. 둥근 엉덩이를 타고 미끄러져 들어간 그의 손가락이 그녀의 젖은 질구에 닿았다. 동그라미를 그리며 그 주변을 자극했다. 그녀의 말대로 질척하게 젖은 소리가 귀로도 들려왔다. 이를 사리물며, 그도 그녀의 어깨에 더운 숨을 뱉었다.

"그다음은? 그다음도 내가 선배한테 명령했어요?"

무릎에 걸렸던 팬티를 작은 움직임으로 바닥에 떨군 그녀가 범용의 귓불을 깨물며 조급하게 물어 왔다. 도대체 어떻게 하는 거야, 중얼거리는 질문과는 달리 내내 더 요망해지는 몸짓이었다. 이 여자를 정말 어쩌면 좋겠는지는 그야말로 궁금해 미치겠는데도 말이다.

"날 벗기고, 그리고 또 말해야지."

지현이 그가 했던 것처럼 그의 팬티 안으로 두 손바닥을 펼쳐 넣고는 전혀 조심스럽지 않게 벗겨 낸 후 그의 턱을 보며 물었다.

"뭐라고 말했는데요?"

"뭐든 해 봐요, 라고."

그처럼 그의 말에 더 뜨거워졌을까. 지현은 마른 입술을 붉은 혀로 적신 후, 갈증이 나는 듯이 꿀꺽 삼키고는 속삭이듯 발음했다.

"뭐든 해 줘요."

그의 목소리를 따라 고분고분 속삭인 지현은, 이다음에 범용이 그녀에게 했던 그 말을 먼저 가로채는 것이 아닌가.

"선배…… 흔들어 줄까? 라고 해야지요."

열에 들뜬 눈을 그와 맞추며 발갛게 붉힌 볼을 범용의 어깨에 기댄 채로 다시 재촉해 왔다.

"흔들어 줄까? 라고 물어야죠…… 맞죠?"

얼른, 응? 하고 이마를 기대 오는 지현의 가슴을 아프게 쥐었다.

"미치겠다, 부지현."

"응, 그것도 들었던 것 같아."

웃어? 웃을 힘이 너는 남았다 이거지? 이성을 잃게 만든 건, 그때도 지금도 부지현이다. 그것만은 그녀를 처음 알았던 날부터 지금까지 한 번도 변하지 않는 사실이다.

범용이 손가락 하나를 깊이 넣었다. 앓는 소리를 먹듯이 그녀의 입술도 삼켰다. 좁고 가는 내벽이 겨우 손가락 하나를 물고 허겁지겁 삼키는 것이 느껴졌다.

뜨겁던, 담그자마자 열락이던, 처음 담겼던 이후 한 번도 그 느낌을 잊은 적 없던 그녀의 안에 그를 넣고 잠시 숨을 골랐다. 힘을 주어 멈춰 놓은 팔뚝에 힘줄이 툭툭 불거지는 것이 느껴졌다. 이제 지현은 더 적극적으로 그의 키스에 매달렸다. 바르작거리는 몸은 더 티가 나게 진동했다.

그가 손가락 하나를 더 밀어 넣었다. 흐흡! 하고 숨을 먹는 그 순간을 노려 범용은 그녀를 흔들기 시작했다. 하악, 하고 고개를 뒤로 꺾는 지현의 목덜미를 깨물고, 또 젖가슴을 입 안에 넣었다. 그러면서도 그는 점점 더 빠르게 그녀를 흔들 뿐이었다. 어깨 근육이 뜨겁게 달궈질 만큼 흉포하게 그녀를 흔드는데도 만족스럽지 않았다. 범용의 숨소리도 신음처럼 야릇해지고 있었다.

이제 아플 만큼 부푼 페니스도 그녀의 허벅지에 대고 흔들어야 했다. 지현이 숨을 일순 멈추고 절정에 올라 몸이 굳는 것이 느껴졌다. 그럼에도 그는 흔드는 손과 허리를 멈추지는 않았다. 발작하듯 몸을 떨고 비명을 지른 지현이 그의 손목을 다급하게 붙들었다.

"가도 돼. 여기서 안 끝나."

그의 달래는 목소리에 그녀의 두 눈망울이 크게 너울졌다. 그리고 아흑! 하는 외마디 신음과 함께 후드득 몸이 떨어졌다. 간만의 차로 지현의 허리를 낚아챈 범용은 손바닥을 적신 그녀의 애액을 그의 페니스에 발랐다.

"올라와."

"응?"

지현은 소파에 등을 붙이고 기댄 그를 경악하는 얼굴로 보았다.

"내가, 진짜 올라탔다고요?"

"자세한 건, 일단 타고 말해. 나도 급해."

그녀의 애액을 바른 채로 높이 솟은 그의 물건에 시선을 꽂은 지현이 말했다.

"내 안에 진짜 내가 너무 많은 건가 봐요. 진짜 미친년이 살고 있었다니."

지금 이 순간, 자아를 성찰하는 행태야말로 진짜 미친 짓이라는 것을 모르는 걸까. 그가 제 안의 짐승 같은 본능을 기를 쓰고 가두어 두고 있는 정성을 좀 헤아려 줄 수는 없나.

"……부지현."

퍼뜩 경고를 눈치챈 지현이 걸음도 다소곳하게 다가왔다.

"저기, 선배……."

범용의 눈이 절로 뾰족해졌다. 만담할 생각하지 마라.

"아무리 미쳐 있었다는 걸 감안해도, 진짜 그다음은 나도 모르겠어요. 도와주면 안 될까요?"

올라타고 그다음은? 하고 지현이 웅얼웅얼 우는 듯이 물었다. 범용은 천장을 향해 이제 바닥을 보이는 한숨을 크게 내쉰 뒤, 벌떡 일어나 그녀를 들었다. 지현을 매트리스에 던진 뒤, 그녀의 하얀 허벅지를 크게 벌리고 앉았다.

"괴롭히면서 기분 좋아지는 건, 내가 아니고 넌 것 같은데."

세상 유일하게 그녀한테만 지고 사는 자신도 정상은 아니고.

"아흑."

살짝 물리기만 했는데도 저릿저릿 등을 구부린 그와 그녀. 서로에게 다시금 적응하며 두 손가락을 깍지 끼워 맞잡았다. 그녀의 지워진 기억을 원망했었는데. 실은 그도 그 밤, 그녀에게 취해 반쯤은 흐릿했던 것도 같다. 이렇게 다시 그녀를 안고 보니 알겠다.

다시금 현실 위에 그날의 환상 같은 장면들이 덧씌워져 아찔한 순간들이 파도처럼 닥쳐만 왔다.

"흐으. 못 할 것 같아……."

괴로워 감은 눈으로 고개를 절레절레 흔드는 지현. 범용은 그런 그녀의 안에 단숨에 깊이 박히며 다물린 잇새로 짓씹어 비웃어 줬다.

"아니. 너 되게 잘해, 걱정 마."

그녀에게서인지, 그에게서인지 모를 신음과 교성이 넘쳐흐르기 시작했다. 힘은 온몸에 절제되지 못하고 뻗치고 있었고, 말간 지현의 살갗을 붉게 만들고 있었다. 매번 놀라 손을 떼면서 다시금 그 보드라운 것 위를 아프게 쥐게 되는 것이다.

너무 크게 널뛰는 박동이 그녀처럼 아파서인지, 혹은 좋아서인지도 알 수 없었다. 어지러운 틈을 타 줄기가 되어 뻗치는 쾌락이 느껴졌다. 길고 뜨거운 줄기가 똬리를 틀고 소용돌이치기 시작했다. 도망치려는 지현의 골반을 단단히 붙든 그도 절박했다.

이번에는 잊히고 싶지 않다. 없었던 일이어선 안 돼. 그것만이 그를 장악했다. 그녀를 상대로 처음, 욕망 같은 집착을 느끼는 것이다.

* * *

'부.'

어디선가 들린 목소리에 발작하듯 파드득 떨고 눈꺼풀이 번쩍 열렸다. 자신의 방, 낮은 다락 안을 차지한 그녀의 매트리스 위라는 것을 깨달은 지현은 아직 온몸에 지이잉 남아 흐르는 전류를 털어 내듯 크게 숨을 헐떡였다.

이제 꿈과 현실, 그리고 환상 속을 자유자재로 넘나들며 괴롭히는 진범용이 되었다. 지극히 맨 정신으로 그와 기억 속을 헤매고, 집에 돌아와 죽은 듯이 잤다. 잤어야 했는데, 이번엔 그와 꿈속을 헤맨 기분이지만.

벗은 지현을 뒤에서 안고 귓불을 씹으며 그가 탁하게 속삭이던 '부', 그 한 음절이 그녀를 통째로 달구고 있었다. 그 열기 하나로 다시 몇 시간 전 눈앞이 하얗게 될 때까지 흔들리던 몸이 되어 가는 것만 같았다.

제정신이 아니었을 때의 섹스. 그리고 다분히 제정신일 때의 섹스. 한 번 같은 두 번의 섹스가 지현의 안녕한 삶을 완벽히 흔들어 놓았다. 나의 삶은 도대체 어디로 흘러가는가. 안전하길 원하고, 안녕하길 원하는 소심한 사람치고 부지현은 어제 어떠했나. 그 열렬했던 탐구 정신. 술은 죄가 없었음을 몸으로 증명한 밤이 아니었던가. 떠올릴수록 몸이 불덩이가 되는 기분이 되는 것이다.

미쳤나 봐.

"아으!"

지현은 큰 소리로 진저리치며 일어나 앉았다. 당분간 잠을 아예 자지 않는 것은 어떨까, 회사도 나가지 말고 말이야. 이런. 먹고사는, 중차대한 문제 앞에서도 도망치고 싶어지다니, 그녀의 평탄한 인생에 단단히 망조가 들었다.

전원이 꺼진 핸드폰을 충전기에 꽂아 놓으면서도 지현은 전원을 다시 켜지는 않았다. 입술을 깨물어 잠시 고민했지만, 그냥 던지듯 베개 아래 매장해 버렸다.

다락을 나와 방에서 나서자마자 거실 한가운데에 뻗치고 선 서원을 만났다. 서원은 이 작은 빌라를 공유하는 그녀의 동거인이지만, 일주일에 서너 번은 위스키 바에 딸린 사무실을 자취방 삼아 지내는 편이다. 일에 대한 열정이라기보다는 근무 중 음주가 다반사라 5분 남짓의 퇴근길마저 귀찮은 이유다.

그렇게 게으른 삼촌의 일상을 흔들어 매일 귀가 상태 불심검문을 하게 하고 있다. 이런 민폐가 없다. 심란한 몰골로 그녀가 물었다.

"나 먹여 살릴 수 있어, 삼촌?"

"일어날 시간에 맞춰 네 목을 조르러 온 사람한테 할 적당한 질문은 아니지 싶다."

목을 조르러 왔군. 그래서 추운 날 두 소매를 걷어 올리고 있었구나.

"위스키 바에 내 지분이 어느 정도 있다는 건 알고 있는 거지, 삼촌아?"

지현이 생수병을 꺼내 꿀떡꿀떡 마시는 것을 끝까지 지켜본 서원이 대답했다.

"어이쿠. 널 쥐도 새도 모르게 없애야 할 이유가 둘이나 있는 거네."

"음, 밥은 먹었어?"

"새벽 세 시까지 머리가 까치집이 되도록 할 짓이 도대체 뭐야? 뭘 하고 돌아다니기에 영하의 날씨에 젖은 머리로 귀가를 하느냐고."

"……이번 주 삼촌이 빨래 당번인 거 알지? 수건은 고온 삶기 한 다음 건조기 돌려, 알았지?"

목덜미를 살살 긁으며 냉장고 안을 뒤지는 그녀의 뒤로 서원이 와 서는 것이 느껴졌다.

"이번엔 다리몽둥이가 아니라, 아예 방에 가둬 놓고 못을 치라더라."

"그 사람들이랑 놀지 마. 점점 더 알차게 꼰대가 되어 가고 있다, 삼촌."

"가장 낡고 오래된 것들이 진리인 이유가 있겠지."

지현은 서늘한 서원의 목소리에 빙글 몸을 돌렸다. 그리고 두 손바닥을 펼쳐 항복을 알렸다.

"말할게. 대신 그전에 수프 한 컵만 하면 안 될까? 빈속이라 그런지 속 쓰려……."

서원은 부글부글 끓어 넘치는 게 들여다보이는 얼굴을 하고 수프 팬을 인덕션에 척 올렸다. 지현은 그런 서원 옆에 은근슬쩍 서서 식빵을 토스터기에 넣었다.

"사과 깎을까? 삼촌 것도 깎아?"

"……오렌지 먹어. 사과 없어."

불퉁하게 쏘아붙이는 목소리면 뭐 해. 이렇게 챙길 것 다 챙기면 서. 지현이 그런 서원의 어깨를 툭 쳐서 밀었다. 걱정시켜서 미안해, 몸으로 하는 사과였다. 서원이 있는 힘껏 그녀의 어깨를 밀쳐 냈다. 튕겨져 주방 밖까지 밀려난 지현을 보며 비웃음을 흘렸다. 속 좀

썩이지 마, 몸으로 하는 꾸중이었다.

　자백은 길지 않았다. 장르의 특성상, 자세히 풀어 설명할 수도 없으므로.

"나쁜……."

"그치? 나쁘지? 완전 포커페이스였다니까? 그렇게 음흉하게 시치미를 뚝 떼고 날 지켜볼 수 있느냐고, 그치! 기억하지 못해 몸살을 앓는 걸 보면서 즐거웠나? 진짜 변태 맞지?"

　따각따각 바닥까지 싹싹 긁어 한 컵을 해치우며 브리핑한 '제2차 외박의 전말'에 서원은 과하게 기함을 해 주었다. 역시 피붙이밖에 없다니까.

"그러니까 알고 보니, 쌍놈의 먹튀남이 아니라. 쌍놈의 먹튀녀였잖아. 와, 진짜!"

　오렌지를 문 채로 사방팔방 축축하게 튀기며 흥분하는 서원을 노려봤다.

"난 먹고 튄 게 아니거든?"

"그 남자 입장에서 네가 진짜 기억이 있는지 없는지 알 게 뭐야. 덮친 다음 입 싹 닦고, 쌩 깠잖아."

"표현이 되게 경박하다, 삼촌?"

"아무리 순화시켜 표현해도 네가 나빴던 건 변하지 않아."

　스푼을 꽉 움켜쥐고 그 언젠가 단편 트레일러로 본 적 있는 스푼 살인마를 떠올렸다. 죽일 수도 있을 것 같아.

"같은 남자로서 나는 알지. 아마 다친 자존심 때문에 아주 오래

트라우마로 남을걸?"

"흥. 일단 삼촌을 자빠뜨릴 여자도 못 구했으니, 그 절절한 이해는 요원한 일이겠다?"

이번엔 서원도 스푼을 세게 움켜쥐었다.

"그래서. 둘은 어떻게 되는 건데?"

삼촌의 물음에 앙칼졌던 지현의 얼굴은 순식간에 맹해졌다.

"둘이 어떻게 돼야 하는데?"

"그걸 나한테 물으면 어떡하냐."

"모르는 걸 그럼 어떡해."

"네가 모르면 어떡해."

바보들의 대화 같은데도 멈출 수 없는 건, 정말 모르겠기 때문이었다. 지현이 다 비워진 수프 컵에 고개를 떨구며 자신 없이 물었다.

"서로 공평히 한 번씩 먹고 튄 걸로 퉁 치면……."

공평하게 한 번씩 덮쳤고, 공평하게 한 번씩 도망쳐 헤어지고. 이보다 공평할 수 없을 만큼 완벽하게 공평한데. 서원은 피곤하듯 안경을 벗어 닦으며 대신 대답해 주었다.

"양아치지."

"그치?"

"그지."

그리고 아주 잠시 뒤, 지현아? 하고 서원이 그녀를 불렀다. 하지만 그녀는 쉬이 고개를 들지 못하고 자꾸만 가라앉는 기분에 깊이 빠지는 것이었다.

"또 쓸데없이 미리 멀리 가고 있지, 너?"

가라앉고 가라앉아 저 밑으로 꺼지는 아련한 감각에 눈앞이 어찔할 때까지 지현은 그렇게 범람하는 생각들을 마구잡이로 해야만 했다.

* * *

– 미안. 자고 있었니? 주말인데, 방해했겠지?

정말 미안한 목소리, 어쩔 줄 몰라 하는 소심한 그녀의 어려운 한 마디에 지현은 누웠던 자리에서 벌떡 일어나 앉아야 했다.

지현을 찾는 전화가 걸려 와, 자신의 핸드폰을 건네주러 다락방에 올라왔던 서원도 함께 뻘쭘한 얼굴이었다. 삼촌도 지현의 새어머니와의 통화는 아마 처음이지 않을까? 지현은 놀랐을 서원의 마음을 어렵지 않게 헤아리며 눈매만 구부려 웃어 주었다.

– 지현이 전화기가 꺼져 있어서. 나한테 삼촌 서원 씨 번호가 있었거든. 이러면 실례라는 걸 아는데, 순간 걱정이 돼서. 미안해.

"아니에요. 별일은 아니고, 그냥 꺼 놓고 잠이 들었나 봐요. 안녕하셨어요?"

지현은 서원에게 눈짓으로 안심시키고 내려가게 했다.

– 우리야, 뭐…… 지현이는 어때. 잘 지냈지?

여전히 여리고 고운 목소리. 수민은 아빠의 두 번째 아내다. 그러니까 지현의 2번 엄마. 지현이 친할머니의 고집으로 잠깐 본가에 불려 가 열일곱 살의 반년 남짓을 그녀와 함께 살았었다. 여리고 고운 심성이 생김 그대로인, 천생 여자인 사람. 낯가리는 지현이 오히려 미안한 마음이 들 만큼 너무 좋은 분이다.

"잘 지내요. 다들 건강하시죠?"

- 응, 다 잘 지내.

인사를 모두 주고받고도 아직 입도 떼지 않는 수민의 용건은 알 만한 것이었다.

"할머니는요."

- 응…… 어머님도 건강하셔. 다른 게 아니라, 저기…….

"오라셔요?"

당신 손, 당신 입 거치지 않고 일을 도모하시는 데에는 타의 추종을 불허하는 집안의 절대 권력. 이번에도 안부 전화 한번 하지 않는 괘씸한 손녀를 불러들이는 일에 며느리를 한바탕 잡으셨던 모양이다.

- 응, 그러시네. 얼굴 본 지도 오래됐고. 또 지현이 생일이었잖아. 저기, 오늘 시간 좀 어떠니?

더듬더듬, 준비한 용건을 말하는 수민이 안쓰러워 지현은 작게 한숨을 했다.

"오늘이요?"

오늘 당장 시일이 잡혔기에 이렇듯 안절부절 미안해하는 것이었나.

- 너무 급하지? 안 그래도 다음 주쯤 부를게요, 하긴 했는데.

한 번 떨어진 말이니, 하늘이 두 쪽이 나도 당신 뜻대로 이루어져야 하는 고집불통이시니까. 어느 것 하나 제 뜻대로 움직여 주지

않았던 첫 번째 며느리와는 달리, 두 번째 며느리는 당신 숨소리에
도 촉을 세우며 어려워하는 것을 잘 아는 할머니는 이렇듯 매사에
무자비했다.

"아뇨, 괜찮아요. 점심에 맞춰 본가로 갈게요."

그래서 안 그래도 모시기 어려운 분을 도맡아 그 변덕에, 그 고
집을 다 받아 주고 사는 새어머니 수민을 지현은 늘 동정했다.

– 그럴래? 그래, 우리 얼굴 좀 보자.

목소리만으로도 벌써 한 짐을 덜어 낸 것 같은 수민을 상상하
며 지현은 작게 웃었다. 이렇게 어렵게 대하지 않아도 괜찮은데.
진짜 친자식은 아니어도, 그래도 모녀지간인데. 어쩐지 곁을 주지
않는 자신의 탓만 같아서 늘 마음이 좋지 않다. 그래서 본가에 가
는 것이 고단한 이유 중에 하나기도 하고.

– 실은 식당 예약을 했거든. 어머님은 지현이 사는 데로 차를
보내라고 하시는데…….

식당? 본가가 아닌 다른 곳에서의 만남이라는 것에 잠깐 의아한
것도 제쳐 두고 지현은 다급히 만류했다.

"아니에요. 주소 주시면, 혼자 갈게요."

– 그럴래? 안 그래도 지현이는 부산스러운 거 싫어한다고 말씀
드렸는데…….

"네, 거기서 봬요. 차 안 보내셔도 딴 데 안 새고 얌전히 제시
간에 도착하겠다고 전해 주세요."

통화를 끊고, 지현은 가기도 전에 밀려드는 피로감을 털어 내야
했다. 할머니가 식사 내내 그녀에게 쏟아 낼 앞뒤 꽉 막힌 말들은

아마 말이 아니라 차라리 흉기라는 걸 아니까. 꼬장꼬장한 노인네의 입을 틀어막고 싶어 지현은 아마 내내 먹지도 삼키지도 못하고 벌을 받을 자리가 될 것이다.

그래도 아빠. 오늘은 오랜만에 아빠를 만날 수 있을 것이다. 그리고 드문드문 볼 때마다 점점 아빠와 같은 얼굴로 커 가는 배다른 동생 율이도.

반갑지 않은 얼굴 하나와 반가운 얼굴들이 있는 자리여서 갈 때마다 어지러운 지현이다.

* * *

지현은 택시에서 내려 아직 너무 꽉 끼어 불편한 원피스를 쓸어내렸다. 그녀의 옷장이라면 있을 수 없는 눈부시게 하얀 원피스와 명품 코트는 엄마가 보낸 소포 상자에 있었다. 본가에 들어갈 때마다 청바지라서, 볼품없이 싼 옷이라서, 단정하지 않아서 늘 지적받곤 했다.

메시지에 적힌 예약된 식당 이름을 보고 지현은 그래서 굳이 포장된 그대로 걸려 있던 엄마의 선물을 꺼냈던 것이다. 호텔 한정식이라니, 볼품없고 값싸 보이는 청바지나 단정하지 않은 옷을 입고 갈 수는 없는 노릇이었다.

'널 낳은 엄마라는 물건이 그렇게 가르쳤더냐.'

'보고 배운 게 그런 것일 테지.'

'부씨 집안 핏줄을 훔쳐 갔으면 책임을 제대로 졌어야지. 천둥벌거숭이도 아니고, 여자애를 저렇게 방치를 할 수가 있느냐.'

'남자에 눈이 먼 그 물건이 엄마 노릇 할 시간이 있었을 리 없지.'

할머니에겐 부모를 죽인 원수보다 더한 원한이 지현의 엄마에게 맺혀 있다. 지현을 볼 때마다 내비치는 그 참혹한 미움과 노여움으로 인해 그녀는 부모님의 이혼이 생각보다 훨씬 나이스 한 선택이었음을 절감하곤 한다.

"이수민 씨 일행입니다."

식당 앞 리셉션에서 새어머니의 이름을 대자 바로 안내가 되었다. 가장 안쪽의 룸으로 향하는 복도에서 가방 속에서 울리는 휴대전화 진동 소리를 들었다. 급히 꺼내 액정 위 발신자를 읽었다.

'살자'

지금은 아니다. 일단 목전에 둔 빌런부터 해치운 후, 그다음 스테이지 공략을 세워야겠다. 지현은 단호히 전원을 꺼 버렸다.

"제가 늦었어요?"

안 늦었다. 제시간에 딱 맞춘 걸 복도에서 전화기를 끄면서 확인했으니까.

"늦었구나. 보낸다는 차 타고 왔으면 늦을 일도 없지 않았겠니."

꺼끌꺼끌한 감정만큼이나 껄끄러운 할머니의 인사말에 지현은 잘 보이려고 원피스씩이나 뻗쳐 입고 온 자신의 처지가 순간 초라해졌음에 마음이 뾰족해지고 말았다.

"식사 약속을 두 시간 전에나 알려 주시는 배려 덕분이라고 공을 돌릴게요."

"누구 탓을 해. 사 준 차도 싫다지, 서울 한복판에 사 준 집도 들어가 살지를 않고 굳이 그 먼 변두리에 사니까 일어난 일이지."

"차도 아빠가 사 주고, 집도 아빠가 사 줬어요. 왜 할머니가 생색이세요? 주신 분도 고이 돌려받으시고 깔끔하게 끝난 일을."

벌떡 일어나 그녀를 반기는 수민에게만 눈인사를 건네고 할머니와는 대화하면서 눈 한 번 맞추지 않았다. 안 늦었어, 하며 그녀에게 작게 속삭이는 수민은 그녀와 할머니의 앙숙 케미에 아직도 적응이 어려운가 보다. 입매가 굳은 채로 어색하게 그녀를 달래는 모습이 안쓰럽다.

"아빠랑 율이는요? 따로 와요?"

세팅은 다섯이 맞는데, 하며 심상하게 물었다. 수민은 말을 않았고, 대신 할머니가 두 번째 통박을 꺼냈다.

"화장은 안 하고 다니니?"

"한 건데요."

"입술 좀 화사한 걸로 바르지. 젊은 애가 저렇게 센스도 없고, 쯧…… 자리에 맞는 차림새도 일일이 다 가르쳐야 하는 거냐?"

옷 말고도 지적받을 분야가 무궁무진하다는 것을 간과한 제 불찰이다. 지현은 노력이 바래 버려 씁쓸한 마음을 스스로 달래며 할머니의 얼굴을 처음으로 건너다보았다. 여전하시다. 고이 세팅한 새하얀 머리카락은 풍성했고, 나이에 비해 고운 피부와 낯빛도 그대로였다. 늙지 않은 채로 영원을 사시는 건가, 순간 불경한 소름도 떨어내야 했다.

"건강해 보이시네요."

"왜. 곧 죽을 것처럼 보이지 않아서 비꼬는 게야? 너무 오래 산다고 흉보는 게로구나."

떨어낸 소름이 무색하게 곧 다시 돋게 하시는 능력까지 여전하시고. 언제나 느끼지만, 참말 용하시다.

"아빠는 늦어요?"

직원들이 차례로 들어와 음식을 놓고 사라진 다음 지현이 재차 물었다. 보고 싶은 얼굴도 좀 보고 있어야 무차별 융단 폭격을 받아칠 에너지가 생길 텐데 말이다.

"으응."

쉽게 대답하지 못하는 수민의 얼굴이 붉어졌다. 감정이 오롯이 얼굴에 드러나는 분이었다. 어딘가 불편해 보이는 얼굴과 목소리가 지현의 무딘 촉도 일어서게 했다. 아직 비워진 자리를 의아한 눈으로 훑은 그녀가 물었다.

"왜요. 오늘 안 오세요? 바쁜 일 생기셨대요?"

"어, 저기……."

옆에 앉은 할머니의 눈치를 보는 모습에서 뭔가 잘못되었구나 싶은 순간이었다. 똑똑. 두드리는 노크 다음 룸의 문이 열렸다.

"왔는가, 남 사장."

할머니에게서 한 번도 들어 본 적 없는 낭창한 옥타브. 지현은 눈이 동그래져서 들어서는 중년 남성의 얼굴을 빤히 봐야 했다.

"이거 저희가 늦었습니다. 서두른다고 서둘렀는데요."

아빠보다는 연배가 있고, 할머니보다는 그 아래쯤으로 보이는 남 사장이라는 남자는 허리를 깊이 굽혔다 세우며 지현의 시선을 인자한 눈웃음으로 받아쳤다. 지현은 나이에 걸맞지 않은 남 사장의 짓궂은 장난기가 황당해 엉거주춤 자리에서 일어났다.

"아니네. 우리가 약속 시간보다 일찍 나와 있었네."

"그러실 줄 알고, 저희도 서둘렀다고요. 원 여사님, 어느 자리든 가장 먼저 나타나시는 걸 아니까요. 이거, 억울합니다."

예민하고 까탈스러운 할머니를 인상 한 번 쓰지 않게 하고 내내 웃게 만드는 이 사람의 능력을 높이 사, 지현은 존경을 담아 허리를 깊이 숙여 인사했다.

"일전에 내가 말했던 내 손녀네."

할머니가 자리에서까지 일어나 지현을 남 사장이라는 사람에게 소개했다.

"지현 양?"

남 사장은 아까처럼 다시 짓궂은 미소로 지현에게 손을 내밀었다. 그 시원시원한 손짓에 지현도 자연스럽게 손을 내밀어 맞잡았다.

"부지현입니다."

"남규선이라고 합니다. 이런 자리는 나도 처음이라, 지현 양을 어떻게 대하면 좋을까 걱정했는데. 와 보니, 기대보다 더 예쁜 얼굴에 긴장이 확 풀리네요."

남 사장은 누군가에게 하는 말인지 모호하게 지현을 모두 앞에서 치하했다. 많은 것에 약하지만, 유난히 외모 칭찬에 취약한 지현이 어색하게 웃으며 화답했다.

"예쁘지 않지만, 칭찬은 감사합니다. 죄송하지만, 저는 사장님에 대해 들은 바가 하나도 없네요. 처음 뵙겠습니다."

아빠 친구분이라면 아빠와 함께 나타났어야 맞고, 그렇지 않으니. 음, 그렇다면? 할머니 남친인가요, 터지는 헛말을 꿀떡 삼켜야 했다. 지현의 인내 넘치는 노력은 몰라주고, 할머니는 늘 그렇듯 지현의 말본새에 질색하는 얼굴을 하는 것이었다.

"아! 여사님과는 교회에서 친분이 있지요. 그래서 여기 제수씨도 알고, 지현 씨 부친과는 오래전 형님 동생 삼았답니다. 그래서 지현 씨 자랑은 익히 들어 알고 있을 수밖에요."

생글생글 웃는 낯이 사장이라는 딱딱하고 고루한 직함과는 거리가 있었다. 서글서글한 성격과 나이에 걸맞지 않은 특유의 해맑음을 가진 중년 남성이었다. 어디서 많이 본 듯한 해맑은 인상 말이다.

"근데 어째서 자네 혼자야?"

"같이는 살아도 따로 다닙니다. 원래 부자 사이는 한 지붕 아래 같이 살아도 남보다 못하게 먼 사이라는 걸 모르시지요?"

셋에서 딱 한 명 더 보태어졌을 뿐인데 삽시간에 공간이 떠들썩해졌다. 그리고 누군가의 경쾌한 발걸음 소리와 동시에 룸의 출입문이 그 어떤 양해도 없이 벌컥 열리며 소란은 배가 되고 말았다.

"죄송합니다! 스쿠터 주차 절차가 꽤나 까다롭네요, 이 호텔은······? 어?"

카키색 야상 패딩에 형광 주황 비니를 쓰고서 바깥의 추위를 그대로 몰고 온 남주형 피디가 출입문의 양 손잡이를 붙든 채로 굳었다. 마찬가지로 직장 상사의 뜬금없는 출현에 입이 떡 벌어진 지현도 마주 굳어 버렸다.

"어라? 부지현 씨?"

"……피디님?"

* * *

　지현은 코트와 가방을 아무렇게나 팔에 걸고 도망치듯 식당의 미로 같은 복도를 빠져나갔다. 기가 막힐 노릇이었다. 아빠는 알고 자리를 피했을까. 아니면 모르게 하려고 오늘 자리에서 배제된 것일까.

　엘리베이터 전광판 숫자를 노려보며 지현은 허리에 한 손을 짚고, 한 손은 이마를 짚었다. 저도 모르게 짝다리를 짚으려다가 타이트하게 옥죄는 스커트 덕분에 좌절되자 더 분해져 이를 사리물어야 했다.

　"화가 난 건 알겠는데. 그래도 나는 데리고 나갔어야죠. 나, 방금 되게 뻘쭘했다?"

　언제 뒤따라 나온 건지, 주형이 옆에 서서 벗었던 눈부신 비니를 뒤집어쓰고 있었다. 회사에서도 이렇게까지 현란하게 입는 사람은 아닌데. 아무래도 자리를 의식하고 부러 저항감을 담아 연출한 것이리라. 아까 룸에서 주형은 그 어느 때보다 더 철없이 하이 텐션을 가장했었다. 지현을 맞선 자리에서 만나 이목구비에 흥이 잔뜩 오른 주형은 어른들에게 예의 바르게 인사를 건넨 뒤 바로 지현에게 물어 왔다.

　'그럼 부지현 씨랑 나랑 오늘 선보는 거예요?'

　'뭘 봐요?'

'맞선. 나는 저분께서 치사하게 투자금에 상속을 볼모로 협박해서 나온 건데. 여기 선 자린 거 모르고 끌려 나왔구나, 지현 씨? 그죠?'

그제야 이 황당하기 짝이 없는 조합의 정체를 깨달은 지현은 그대로 자리에서 일어나 차려진 테이블에서 두어 걸음 물러났다.

'앉아라. 보아하니 두 사람 이미 아는 사이인 듯한데. 게다가 어른들까지 있는 자리다. 결례이지 않겠니?'

고약한 노인네의 꾸중이 지현에게 먹힐 리 없다는 걸 아는 수민이 절절매는 눈으로 그녀를 만류했다. 지현은 가여운 수민에게 또 지고 말았고, 겨우 한차례 속을 다스린 다음에야 털썩 앉았었다.

'이놈이 제 아들 주형입니다. 회사로 들어오겠다는 약속을 받고 지금은 하고 싶은 일을 하게 하고 있습니다. 보시다시피 하고 다니는 꼴이 설렁설렁 나사 빠진 놈 같아도 제 일에는 꽤 소질이 있는 놈이라는 평가에 마음을 놓고 있습니다. 아들이 하나라 뭐, 다른 선택지도 없고요.'

저도 가진 게 부모 하나밖에 없는데 언젠가는 결국 제자리로 돌아오지 않겠나 합니다, 하고 덧붙인 남 사장은 아들을 향해 경고를 담은 눈초리를 보냈다. 선 자리 파투 내러 온 듯한 제 아들의 행색을 두둔하게 만든 것에 대한 힐난인 듯했다.

'젊을 때 하고 싶은 일 마음껏 하는 거야 흠이겠나. 꿈도 뭣도 없이 지지부진 맥없이 사는 사람들보다는 훨씬 보기 좋네. 자네에게는 자식이 아들 하나인 걸 아드님이라고 모르시겠나. 똑똑한 사람이라니 아마 부모 뜻 나 몰라라 하지는 않으시겠지.'

누구한테나 공평하게 박한 할머니의 처음 듣는 후한 말씀에 지현은 점점 불퉁해지고 있었다. 여러모로 심술 맞으신 줄은 익히 알았지만, 이런 가식적인 모습은 또 처음이라 상당히 불편했다. 이런 것들로 할머니가 도모하려는 일을 알고 나니 더더욱.

'우리 애야말로 부모 손길 닿지 않는 데서 부족하게 자란 편이라, 내가 남 사장 볼 낯이 뜨겁네. 적을 두고 다닌다는 데가 꽤 큰 잡지사라고는 하지만, 그래도 한낱 월급쟁이지. 애 아버지인 우리 아범 회사로 불러들이려 했는데 딸한테 워낙 마음이 약한 인사가, 결국 저렇게 저 하고픈 것만 하고 살게 한다네.'

아직 잡지사 에디터에서 업데이트가 멈춰 있는 할머니의 정성 없는 이력서에 남 피디와 지현의 눈이 공중에서 만났다. 주형과 눈을 맞춘 채로 지현이 어깨까지 축 늘어뜨리며 한숨을 했다. 그런 그녀에게 주형도 어깨를 으쓱해 응원을 해 왔다.

'그 잡지사 그만두고, 지금 남 피디님 회사에 다녀요. 작은 회사고 세 분 대표님 아래 전 직원이 모두 대리 직함이니까, 저는 거기 말단 직원이라는 말씀이죠. 아 참, 그리고. 아빠는 저 회사로 불러들인 적 없고요. 그건 할머니가 머리 싸매고 반대해서였다는 것도 알아요, 나.'

한 번도 든 적 없는 수저를 달그락 매만지고 마치 식사를 다 마친 것처럼 물을 한 모금 마셨다. 물과 함께 한숨도 깊이 삼켜 냈다.

새파랗게 노여움을 타기 시작한 할머니의 얼굴을 힐끔 본 다음 건너편에 앉은 남 사장과 주형에게 차례로 시선을 두었다. 안타깝지만 이제부터 어쩔 수 없이 본격적으로 결례를 범해야 했다.

'죄송합니다. 할머니와는 몇 개월 만에 얼굴 뵙는 거라 저에 대해 아시는 게 별로 없으세요. 그리고 또 죄송해요. 아마 맞선 자리인 걸 알았다면 나오지 않았을 거예요. 의도치 않게 헛걸음 하시게 했어요.'

수민이 옆에서 지현의 허벅지에 손을 은밀히 얹었다. 내려다본 수민의 손끝이 파르르 떨고 있었다. 의도치 않게, 이분께도 나는 결례를 각오해야겠구나.

'아시는지 모르겠습니다. 저는 집안끼리 정략결혼 뭐 그런 맞선에 알맞은 처지는 아니라서요. 무려 엄마가 둘에, 아빠가 넷이에요. 덕분에 형제자매만 다섯이고 전 세계에 두루 퍼져 살고 있답니다. 제가 이렇게 다복해요. 그래서 더는 제 가족의 범위를 늘려 놓을 계획이 없고, 그래서 결혼이라든지 나아가 임신 출산과 관련한 무엇도 염두에 두고 있지 않답니다.'

수민은 절규에 가까운 신음을 했고, 할머니는 두 눈을 질끈 감아 버리셨다. 남 사장은 엷은 미소만 머금은 채로 생각에 잠기셨고, 주형은 분위기에 안 맞는 초롱초롱한 두 눈으로 그녀의 말에 몰입하는 모양이다.

'아무것도 모르고 나오신 모양이네요. 다시 한번 사과드립니다.'

지현은 그대로 일어서 룸을 나와 버렸던 것이다. 그런 그녀를 따라 엘리베이터에 타고도 주형은 버튼을 누르지 않았다.

"전 택시를 타야 해서요. 몇 층 누를까요?"

"나도 일단 로비 층이요."

네, 하고 둘은 말이 없었다.

"미안해요, 지현 씨."

"남 피디님이 왜요. 남 피디님 아버지한테 결례를 범한 건 전데요."

"지현 씨가 아니었으면, 내가 했을 결례였는데, 뭐. 미리 알았다면 시놉 좀 근사하게 머리 맞대고 짜서 올 수 있었을 텐데. 그죠? 우리가 또 짜 놓은 각본과 연출에 강한데, 응?"

해맑다. 말도 못 하게 일관적으로 해맑다. 남 피디와 그녀는 협소한 호텔 승강기 안에서 어정쩡한 거리를 두고 서서, 어색한 대화를 하고 있다. 그래서 그제야 오늘 두 사람의 기가 막힌 인연에 혀가 내둘러지는 것이었다.

"지현 씨. 우리 오늘 되게 황당했죠?"

주형도 느꼈던가 보다. 대화와 대화 사이가 그닥지 않게 비는 시간이 많다.

"네. 유감이에요."

"유감이긴 해요. 한 여자한테 연일 까인 사람은 나밖에 없을 거야. 그죠?"

지현의 눈이 데구루루 굴렀다.

"본의 아니게, 연일 죄송하게 되었습니다."

진심을 다해, 고개를 꾸벅 숙였다.

"사과하지 마요. 진짜 울컥하니까."

"울지 마세요. 또 사과해야 하니까."

또 적막이 찾아왔다. 한숨을 쉬었는지 주형에게서 깊은 날숨소리가 들려왔다. 그것에 멋쩍어 지현이 그를 힐끔 올려다보았다. 함께 눈치를 보고 있었는지 주형과 눈이 마주치고 말았다.

"아직도 미안해요?"

"미안하지 말라면서요."

무슨 심보가 2초 상간으로 변하는가.

"조금만 미안을 남겨 볼래요?"

"왜요."

"이 호텔에서 모임이 하나 있는데. 파트너 동반이라 안 가려고 했거든요."

불길한 예감에 지현이 저도 모르게 도망치듯 승강기 밖으로 호다닥 튀어 나갔다.

"불참이나 혼자 출석 때 벌금이 내 월급 차압 수준이에요. 완전 날강도라니까요. 도와줄래요?"

"제 월급을 가지세요. 기꺼이 드릴게요."

바짝 따라붙는 주형을 떨구려 지현의 발걸음이 잽싸졌다. 그러나 이놈의 비싸기만 한 원피스의 스커트 폭은 도움 따위 주지 않았다.

"딱 5분 뒤에 토끼게 해 줄게요. 그건 약속해요. 나한테 미안하잖아요, 그쵸? 오늘 지현 씨 너무 예쁜 옷도 아깝고."

주형은 인정에 호소하는 능력이 탁월한 편은 아니었다. 미안한 건 나중에 갚을게요, 하고 돌아서서 호텔 밖을 나서자마자 만난 때아닌 겨울 장대비가 하필 그를 도왔다.

"내 월급으로 우산 사 줄게요. 명품 우산 사요, 지현 씨. 두 개 사, 세 개 사."

* * *

한낮인데도 호텔 와인 바 내부는 한밤중처럼 캄캄했다. 조명은 위에서가 아니라, 아래에서 빛을 쏘고 있었고 묘한 듯 부드러운 분위기는 공간의 대부분을 차지하고 있는 새틴 재질의 가구와 소품들 덕분일 것이다. 범용은 잔을 마저 비우고 슬쩍 자리에서 일어났다.

"설마 가는 건 아니지? 이번 망년회 맡은 남주형도 안 나타났어, 아직."

친구인 경민은 아까부터 나타나야 할 얼굴이 나타나지 않아 잔뜩 독이 오른 상태였다. 일 년에 두 번, 매번 모임의 장을 번갈아 맡기로 했고, 이번 망년회는 주형이 장이었다. 비싸고 핫하다고 이름난 클럽을 잡아 노는 것을 좋아하는 멤버들의 흥을 꺾어 놓고 하품 나오는 이 적막한 와인 바에 불러 모은 장본인은 여태 도착도 전이다.

"남주형이 장인데, 내가 왜."

"너희는 부부잖아."

범용은 정장 재킷을 입는 척 경민의 안면을 세게 강타했다. 응징을 못 알아들었을 리 없는 경민은 쥐 터지고도 입을 닫지 않았다.

"망년회 스케일은 여름 모임보다는 더 커야 제맛이잖아. 하여간 있는 놈이 더 하다니까. 와인 바가 뭐야, 와인 바가. 독한 술 팔고 물 좋은 데 다 놔두고. 이런 데 올 거면 파트너라도 데리고 오게 했어야지."

경민만큼이나 골이 잔뜩 난 다른 친구들도 그의 말에 수긍하는 눈치였다.

"그러니까 남주형한테 따지라고. 모임 결석 벌금 받아 내서 놀러 가면 되겠네."

그들의 눈을 다시 초롱초롱하게 만들어 놓고 쉽게 놓여나기 위해 범용은 주형을 기꺼이 매장시켰다. 꼼짝없이 아버지 명에 따라 오늘 '간단한' 맞선 자리에 들러야 하기에 한 건물인 곳에 장소를 잡았다는 것은 그만 알고 있는 사실이었다.

어차피 애초에 망년회니 뭐니, 이런 자리를 좋아하지 않는 범용을 옭아매기 위한 신경질 나게 비싼 벌금 책정 때문에 출석만 하려고 나온 자리였다. 그는 장소가 어디든 아무래도 괜찮았던 것이다.

"진짜 그냥 가게? 인마, 너 얼굴 보려고 온 놈들도 여기 많아. 비싼 몸, 이 강제 자리 아니면 어디 만날 수나 있어?"

비싸다고 비꼬는 뉘앙스에 범용이 설핏 웃었다. 이들 대부분이 오래된 사이였지만, 범용보다는 주형이 일구고 이끈 억지 인맥이었다. 주형과 범용이 그렇듯 운 좋게 있는 집 자식으로 태어나 그 행운을 일생에 걸쳐 누리고자 용쓰는 것밖에는 일이 없는 한량들.

"화장실 간다, 화장실."

물론 범용이 그곳을 핑계로 나가지만 다시 돌아오지 않을 것이라는 것은 이 방 안의 모든 이들이 이미 알고 있는 바였다. 그는 어둑한 복도를 나가 화장실 앞 세면대에 섰다. 호화로운 금장 장식의 거울 앞에 서서 코트를 입으며 습관처럼 전화기를 꺼냈다.

아직 아무런 연락이 없는 부지현. 다시 통화 연결을 해 보지만, 전화기는 역시 꺼져 있었다. 순순히 그를 받아들이지 않으리라는 것은 알고 있었지만, 이렇듯 유치하고 티 나게 그를 피하리라고는 상상도 하지 못했다.

　당장 전화를 받지 않는다고 두 사람에게 일어난 일들이 정말 없는 일이 되는 것은 아니니까. 그 정도로 순진할 나이는 아니잖아, 부?

　우웅. 새카맣게 꺼진 액정이 다시 빛을 발하며 켜졌다. 들어온 메시지는 주형의 이름이었다.

　[내가 목에 칼이 들어온 상황이 아니라면 양보하지 않는 것이 딱 세 가지 있어. 내 밥그릇이랑, 입던 빤스랑, 여자가 바로 그 셋이지. 그런데도 내가 제 발로 굴러들어온 맞선녀를 너에게 양보하는 건 말이다? 네가 언젠가 나한테만 보여 줬던 그 희대의 명장면 때문이야, 친구. 천하의 진범용이 만취해서 부르짖었던 '그 애가 실존 인물이었다는 것을 알게 된 이상 내가 가만있을 수는 없지 않겠냐.]

　이게 무슨……? 맞선? 양보? 이해를 위해 다시 처음부터 읽으려는 그때 그다음 메시지가 바로 떴다. 한눈에 내용을 읽어 낸 범용의 구겨졌던 눈이 커다래지고 바로 뒤돌아 걸음을 옮겼다. 쓸데없이 길고 좁은 복도를 뛰듯이 걸어 모임 장소인 가장 안쪽 룸의 문을 벌컥 열어젖혔다. 손안의 휴대전화는 연달아 진동했다.

　[지현 씨 우산 사 줘야 해. 명품 우산, 제일 비싼 걸로 사 줘라. 두 개 사 줘.]

하얀 코트를 팔에 끼운 채로 사람들 앞에 벌서듯 선 여자의 뒷모습. 결 고운 머리카락을 어깨 위로 늘어뜨리고, 시선들이 곤란한 듯이 하이힐의 앞코로 카펫 위를 꽁꽁 찧던 여자가 룸 안의 사람들의 시선을 따라 고개를 뒤로 천천히 돌렸다.

부지현.

아직 문손잡이를 잡고 버티듯이 선 범용과 그녀의 눈이 마주쳤다. 그의 시선이 사나웠을까. 지현은 크게 벌어진 동공을 잘게 떨며 한 걸음 주춤 뒤로 물러났다. 범용은 입매를 뒤틀며 고개를 한쪽으로 삐딱하게 기울여 그녀를 노려봤다.

네가 왜 여기 있어? 누굴 따라 여기에 와 있는 거야?

망할 놈의 진동이 또 울었다.

[아참참! 내 벌금은 네가 대신 내는 거다? 내 상속을 걸고 양보한 거니까, 그 정도는 해야지! 그치!]

그와 호텔 방에서 목이 쉬도록 섹스 하고 반나절. 도망치듯 몰래 나가서 이렇게 차려입고, 이렇게 낯선 모습으로 선 자리에 나갔다? 부지현, 진짜 죽고 싶지?

메시지를 읽고 전화기를 코트 안주머니에 넣으며 지갑을 꺼냈다. 아무 신용카드를 뽑아 신경질적으로 테이블 위에 던진 범용이 누구에게랄 것도 없이 말했다.

"오늘 이걸로 놀아. 남주형, 이 새끼랑 나. 둘 다 결석인 걸로 치고,"

"무슨 소리야. 너도 나왔고, 주형이 방금 여기……."

경민이 주형이 잽싸게 사라졌을 바깥을 가리키며 의아해하는 사이, 범용은 얼어붙어 있는 지현의 손목을 잡아챘다.

"따라와."

* * *

손목이 얼얼해도 힘주어 빼낼 용기는 없었다. 점점 옥죄는 악력만큼 범용이 지금 얼마나 화가 나 있는지 알 것도 같았기 때문이다.

하루에 두 명의 빌런을 상대해야 하는 제 기막힌 사정을 그에게 알려 동정을 사기는커녕, 당장 좁은 스커트 폭과 높은 힐 덕분에 넘어지지 않고 따르는 것만이 최우선이었다.

모임 장소라며 다짜고짜 와인 바에 데리고 들어가자마자, 잠깐만! 하고 사라진 남 피디. 그와 약속한 5분을 다 기다린 그녀가 멍청이였다. 갈등할 것도 없이 그 방을 바로 나가 버렸어야 했는데.

"타."

호텔 앞에 정차해 있는 택시 뒷문을 연 채로 그가 짧게 명령했다. 이대로 그녀를 석방해 주는 건가, 했던 기대와는 달리 그도 바로 택시 좌석으로 밀고 들어왔다. 눈앞이 캄캄해졌다. 그녀가 사는 동네를 말하고도 수갑처럼 꽉 잡힌 손목은 놓지 않고 있는 범용이었다. 손목과 그의 손을 내려다보며 지현이 꽉 잠긴 목소리를 몰래 가다듬었다.

"선배. 그게……."

"다물어."

한 번도 본 적 없는 화다. 지현은 기꺼이 입을 다물었다. 죄를 지었다는 생각보다, 당장 그의 기분을 거스르는 것은 자살행위와 같다는 것을 직감했기 때문이었다.

그에게 단단히 잡힌 손을 보며 지현은 입을 꾹 다문 채로 서원과의 끝을 내지 않은 대화를 떠올렸다. 범용과 그녀 사이의 일은 우리를 어디로 데리고 갈 것인가. 막막해 사고의 흐름도 자유롭지 못했다. 어디로 흘러도 도로 잡힌 이 손목으로만 되돌아왔다. 꽉 잡고 놓지 않는 손. 아프게 옥죄는 사나운 힘. 뿌리칠 수도 없게 박혀 오는 그.

"내려."

동네의 초입에 정차한 택시에서 내린 것은 그녀뿐이었다. 내려서며 겨우 풀려난 손목을 멍하니 내려다보는 동안 범용이 내리지 않는 채로 택시 문이 닫히는 것을 깨달았던 것이다.

"저기……."

"한남동이요."

끝내 그녀와 눈 한 번 맞춰 주지 않고 범용이 탄 택시가 떠나 버렸다. 그는 그녀에게 화가 났다. 비가 그치고 한기가 남은 길 위에 남겨진 지현은 아직 뜨겁게 열기가 남은 손목을 쓸며 오스스 오한을 느꼈다. 뭔가 대단히 잘못했다는 것만 알 수 있었다.

* * *

주말은 여느 때와 같이 월요일을 유예한 형벌처럼 지나갔다.

토요일은 일요일을 걱정하고, 일요일은 월요일에 대한 공포로 지나가기 마련이니까. 특히나 이번 주말은 더 그럴 수밖에 없었다.

서원이 미리 진단을 내준 바대로, '공평히' 한 번씩 없는 일인 척하는 것은 지극히 '양아치' 짓이라는 것을 알지만, 어떻게 하면 가장 '덜 양아치적'일 수 있을까.

지현은 주말 내내 그 생각만 했다. 그리고 영영 편해지지 않는다면 -가능성이 농후하지만- 회사를 나가야 할는지도 모르겠다는 생각이 머릿속에 꽉 차 무거워 죽겠는 것이다. 외근으로 시작해 대부분 외근으로 끝이 나는 편인 범용의 늦은 출근을 불편하게 기다리던 그때였다.

"큰일 났어요."

연출 팀 막내로 일하는 재영의 얼굴이 사색이 되어 민환에게 귓속말을 빠르게 하고 제자리로 튀었다. 민환은 그 귓속말을 듣고 재영처럼 똑같이 사색이 되어 갔다.

"아씨, 나 보고할 것 있는데."

혼잣말을 우렁차게 하는 통에 도무지 모르는 척을 할 수 없는 정 이사와 지현은 눈을 마주쳐 서로에게 미루다가 그녀가 떠맡고 말았다.

"뭔 일인지 매우 궁금하구나, 동료야."

관심 없는 무미건조한 그녀의 질문에 민환은 이때다 싶은 얼굴로 달려들었다.

"부지현."

민환은 그녀의 손을 덥석 잡았다. 둘 사이에 사전 알코올 없이 이루어진 스킨십에 이번엔 정 이사와 지현 모두 심각한 얼굴이 되었다.

"뭐, 뭔데."

"나 과민성대장증후군인 거 알지?"

"이 씨, 드러……."

항상 지병을 광고하는 편이라 잘 안다. 그러나 다행히 웬만해서는 과민할 만큼 스트레스를 잘 받지 않는 캐릭터라는 것도.

"이제부터 내가 화장실 변기에 앉아서 통증 완화와 증상 해소를 시도해 보려 해."

"멀리서 응원하마."

"그래서 말인데, 이것 좀 대신 부탁해."

그리고 민환은 그녀의 귀에 손나팔을 만들고는 잽싸게 속삭이더니 사무실 밖으로 튀어 나갔다. 언제 받은 건지 모를, 편집 영상이 담겼을 민환의 태블릿을 내려다보며 지현이 온몸의 털을 세웠다. 방금 민환의 말……!

"호구한테 미루고 튀는 기술이 나날이 늘어, 예민환 저거."

정 이사는 월요일 아침부터 새 마음, 새 각오로 호구의 의무를 다할 지현의 어깨를 토닥토닥했다.

"쟤가 뭐라고 귓속말하디? 또 유언이라니? 한 이백 번째 마지막 소원?"

"저기. 살자가요……."

차마 입을 다 열지 못하고 웅얼웅얼하던 그때였다.

"억!"

정 이사가 큰소리로 기함을 했다. 그 뒤로 사무실 직원들이 미어캣처럼 앉은 자세로 일어나 연쇄적으로 식겁하며 부신 눈을 비비고 한바탕 난리가 났다. 지현도 그 파도의 끝에서 제 눈을 의심했다.

선배, 도대체 이 무슨 변고란 말입니까! 살자가 경악하는 그녀의 두 눈을 한 번 쏘아본다. 눈초리는 매서웠고 따끔했건만, 지현은 쿵, 하고 떨어진 심장 소리와 함께 자연발화를 시작했다. 온몸의 세포가 동시에 열기에 휩싸이며 목구멍 가득 뜨거운 숨이 차올랐다.

왜 이런 화학 반응이 일어나는 것인가, 탐구해 볼 틈도 없었다. 살자는 걸어 들어오던 속도 그대로 회의실로 향하며, 손짓과 함께 입 모양으로만 말했다.

'빨리.'

정 이사는 침을 삼키며 긴장을 했다.

"부 대리야? 지금, 살자가 입고 있는 게 그러니까……."

"왜 저러시는 걸까요……?"

블랙을 벗어던지고 나니, 오히려 사신처럼 무시무시했다. 연한 그레이 오버 핏 더블 코트가 화사했다. 살짝 드러난 연한 파스텔 톤의 니트 상의와 어울리는 밝은 컬러의 슬랙스 팬츠까지. 밝은 차림의 새카만 오로라라니. 정 이사는 고개를 절레절레 흔들어 정신을 수습했다.

"살자 어디 아픈 건가 봐……."

"저 조퇴 좀요."

"들어가, 급하다잖아."

"한 번만 살려 주세요."

"가 보고 여차하면, 네가 안고 뛰어내려. 수차례 얘기했지? 우리 둥이들, 이제 세 살이다. 아직 엄마가 필요하다고."

매정하게 그녀를 떠다밀어 놓고 정 이사는 태연히 같은 팀 직원을 불러 제 업무로 돌아갔다. 이대로 도주를 꿈꾸고 있을 때, 그가 있는 회의실 유리 벽면의 블라인드가 착착! 소리를 내며 닫혔다. 보고 받을 준비가 다 되어 있다는 신호인 건가.

똑똑.

"어."

"예민환 대리가 아파서 제가 대신……."

"너 말고."

결재판과 태블릿을 내려놓기도 전에 범용이 냉하게 그녀를 물렸다. 알겠다. 그는 아직 그녀에게 화가 나 있는 상태다. 그리고 지현은 처음으로 눈치라는 숨은 재주를 끌어냈다. 그가 만약 의식적으로 그녀를 멀리하려는 거라면, 지현이 그랬던 것처럼 그도 '공평히' 주고받았다고 적당히 뭉개는 것일지도 모른다고.

"남 피디 올 거야, 정 이사도 들어오시라고 해. 급한 일이라고."

"아, 네."

쳐다도 보지 않고, 깔끔하게 축객령만 내린 그의 정수리를 잠시 보다가 지현이 몸을 돌렸다. 기분이 일렁이기 시작했다. 그녀처럼 그도 없는 일로 여기려는 시그널이 분해지는 이유가 무엇일까. 그녀가 출입문으로 거의 다가간 그때였다.

"아파?"

"네?"

"아프냐고."

여전히 노트북에만 시선을 두고 있으면서.

"제가요? 이사님이 아니고요?"

"안 아파?"

"네."

"근데 왜 얼굴이 그 모양이야?"

사람 얼굴 한번 보지도 않고 어떻게 알아요, 대꾸하려다 괜히 스커트 위를 한 번 쓸며 말을 참았다. 그래, 할 수 있는 한 가장 덜 양아치가 되어 보기로 했잖아.

"괜찮습니다. 그럼, 나갈게요."

"나가서 바로 퇴근 준비해."

"네? 왜……."

범용이 드디어 얼굴을 들고 그녀를 보았다. 밖에서 막 들어온 그는 차가운 바람 냄새를 입고 있었다. 언뜻이 하얀 얼굴에 알 수 없는 표정이 지나는 것이 보였다. 기이하게도 섬뜩한 무언가가 감지되었다.

"아니다, 퇴사 준비해."

"뭐라고요?"

"그만둘 거잖아. 아니야?"

빤히 보는 얼굴에는 여전히 아무런 표정이 없었다. 지난번 그 녀를 안아 매트리스에 던지며 성질을 피우던 삐딱한 표정이 그 위로 환상처럼 겹쳐졌다가 사라졌다. 하필 이런 순간에.

"저는……."

"바로 나가서 써 놓고 노트북 바탕화면에 저장해 놓고 있는 그 사직서 출력해. 정 이사한테 주면 될 거야."

나쁜. '덜 양아치적'이지 않고자 노력 따위는 하지 않을, 진짜 양아치가 있음을 간과했다.

* * *

"충격적이다."

"난 놀라서 잠이 다 달아났어."

주형은 또 밤을 새운 모양 실핏줄이 다 터진 눈을 하고도 재미있어 죽겠다는 듯 신을 내며 범용의 얼굴을 계속 살폈다. 은희는 눈물을 글썽이며 범용의 한 손을 덥석 잡았다.

"아니지? 나한테 남 피디 저거 맡기고 모른 척하고 영영 가 버리는 건 아니지? 그치?"

"당분간은 지금 굴러가는 일곱 개 기획만 하는 걸로. 대부분 마무리되어 가니까, 그 뒤로는 은희 네가 소화 가능한 만큼만 받아. 주형이 봐주지 말고 풀타임 굴리고. 광고 파트는 쟤 다 주고, 너는 영상 콘텐츠 파트만 집중하면 어렵지는 않을 거야. 남주형 그동안 실컷 놀다 왔으니까 아예 여기 편집실에 야전침대 하나 놔 줘. 퇴근 없이 굴려."

"솔깃하다, 응?"

범용과 은희는 주형을 면전에 두고 계략을 세웠다.

"진짜 하는 거라고? 너 진심이야?"

그제야 주형의 얼굴이 심각해졌다. 그는 앉은 자세를 고쳐 앉아 테이블 위로 범용이 만들어 둔 인수인계 파일을 확인하기 시작했다.

"내가 언제 가짜로 뭘 하는 것 봤어?"

"네가 언제 진짜로 뭘 하고 싶다고 한 적이 있어야 말이지."

그건 또 그래, 은희도 헛헛하게 웃으며 주형의 말에 동조했다.

"새해에 계약서 갱신해야 하는 비정규직 리스트야. 웬만하면 최대한 정규직으로 돌리고, 지금 외주 주는 건수들을 최소한으로 줄이는 쪽으로 고민해 봐. 업무 분장을 효율적으로 하려면 아무래도 믿고 맡길 사람이 있어야 하지 않겠어?"

범용은 굳건히 인수인계해 나갔다.

"관리해야 할 식구가 늘면 더 힘들잖아."

은희는 앉은 자세를 고치며 목에 걸고 있던 안경을 썼다. 범용이 준 리스트를 손가락과 눈으로 훑기 시작했다.

"장기적으로 봤을 땐 그게 네 일을 더는 일이 될 거야. 너도 이제 슬슬 네 거 준비해야지. 언제까지 사무실 살림만 볼 거야. 3년 차 강민선 대리, 어때. 창립 멤버잖아. 정은희 다음으로 잘 알지, 여기 살림?"

정 이사는 고개를 주억거리며 생각에 빠지는 듯 먼 데를 보았다. 주형이 의자 두 개를 슬그머니 넘어 범용의 가까이 다가왔다.

"그래서. 몇 년을 예상하는데? 진범용이 안식년에 하려는 게 뭔데?"

범용의 갑작스러운 안식년 발표에 두 사람이 부담스럽지 않은 것은 아닐 것이다. 하지만 그것보다 더 큰 것이 호기심일 것이었다.

"왜. 나도 계획서 올려야 해?"

"받아야지. 너라고 뭐 달라?"

은희도 안경을 벗어 내리고 추궁에 동참했다. 처음 보는 친구의 빛나는 안면에 호기심 어린 시선을 마구 쏘아 댔다.

* * *

부지현? 하고 부르는 소리가 들렸다. 소리가 들렸지만, 고개를 돌려 사람을 확인하기까지는 오래 걸렸다.

"전화."

"어?"

넋이 반쯤 나가 있는 지현을 일깨운 것은 민환이었다. 책상을 구르고 있는 지현의 휴대전화를 가리키는 그는 지현과 어렵게 맞춘 시선을 답답해했다.

"전화부터 받아. 아까부터 진동 소리가 건물을 울리고 있다고."

아, 하고는 액정부터 그었다.

"여보세요."

- 바빠?

서원은 쨍하고 뾰족한 목소리인 주제에 배려부터 했다. 직장에 나가 있는 동안 서원이 지현에게 전화를 하는 경우는 거의 없다.

"무슨 일인데."

- 안 바쁘면 잠깐 건물 앞으로 나와.

"여기 왔다고? 무슨 일 있어?"

- 기다릴게, 나와.

서원답지 않게 차고 까칠하다. 당장 저기 저 안의 더 차고 음산하던 진범용만으로도 벅찬 지현은 저도 모르게 대답이 엇나가고 말았다.

"아, 왜! 뭔데!"

다른 직원과 머리를 맞대고 업무 이야기 중이던 민환이 놀라 그녀를 돌아보았다. 하던 일도 멈추고 그녀에게 다가오려는 것을 보고 지현은 손바닥을 보이며 만류했다.

- 잔말 말고 내려와.

끊어져 버린 통화가 어이없어 지현은 애꿎은 액정만 노려보았다. 평소와 같지 않은 날만 연달아 며칠째. 지현은 이제 한계에 부딪히는 기분이다. 아랫입술을 세게 물고 치받는 노기를 다스려야 했다.

"왜, 무슨 일 있어?"

민환은 기어이 일도 멈추고 지현을 챙기러 왔다. 듣고도 대답도 없이 내내 불쾌한 얼굴인 그녀의 어깨를 짚더니 작게 흔들었다.

"어이, 부지현?"

"어."

"무슨 일 있는 거냐고."

대개 짓궂고 얄미운 표정으로 사람을 세균 취급하곤 하는 민환은 가끔 이렇듯 상대방에게 가까이 다가온다. 어느새 뭐든 접수 가능하다는 듯이 어깨를 잔뜩 부풀리고 선 우스꽝스러운 민환 덕분에 뾰족하게 날이 섰던 신경이 느슨해지는 기분이 들었다.

"무슨 일이 한두 가지여야 말이지. 민환, 나 잠깐 이 앞에 갔다가

올게. 누가 나 찾으면 전화해."

지현은 블라인드로 가려진 저 안을 향해 잠시 울분에 찬 눈을 두었다가 바삐 사무실을 나갔다.

서원의 차는 비상 라이트를 켜 둔 채로 갓길에 서 있었다. 그 앞에 기대어 있던 서원은 그녀를 발견하자마자 하얀 입김이 보일 정도로 큰 숨을 내쉬는 것이다.

"뭔데."

"전화는 도대체 왜 안 받아? 자리를 비울 때도 들고 다녀야 하는 거 아냐? 일하는 사람이?"

서원은 분통이 터지는지 벌컥 성을 내더니, 바로 자동차의 뒷 좌석에서 쇼핑백을 꺼내 그녀에게 던지듯 안겼다.

"단혜 아버지. 어제 돌아가셨대. 단혜랑은 연락하고 지내는 거 아니었어? 너 전화가 안 된다고 나한테 연락 왔더라. 언니한테 소식은 전해야 할 것 같다고."

지현은 전혀 예상치 못한 소식에 서원의 얼굴만 빤히 볼 뿐이었다.

"어린 게, 가족 하나 없으니까. 혼자 헤매고 있더라고. 일단 내가 바로 가서 급한 일은 봐 주고 왔어. 그리고 지금 가게 휴무 걸어 놓고 다시 가는 길이야. 장례식장이 너무 싸늘해. 담요랑 이것저것 챙겼어. 너도 퇴근하면 거기로 바로 오라고. 오늘 너 뭐 입었는지 몰라서 가져와 본 거야."

검은 정장이 담겼을 쇼핑백을 저도 모르게 세게 쥐었다. 바스락거리는 소리만 두 사람 사이에 남았다.

"부지현, 듣고 있어? 끝나는 대로 와. 알았지?"

서원은 급히 내려오느라 얇은 블라우스 차림인 지현이 신경 쓰이는지 또 한숨을 푹 쉬더니 입고 있던 커다란 오버 핏 코트를 벗어서 급한 대로 어깨에 둘러 주었다. 그리고 어느새 붉어진 지현의 눈에 놀라, 그녀의 어깨를 세게 쥐었다.

지현은 정수리를 따뜻하게 덮었다가 사라지는 삼촌의 손길에 후드득 눈물방울을 떨구어 냈다. 정신 차리자. 지현이 돌아서려던 서원에게 다시 코트를 돌려주며 말했다.

"삼촌. 가지 말고 기다려."

"왜."

"나도 바로 내려올게."

지현은 바로 건물로 돌아서 뛰기 시작했다.

"야, 부지현! 그래도 돼?"

"어, 돼! 기다려!"

잘렸거든, 5분 전에.

* * *

형의 전화는 딱 1년 만이었다. 어머니의 기일을 알리는 짧고 건조한 형의 목소리는 1분을 넘지 않았다. 범용이 가지 않을 것을 아는 형은 그저 잘 지내라는 말을 건넸다.

- 잊고 있지 않았으면 됐다.

잊지만 않으면 된다, 그걸로 따로 챙기지 않는 기일을 대신하는 것도 어머니는 이해할 것이다. 그것이 형 나름의 위로였다. 형은 틀렸다. 어머니는 이해하지 않을 것이니까. 그에게는 무엇도 기대하지 않을 것이다.

범용은 오래, 형인 범준은 아주 오래 양친의 불행한 일생을 지켜봤다. 어머니는 병처럼 아버지에게 집착하던 분이었다. 사랑인 것도, 집착인 것도 같던 그 뜨겁고도 차갑던 구애는 사실 원한이었고 시기심이었다.

두 분은 서로를 첫 연인으로 만나 오랜 연애 끝에 결혼까지 쉽게 이어 나갔다. 나란히 공예가가 되고, 나란히 교수가 되던 해 첫 아이를 낳게 되면서 두 사람의 나란했던 사이가 틀어지기 시작했다.

함께 일하고 공부하며, 작품을 만들던 시절은 툭 멀어졌고 어머니는 어린 두 아들을 홀로 떠안아야 했다. 그 피로한 박탈감은 연약한 모성과 우울감과 함께 그녀를 병들게 했다.

한국을 대표하는 공예가가 되는 것으로도 성에 차지 않던 아버지는 미안하다는 성의 없는 말 한마디 남기고 전국을 떠돌고, 이어 해외를 떠돌았다. 그의 기이하고 집착적인 인생은 예술성을 입어 곧 경지를 이루었고, 독특하고도 세련된 작품 세계는 명성을 얻었다. 그리고 어머니와 두 아들은 그 높고 찬란한 명성의 좁은 그림자 아래에 갇혔다.

그것이 어머니의 광적인 기질을 빠르게 폭발시켰다. 우울증과 반복된 자해로 대부분의 생활을 병상에서 보냈고, 그런 자신의 처지를 스스로 애달파했다. 어느 순간부터 어머니는 추한 열등감을 감추지 않으며, 한 사람을 저주하는 데에 온 힘을 쏟기 시작했다.

그 다스려지지 않는 광기는 갈 데 없이, 방관해 키우던 두 어린 형제에게 쏟아졌다.

흥미가 없는 큰아들에게는 미술을 강요했고, 어릴 때부터 홀로 그림을 그리던 작은 아들에게서 붓을 빼앗았다. 어머니가 친절히 이유를 밝히지 않으셨어도 형제는 알 수 있었다. 범준은 어머니를 빼닮았고, 범용은 아버지를 빼닮았다.

몰래 형의 붓을 만졌다가 발작에 가까운 어머니의 격노를 본 날 이후, 범용은 투정을 멈추고, 꿈도 멈췄다. 오직 어머니가 악을 쓰며 눈물을 흘리지 않았으면 하는 바람이었다. 울며 쏟아 내는 저주와 악담이 그에게는 가장 두렵고 끔찍한 악몽이었기 때문이었다.

예술계를 뒤흔든 그 스캔들이 있었던 것은 범용이 대학 입시를 몇 달 앞두었을 때였다. 저명한 공예가 진원국 명장과 그의 작품을 사랑하던 나이 어린 제자와의 불륜 스캔들.

이미 수년째 집에 와 보지 않던 아버지였기에 범용에게는 그리 놀라운 소식은 아니었다. 그는 오히려 숨통이 트이는 기분을 느꼈었다. 왜 헤어지지 않는 것일까, 아버지와 어머니의 기괴한 관계에 지독한 혐오를 앓던 때였으니까. 아버지라도 먼저 버리고 떠나 주는 것인가 보다, 오히려 반갑기까지 했으니까.

자신과 형을 따로 불러 양해를 구하던 아버지에게 오히려 딱딱한 얼굴이나마 유감은 없다고 했던 그였다. 어서 빨리 모든 것이 다 바스러졌으면, 하고 파국을 기쁜 마음으로 기다렸었다.

그의 비뚤어진 마음을 어머니는 알았을까. 아버지를 닮아 무정하고 차가운 작은 아들이 집에 돌아올 시간에 맞춰 거실 한가운데에 손목을 긋고 누워 있었다. 큰아들은 멀리 심부름 보내고, 집안일을 해 주시던 아주머니마저 집에서 내보내 놓고, 마치 자신의 마지막 작품을 전시해 놓듯 정성 들인 한 장면을 그곳에 남겼다.

놀란 범용이 어머니를 부르는 것과 동시에 숨이 넘어갔다. 어머니는 혼을 담은 마지막 작품을 아버지를 닮은 범용의 눈에 영원히 새겨 놓은 것이다.

그런 어머니의 기일은 기억하고 싶지 않다고 해서 기억에서 지울 수 있는 날이 아니었다. 때만 되면 저절로 머릿속을 찢는 절절하고 생생한 상처로 새겨져 있으니까.

범용은 형과의 통화를 마치고 까맣게 죽었던 액정을 열었다. 이제 그분에게 다녀와야 할 것이었다.

미움, 서러움, 끔찍한 감정들을 다 버리고 싶어 안 해 본 일이 없다. 그분에게 내 발로 가 보는 것 하나만 빼고.

가 볼 것이다. 가서 당신의 위대한 작품을 눈앞에서 헤집어 보여 드리리. 의도하신 대로 그는 완벽하게 불행히 살고 있다.

[갈게. 그날 봐.]

전송을 누르고도 한참. 툭 하고 저 아래로 처박힌 기분을 어쩌지 못해 범용은 죽은 듯이 서 있을 뿐이었다. 휴대전화를 쥐고 있는 손이 시릴 만큼 핏기가 가시고 없다는 것을 느낀 그는 창을 열었다. 더운 줄도 몰랐던 실내 공기를 밀어내는 차가운 바람에 겨우 정신이 드는 기분이었다.

"이거 해고 맞죠? 부당 해고."

노크도 없이 들이닥친 지현은 유리벽의 블라인드를 착착 내리기 시작했다. 유리에 비친 그녀가 그의 뒤에 서는 것을 본 범용은 열었던 창을 세게 당겨 닫아 버렸다. 아직 다 다스리지 못한 그의 저기압을 지현은 감당하기 버거울 텐데.

"어차피 할 거였잖아, 퇴사."

"아닌데요."

뜨거운 눈두덩을 누르며 창틀에 걸터앉았다.

"너 그거 전공이잖아."

"뭐가요."

"도망."

한 대 맞은 얼굴이다. 그가 날린 거였어도, 그 아픈 얼굴에 범용의 얼굴도 딱딱해졌다.

"누가 한 걸음만 내딛어도 열 걸음 도망가잖아."

"아는 척하지 말아요."

절 닮은 그녀를 알아챈 건, 범용도 지현도 어렸던 대학 때였다. 모든 것이 시시하고 눈이 가지 않았던 그 시절, 그가 유일하게 오래 두고 본 것이 부지현이었다.

'흥미 없어, 연애 같은 거. 어차피 곧 끝나는 감정에 인생 낭비하고 싶지 않거든.'

학부 전체가 떠들썩하게 강의 단상에서 공개 구애를 하는 남자 동기에게, 공개적으로 싸늘하게 거절하던 지현의 얼굴을 본 날이었다. 또래 다른 스무 살처럼, 요란하지는 않았어도 누구에게나 친절하고 상냥하던 부지현의 진짜 얼굴. 한 꺼풀 들춰 드러난 그녀의 본래 얼굴은 진범용 그와 쌍둥이처럼 닮아 있었다.

바로 그날부터였다, 부지현을 눈여겨보기 시작한 것은. 범용은 어금니를 씹으며 두 눈이 그렁그렁한, 그때나 지금이나 여전한 지현에게 말했다.

"사표 써."

"이거 리얼이에요?"

"써."

"선배!"

네가 그랬잖아. 네 부탁이잖아. 기억을 못 하는 네 탓이잖아.

"너랑 할 게 있어, 내가."

그의 말에 지현의 벌겋던 얼굴이 금세 하얗게 탈색되는 것이 보였다. 그리고 차고 시퍼렇게 얼음이 끼기 시작했다. 범용이 그 언젠가 보았던 그 얼굴이다. 제가 그어 놓은 경계 안으로 침범이라는 것을 당했을 때의 고약하고 표독스러운 그것. 범용은 하필 저 얼굴에 꽂힐 게 뭐람, 하는 심정이 되어 더 싸늘하게 뇌까리듯 말을 가로챘다.

"걱정 마. 연애 같은 거 하자고 안 해."

짝사랑하던 지현에게 공개적으로 차이고 망신을 당한 그 남자애가 울먹이며 그랬었다.

'나쁜 계집애…… 내가 싫은 거면서, 왜 연애가 싫다고 해!'

그 덜떨어진 놈은 2년 뒤 기어이 지현의 연애 상대가 되었었다.

그리고 끈기 넘치고 지구력 좋은 구애 정신의 승리를 맞이했던 홍우민은 그로부터 딱 6개월 뒤에 지현과 헤어졌다.

그 덜떨어진 놈이 술을 먹고 친구에게 털어놓은 본심은 '지현이를 사랑하는 건지 모르겠어.'였고, 그 대화 메시지를 지현에게 들켰던 것이다. 함께 유학을 준비하던 두 사람은 작게나마 언약식을 하기로 했었고, 친구들을 불러 모은 언약식 하루 전에 지현은 홍우민에게 이별을 통보했다.

그렇게 지현은 전보다 더 시니컬하게 얼어붙어 버렸던 것이다. 그녀를 잘 알기에 당장 지현을 얼음장 밖으로 끌어낼 수 없음을 안다.

"네가 필요해서 그래, 내가. 그러니까 다음 주부터 이 주소로 출근해."

나가 봐, 하며 주소를 휘갈긴 메모 하나를 그녀 앞에 던졌다. 대꾸할 틈도 주지 않고 내쫓고는 그도 곧 노트북 앞에 앉았다. 자리를 비우기 위해 해치워야 할 일들이 산더미였다.

"내가요. 버려지는 일에 되게 훈련이 잘되어 있는 편이거든요."

나간 줄 알았던 지현의 높낮이 없는 목소리가 다시 공간을 울렸다.

"누가 널 버려. 못 들었어? 너 필요하다는 말?"

"근데요. 매번 당할 때마다 처음부터 다시 아파요. 다년간 거친 훈련의 결과치고는 너무 후진 결과물이죠. 내가 다 잘하는데, 이 분야만 유독 열등해요."

"부지현."

"내가 버리면, 버려지지 않는 거라고 생각했어요. 그럼 헤어질 때 아플 일도 없겠다고. 간단한 셈이잖아요."

지현의 시선은 흐릿했다. 그래서 범용은 더 말을 건넬 수가 없었다.

"선배, 나는요. 버려지는 것만큼 버리는 거에도 아무래도 영 소질이 없나 봐요. 이건 울 엄마 안 닮았나 봐……."

실소를 머금으며 덧붙인 그 소리에 범용은 심장이 쿵 하고 저 밑에 떨어져 깨졌다. 범용은 앉았던 자리에서 일어났다. 그리고 테이블을 돌아서 다가가는 그를 보던 지현은 두 걸음 뒤로 물러났다.

"못 하겠어요…… 정말, 못 해 먹겠어."

지현은 긴 테이블 저 끄트머리에 종이 한 장을 놓았다.

"퇴사, 할게요."

그리고 아까와는 달리 새카만 정장 재킷과 코트를 걸친 지현은 그대로 회의실을 나가 버렸다.

길들여지는 것

"……오단혜."

통통하니 귀여웠던 두 볼은 온데간데없고, 깡마른 여자가 되어 있었다. 마지막으로 얼굴을 보았던 게 5년 전. 아이 같기만 했었는데. 살갑고 사랑 많던 녀석은 서원과 함께 지현이 들어서는 데도 쪼그리고 앉은 그대로 얼어붙어 있는 것이다.

눈으로 옆모습만 더듬었는데도 너무 상한 얼굴이어서 한참을 입술을 깨물어야 했다. 기억 속 그대로가 분명한데 어쩐지 낯선 아저씨의 영정에 인사하고, 꽃과 절을 올린 지현이 단혜를 향해 돌아섰다.

여전히 고개를 떨구고만 있는 단혜에게 지현은 이제 화가 나기 시작했다. 뾰족해지는 마음이 한심해 숨을 바르르 뱉은 지현은 단혜 앞에 무릎을 푹 꺾고 앉았다. 사람이 앞에 있는데도 반응을 하지 않는 단혜. 조붓한 어깨는 풍덩한 상복을 입고도 야윈 것이 여실히 보였고, 미동도 없는 정수리는 새카맸다. 생기 없는 이곳의 풍경 중에 단혜가 가장 그러했다.

"1년을 넘게 병원에 계셨던 거라며."

"……."

"너는……!"

너는 그래서 최근에는 그 잦던 연락도 안 했던 거구나. 이제 다 멀어졌나 안심했던 것이 1년 전 즈음이었던 것이 기억나 버린 지현은 입술을 세게 깨물었다. 그랬던 자신이 끔찍해 지현은 얼굴이 벌겋게 달아올랐다.

"너…… 너희 고모는? 연락했어?"

단혜는 죽은 듯이 고개를 숙이고만 있었다. 지현의 뒤에 서 있던 서원이 대신 대답했다.

"얼마 전 연락이 끊어졌대. 단혜뿐이야."

아저씨의 사촌 누나인, 단혜의 고모는 엄마 자형과 아저씨의 이혼을 손뼉 쳐 가며 응원한 유일한 인물이었다. 위자료 한 푼, 살림살이 무엇 하나 가지고 떠날 수 없다며, 악에 받쳐 엄마의 머리채를 잡던 여자. 단혜와 아저씨를 사랑하기 때문에, 그들의 모든 것을 지켜 내겠다던 고모라는 여자는 왜 이들을 떠났을까.

"미안해. 아까 전화, 받지 못한 건…… 일이 바빠서. 전화기를 두고 회의에 들어갔거든."

입 안에 맴돌던 말은 뱉고 나자, 쓴맛을 남겼다. 전화를 받지 못한 것을 변명하고 싶었던 것 보다 네 아버지 일은 유감이었다는 말을 먼저 했어야 맞잖아.

"괜찮아."

착 가라앉아 쉰 목소리가 지현의 가슴을 텅 하고 울렸다. 많이 울었을까? 많이 울었겠지.

"아빠 가는 길이, 너무…… 너무 쓸쓸한 것 같아서. 바쁜데 미안해. 와 줘서 고마워."

눈을 보고 싶은데. 한 번도 맞춰 주지 않는 시선에 마음이 쪼그라들었다. 마음이 급해진 지현이 무릎으로 단혜에게 더 다가들었다. 단혜의 고개가 외로 돌아가 버렸다. 서원은 지현의 어깨를 툭 하고 짚었다. 지금은 괴롭히지 말자는 말이겠다. 서원의 틀린 데 없는 그 만류가 마음 아팠다. 단혜를 괴롭게 하는 사람이 나라는 것이.

음울하고 고요하기만 한 가장 안쪽의 이 식장을 제외하고는 다른 세 개의 모든 식장이 북적였다. 사람들의 말소리와 통곡 소리가, 발걸음 소리와 인사 소리가 밤이 깊어지도록 끊이지 않았다.

누군가의 죽음은 이토록 적막한데, 또 다른 누군가의 죽음은 저토록 요란하다. 그제야 내키지 않은 지현이라도 꼭 필요했던 단혜의 절박함을 이해하고 말았다. 쓸쓸한 이곳이 지현도 너무 마음 아팠다.

지현의 2번 아빠인 세민은 단혜가 막 태어났을 무렵 상처하고, 모든 것을 정리해 한국으로 들어온 재미 교포였다. 죽은 아내의 고향에서 아내를 그리며 살던 그는 아내를 닮은 여자를 만나 사랑하고, 재혼했다. 그것을 알고도 제 사랑이 뜨거워 결혼을 작정한 여자 자형은 결국 그것을 이유로 헤어졌다.

아저씨는 ─단혜의 아버지는─ 엄마 자형과 헤어지고도 지현 모녀의 친구로 남아 자주 안부를 물으며 두 사람 가까이에서 지냈다. 생일을 챙기고, 입학과 졸업을, 크리스마스를, 또 새해를 챙기며 잘 지내 왔다. 엄마가 새로운 애인들을 만나고, 세 번째 결혼을 했을 때도 그는 진심으로 그랬었다.

그런 다정한 아저씨를 단혜가 꼭 닮았다. 처음 만났던 순간부터 곰살맞고 애교 많은 그 아이를 엄마 자형도, 지현도 좋아했다. 사랑하지 않을 수 없던 아이였다, 단혜는.

"뭐 좀 먹었을까?"

지현이 단혜가 얼굴을 감추고 누워 있는 반대편 벽에 기대어 앉아 서원에게 물었다.

"아침에 내가 좀 챙기긴 했는데. 다 게워 내더라고. 너무 울어서 그럴 수도 있겠다 싶어서 더 권하지 않았는데……."

일어나면 뭘 좀 먹여야지, 말하는 서원도 한숨을 푹 쉬었다.

"단혜 말이야, 삼촌……."

"우리 집으로 데리고 가자. 나는 가게에서 지내면 돼. 당분간은 데리고 있는 게 맞을 것 같아."

꺼내 놓기도 전에 지현의 심중을 이미 아는 서원이 선선히 그러자 제안하는 것이 고마워 고개를 돌려 옆에 앉은 그를 가만히 보았다. 그녀의 시선만으로도 알아들은 서원은 말했다.

"누나. 누나가 아까 그러는 게 좋겠다고 먼저 말한 거야. 싫다고 해도 일단 누가 옆에 있어 주는 게 좋겠다고 부탁하더라. 누나, 많이 울더라고."

엄마는 단혜를 아꼈었다. 더 이상 단혜의 새엄마가 아니게 되었을 때, 단혜에게 가장 미안해했었다. 네 번째 결혼과 이민을 결정했을 때도, 엄마는 단혜에게 인사하러 간다고 했었다. 친딸인 지현이 차갑고 냉정하게 구는 동안, 단혜는 아마 자형의 행복을 빌어 주며 눈물을 보이지 않았을까. 낳아 준 엄마보다 더 오래 단혜에게 엄마였던 자형이었으니까.

"오겠다고 하는 걸, 단혜가 말리더라고. 아빠도 그렇게 폐 끼치는 거, 원하지 않았을 거라면서. 나도 말렸어, 누나 오면 더 오래 여길 지켜야 하잖아. 지금도 저 어린 게 혼자 상주 노릇 하는 거 안타까워 죽겠는데."

"삼촌."

"어."

"아저씨가 전화했었어. 한, 6개월 전쯤?"

"어."

서원은 대꾸를 해 주며 지현의 무릎에도 담요 하나를 펼쳐 덮었다. 바닥은 절절 끓는데, 공기는 시렸다.

"내가, 연락을 자꾸 피하니까. 아저씨도 그만둬 주셨는데, 그러고 나서 몇 년 만에 온 전화였어."

"응."

"근데 내가 또 그 전화를 받자마자 핑계 대면서 끊었어. 그랬더니 문자를 남기셨더라고. 잘 지내는지 궁금했다고. 지내다가 내 생각이 났고, 문득 보고 싶었다면서. 미안한데, 한 번 얼굴 볼 수 있겠니……
단혜가 언니를 많이 그리워한다고…….”

그녀도 모르게 목소리가 먼저 울기 시작했다.

“……지현아.”

“도망치느라 바빴어, 내가. 문자도 없던 것처럼 삭제해 버리고,
드문드문 오는 단혜 연락도 멀리하고. 보고 싶다는 말뿐이었는데.
그게 왜……? 난 어디서부터 고장 난 걸까, 삼촌?”

숨이 턱턱 막혔다. 단혜 가까이에 지현이 있었다면, 그래서 단혜
옆에 그녀가 있어 주겠다고 안심시킬 수 있었다면. 그랬다면 아저씨
의 죽음이 두 사람에게 덜 아픔이지 않았을까. 그래서 지현은 울어
줄 자격이 없음을, 죄책감을 느끼고 있다.

“나는 어디부터 잘못된 걸까.”

“잘못 아니야. 잘못한 거 없잖아.”

서원의 목소리도 갈라져 왔다. 왜 탓을 하는 거야, 울먹이면서.

* * *

화장터에서 실신하고, 납골당에서 탈수된 채 쓰러져 버린 단
혜는 이틀 동안 입원실에서 죽은 듯이 잠만 잤다.

눈을 뜨고도 정신을 차리지 못하는 그 애를 집으로 데리고
들어올 때, 잠시 악을 쓰며 거부하기는 했어도 또 그 바람에 까
무룩 넘어가는 통에 억지 동거가 시작될 수 있었다. 진통은 전
염되었고, 우울감도 공간을 빠르게 잠식했다.

그 애의 모든 것에 죄책감을 가진 지현은 아파할 자격도 없다는 생각에, 매일 열심히 밥을 하고 말을 걸었다. 그것 말고는 할 수 있는 것도, 할 줄 아는 것도 없었다.

"언니 나한테 안 미안해도 돼. 그러지 마."

차게 내치는 앙칼진 말은 지현 자신도 많이 해 본 말이었다. 그래서 지현은 더 매정한 목소리로 단혜에게 말했다.

"너한테 미안해서 이러는 거 아니야. 나 편하자고 그러는 거야. 아저씨, 나한테 잘하셨어. 아마 내가 돌아가시기 전에 뵈러 갔다면, 널 나한테 부탁하지 않으셨을까?"

그뿐이야, 하고 마지막 말에 작정한 위악을 떨어 봤지만. 제 귀로도 형편없었다.

"갈래. 돌아가서 할 게 많아."

"여기서, 나랑 같이해."

"언니 바쁜 사람이잖아."

수없이 단혜에게 하곤 했던 핑계에 결국 제 마음이 다친다. 지현은 사 온 반찬 중 그나마 먹을 만해 보이는 나물 접시를 밀어 주었다.

"안 바빠. 백수야."

"어?"

"백수라고."

백수라는 말을 하고 나니, 어쩔 수 없이 범용의 얼굴이 떠올랐다. 아직 밥 한술 뜨지도 못하고 목이 막혀 왔다.

그렇게 회사를 나와 한 사흘 그에게서 연락이 아침저녁으로 왔지만, 받지 않았다. 그렇게 또 사흘이 흘렀고, 오늘까지 연락이 없다.

이대로 끝인가, 하고 가슴이 좀 울었다.

지현은 생각을 떨쳐 내며 서원이 배달 오토바이로 보낸 곰탕을 휘저어 호로록 넘겼다. 유명한 집이라더니, 맛이 끔찍했다. 뭐가 잘못된 건가, 입 안이 쓴 걸까.

"너는."

"어?"

"학교는 다니지?"

"안 다녀."

지현의 아연한 얼굴이 되었다. 멈춘 채 말하는 단혜의 새카만 정수리만 볼 뿐이었다.

"작년에 대입 검정고시 마치고 바로 입학은 했는데. 맞지 않았어. 아빠가 권해서 올해 다시 시험 봐 들어갔는데. 또 적응 못 하고, 아빠가 또 갑자기 그렇게 되는 바람에…… 휴학했다가, 그냥 그만 둬 버렸어."

메마르게 뚝뚝 끊어서 어렵게 마친 말들은 참담했다. 단혜는 중학교, 고등학교 모두 홈스쿨링 끝에 검정고시로 학업을 마쳤었다. 한국말이 서툴렀던 꼬마는 한창 짓궂은 또래들의 표적이 되었고, 아주 오래 심한 괴롭힘을 당했었다.

성인이 되어서도 적응이 힘들었다는 말 안에는 돌아가신 아저씨 말고는 그녀 곁에 친구도 가족도 없었다는 말일 것이리라. 그리고 단혜를 가장 먼저 떠난 것이 자신이었다는 생각까지 미쳤다. 단혜의 세상은 그때나 지금이나 전혀 나아지지 않고, 좁디좁았다.

"다시 다닐 생각은?"

"없어."

조금씩 먹기 시작한 단혜와는 달리, 지현은 밥 먹는 것을 깔끔히 포기하고 헤매던 숟가락을 놓아 버렸다.

"아저씨 집이랑, 하시던 양평 카페는 다 누가 맡아 처분한 거니?"

대신 어려운 일을 처리해 주려던 서원이 혀를 내두르며 말했었다. 너무 적게 나온 장례 비용 일체는 캐나다에서 엄마가 보내온 돈으로 하고도 또 한참 많이 남았다. 그래서 다른 비용을 보탤 데가 없나, 여러 가지 단혜에게 물었더니 처리할 일이 하나도 남지 않더라고. 아저씨가 돌아가시고 나서는 단혜도 정신이 없었을 것이었다. 아무래도 그 전에 이미 모든 것을 준비한 듯했다.

"아빠가, 지난달에 아빠가 미리 다 정리했어."

"너 살 건……."

딸의 앞으로 아무것도 남기시지 않았을 리 없다. 병원비에 집과 카페 모두 미리 정리하신 분이 홀로 남을 딸을 걱정하지 않았을 리 없다.

"고모가, 맡아 준다고……."

가져갔구나. 그래서 연락이 끊어지고. 울컥 성질이 나, 눈두덩이 뜨거워졌다.

"집도 없고, 돈도 없고, 그럼 너 여기 안 오고 어디로 가려고 했니."

"아빠 간호하면서 병원 근처에 얻었던 원룸이 있어."

"거기도 오늘 정리해. 보증금 꼭 쥐고, 그것도 맥없이 놓치면 너 아주 나한테 죽을 줄 알아."

"나 진짜 괜찮아."

떼꾼하게 빛을 잃은 눈이 식탁 건너편의 지현을 빤히 본다. 지현은 저 눈부터 어떻게 그전처럼 되돌려 놓고 싶었다. 사랑 많고, 웃음 많던, 천진한 오단혜로.

"괜찮아야지. 부모도 없고, 돈도 없는 게. 네가 지금 방구석에 박혀 세상 좋게 드러누워 있을 때야? 살 궁리하기도 벅찬데. 밥 먹어, 얼른. 그거 먹고 나랑 나가."

그런데 할 줄 아는 게 아무것도 없다. 멍청하고, 저만 아는 이기적인 부지현은 못 하는 게 너무 많았다.

"어디……."

지현은 놓았던 숟가락을 신경질적으로 집어서, 다 식은 곰탕 국물에 밥을 한 공기 모두 말아 마시듯 퍼 넣기 시작했다. 단혜는 그녀가 하는 양을 보며 기가 질리는 얼굴이었다.

"어디긴. 집에 백수가 둘이나 있는데, 그게 보통 사안인 줄 알아? 먹고살려면 어디든 빌붙어야지. 먹어. 가서 배 째라고 드러누우려면 시간 없어."

* * *

"시급이 순 날강도야. 나 고급 인력인 거 몰라? 삼촌 너보다 좋은 학교 나왔다고!"

"고급 인력은 그러니까 고급진 데로 가. 난 젊고 어여쁜 오단혜 하나로 충분해."

서원이 시키는 대로 설거지를 하던 단혜가 지현을 향해 안쓰러운 듯한 눈을 보내왔다.

"난 안 젊어? 난 안 예뻐?"

"굳이 꽃띠 단혜랑 비교당하고 싶어? 왜 자학을 하고 그래, 고급 인력이?"

지현이 서원의 인중을 노려보고, 그 인중에 냅다 꽃을 포크를 노려보았다. 조카의 심리 해석에 능통한 서원은 포크 통을 멀찍이 밀어 버렸다.

"그리고 여기 둘이나 필요 없어. 가끔 바쁠 때 와 주는 애 대신 붙박이로 하나 구할까 했던 참에 단혜 오케이 한 거야. 넌 그러니까 딴 데 알아봐."

"뭔 소리야. 여기 내 지분도 있는 거 몰라?"

올리브 통에서 그린 올리브 세 알을 꺼내 접시에 담으며 지현이 정색했다.

"저 봐, 저거. 알바 주제에 갑질 할 게 뻔한데, 오너가 머리통에 총 맞지 않은 이상 시급까지 줘 가며 모시고 살겠냐고. 안 그러냐, 단혜야?"

단혜는 두 사람의 설전이 버거운 모양, 상체를 푹 숙여 설거지에만 묵묵히 전념했다. 단혜의 뒷모습에 시선을 둔 채로 영혼 없는 티키타카를 하던 서원과 지현도 곧 흥미를 잃고 동시에 스툴을 돌려 우드 바에 등을 기댔다. 두 사람은 나란히 앉아 올리브를 사이좋게 먹으며 속닥거렸다.

"그래도 용케 데리고 왔다? 더 오래 짱 박혀 있을 줄 알았는데."

"살려면 정신 차려야지, 별수 있어? 맹한 게, 그 많은 돈을 홀랑 뺏기고……."

다시금 치받는 분기를 다스리려 한숨을 푹 쉬었다. 참아야
했다. 안 그래도 기죽어 있는 단혜를 괴롭히는 일이었다. 지현
은 남은 올리브 한 알을 손끝으로 돌리며 서원만 들을 수 있게
속삭였다.

"그래서 말인데, 삼촌. 단혜, 돌아갈 데가 없어."

그녀의 접시에 새 올리브 한 국자를 수북이 담은 서원이 또 미리
알고 대답했다.

"집에 데리고 있자. 난 괜찮아. 여기가 편해. 단혜가 너랑 같이
살아 주면 난 더 좋지. 너만 제시간에 귀가하면 돼. 그것 때문에
그동안 다 큰 조카 끼고 산 건데 뭐."

쌓인 올리브가 너무 많아 거꾸로 입맛을 잃고 만 지현이 접시를
멀찍이 밀며 헛웃음을 흘렸다.

"누가 들으면 진짜 내 보호잔 줄 알겠네."

"아니야? 내가 너 삼촌이다!"

"오냐. 조선의 국모다, 네가."

픕! 하고, 단혜의 뒷모습이 진동하는 것이 보였다. 극심한 상
심과 진통도 신소리에는 못 당하겠던가 보다. 억지나마 터진 단
혜의 손톱만 한 웃음에 지현도 서원도 크게 한시름 덜어지는
기분이었다.

곁을 밀어냈던 노력보다, 다시 곁에 두기 위한 노력이 곱절
만큼 필요하다는 걸 지현은 겸허히 깨닫는다.

당장은 몸이 힘든 게 편해 보이는 듯했다. 소극적이고, 의지 없던 단혜는 곧 밤이 깊도록 서원의 옆에서 일을 배우며 정신없이 하루를 보내기 시작했다. 술 이름들을 외우고, 서빙 하는 방법을 배우고, 바 안의 살림살이들을 익혔다. 손님에게 긴 말을 건네지 않아도 되고, 원하는 만큼 고개를 숙이고 있어도 좋은 이곳의 근무 환경은 단혜에게 아주 적당해 보였다.

크리스마스트리 대신 마크라메를 만들어 전구를 두르는 단혜의 곁에서 서원은 연신 감탄하고 있었다. 진정한 고급 인력이라며 연신 단혜를 추켜세우고, 연신 지현을 깎아내리기 바빴다.

새카만 벽면마다 돌아다니며 장식을 대보느라 바쁜 두 사람 대신 지현이 바를 맡고 있었다. 비교적 쉬운 술을 주문한 스툴 석 손님에게 술을 내어 준 다음, 지현이 저쪽에서 아직 장식 작업 중인 두 사람을 훔쳐보며 몰래 술을 한 잔 따랐다.

글렌모렌지 시그넷. 위스키는 잘 모르는 지현은 서원에게 그저 달콤한 걸로 부탁하고는 했다. 그런 주문에 서원이 가끔 따라 주곤 하는 위스키 중 하나. 쌉싸름한 향과 달콤함이 흡사 초콜릿 같다고 감상했던 적 있는 라벨을 보고 반가운 마음이 들었던 것이다.

한 잔 야무지게 꽉꽉 눌러 채운 뒤 개수대에 등을 기대어 선 뒤 홀짝였다.

'고마워, 딸.'

엄마는 단혜를 데리고 있기로 한 지현의 결정을 고마워했다.

'엄마가 거기 있었으면, 엄마가 그렇게 했을 거야. 네가 이번에도 밀어내면 어쩌나 했는데.'

어젯밤 걸려 온 엄마의 전화. 엄마의 울먹이는 목소리에 지현은 당황스럽고, 또 얼마 지나지 않아 조금 화가 났다. 친딸한테도 이렇게 잘하지, 엄마는 나보다 단혜를 더 아끼는 것 같다는 볼멘소리에 엄마가 말했다.

'단혜랑은 정도 정이지만, 우리 사이엔 전우애 같은 게 있지.'

전우애?

'부지현을 향한 절절한 짝사랑. 그거 같이하면서 정든 케이스야, 우리는.'

우스갯소리라고 한 말에, 지현은 결국 눈물이 핑 돌고 말았다. 잘해 줘, 엄마 몫까지! 하는 말에 불퉁하게 전화를 끊고서 지현은 하염없이 눈물방울을 닦아 내야 했다. 모르지 않았다. 어린 단혜의 무조건적인, 자신을 향한 애정을. 내 외로움이 먼저였을 뿐이었다. 그러는 동안, 저와 꼭 닮은 외로움을 갖게 된 단혜가 되어 버렸지만. 생각은 흘러, 도로 죄책감이다.

"같은 걸로."

우드 바를 두드리는 노크 소리와 함께 들려온 오더. 지현은 마지막 한 모금을 마저 털어 넣고, 뒤를 돌았다. 그리고 제 앞에 앉은 범용의 존재에 놀랄 수도 없이 멍해졌다. 목구멍을 타고 제 안을 흐르기 시작한 위스키가 뜨거워 숨이 턱 막히고, 숨을 쉬지 못하는 동안 빠르게 눈앞이 어지러워졌다. 환각이야, 뭐야.

"여기, 어떻게……?"

"부."

"네?"

"같은 거."

지현은 제 손에 들린 빈 온 더 록 잔을 힐끔 내려다본 다음, 느리게 움직이기 시작했다. 저릿저릿 눈앞이 아직 뿌연 가운데 희미하게 정신이 돌아오기 시작했다. 그리고 저 사람과의 마지막 장면을 떠올렸다. 방금 마신 글렌모렌지를 새 잔에 따라 범용의 앞에 놓은 후, 손님이 떠난 우드 바 자리를 치우는 데에 집중하는 척 시선을 피했다.

"어떻게 알고 온 거예요?"

"내가 너 있는 데를 찾으려고 어떤 추잡스러운 일까지 했느냐는 궁금하고, 내가 어떻게 지냈는지는 안 궁금해?"

저 멀리서 서원이 눈짓, 손짓으로 물었다. 자신이 필요하냐는 물음에 지현이 작게 웃으며 고개를 저었다. 여긴 괜찮아.

"새 직장은 어때? 새 보스랑은 마음이 잘 맞나 봐?"

범용이 서원을 향해 삐딱하게 턱짓을 했다.

"그게 왜 궁금한데요? 해고한 직원의 사후 관리도 복지 프로그램에 있는 거예요?"

느리게 돌아온 정신은 곧 제자리를 찾아, 제법 새침까지 부릴 만큼이었다. 도대체 여기까지 왜 온 거야.

"왜 전화 안 받아?"

"내가 아직도 이사님 부하 직원이에요? 왜 전화를 꼭 받아야 하는데요?"

두 사람의 시선이 기어이 공중에서 사납게 부딪혔다. 모직 재킷과 목 폴라 니트. 코트와 세팅하지 않은 머리카락. 범용은 전과 같지 않은 모습으로, 전과 같은 무표정을 달고 지현의 앞에 앉아 있다. 이 남자가 실재처럼 느껴지지 않는 것은, 방금 한 잔 가득 넘긴 위스키 탓일까.

"내가 왜 아직 네 이사님이야. 아닌데? 난 너랑 섹스 한 남자잖아."

아, 맞네. 나랑 두 번이나 섹스 한 남자네.

"벼슬하셨어요? 섹스만 했지, 남자 임명한 적 없는데요?"

아무래도 술 덕분이다. 그럴 수 없는 사람 앞에서 부지현, 아주 패기가 넘친다.

"하! 이 새끼야? 그 쌍놈의 먹튀놈이?"

어느 틈에 가까이 왔는지 두 사람의 대화를 엿들은 모양, 서원의 고함이 터졌다.

"저기……!"

지현이 서원을 향해 손을 뻗는 것과 동시에 일은 일어났다. 지나치게 작은 눈에 희번덕거리는 이채가 발광하더니, 이내 범용의 멱살을 잡아 앉은 스툴에서 들어 올렸다. 놀란 단혜의 날카로운 비명에 정신이 번쩍 든 지현이 바를 다급히 돌아 나갔다.

그러나 서원의 넘치는 살기에 비해 가까이서 본 그림은 상당히 안타까운 모양새였다. 멱살을 잡아 들어 올렸어도 범용과의 확연한 신장 차이가 위협감을 반감시킨 것이다. 서원의 얼굴과 허술한 멱살을 번갈아 보던 범용은 어깨를 털어 가볍게 위협을 떨구어 냈다.

서원은 그 바람에 비틀 떨어져 나가며 곁에 있던 단혜에게 예쁘게 안기고 말았다. 서원이 느낄 수치스러움까지 지현이 배로 견뎌야 할 때였다.

"……뭔데."

범용의 냉한 질문은 두 사람에게 동시에 날아갔다. 서원에게는 너의 정체를, 지현에게는 저 새끼의 정체를.

"그게……."

"뭐긴 뭐야! 부지현이랑 같이 있는 거 보면 몰라?"

지현이 또 말할 기회를 빼앗겼다. 전혀 열심히 만류하지 않고 있는 단혜의 두 손에 적극적으로 붙들린 채로 서원이 다시 소리쳤다.

"이 치사한 새끼! 여기가 어딘 줄 알고, 제 발로 걸어 들어와! 어? 여기 내 구역이야! 아주 죽었어, 너!"

소리가 째지거나 말거나 범용은 묵묵히 옆에 선 지현을 건너다 보았고, 지현의 얼굴은 팥죽색이 되어 가고 있었다. 아까는 눈앞 만 흐렸다면, 이제는 인생이 흐려진 기분이었다. 아아, 쪽팔려.

"뭐냐고."

그는 다시 한번 기회를 주듯 지현에게 물었다.

"나가요. 나가서 얘기해요."

초저녁이라 손님은 거의 없었지만, 그래도 엄연히 영업 중인 곳 이었다. 지현이 앞치마를 풀어 던지고 먼저 계단을 밟아 오르기 시 작했다. 서원이 후다닥 달려와 계단을 오르는 지현의 팔을 다급히 잡아챘다. 그녀의 뒤를 따르던 범용의 시선이 그 손에 날카롭게 꽂 히는 것이 보였다.

"여기서 얘기해, 부지현. 내 앞에서 해."

서원의 눈이 아련하고 난리였다. 삼촌은 겁을 집어먹고 있는 모양이었다. 타고나길 사랑둥이고, 막냇동생인 명서원은 격투나, 육탄전, 또는 분쟁과 불화와는 거리가 먼 인물이었다. 어쩌다 그런 상황이 닥치면 어릴 땐 드센 누나들이 나섰고, 커서는 동갑 조카인 지현이 앞장서 주었다.

"단혜야."

어? 하고 저 뒤에 있던 단혜가 놀라 대답했다.

"데리고 가서 따뜻한 것 좀 챙겨 먹여. 이 양반, 곧 경기하시겠다."

이러니 내가 보호자라고 하는 거야, 엄마. 위스키 바는 날 줬어야 한다고. 지현은 좁고 긴 계단을 오르며 오늘 밤에 캐나다에 한 통, 그리고 격투기 원장님께도 한 통 문의 전화를 넣어야겠다고 허튼 생각을 이어 나갔다. 이번에는 제발 우리 명서원 좀 사람 만들어 주세요, 해야지.

술기운이 그녀를 이 난리 통에서도 한없이 해맑게 만들고 있다.

* * *

전원 한 번 꺼지지 않았건만, 꾸준히 그의 연락은 그녀에게 가 닿지 못하는 것에 처음엔 크게 신경 쓰지 않았던 것 같다.

범용은 처음 하루 이틀은 더없이 편하게 일하며 그녀의 연락을 기다렸었다. 그가 필요하다고 말한 이상, 결국 지현은 와 줄 것이라고. 널 버린 적 없다고 재차 말했으니까, 지현은 결국 나타나리라 믿어 의심치 않았다. 기다림이 길어지자 약이 오르고, 화가 나고, 그렇게 며칠이 더 지났다. 화는 바쁜 일 처리로 충분히 다스려졌고, 그다음엔 걱정이 시작되었다.

'못 하겠어요…… 정말, 못 해 먹겠어.'

마지막 그 말이 자꾸 떠올라 일이고 뭐고 손에 잡히질 않았다. 새카만 정장을 갈아입고 나갔던 그 모습이 순간순간 그를 겁먹게 했다. 안절부절 앉은 자리도, 선 자리도, 누운 자리도 편칠 않았다. 범용이 그녀가 사는 동네에 가 무작정 길 위에 뻗치고 있던 것도 몸집을 부풀려 그를 잠식한 불안 때문이었다. 모든 것이 부지현이 있어야 의미가 있는 것들뿐이었다, 이미.

그날 이후 그의 일상은 온통 부지현 없이는 안 되는 것들뿐이었다. 이미 착수해 벌인 일들은 그녀가 와 주어야만 다음 단계로 진행이 될 수 있었고, 그래서 그의 일과도 정지 상태가 되어 버렸다. 시간을 쪼개어 쓰던 일상에서 갑자기 모든 것이 올 스톱 된 상태가 낯설어 적잖이 흔들리며 방황하는 것이다. 이렇게 불안한데, 그는.

그런데 빌어먹게도, 지현은 변한 데 없이 그대로였다. 집을 나섰다가 우산을 가지러 다시 들어가거나, 외투를 바꿔 입고 나오는 모습. 텀블러를 들고나왔다가 자동차 보닛 위에 올린 채 시동을 걸다 까르르 웃는 모습. 옆에 있는 단발머리의 낯선 여자에게 조잘조잘 쉼 없이 떠드는 모습. 패딩 부츠가 어색한지 길거리에서 연신 앞코를 보도블록에 찧으며 비틀거리는 여전히 허술한 모습.

야속하게도 변한 것 하나 없는 부지현의 모습을 보며 범용은 그 언젠가 지금만큼이나 원망스러웠던 그날을 떠올릴 수밖에 없었다.

여느 때처럼 그가 맡아 둔 도서관 자리에 출석해 시험공부를 하던 지현이 펜 끝으로 그의 어깨를 찔러 왔다. 입 모양으로만 '배고파요' 했다. 그제야 느릿하게 시간을 확인하며, 캄캄해진 도서관 건물 바깥을 보는 범용을 기다리지 못하고 다시 손으로 그의 팔을 움켜잡고 흔들어 재촉했다. 그리고 지현은 혀를 강아지처럼 뾰족 내밀며 눈을 하얗게 뒤집어 깠다. 그는 그날도 한숨을 푹 쉬며 지현을 데리고 나갔었다.

두 사람이 자주 가던 학교 앞 쌀국수 식당에 앉았을 때였다. 범용과도 안면이 있는 지현의 동기들 무리가 들이닥쳤다. 늘 서넛이 몰려다니며 소란을 일으키곤 하는 그들이 슬금슬금 두 사람에게 다가왔다. 평소에도 유치하고 가시 돋친 신소리를 일삼는 여자애가 지현에게 아는 척을 하며 말하는 것이었다.

'넌 또 선배님이랑 있네? 네 남친, 학교에서 애들이랑 농구 내기하던데. 알아?'

그는 다 알고 있는 얼굴로 심드렁하게 '어.' 하고 마는 지현의 얼굴을 낯설게 바라봤다. 뜨뜻미지근한 반응에 흥미 떨어진 그들이 멀찍이 가 앉고 나서도, 한참을. 범용이 젓가락을 든 채로 멈춰 있다는 것을 늦게 안 지현이 '선배?' 부르고 나서 그제야. 범용이 물었었다.

'남친?'

'아…… 네. 우민이요.'

고백 거절당하고 애처럼 울던 그 쪼다?

'둘이 사귄다고?'

지현은 그의 물음에도 쌀국수 안의 고수 줄기를 빼내며 별일 아닌 것처럼 대꾸했었다.

'네.'

'언제부터.'

'흐음, 언제더라. 한두 주 지난 것 같아요.'

그 한두 주 동안 범용과 지현은 몇 날을 빼고 모두 만나 평소처럼 함께 공부했다. 수업이 비는 시간이면 가끔 점심을 먹고, 밤이 늦어질 때까지 공부하는 날이면 범용이 집까지 데려다주기도 했다. 도대체 어느 틈에 우민과 연인이었나.

'그 새끼, 좋아해?'

볼 안의 살을 씹다가 뱉은 말이 겨우 그거였다.

'……몰라요.'

부끄러우니까 묻지 마세요, 하는 얼굴은 아니었다. 정말 모르는 얼굴이었다. 그것에 두 번째 타격을 입었었다. 부지현은 좋아하는 지도 모르는 새끼의 여자 친구가 되었다. 그런데 그녀의 일상도, 범용의 일상도 달라지는 게 없었다.

그날이었다. 부지현의 일상에 진범용의 미약한 존재감을 깨달았던 날 말이다. 그때도 지현은 범용과 가장 가까이에 있으면서, 늘 한결같은 모습이었다. 남자 친구가 있는 동안에도 변함없었다. 부지현은 그가 있는 세상에 크게 속해 있지만, 그녀의 세상에서 진범용은 존재감이 없다. 마치 지금처럼 말이다.

그렇게 그녀가 준 좌절감으로 그는 제 감정을 처음 깨달았던 것이다. 변치 않는 비극이었다. 사직서를 던지고 숨어 버린 지현을 찾아 나서고 얼마 지나지 않아 지현이 저 허름하고 캄캄한 위스키 바에 다니고 있다는 것을 알 수 있었다. 그냥 놀러 다니는 것이 아니라 앞치마까지 야무지게 하고 허드렛일을 하는 모습에 기가 막혔다.

"타."

계단을 다 올라 건물 바깥으로 나가자마자 골목 한쪽에 주차한 그의 차 문을 열었다.

"미쳤어요? 선배, 술 마셨잖아요."

그가 이미 미친 자라는 것을 부지현은 여태 모르고 있다는 것이 새삼 분하지만. 범용은 그녀를 빤히 노려보며 억누른 목소리로 말했다.

"어디 안 가. 춥잖아, 타서 얘기해."

외투 없이 얇은 차림이던 지현은 무의식적으로 팔짱을 끼워 몸을 떨고 있었다. 자신이 달달 떨고 있다는 것을 그제야 깨달았던 모양, 지현은 오래 고민하지 않고 그의 차 조수석에 올랐다.

"저 화 안 났어요."

다짜고짜 그 말부터 하고 보는 지현을 돌아보았다.

"저, 화난 거 아니라고요. 그러니까 쫓아다니면서까지 달랠 필요 없어요."

그가 실소를 터뜨릴 여유도 없이 지현이 또 말했다.

"사고 같은 거라고 생각해요. 물론 섹스 했던 게 없던 일이 될 수는 없고, 우리가 그 전처럼 편하지는 않을 거지만요. 그렇지만 그게 선배 혼자 무겁게 짊어질 문제는 아니니까요. 어쨌든 내가 퇴사하면서 불편하고 복잡할 문제는 해결된 거니까. 그걸로 됐어요.

저한테 채무감 가질 필요 없어요, 선배."

머리가 지끈거렸다. 부지현은 모든 것이 말도 못 하게 좋은데, 말이 너무 많다.

"시끄러."

"네?"

황당하다는 듯이 째지는 목소리가 터졌다.

"다시 말해? 먹고 튄 건 너라고 했지. 내가 왜 너한테 채무를 가져?"

먹, 먹……! 기함하며 몸서리치는 꼴이 신경질 났다. 부지현은 모든 것이 다 진절머리 나게 좋은데, 말이 너무 많고 말귀를 못 알아먹는다. 곧장 지르고 들어가지 않으면 저 레벨 낮은 삼천포에 모양 빠지게 휘말리고 말 것이었다.

"빚 갚으라고 추심하러 온 거 아니니까 긴장 풀어."

"내가요? 빚이요?"

다물라고 했다, 말을 짓씹으며 눈을 치떴다. 지현은 잔뜩 부푼 볼을 꾹 잠그면서도 눈은 제법 매섭게 떴다.

"여기 당장 그만둬."

꾹 잠겼던 입이 벌어지려는 걸 고약하게 눈을 떠서 제지하고 다음 말을 이었다.

"당장 그만두고 다음 주부터 여기로 나와."

범용은 지현이 회사를 나가던 날 끝내 가지고 가지 않은 그 메모를 꺼내 그녀에게 내밀었다.

"선배!"

"안 나오면, 네가 날 버린 걸로 알 거야. 다신 못 보는 거라고."

그런 줄 알아. 네가 버리는 거야, 영영.

이번에야말로 우리가 우리를 결정지을 때라는 걸, 범용은 각오를 다지고 온 것이니까.

* * *

〈활〉로 이직하며 살자에게 물려받은 여러 권의 업무 관련 책 중에 흥미로운 마케팅 기술이 있었다. 전 세계적으로 전 세계인의 삶과 일상을 장악하는 초기업들이 있단다. 구글, 애플, 아마존. 또 카카오, 네이버. 사람들의 삶에 강력한 영향력을 미치는 거대 독점 기업들. 그들의 대박 전략은 간단하다. 의존하게 하는 것. 길들여 없어서는 불편해서 살 수 없게 만드는 것이다.

인터넷에 들어가기 위해 익스플로러 창을 통과해야 하고, 대부분이 사용하고 있는 톡 메신저를 다운로드 받고. 혹은 익숙한 시스템 경로를 바꾸지 않기 위해 스마트폰, 스마트 워치, 블루투스 스피커, 블루투스 이어폰까지 같은 계열로 통일해 구매하게 하는 것도 다 그런 의존성을 노린 초기업의 전략 중 하나다. 이렇듯 생각보다 '길들여지는 것'은 무서운 힘을 가지고 있다.

"부."

그의 부름에 입을 이만큼 내밀고 버티던 지현이 자리에서 발딱 일어났다. 지현은 아예 프로그래밍 된 것만 같은 살자와의 관계에 입술을 씹으며 험한 말을 참아 냈다.

그와 직장에서 지낸 몇 개월은 전혀 짧은 시간이 아니었나 보다. 이렇듯 빠르게 상하 관계로 '길들여진 것'을 보면 말이다. 오늘도 봐라. 절대 그가 시킨 대로 하지 않겠다고 주말 내내 이를 갈아 놓고 이 웃기지도 않는 〈작업실〉에 제시간에 도착해 앉아 있지 않은가.

그녀가 아는 진범용이라면 독하고 고약하긴 해도, 설사 '양아치 적이기로 한' 양아치라고 할지라도! 진범용은 절대 부지현에게 해를 끼치지 않을 것이라는, 근거 없는 신뢰까지 이미 세뇌된 모양이다.

그가 준 주소는 어느 낡은 구옥 단독주택이었다. 도심 한가운데 저층 구옥들이 아직 골목을 이루고 앉은 동네. 〈활〉과는 도보로 5분도 걸리지 않는 위치에 이런 나이 든 동네가 있다는 것도 놀라웠지만, 이런 곳에 범용이 앉아 있다는 것도 생경했던 것이다.

손바닥만 한 흙 마당이 있고, 페인트칠이 벗겨진 시멘트 계단을 가진 2층 단독주택은 철거 도중 멈춘 것처럼 노출 콘크리트 그대로 외벽 리모델링을 한 상태였다. 와인 색에 가까운 우드 톤의 몰딩. 그 아래 거실 한 면 가득 집채만 한 클래식 가죽 소파도. 거기 파묻혀 잔뜩 흐트러진 모습으로 노트북에 집중하는 범용이 그중 가장 어색하다.

"부."

소리 내어 대답하라는 모양이다. 입은 의지와 상관없이 제 박자에 열렸다.

"네."

"이력서."

범용의 짜증 나게 잘생긴 이마를 노려보며 지현이 말대꾸를 굳이 참지 않았다.

"멀쩡하게 다니던 직장 못 다니게 해 놓고, 무슨 이력서요."

"활에 제출했던 이력서 파일 있지?"

특별한 자기소개서 없이 경력 리스트와 입사 후 업무 계획서 한 부만 받았던 〈활〉. 그녀에게는 없고, 활에서 그녀가 쓰던 PC에는 남았을까.

"그건 왜요."

있어도 북북 찢어 입에 넣고, 씹어 삼킨 다음 없다고 배 째라 하고 싶은 반항심을 숨기지 않았다. 드디어 범용의 고개가 들리고 정면에 선 그녀를 노려보기 시작했다. 꾹 다물고, 마음에 들지 않는다는 듯이 눈살을 찌푸리기까지. 지현은 한숨을 푹 쉰 다음, 걸음을 소리 나게 질질 끌어 코트를 찾아 입었다.

"어디 가."

짜증스러운 범용의 목소리에 덩달아 신경질이 솟은 그녀는 뒤도 돌아보지 않고 빽 소리쳤다.

"활에요! 아, 이력서 뽑아 오라면서요!"

자존심도 없이 텅 비고 삭막한 남의 집에 뭉개고 앉아 있는 것도 속에 천불이 이는데, 마구 해 대고 싶은 애초의 마음은 간데없이 살자가 시키는 대로 하고 앉아 있는 제 처지가 서럽다. 목구멍이 포도청이라고 했던가. 식구가 늘어 당장 한 달 급여가 아쉬운 제 가난한 살림이 무섭다. 아니다. 한 치 앞을 모르고 흥청망청했던 지난날의 부지현 씀씀이가 끔찍한 거다.

분기가 탱천하고 나니 곧 기가 막힌다. 언제부터 그는 이런 곳에서 지냈을까. 그러고 보니, 그녀는 범용의 집 위치를 모르고 살았다. 한 번도 그의 집이 어느 동네에 있는지 궁금해한 적 없다는 것을 깨닫는다. 범용은 그러니까…… 학교에 살았고, 도서관에 살았거나, 휴대전화 건너편에 살았다. 그녀가 원하면, 혹은 그가 원하면 언제든 당장 만나던 사이. 그래서 그랬나 보다. 한남동 살았나, 이태원이라고 했었나.

기억 속 범용의 집을 되짚느라 전 직장 〈활〉의 건물은 그녀의 걸음으로도 금세였다. 한 블록만 지나도 이렇게 고층 빌딩이 빼곡한 풍경이다. 횡단보도 하나로 전혀 다른 세상과 세기를 넘나드는 기분이다. 마치 어제는 〈활〉에 근무하던, 세상 안녕했던 부지현과 오늘 백수가 되어 세상 불안한 부지현만큼 간극이 크다.

"배신자."

민환의 불쑥 파고든 귓속말에 지현이 진저리를 쳤다.

"욕 같은 건, 뒤에서 몰래 해. 당사자 귀에 대고 뜨겁게 속삭이지 말고."

또 덤빌까 무서워 귀를 막고 민환을 노려보았다. 셔츠가 담긴 파우치를 든 것을 보니 점심을 먹고 난 후인가 보다.

"날 버리고 가서 발병은 안 났고?"

"불행히 십 리를 채 못 가는 바람에."

민환은 그렁그렁 눈시울 붉히며 재차 말했다.

"배신자."

"억울하다. 잘린 동기한테 안 잘린 동기가 할 말은 아니지 않냐. 위로는 못 할망정."

민환이 그녀의 등을 밀어 사무실 입구로 들어서며 말했다.

"뭔 소리야. 너도 살자랑 똑같이 안식년 처리됐는데."

"어?"

사직서 쓰라고 해서 놓고 나왔는데 분명.

"부지현이 여기 왜 있어? 그새 예민환이 뭐 또 떠맡겼어, 원격으로? 아무리 한 동네 이웃이라고 해도 엄연히 다른 회사 사람이다, 지금은? 지현이 꽁으로 부려 먹다가 살자한테 걸리면 너 뼈도 못 추려, 야."

정은희 이사는 양치 컵을 놓고 바삐 메이크업을 수정하기 시작했다. 지현이 그녀에게 다가가 황망하게 물었다.

"퇴사 처리가 아니라, 안식년이라뇨?"

"진 이사가 널 자른 게 아니라, 널 요청한 거라서. 우리랑 관계 있는 업체가 아니라 당장 너의 거취는 우리 소속으로 두는 수밖에 없었어. 그러려면 우리 회사에 있는 안식년 제도가 가장 쉬우니까. 대신 너는 충당 근무 조건이 되지 않아서 예외적으로 무급 안식년이야."

"네에?"

입이 절로 쩍 벌어지는 지현에게 사악한 미소를 지은 정 이사가 말을 이었다.

"억울해 말고. 설마 진범용이 널 공짜로 부려 먹겠냐. 월급은 챙겨 주겠지. 내 친구가 성격이 지랄이라 그렇지, 양아치는 아니야."

이사님 친구 양아친데요. 모르시는구나.

"참 참. 개업식은 언제 한대?"

"뭘 해요?"

지현의 뜨악한 얼굴에 민환도 끼어들었다.

"무슨 개업식이요?"

"아직 못 들었어? 글쎄 이번에 잡지사 샀다던데?"

지현이 아침에 와 무려 네 시간 동안 진범용의 정수리만 노려봤지만, 그 어떤 힌트도 없었다. 그저 이력서 셔틀만 시켰을 뿐이었다.

도대체 뭘 샀다는 거야. 도대체 뭘 한다는 거야. 사람 덜렁 둘만 있는 이십팔! 평짜리에서!

* * *

범용은 휴직 처리를 유지해도 좋고, 사직하고 아예 본격적으로 덤비면 더 좋다며, 남의 일이라 매우 편안한 얼굴로 설명했다.

"무슨 일을 이렇게 마구잡이로 처리해요?"

"그게 작은 영세 업체의 미덕이야."

미덕씩이나!

"오너의 횡포 아니고요?"

"꼬우면 네가 해, 오너."

범용은 그녀가 뽑아 온 입사 서류를 훑더니 밑줄을 그었다.

"하라고, 오너."

"무슨……?"

그가 밀어 준 그녀의 〈활〉 입사 서류에는 안식년 계획 요강에 밑줄이 그어져 있었다.

'매거진 창간.'

안식년이라는 제도도 생소했거니와, 꿈에 대해 묻는 뜬구름 잡는 문항에 결연히 저항하는 마음으로 대충, 최대한 원대하고 시답잖게 두어 줄 작성했던 것이었다. 그녀가 얼마간 혹사당했던 그 세계를 분명히 의식한 작문이기도 했다.

"시작은 도와줄게. 사업자도 사 났고, 이 바닥을 몰라서 노하우라는 명목으로 그간 발행한 잡지도 한 트럭이랑 거래하던 인쇄소도 물려받아 놨고. 폐간 직전에 주워 온 거라, 큰돈은 안 들었어. 근데 그만큼 네가 할 일이 많다는 뜻이겠지. 지금부터 열심히 해 봐, 네가."

"선배……."

아연한 심정이 되어 눈앞의 낯익은 듯, 낯선 범용의 얼굴을 뚫어지게 볼 뿐이었다.

"멀리 가지 마. 그냥 나도 해 보고 싶었던 일이야."

"내가 하고 싶은 일을요?"

"응. 네가 하겠다던 일이, 나도 하고 싶은 일일 뿐이라고."

"잡지를요? 어쩌다가요? 우연히요? 그래서 여기도 구한 거예요? 나 때문에?"

범용이 소리를 내어 웃었다. 늘 세팅 제품으로 빗어 넘기던 머리카락이 웨이브 진 자연스러운 굴곡 그대로 흔들렸다. 문신처럼 하고 다니던 블랙 착장을 벗은 그는 편안한 카디건 안에 데님 셔츠를 받쳐 입고 밝은색 면바지를 입고 있다.

지현은 이제 달라진 진범용에게서 짙은 배신감을 느끼기 시작했다. 가장 익숙하고 길들여진 무언가의 사전 양해 없는 변화. 그것이 부지현이 가장 끔찍하게 여기는 것이니까. 그녀가 눈으로 경악을 하건 말건, 범용은 시종 진지하게 말을 이어 나갔다.

"오해 마. 여긴 몇 년 전부터 날 위해 만든 곳이니까. 내 짐은 2층에 옮길게. 1층은 사무실로 쓰자."

책상 두 개는 놓을 수 있겠다, 하면서 범용은 어림잡는 듯이 거실을 크게 돌아보았다.

"여기 살아요?"

지현이 물었다. 아까부터 빚진 것 같은 궁금증이었다. 10년 만에 묻는 안부인 것만 같다.

"작업실로 얻었어. 아파트랑 여기랑 오가면서 지내."

"작업실?"

"그냥, 이것저것 잡다한 거 하는데도 짐이 자꾸 늘어나서. 집중할 시간도 필요하고."

그는 별것 아니라는 듯이 말하고 노트북을 다시 무릎 위에 놓지만, 지현은 아직 궁금한 게 산더미다. 그녀는 일어나 닫힌 방문을 열었다. 족히 열 대는 넘어 보이는 카메라가 늘어선 쇼케이스와 접어 둔 이젤, 다양한 호수의 캔버스와 미술 도구들이 무질서하게 들어차 있다.

"선배, 그림 그려요?"

거실에서 그의 목소리가 작게 들려왔다.

"이것저것 한다니까."

"선배가 한다고요? 진짜?"

"어."

지현은 떡 벌어진 입을 다물지도 않고 거실로 나가 그의 앞에 삐딱하게 섰다.

"사진에, 그림에, 이제 매거진이요?"

지금 그의 노트북에는 〈활〉 업무 창이 열려 있고, 소파 위에는 검토를 마친 연말 재무 서류들이 기다리고 있다. 뭐 하는 사람인가, 이 남자는.

"그건 네가 할 일이라니까."

"근데 왜 선배가 일을 벌여요?"

"몇 번을 말해. 네가 하고 싶은 일이, 내가 하고 싶은 일이야."

"몇 번을 물어요, 그러니까 왜요."

저도 이 사태에 파악이라는 단계로 접어들게 해 주세요, 제발.

"……흔들어 달라며."

범용의 목소리는 밑도 끝도 없이 탁해졌고, 지현은 얼굴이 확 뜨거워졌다. 그 말을 지금 이런 순간에 가져다 붙일 일인가 말이다.

"흔, 흔……."

말을 뗐으나, 소리 되어 나가지 못할 만큼 당황한 지현을 내버려 두고, 범용은 바삐 제 일을 시작했다.

"오늘 오후에 퀵으로 '드림 유' 지난 호들이 올 거야. 일단 읽고 파악해. 그리고 폐간 직전의 상황까지 간 이유를 분석해서 보고서 만들어. 그것부터 하자."

벙싯대느라 입력이 느렸던 그녀를 탓하는 살자의 눈초리에 지현이 저도 모르게 대답했다.

"네."

보아라. 길들여지는 게 이렇게 무섭다.

* * *

창간호에서부터 약 5년의 역사를 가진 웨딩 매거진 〈드림유〉는 이름처럼 소름 돋을 만큼 유치찬란한 콘셉트를 자랑했다. 패기 넘치던 처음 다섯 달 동안에는 그래도 여러 가지 다양한 도전을 보인 꼭지들이 있기는 했다. 한 가지 테마를 정해 화보와 기사를 싣는다거나, 혹은 계절에 따른 특집호들을 내놓기도 했다. 그러나 그 열정은 빠르게 식었던가 보다.

매호 웨딩드레스 광고지처럼 찬란할 만큼 단조로워지더니, 나중엔 기사문 하나 없는 달도 있었다. 그럴 수밖에 없는 이유도 찾았다. 3인의 에디터와 소속 촬영 작가까지 있었다가, 나중엔 편집장 혼자 1인 매거진으로 운영이 되었던가 보다. 최근호 1년 치는 '월간'이라는 말이 무색하게 분기별 출판이었다.

지현은 반나절 내내 현란한 레이스 이미지에서 허덕였고, 인내심 있게 한 페이지씩 넘기는 손목이 아릴 만큼 열중했다.

"부."

대여섯 명이 앉아도 충분한 소파의 이쪽 끄트머리를 자기 자리 삼은 지현은 잡지 벽에 둘러싸여 있다. 그 너머로 들려오는 저쪽 끄트머리 범용의 부름에 지현은 오랜만에 성대를 썼다.

"……네에."

"멀었나?"

"글쎄요. 남은 박스까지 펼쳐 마저 다 들여다보는 게 의미가 있나 싶을 만큼 너무 일찍 망한 이유를 찾고 말아서요."

그녀의 목소리는 숨길 수 없이 무료했다.

"그럼 끝난 건가?"

범용의 목소리도 더할 수 없이 무료했고. 지현이 잡지 무더기 사이를 비집고 범용 쪽을 흘깃 훔쳐보았다. 그런데 언제 자리를 옮긴 지도 모르게 그는 그녀 앞에 와 서 있다.

"보고서를……."

가까이 와 있다는 사실 덕분에 급작스레 목이 불편해진 지현은 헛기침하며 삐딱했던 자세를 바로잡았다.

"보고서가 남았다?"

범용이 지현의 말을 대신했다. 그러더니 갑자기 2층으로 올라가 코트를 챙겨 입고 오는 것이었다.

"가세요?"

엉거주춤 일어나 범용에게 맹하게 묻는 사이 그는 벌써 현관과 대문을 나가 버렸다. 그가 지나간 자리에 바람이 일 정도로 쌩하니.

"아, 가시는 거구나……."

혼자 묻고 대답하자니 기분이 별로여야 했지만, 일단 진범용이 이 공간에 같이 없다는 것에 실낱같은 쾌적함을 느끼고 말았다. 불편한지도 모르게 그가 내내 불편했던가. 아무래도 코딱지만 한 거실 공기를 둘이서 종일 나눠 마셨으니까.

오랜만에 앉은 자리에서 일어난 지현이었다. 엉거주춤하게나마 일어난 김에 그녀는 길게 기지개를 켰다. 그리고 현관 앞에 아무렇게나 놓인 매거진 상자 더미와 구석에 처박히듯 상자째 조립 가구들이 보였다. 아까 오후에 택배로 줄줄이 도착한 살림 살이인 듯했다.

지현은 쭉 폈던 등허리를 양옆으로 번갈아 늘이다가, 곧장 그곳 으로 갔다. 드라이버 하나만 있으면 가능한 DIY 책장과 책상이었 다. 그리고 1초도 갈등하지 않고, 집 안 곳곳을 누비며 온갖 서랍장 을 뒤지기 시작했다. 사람 사는 데면 드라이버 하나쯤은 있겠지.

온종일 마구 황당한 일이 닥쳐 번잡했던 머릿속과, 하얀 레 이스 공단에 혹사당했던 눈을 쉴 놀이를 만나 한없이 깨발랄한 엉덩이였다.

* * *

이상했다. 가슴이 울렁거렸다. 헤어지자고, 버리고 돌아선 사람은 자신인데 왜…… 가슴께가 점점 뻐근해지고, 심장이 마구 뛰었다.

'지현아!'

우민은 달려와 그녀의 팔을 붙들고 돌려세웠다. 좀 더 억센 힘 을 기대했나. 생각보다 연약한 손아귀에 지현은 쓰게 웃으며 팔을 빼냈다.

운전석 문을 열었다. 그 문을 질기게 빼앗아 붙드는 우민을 노려 보았다. 시원하게 생긴 이목구비가 꽤 마음에 들기 시작했는데. 어 쩐지 갑자기 저 큼직큼직한 눈매와 코와 입매가 모두 과하게 커다랗 게 보였다. 우민의 말과 행동이 늘 과한 것처럼. 사람 마음이 이렇게 무섭다. 돌아서기가 무섭게 식어 버린다.

'우리 내일 가족들 초대한 언약식이고, 다음 주 출국이야. 이게 말이 돼?'

'더 멀리 가지 않는 게 너한테도 좋지 않겠니. 불행 중 다행이라고 해야 하는 거야. 마지막 선물이라고 생각해.'

나오기 전 충분히 다짐하고 나왔건만, 자꾸만 시니컬하게 목소리가 튀어 나갔다.

'도대체 이유가 뭔데. 말을 해. 너답지 않게 정말 왜 이래! 이렇게 한 마디로 끝낼 일이 아니잖아. 애도 아니고, 앞뒤도 없이 헤어지자니! 당장 어른들한테 뭐라고 할 거야! 너 이렇게 철없는 애 아니잖아!'

헤어지는 마당에 친절하게 설명까지 원한다니. 그냥 깔끔하게 놓아주려던 그녀의 노력도 몰라주고 말이다. 지현은 그의 턱에 시선을 둔 채, 숨을 길게 골랐다. 그리고 자꾸 심해지는 울렁거림을 다스린 다음 우민의 눈을 보며 말했다.

'몇 달을 노력해서 안 되는 거라면, 앞으로도 가망 없는 거잖아.'

'무슨 말인데! 알아듣게 말해!'

'영재랑 나눈 톡, 봤어. 사랑하지도 않는 여자랑 언약식을 하겠다고?'

우민의 눈이 커다랗게 벌어지는 것을 보자, 아까부터 다스린 보람도 없이 메스꺼움은 더 심해지는 것이었다. 그녀는 그저 이곳에서 떠나고 싶은 마음뿐이었다.

'……지현아.'

'사랑하지 않는 사람이랑 어떻게 앞날을 약속하니. 너, 바보야?'

메리지 블루. 남자도 그런 게 있다면, 언약식을 앞둔 우민이 그런 걸 겪는 걸지도 모르겠다고 생각하려 했었다. 그와 친구 영재의 톡 메시지를 보기 전까지는,

결혼을 앞둔 여자들이 그렇다는 것처럼 심란한 것이겠지, 우민의 어딘지 달라진 면면들을 아무렇게나 해석했었던 것 같다. 사귄 건 반년 남짓이지만 2년 넘게 그녀에게 보여 준 우직함을 믿은 탓이다.

[모르겠다. 그냥 이렇게 결혼을 약속하는 게 맞나 싶고. 겨우 반년이야, 지현이랑. 벌써 마음이 식는다는 게 더 이상한 거잖아. 그러면 안 되는 거잖아. 근데 이제 와서 아니라고 해도 늦었어. 말했잖아, 걔네 아빠 집안 어떤 집안인지. 놓치긴 아까운 애야, 지현이. 울 엄마도 지현이 좋아하고.]

친구 영재가 미친놈, 화를 낸 후 되물었다.

지현이, 안 사랑해?

[사랑은, 아닌 것 같아. 사귄다고 다 사랑하는 건 아니잖아.]

지현은 그 짧은 몇 줄 안에 담긴 것들을 이해하기까지 꽤 오래 액정을 올렸다, 내렸다 해야만 했다. 오로지 그녀에게만 맞추던 남자라서 결혼 진행에 많이 개입하지 않고 그녀를 배려하는 것일 테지.

안 그러던 사람이 자주 술을 너무 많이 마시는 것도, 친구들과의

시간이 늘어난 것도 약혼과 출국을 앞둔 이유라고 치부했었다. 그냥 한층 달라질 우리의 관계 때문에 일어나는 작은 변화들일 뿐이라고 나름 너그럽게 착각했던 것이다.

'오해야.'

'어느 부분이? 사랑이 아니라는 거? 아님, 나보다 우리 아빠가 네 취향이라는 거?'

그녀를 사랑하지 않는다는 우민의 고백에 상처받지 않았다. 몹시 사랑하는 척, 기만한 날들이 배신이었다. 그 변치 않을 것 같던 마음을 믿고 마음을 열었던 그녀에게는 더 잔인한 진실이었다.

'어떻게 헤어져? 말도 안 되잖아. 우리가 어떻게 시작했는데!'

'그거 아까워서 사랑하지도 않는 여자랑 평생을 억지로 살려고? 너 진짜 무서운 애구나.'

지현은 역시나 맥없이 떨구어지는 우민의 손을 치우고 자동차 문을 닫았다. 시동을 걸어 큰 도로로 나가는 동안, 입 안에 신물이 고이기 시작했다. 시야가 뿌옇게 흐려지고, 치받는 욕지기를 꾹 눌러 참느라 신음이 절로 물렸다.

지현은 가슴을 세게 두드렸다. 눈을 깜빡여 답답한 시야를 지워 보려 애썼다. 투툭, 떨어지는 물기가 볼을 타고 흐른 그때였다. 흐른 눈물을 인지하고 나서야 지현은 울음을 소리 내어 터뜨릴 수 있었다. 차를 세우고 핸들에 고개를 박은 그녀는 가슴 안에 숨이 남지 않을 때까지 악을 썼다.

지현은 결국 제 손으로 인연을 놓치고야 말았다. 겁이 많아 누군가를 사랑할 수 없다면, 자신을 사랑해 줄 사람과 있으면 된다.

그러면 덜 외롭지 않을까 했던 이기심을 그대로 돌려받은 것이다.

그리고 지현은 다시 크게 절망했다. 절대 하지 않을 수 있을 것 같던, 그것. 평생 모르고 살 수 있을 것 같던, 그것. 오래 품지 못하고 버리고 마는 고약한 습벽은 그녀의 살과 피가 그러한 것처럼, 엄마에게서 유전된 모양이어서.

"……눈으로 나사를 조이는 방법을 연구하는 건 아니지?"

지현은 갑자기 소리가 나는 쪽으로 고개를 홱 돌렸다. 그리고 범용과 눈이 마주치고 나서야 정신이 느릿하게 돌아왔다.

"괜히 시작했나, 후회 중이거든요. 재미있을 줄 알았는데, 똥손에게는 좌절만 선사할 뿐이네요."

단순한 노동과정의 혜택은 하나도 없이 손만 아프고, 머릿속은 더 복잡해져 버렸다. 갑자기 닥친 우민과의 기억에 기분이 영 엉망이 되고 말았다.

범용은 느릿하게 걸어 들어와 주방 아일랜드 식탁 위에 큰 종이봉투를 놓았다. 콧구멍이 절로 벌름거릴 만큼 유혹적인 냄새가 그곳에서 피어났다.

"설마 일 남은 사람 약 올리려고 굳이 사 온 거예요?"

"까불지 말고 와 앉아."

범용이 건네주는 물티슈를 받아 들며 건너편에 앉았을 때는 벌써 포장 음식이 차려져 있었다. 노란 체다 치즈가 어여쁜 퀘사디아와 나란히 누운 타코, 그리고 쿰쿰한 시저 샐러드와 바삭한 나초 칩까지 펼쳐졌다. 단내 폴폴 나는 오렌지에이드를 건네받으며 지현의 눈이 새초롬해졌다.

"어디까지 가서 포장해 온 거예요? 이 근처에는 멕시칸 없는데."

"먹어."

늘 불분명한 대답에 익숙한 지현은 벌써 타코 하나를 베물고 오물오물 먹기 시작했다.

"멕시칸엔, 맥준데."

일 남았다고 볼멘소리 했던 것도 잊고 지현이 아쉬워하자 묵묵히 먹던 그가 말했다.

"술은 안 돼."

술로 말미암은 일련의 일들을 함축한 말일 것이기에 샐쭉하게 입매를 늘이며 그녀도 받아쳤다.

"네, 네에."

치즈가 길게 늘어지는, 아직 따뜻한 퀘사디아 한 조각을 그녀의 앞에 놓아 준 범용이 지현과 눈을 맞추며 경고했다.

"맨 정신으로 해야지, 그치?"

"네. 으응? 네에?"

볼 한쪽에 먹은 걸 몰아넣느라 한참 만에 지현이 되물었다.

"뭘요. 뭘 하는데요."

범용은 커다란 타코 하나를 들어 크게 베물었다. 또 말 떼어 먹고 식사만 하는 정수리가 의미하는 바를 열심히 따지고 드는 것도 황당해 지현은 고개를 확확 흔든 다음 다시 먹는 일에 매진하기로 했다. 그런 수고의 보람도 없이 음식을 삼키고 우아하게 냅킨으로 입술을 훔친 범용이 뒤늦게 말하는 것이다.

"일이지. 뭐 다른 거 해야 해?"

계속 그와 엇박자로 주고받는 대화 패턴 때문에 입 안의 음식을 채 씹지도 못하고 꿀떡 삼킨 지현이 황급히 덧붙였다.

　"네, 일이요! 보고서랑 저놈의 책상 조립. 그거 두 개 말하는 거죠!"

　하하하, 겸연쩍게 웃음도 덧붙일까 하다가 그만두고 콱 막혀 오는 가슴 때문에 오렌지에이드를 쭉쭉 삼켰다.

　"아, 난 또. 섹스 말하는 건 줄 알았지."

　에이, 씨! 에이드마저 박자를 맞추지 못해 꿀떡 넘어가 버리자, 지현이 눈을 부라렸다.

　"그렇게 막 일하는 데서 농담처럼 할 얘기는 아니지 않아요?"

　"그렇게 막 일하는 데서 농담처럼 섹스 얘기하려고, 너 여기 데리고 들어온 건데."

　"미쳤어요?"

　눈이 떠진 채로 감기지 않을 만큼 놀란 그녀의 입 주변을 냅킨으로 꾹꾹 조심성 없이 닦아 낸 범용이 아직 그녀의 턱을 잡고 말했다.

　"이런 것도 막 하고."

　"어어?"

　턱을 그의 손아귀에서 빼내려고 용써 보지만 녹록하지 않아 이맛살이 더 흉해질 때였다. 그런 그녀의 예쁘지 않은 얼굴을 무심하게 눈으로 쓸어내린 그가 지현의 입술에 시선을 두었다. 그 순간 얼굴이 확 뜨거워진 지현이 하지 마요, 입술만 움직여 속삭였다. 범용이 그녀의 입술에 시선을 박은 그대로 대답했다.

　"왜."

　"봐요."

"이런 거 하려고 너 데리고 왔다니까?"

지현도 윤기 나는 그의 입술에 시선을 옮기고, 후들후들 진동하는 목소리로 물었다.

"……뭘를요?"

범용이 턱을 잡은 손가락에 힘을 줘 당겼다. 그리고 덥석 아랫입술을 베물었다. 소리 내어 들숨을 쉬고 얼어붙은 지현은 곧장 씹히듯 빨려 들어가는 감각에 눈을 질끈 감고 말았다. 달큰한 오렌지 맛이 나는 건 그녀의 혀인지, 그의 혀인지.

느렸던 인트로와는 달리 자비롭지 않은 거칠고 센 키스의 본편은 아쉽게도 매우 짧았다. 몰아치듯 헤집고는 감았던 눈이 황망할 만큼 그는 갑작스럽게 툭 멀어지는 것이다.

"이런 거."

그는 방금 키스한 사람이 아닌 것처럼 멀쩡하고도 고아하게 의자 등받이에 등까지 붙이고 앉아 있었다. 무슨 반응을 해야 하나, 자존심도 없이 고민하며 겨우 지현이 뱉은 말은.

"이, 이런 거 하기엔 조명이 너무 눈부시게 밝은 거 아니에요……?"

겨우 이따위. 지현은 혀를 깨무는 대신 어금니를 꽉 물었다.

"그래? 그럼 바꿀까? 키스에 적당하게?"

돌아오는 말도 겨우 저따위.

범용이 자리에서 일어나 그녀가 벌여 놓은 조립 현장으로 갔다. 그리고 등을 돌리고 앉아 조립 설명서를 정독하기 시작했다. 늘 그렇듯이, 서너 박자 늦게 이성을 찾은 지현이 그의 정수리를 향해 말했다.

"……연애하자고 안 한다더니."

'키스는 하고 지랄입니까?' 하는 뉘앙스로 구시렁거렸다.

"키스가 연애야?"

"아니에요?"

"아니야."

"아, 아니었구나."

플라스틱 포크로 나초를 매우 쳐 박살을 내는 지현의 저항감을 그가 모를 리 없다. 범용은 그러나 책장을 건설하는 데에 무심히 열중하더니, 지현의 시선이 그를 떠나자마자 툭 말하는 것이다.

"섹스도 연애 아니라고 우기면서 키스가 연애야?"

"선배!"

이번엔 용케 제 박자에 고함을 쳤다. 빽 소리친 것이 무색하게 그는 평화로이 책장의 높이를 다 세우더니, 옆집에서 빌려 온 공구함에 있는 줄도 몰랐던 전동 드릴을 꺼내는 것이다.

"부."

권총을 든 것처럼 드릴을 한 손에 들고 삐딱하게 짝다리로 선 그가 독이 바짝 오른 그녀를 나직이 불렀다. 그리고 또 태연히 그녀에게 오더를 내렸다.

"여기 잡아."

"하루아침에 보직 변경이 아니라 직장을 변경당하고, 형벌처럼 촌스러운 웨딩 잡지 분석을 하질 않나. 쫄쫄 굶기더니 밥 먹는 중간에 키스까지 당한 뒤! 뺨을 때려야 하나 갈등하는 애한테 정신없이 일시키는 거, 나만 이상해요?"

그중 부지현이 제일 이상하다. 성깔 부리며 땍땍거리는 도중 벌써 그가 내린 오더를 수행하고 있지 않은가. 범용은 대답 대신 전동 드릴을 위잉 작동시켰다. 지현은 역할 수행에 부족함이 생기지 않도록 두 손씩이나 써서 단단히 붙들었다. 또 뒤늦게 스스로에게 혀를 찼다.

범용이 드릴을 든 뒤 10분도 되지 않아 책상 하나가 완성되었다. 번쩍 들어 자리를 잡고 보니 더 근사해 보였다. 단순하고도 쉬운 조립 과정에 대한 감상으로 지현은 툴툴댔다.

"이렇게 간단한걸, 왜 저렇게 어렵게 설명해 놨대요?"

"내가 잘하니까, 쉬워 보이는 거야."

"……여태 떠들었는데 다른 말은 하나도 안 들리고, 본인 좋은 거만 들리나 봐요."

"아냐, 다 들려."

"근데 왜 못 들은 척을 해요? 툭하면 입을 다물어 버리고. 회사에서도 그러잖아요. 오죽하면 살자라고 부를까."

지현은 심지어 그를 도와 다른 박스를 해체하기 시작했다. 따지고 드는 중차대한 시비 중에도 여지없이 그녀는 업무 보조의 역할에 충실하고 있었다. 먹은 것도 없이 한숨에 에너지를 너무 쓴다.

"본인이 분명 알고 있는 내용은 말할 필요가 없잖아. 틀렸다는 걸 아는 사람한테 틀렸냐는 질문에 대한 답을 해 줄 필요가 있나?"

드디어 꼬투리 잡았다.

"그럼 말해 봐요. 나한테 왜 이래요? 난 정말 모르겠거든요."

또 말 떼어 먹고, 전동 드릴 켜기만 해요! 이번엔 지현이 도사리듯 잔뜩 삐딱하게 섰다. 범용은 그녀를 응시하던 눈을 거두고, 고개를 돌려 다른 데를 보다가 다시 지현에게 정색한 눈으로 돌아왔다. 살자의 표정 없는 얼굴에서 지현은 어렵지 않게 노기를 읽을 수 있었다.

가늘게 뜬 눈으로 잠시 그렇게 그가 갈등하는 동안, 지현은 저도 모르게 속이 타들어 갔다. 사람은 같은 실수를 반복하는 무지한 동물이다. 저 입에서 나올 말들이 무서우면서, 왜 죽자고 따지고 들었던가. 뒤늦게 후회다. 이제는 뱉을 한숨도 동이 나고 없다.

"날 좀 어떻게 해 줘요. 날 좀 정신 못 차리게 흔들어 줘요. 외로워서 살 수가 없어."

한 자, 한 자 씹어서 뱉어지는 말들에 동공과 귀로 영혼이 빠져나가는 기분이 되는 것은 아마도…….

"네가 그날 호텔 방문 앞에서 나에게 부탁한 말이야. 아직도 기억이 다 안 돌아온 모양이지? 너야말로 너 좋은 것만 기억해 내는 거네."

자신이 한 말이겠지. 끝내 지현에게 스스로 기억해 내라고 하던 그 말이 저것이었나.

"거짓말."

"그래, 믿지 마."

"……."

"그렇게 믿고 싶지 않으면 믿지 마. 흔들리지 마."

흔들리기만 해 봐, 아주. 그렇게 뜨거운 눈을 하고, 사지에 힘이

쪽 빠지는 말들만 골라 하면서 흔들리지 말라고 협박했다.

이러니 겁을 안 먹어, 내가?

* * *

흔들리지 말라고 한 남자는 흔들림 없이 자기 앞만 보며 열성이었다.

"이름도 지우고 아예 새 매거진을 간다, 아니면 '드림 유' 이름 그대로 가고 리뉴얼을 홍보한다. 둘 중에서 먼저 정해야 해."

"운전을 하시든지, 일을 하시든지. 부디 하나만 하세요. 목숨 맡긴 사람 좀 생각해서."

"네 생각은 어떤데."

"운전을 하시는 게 좋겠는데요."

범용의 짙은 한숨 소리가 차 안의 낮게 가라앉은 공기를 흔들었다.

"매거진 말이야. 새 매거진, 아니면 그대로 '드림 유.'"

이번엔 절대로 대답하지 않겠다는 저항을 담아 지현이 한숨을 짙게 뱉었다.

"부."

"……."

고개를 차창으로 돌려 버렸다.

"부, 대답."

"까라고 하면, 까는 게 부하 직원 된 자로서 마땅한 줄은 아는데요, 지금은 저도 기분이 영 아니에요. 퇴근길이니까, 그냥 좀 둬 줘요."

하루가 너무 길었다. 어떤 마음을 먹고 사무실에 나갔던가를 떠올리니, 더더욱 지치고 고단했다.

"뭐가 불만인데."

"……딱 하나만 말해야 해요?"

뭐부터 대답해야 하나, 줄 세운 불만 중에 굵직한 테마로 열심히 선별 작업을 하는데, 범용이 차를 길가에 세웠다.

"오늘 정말 마음대로 되는 게 하나도 없어요. 이러려고 온 게 아닌데, 열과 성을 다해, 일하고 앉았지 않나, 부르면 제꺼덕 대답하고 있지 않나. 퇴근도 고독하게 못 하고."

"어쩌려고 온 건데, 그럼."

"……"

지현은 기댄 뒤통수를 빙그르르 굴려 범용의 얼굴을 돌아보았다. 자신을 향해 잔뜩 곤두세워진 그의 이목구비를 찬찬히 뜯어보았다. 이 남자의 이 얼굴에 담긴 표정을 읽고 싶어 안달이 나, 기꺼이 밤을 새웠던 날들이 있었다.

사람이라면 화를 내겠지, 하고 도발하고. 사람이라면 웃기도 하겠지, 하고 소심함도 벗어던지며 눈을 까뒤집었다. 제아무리 철옹성인 남자라도 녹는점이 있겠지, 수치를 무릅쓰고 열성 팬인 척 하루에 열두 번 고백을 불사했던 날도 있었고.

그러나 그는 아무런 변화도 반응도 없었다. 그래서 지현은 안심할 수 있었단 말이다. 그에게 나는 무엇도 될 수 없다는 것에, 울면서 다행이라고 했던 밤이 있었는데. 단념하고 기대지 않겠다는 결론을 내리며 아프기도, 기쁘기도 했었는데.

"안 되겠다고, 선배 옆에서 내가 너무 위험하다고 말하려고 했지요."

"위험?"

잘생긴 눈썹 끝이 잘게 흔들렸다. 굉장히 보기 드문, 극적인 표정 변화였다. 이렇게 부지현만 알아볼 수 있는 몇몇 것들에 충분히 만족하고 살았었는데 말이다.

"위험한 장난이요. 알아요, 내가 시작한 거. 선배를 잘 아는 내가, 왜 그런 도발을 하고 말았는지 몰라요. 진범용은 장난도 최선을 다해, 온 힘을 다할 것이라는 걸 잘 알고 있으면서. 내가 미쳤었나 봐요."

구차하지만 군이 변명하자면…… 술에 취해, 얼굴을 드러낸 그녀 안의 또 다른 부지현의 어처구니없는 도발은 어쩌면 지쳤었기 때문일 것이다. 외롭다는 감정은, 외로운 당사자를 속이고 커지고 커다래져 결국 터지고야 말았을까.

하지만 동시에 진범용은 절대 그녀에게 흔들리지 않을 것이라는 믿음을 가지고 있었기 때문이었을 것이다. 이렇듯 배신을 당할 줄은 모르고 말이다.

"나는 선배, 선배 하나밖에 없어요. 친구도, 선배도, 아는 남자도요. 내가 이렇게 뭐가 많이 없어요."

잃지 않아도 되는 사람. 멀어지지 않아도 되는, 유일한 사람. 선배 하나밖에는 없어요, 내가.

"멍청한 섹스였어요. 선배를 잃을 뻔했잖아요. 잘못했어요. 내 정신이 아니었다고 해도, 내 잘못이 맞아요."

"오늘 그 말을 하러 나왔다는 말이지?"

"선배마저 없으면, 나 정말 아무것도 없어요. 그러니까……."

이기적이어서 얄미워도 좀 참아 줘요, 선배까지 없으면 나는…….

"멍청하네, 진짜."

범용은 시선을 피하고 고개까지 돌려 버렸다. 그는 정말, 화가 났다.

"너 이러면 잃어, 나."

무뚝뚝해서 감정이 실린 목소리. 저 아래로 뚝 떨어진 저음, 그는 화가 난 것을 숨기지도 않고 있다.

"부지현이 무서워하는 게 뭔지 내가 제일 잘 알아. 그래서 날 볼모로 삼은 거야. 모르겠어? 날 정말 잃고 싶지 않으면 이번에 너, 제대로 흔들려야 한다고."

"선배……."

"한 번도 뜨거워 보지 않았잖아. 한 번도 누굴 사랑해 보지 않았잖아. 누구와도 진지하게 관계 가져 보지 않았어, 너. 그런 너한테 그 모든 걸 혐오할 자격이 있는 거야?"

그의 눈이 다시 지현을 향해 돌아섰다.

"이미 멍청했어. 그러니 끝까지 가 보는 수밖에는 안 남았다고. 지금 이대로 날 잃을지, 아니면 한 번 가져라도 보든지. 둘 중 하나야. 어떤 게 이득인지 계산이 어렵지는 않잖아?"

"끝까지 가서?"

"끝이 정말 오는지 보자고, 그러니까."

"……선배 진짜 진심이에요?"

"선택해, 부지현."

차 안은 좁았고, 두 사람이 격렬하게 가져다 쓴 공기는 금세 바닥이 나고 있는 것 같았다. 시선을 피하고 싶은데, 그는 눈으로 말만 하는 게 아니라 압박도 할 수 있다.

"지, 지금요?"

"지금."

"뭘 그런 중차대한 일을 결정하는 데에 1분도 안 줘요?"

"부."

"네."

"대답."

"그러니까……."

숨통을 조이는 압박. 지현은 숨을 쉬기 위해 깨물고 있던 입술을 헤 벌렸다. 그리고 그녀의 입술을 노려보는 범용의 목울대가 크게 출렁이는 걸 목격하고 말았다.

하필 이런 순간에 고개를 쳐드는 키스의 기억이라니. 키스에서 야기된 못난 상상들이 기어이 정신에 이어 육체를 지배하기 시작했다. 살기 위해 침을 꿀떡 삼켰을 때였다.

"왜? 어려워?"

대답할 여유도 없어 지현은 고개를 끄떡였다.

"도와줘?"

"내 결정을요?"

어떻게 돕는 건데요, 물을 틈도 없었다. 지현의 뒤통수를 감싸 당기는 힘이 덮치고, 곧 그녀의 입술로도 그가 덮쳐 왔다. 겹쳐지는 입술과 동시에 차 안의 가라앉았던 공기가 일시에 폭발한 것처럼 뜨겁게 들끓었다. 비스듬히 꺾인 그의 하얀 목덜미에 흡뜬 시선을 꽂고서도 한참을 지현은 멍청히 입술을 열지 못했다.

범용의 다른 손이 그녀의 등허리를 감싸 당기자, 그제야 참고 있던 숨이 터지며 입술이 열렸다. 커다랗게 밀고 들어오는 그의 크고 보드라운 혀의 놀림.

아까 사무실에서 찰나처럼 지났던 키스와는 또 다른 노골적이고 짙은 키스에 지현은 저절로 숨이 할딱거려졌다. 범용의 폭신한 머리카락에 지현의 한 손이 올라가 묻혔다. 그녀의 손길 하나에 그의 키스는 더 깊어졌다. 숨 쉴 틈 없이 핥고 또 빨아들이는 힘이 흉포해졌다. 지현은 속절없이 저릿저릿 퍼져만 가는 열기를 느끼고 말았다.

어느 틈에 그의 키스에 자신도 키스를 되돌리고 있었다. 아프게 파고들기만 하던 그도 이제 그녀의 순순하고 적극적인 반응을 읽었는지 짙은 숨을 신음처럼 뱉었다. 그 소리에 움찔하고 만 지현을 달래듯 범용의 몸이 무겁게 그녀에게 실려 왔다.

묵직한 그의 존재 덕분에 불현듯 이성이 찾아졌다. 쌕쌕 숨이 가빠졌다. 범용이 지현의 입술을 물고 멈췄다. 뜨거운 혀가 마지막으로 그녀의 입술을 쓸며 떨어져 나갔다. 키스는 끝이 났지만, 사이는 아직 좁혀진 그대로였다. 그녀의 등을 쓸던 손이 올라와 목덜미에 감겨 왔다. 키스보다 더 짜릿한 느낌의 손길에 지현은 몸을 떨어야 했다. 코끝을 붙인 채로 범용이 물었다.

"그래서 대답은."

사람을 이렇듯 몰아세우다니. 지현은 또 한 박자 늦게 분한 기분을 감지하며 그의 가까운 얼굴을 노려보았다. 까맣게 일렁이는 범용의 눈에 시선을 멈추었다.

"······흔들어 봐요, 어디."

할 수 있으면, 해 봐요. 시건방진 지현의 대답이 마음에 드는지 범용이 후련한 몸짓으로 시동을 걸었다. 차는 다시 부드럽게 도로로 나아가기 시작했다.

"그래서."

"그래서 또 뭐요."

언제 풀어헤친 거야, 팬츠 밖으로 다 빠져나온 니트를 정리하며 볼멘소리를 냈다.

"새 이름, 아니면 '드림 유'."

지현이 기가 막혀 입만 벙싯거리며 그를 쏘아보자 범용이 이제껏 한 번도 지어 준 적 없던 환한 미소로 전방을 보는 채로 물어 왔다.

"왜. 이것도 어려워?"

* * *

기록적인 한파주의보가 발령된 아침이다. 건물 난방이 멈춰 버린 초유의 사태에 이틀째 사무실 바깥은 내내 소란했다. 보일러 공사뿐만 아니라 단열 공사가 추가되었고, 그동안 방치되었던 보수공사도 함께 진행되었다. 때아닌 추위와 소음에 몸살을 앓을 만도 한데 이 건물의 단 한 곳, 〈웹 매거진 드림 유〉 사무실 한 군데만 저들의 소란한 방해에 영향을 받지 못했다.

이 회사의 유일한 직원이자, 대표이자, 에디터인 지현은 창간호 기획 구성에 돌입, 그와 관련된 방금 전의 보고까지 총합 다섯 번째 지적을 받고 울화통을 앓느라 꽁꽁 언 실내 공기에 구애받지 않을 수 있는 것이다. 잡아먹을 듯이 제게 키스를 퍼붓던 남자는 태연히 '살자'의 삶을 살고 있다. 흔들겠다던 당찬 포부는 그녀의 마음이 아니라, 멘탈을 탈탈 흔들겠다는 말이었던가.

'다니던 잡지사에서는 4년 동안 뭘 배웠나. 에디터가 아니라 청소 용역으로 근무한 건 아닌가.'

여섯 번째 재보고를 예고하며 살자가 뱉은 한 마디의 평은 저 것이었다. 스무 개를 넘는 기획 테마들엔 침묵을, 샘플 이미지로 걸어 놓은 기성 표지 화보들 페이지에는 한숨을, 컨텍 요망 업체 리스트에는 마구 구겨진 미간을 피드백으로 받아야 했다.

그는 그렇게 기획의 주체가 되고 싶다고 하더니, 겨우 이게 다냐는 식의 눈 호령을 남기고 홀연 사무실을 나가 버렸다. 꼭지 하나하나, 활자 한 자 한 자. 장인 정신으로 무장한 고군분투는 어필해 볼 틈도 없었다.

하필 뜬구름 잡을 일 없을 것이라는 안일한 생각으로 적어 내린 '매거진 창간'이라는 야속한 그 한 줄을 살자가 잡고 늘어진 것은, 어쩌면 교묘한 복수 같은 건 아닐까. 네 할 일을 하라고 하더니, 살자 전용 구박 데기로 데리고 있다는 의심을 지울 수가 없는 것이다.

지현은 의자에 깊이 앉아 앵클부츠 안에 갇혔던 발을 꺼냈다. 지잉, 하고 우는 걸 보니 꽁꽁 얼어 있었던가 보다.

"스읍."

축축하게 얼어붙은 두 발을 스타킹째로 주물주물 감쌌다. 그리고 임시방편으로 틀어 놓은 전기스토브 앞으로 의자 바퀴를 굴려 주욱 미끄러져 갔다. 녹는지 간질간질한 느낌에, 그제야 다독여 놓았던 피로감이 느껴졌다. 의자 위에 두 발을 모두 올리고 웅크린 채로 두 눈을 감았다. 엉덩이 밑에 손을 넣어 조금 덥힌 뒤, 다시 언 발을 감싸 녹이는 것을 반복하며 겸허히 멍 때리고 있을 때였다.

똑또로똑똑, 똑똑.

말도 못 하게 방정맞은 노크 소리에 어깨를 부르르 떨었다. 이 익숙한 소름은!

"부지현!"

"노크한 뒤엔 주인의 대답을 기다리는 거야. 예의 챙기며 노크한 보람도 없이 실례를 범하지 말고."

지현은 마음대로 들어와 여기저기 구경하기 시작한 민환을 거들떠보지도 않고 길게 기지개를 켰다.

"살자 지금 활에 와 있거든? 여기에 너만 있는 줄 알고 온 건데 뭐."

"나한테는 왜 실례해도 무방하다고 생각하는 건지 물어도 되겠니."

민환은 살자에게 물어뜯긴 지현의 보고서가 켜진 노트북을 끌어가며 말했다.

"넌 배신자니까."

그놈의 배신 타령. 나라를 팔아먹었어도 이 정도로 쥐어박히진 않을 것이다.

"그렇게 억울하면 나랑 자리 좀 바꿀래? 내가 활에 남을게, 네가 살자랑 살아."

"손님 대접해야지? 나 뜨거운 녹차 좀. 여기 왜 이렇게 춥냐."

말 돌리는 의도가 빤히 보이는 민환을 향해 지현이 입을 꾹 다물고 눈으로 욕을 했다. 살자 아래 살다 보니 이렇게 배우는 게 많다.

"이거 살자한테 까였지? 내가 도와줄게. 차 한 잔이면 저렴하지 않냐?"

설렁설렁 스크롤 해 읽기 시작하는 민환을 보던 지현이 곧 자리를 털고 일어나 주방으로 들어갔다. 녹차 티백 하나를 꺼내 아직 축축함이 남은 손안에 넣고 바삐 주물주물 하기 시작했다. 찻물을 끓이는 정성 대신, 정수기로 가 더운물을 조록 따랐다. 팔팔 끓인 물은 자칫 세균 박멸의 우를 범할 수 있다.

"드셔."

티백이 담긴 머그잔을 내려놓자, 거만하게 상체를 들어 의자에 부리듯 앉은 민환이 느끼하게 미소를 건네 왔다. 지현도 아직 다 신지 않아 덜렁거리는 부츠 발로 불편하게 제 의자에 가 앉으며 미소를 되돌렸다.

오늘따라 다림질 선 칼 각이 눈부신 골덴 셔츠와 데님 팬츠. 그 아래 계절을 잊고 드러난 새하얀 발목에 터지는 실소를 애써 감추지는 않았다. 지현이 손바닥을 아래위로 흔들어 재차 차를 권했다.

"으음. 역시 녹차는 호구의 손맛이야."

"영광이다."

민환의 주접도 가뿐히 받아쳤다. 그가 호로록 한 모금 크게 넘기자, 놀랍게도 여태 살자에게 시달리며 정점을 찍었던 스트레스가 한 방에 해소되는 것이다. 지현은 감격에 겨워 가슴에 손을 얹으며 말했다.

"그간 널 잊고 살았어. 일상의 비타민인데, 우리 예민환."

"그치? 너 나한테 많이 소홀했어."

"자주 와, 이제. 쪼다, 너와 다시 시답잖은 대화를 이어 가니 오랜만에 인생이 잉여로워지는 해방감을 느끼누나."

민환은 반 이상 녹차를 마셔 준 뒤 뾰족한 턱에 꽃받침 손을 하며 지현 가까이 얼굴을 들이댔다.

"치워."

발이 아니라 더한 세균 서식지를 수색하기 전에. 지현의 냉한 말에도 민환의 따사로운 꽃받침 미소는 지워지지 않았다.

"부지현 네가 날 이렇게 원하니, 그럼 너른 마음으로 제안을 받아들여 볼까."

이 사무실에서 가장 많은 세균이 서식하는 대걸레의 행방을 눈으로 찾는데, 민환이 묘한 겁박을 시작했다.

"살자가 지금 우리와 외주 계약 중이야. 아마 너희 웹페이지 개설이랑 영상 제작 때문에 의뢰하는 걸 거야. 웹 매거진 론칭인 만큼 아무래도 우리 역량이 많이 필요할 거고. 웹 매거진 기사라는 게 사진 촬영만큼 동영상 촬영도 큰 부분을 차지한다더라."

〈드림 유〉는 최소한의 인원으로 운영이 가능한 웹 매거진으로 거듭날 예정이다. 팀을 꾸리기 위해 에디터 보강뿐만 아니라 아무래도 웹과 관련된 전문 인원이 보강되어야 할 것이다. 살자는 벌써 움직이고 있는 모양이었다.

"활에서 현재 가장 안 바쁜 인재가 누구게?"

민환은 싱그러운 목소리로 새치름한 눈짓까지 해 가며, 불안한 징조를 드러냈다.

"조선 땅의 산천초목이 다 아는 질문을 왜 해. 남의 일은 남의 것, 나의 일도 남의 것인 예민환이겠지."

"그치?"

"그치."

민환의 벌름대기 시작한 콧구멍을 보고 있자니, 속이 메스꺼워지기 시작했다. 고린내 녹차를 드링킹 한 건 예민환인데, 왜 내가. 민환은 영상 기획 일만 하는 게 아니었다. 웹 관련 자격증도 다수 보유한 인물이었다. 부족한 성실도에 비해 불필요하게 재능이 많은 편이다.

"그럼 활에서 드림 유 맡을 사람이 누구우우게."

깔깔 좋아서 넘어가기 시작한 민환을 노려보았다. 아닐 거야, 세상은 그렇게 잔혹하지만은 않을 거야. 그럴 리 없어!

"우리 담당, 너 아냐."

그것 봐! 지현이 갑자기 끼어든 자비로운 음성에 젖은 눈시울을 훔쳐 내고 범용의 뒤로 가 매달리듯 따랐다. 〈활〉에서 돌아오는 길이 맞는지, 그곳에 있던 '살자'의 개인 짐이 상자 가득이었다. 민환도 자동 반응으로 각 잡듯이 벌떡 일어나 '열중쉬어'로 섰다.

"아닙니다. 활에 저 말고는 노는 손 없는데요."

이미 〈드림 유〉 담당은 자신이라고 확신한 민환은 범용의 정정에도 물러섬이 없었다. 당장 담당 자리에 눈이 어두워 감히 누구 앞에서 '놀고 있다' 자백하고 있는 것인가. 살자는 다행히 매우 젠틀하게 눈으로만 그를 상대했다.

"지금 다들 연말인 데다 새 업무 분장에 따라 인수인계까지 겹쳐 매일 야근입니다. 활에서 현재 놀고먹는 건 저밖에 없어요, 확실합니다!"

'울 엄마가 확실합니다!' 하고 우짖는 어린 병사처럼 절실히 매달리지만, 지현만이 적막한 사무실 한가운데서 혀를 끌끌 차 반응했다. 예민환 목숨 여러 개더라는 소문이 부디 진실이었으면.

살자의 침묵이 계속되는 가운데 민환이 또 겁도 없이 입을 달싹이며 새로운 죄를 지을 준비하는 것이었다.

"가, 예민환. 응? 가자."

이렇게 동기 사랑이 하해와 같단다, 예야. 이 은혜를 부디 잊지 않고 뼈에 새기렴.

"아니이. 내가 확실하다니까? 그리고 나 아니면, 누가 부지현을 살뜰하게 챙겨? 응? 너한테 나밖에 더 있어? 너, 오늘 손 몇 번 닦았어? 너 그러다 건강 해친다니까!"

당장 자기 건강이 위험해진 것도 모르고, 억울한 표정을 짓는 민환의 옆구리를 사정없이 꼬집어 내몰고 있을 때였다.

"예민환."

살자가 친히 그의 이름을 불렀다. 영문을 영 모르겠는, 느닷없는 서늘한 살기에 지현과 민환이 나란히 고개를 돌렸다.

"정은희 대표한테 계약서 조항 하나 추가하라고 해. 심부름 정도는 할 수 있지?"

민환이 그의 전언을 듣기 위해 여기 들어와 처음으로 진지하게 자세를 바로잡았다.

"파견 근무자 선정은 갑인 '드림 유'가 한다."

"……네."

"담당은 곧 잘릴 무능력한 사원 말고, 성실하고 능력 있는 임원급이 될 것이라고도 전해."

그제야 제가 뭘 떠벌린 것인지 각성한 민환은 기꺼이 지현의 손에 이끌려 쫓겨났다. 대문을 나가 저 밖으로 멀어지는 민환의 축 처진 어깨에 가 닿지 못할 손 인사를 날린 지현이 뒤에서 도사리듯 앉은 범용에게 말했다.

"갑질이 수준급이세요, 대표님."

순한 사람 하나 저세상 보내는 일이 이렇듯 손쉽군요.

"부."

"네."

한껏 흑화되어 있는 살자를 거스르지 않기 위해 지현은 조신하게 그의 앞에 가 알현했다.

"아무나 문 열어 주지 마."

"아무나는 아니었고요."

떡 파는 엄마를 잡아먹은 호랑이를 들인 것도 아닌데.

"나 아니면 문 열어 주지 마."

"왜요."

"너랑만 있으려고 여기로 데리고 온 거랬지. 우리가 뭘 하고 있을 줄 알고, 아무나 마음대로 드나들게 해? 위험하잖아."

누가 호랑인지 모르겠네, 진짜.

* * *

한 번도 뜨거워 보지 않아서 혐오할 자격도 없다는 말은, 범용이 형에게서 들은 말이었다. 돌아가시고 처음 어머니가 계신 곳을 찾은 동생에게 범준은 말했다.

'어머니 나름으로는 사랑이셨을 거야. 그걸 아버지도 아셨고.'

'그게 사랑이었다는 게 가장 끔찍한 부분이잖아. 그래서 말씀드리러 온 거야. 어머니가 유일하게 내게 주신 가르침을 잊지 않고 간직하겠다고.'

아마 어머니는 내내 보셨을 것이다. 어머니를, 당신의 초라하고 추한 사랑을 혐오하는 아들의 눈을. 그래서 끝내 아들 앞에서 냉정히 숨을 버리셨을 테지.

'한 번이라도 해 보고 말해, 이 자식아.'

범준은 처음으로 범용에게 원망을 쏟기 시작했다.

'해 보지도 않은 네가 그런 말을 할 자격이 있어?'

'해 본 형은?'

형이 가장 최악이었다. 부모의 끔찍한 결말을 다 보고서도, 형은 멍청하게 결혼을 선택했다. 죽은 형수가 남긴 딸을 홀로 키우게 되었으면서도 형은 아직도 배우지 못했다.

'그렇지. 겁쟁이 새끼의 눈에는 그저 끔찍하게만 보이겠지. 어머닌 실패하고 만 예술가로 아팠던 거야. 적어도 우리의 어머니로는 아파하지 않으셨어.'

위로가 되지 않네, 불행히도. 두 아들에 대한 사랑으로 사셨다면, 두 아들도 알고 있어야 하지 않아?

'자신의 삶을 살지 못해 짐 덩이인 두 아들에게 원한이 있었던 것이겠지. 비겁한 원망이잖아. 당신 못난 걸 왜 어린 아들들 탓을 했을까.'

'그렇게 잘난 너는? 왜 아직도 네가 아닌 다른 사람 탓을 하는 건데? 왜 벗어나지 못하는 건데, 등신처럼.'

답을 하지 못했다. 그가 자신의 삶을 살지 못하는 건, 어머니를 닮았다. 정말 그랬다.

'네 눈에는 어떨지 몰라도 네 형수랑 나, 사별이었어도 실패 아니야. 네 조카 지안이까지 실패한 인생으로 처박지는 마. 기분 되게 별로야.'

범용은 시선을 떨구어야 했다. 제 말이 실수였다는 것을 깨닫고 입을 다문 그때, 형은 잔뜩 격앙되어 소리쳤었다.

'사람 감정에 성패가 어디 있어, 이 모자란 새끼야!'

해 보지도 않고 아는 척 말라던 말. 그날 차 안에서 지현을 설득하기 위해 악을 썼던 그 말은 그렇다, 형이 그에게 했던 꾸지람이었다. 범용은 사무실 열린 출입문에 멈추어 문틀에 기대어 섰다. 잠이 들어 있는 지현을 보다가, 저도 모르게 소리 내어 중얼거렸다.

"진범준 이 나쁜 새끼…… 일찍 좀 욕해 주지."

난방 해결은 아직도 요원한 모양이다. 어디서 꺼낸 건지 모를 덩치의 두 배는 되어 보이는 범용의 롱 패딩을 목 끝까지 채우고 하얀 손가락을 노트북 키보드 위에 둔 채로 지현은 잠들어 있었다. 고개는 뒤로 잔뜩 꺾여 입은 헤 벌어졌다. 다행히 흐르지 않고, 넘실거리며 끝에 맺힌 침. 아침부터 훌쩍이더니 붉어진 코끝에는 하얗게 말라붙은 콧물 자국까지.

"귀여워 보이면 게임 끝난 거라던데."

된통 걸렸네, 진범용.

"부."

지현의 얼굴 위에서 그녀를 불러 보지만, 지현은 상당히 먼 길을 떠난 모양이다. 여전히 깊은 꿈속을 헤맬 뿐이다. 도대체 얼마나 이러고 잔 거야. 범용은 지현의 이마 끝에서부터 턱 끝까지 한 번 더 눈에 담았다. 아직도 내 옆에서 긴장할 줄 모른다 이거지? 전혀 신경 쓰지 않는 거 맞지?

말간 지현의 이마에 쪽, 입을 맞추고 뒤이어 딱 밤을 딱! 하고 때렸다. 화들짝 놀라 경기하듯 부르르 떤 지현은 눈을 뜨고도 한참 뒤 굼뜨게 '아야……' 했다. 눈이 부신지 큰 눈을 끔뻑끔뻑 여닫더니, 다시 한참 만에 맞은 자리를 손으로 짚으며 인상을 팍 쓰는 것이다.

"……선빵이에요? 이제 제 차롄가요?"

"아니. 아직 내 차례 안 끝났어."

잘 자서 붉게 여문 지현의 입술에 짧게 입을 맞췄다. 이번엔 제대로 놀란 모양, 떼꾼했던 두 눈이 맑게 개었다.

"추우면 집에 가지, 미련하게 여기서 잠들면 어떡해."

"음…… 우리 자율 출퇴근제였어요? 일찍 좀 얘기해 주시지."

볼 위로 붉은빛이 돌기 시작했다. 어색하게 말아 넣었다가 톡 뺀 두 입술도 더 짙게 물들었다. 범용의 눈이 닿는 곳마다 물이 드는 통에 그는 동하는 마음을 감출 길이 없었다.

"당분간 내가 돕기는 해도, 엄연히 너도 대표야. 상황에 따라 유연하게 해."

그녀가 가까이서 속삭이는 그의 목소리에 마른침을 꿀떡 삼킨다. 지현이 그런 그의 목울대에서 눈을 떼지 못하고 있다는 것에 범용은 짜르르 전율을 느꼈다.

"그 상황은 대체로 누구에 의해 판단되어지나요?"

아무 말로 대화를 이끌어 가는 모양이, 그 못지않게 부지현도 두 사람의 너무 팽팽한 긴장을 견디는 중인가 보다. 범용이 저도 모르게 짙은 미소를 지었다. 지현의 눈이 그의 미소에 박힌 채 파르르 떨었다.

"누구겠어. 너 아니면 나지."

둘밖에 없는데, 중얼거리며 지현의 붉어질 대로 붉어진 볼을 손끝으로 건드렸다. 보드랍고 여린 살에 닿자, 더 매만지고 싶어 미소가 밉게 굳어졌겠다.

"그래서 말인데, 부?"

"네?"

아직도 코끝에 하얀 콧물 자국을 단 주제에 몸을 배배 꼬고 있다.

"짐 싸."

더 쫑알거리는 모습을 보고 싶지만. 잠시만 미루자, 부.

"이번엔 어디로 쫓겨나는 건가요. 아주, 상습적이시네."

다시 해고 소리 하는 건가 부어터진 지현은 곧추세웠던 허리를 의자 등받이에 퍽 하고 부려 버렸다. 범용은 물티슈 하나를 뽑아 지현의 얼굴을 세게 끌어왔다. 코끝에 남은 하얀 자국을 닦았다. 놀라서 질색하며 얼굴을 홰홰 흔드는 그녀에게 말했다.

"네가 리스트로 올려놨던 호텔 예식 장소 중에 하나와 연결됐어. 투숙객이 많은 주말 전에 답사를 마쳐야 하니까, 일단 가서 우리가 첫 특집호 소재로 삼아도 되는지 판단해 보자고."

범용은 지현을 놓고 작은 방에 들어가 카메라 가방을 싸기 시작했다.

"지금? 지금 당장 간다고요?"

휴대전화 액정을 켜 시간을 확인한 범용은 고개를 끄덕끄덕했다.

"어딘데 다 저녁에 가요?"

"마침 내일 저녁에 예식이 하나 잡혀 있대. 그 전에 호텔 다 보려면 시간 모자라. 일단 간단히 챙길 것만 챙기자."

그를 따라 허둥지둥 어지러웠던 자리를 정리하며 그녀가 다급하게 질문했다.

"진짜 지금 당장? 어딘데요, 거기가!"

범용은 간단한 채비를 마치고, 지현이 아무렇게나 욱여넣고 있는 가방을 대신 여며 빼앗아 들었다.

"남해."

그가 뱉은 목적지를 듣고도 잠시 멍하더니, 곧 '하악!' 소리와 함께 비명을 삼키는 것이다.

"남해, 룬?! 거기를 어떻게 뚫었어요! 대박!"

예상보다 더 많이 흥분하는 모습에 범용은 이번 일을 위해 남다른 노력을 했던 것에 보람을 느낄 수 있었다. 누가 보면 별이라도 따다 준 줄 알겠다. 겨우 취재 허락 하나 가지고.

"자꾸 좋아하면, 더 열심히 한다."

그러니까 그 좋아 죽겠는 눈, 단속하는 게 신상에 좋을 거야.

* * *

"취재. 아니, 아니! 취재해도 좋겠는지, 답사! 어, 답사가 맞겠다! 어쨌든 출장…… 그러니까 삼촌! 단혜 좀 부탁하자. 쟤 먹는 거랑 잠자는 것 좀 잔소리해 줘, 틈틈이. 자꾸 뭐 하나씩 건너뛰더라고, 잔소리 안 하면."

정신없이 작은 트렁크를 꺼내 옷을 마구 던져 넣고 있는 지현을 좇는 두 세트의 눈. 며칠 전부터 잡아 놓은 삼겹살 파티 지각이라는 죄를 짓고도 모자라, 다시 집을 나가겠다고 휩쓸고 돌아다니는 그녀를 기막혀하고 있음을 안다.

"내가 애야? 누구한테 자꾸 맡기지 좀 마."

단혜가 볼멘소리를 마치자마자, 지현은 그녀를 돌아보며 말했다.

"너한테는 명서원 좀 맡길게. 저 양반이 연말연시엔 지가 매출보다 더 퍼마시는 접신을 가끔 하거든. 신나서 골든 벨 흔들기 전에 미리 기절시켜서라도 그 짓 막아라. 이번에도 적자 내면 네 새 직장 곧 폐업이야."

이리하여 두 사람 모두 '모지리'로 만드는 데에 성공한 지현은 흐뭇한 마음으로 현관으로 향했다. 단혜와 서원은 서로를 하찮게 보며 '짜증 나.' 하고 중얼거렸다.

"근데 밤 운전 괜찮겠어?"

서원이 외투를 집어 입었다. 지현을 바깥까지 배웅하려는지 트렁크를 끌어 먼저 현관을 나선다.

"혼자 가는 거 아니야, 걱정 마."

지현은 거실에 멀뚱히 서 있는 단혜가 아직 더 걱정이다.

"혼자 잘 수 있지?"

그녀의 말을 알아들었는지 눈이 불만스러워지더니 뚱하게 물어 왔다.

"여럿이서 자도 되는 거였어? 남자들 불러 난장을 부려 볼까, 이참에?"

"……죽고 싶지?"

시건방이 아니라 생기를 되찾으라고 했는데. 지현의 정색에 단혜는 메롱 하며 짓궂은 얼굴을 했다. 겨우 그것에 마음 한 자락을 내려놓은 지현은 낮은 굽 부츠를 꺼내 신었다.

"혼자 있기 무서우면, 눈치 보지 말고 삼촌한테 전화해. 급한 대로 저 인간이라도 써야지, 어떡해."

"야! 안 나오냐!"

대견히도 들으라고 한 소리를 들었던가 보다. 노여움에 찬 서원의 고함이 계단 아래서 들려왔다.

"어, 지금 가!"

지현이 돌아서자, 한참 뒤에 풀 죽은 한 마디.

"⋯⋯조심히 다녀와."

마음이 쿵, 큰 소리를 냈다. 어렸던 그날처럼, 단혜가 학교 가는 지현을 늘 배웅하던 말이 있다.

'조심히 다녀와, 언니. 얼른 와야 해. 알았지?'

"응."

지현은 애써 돌아보지 않고 계단을 씩씩하게 쿵쿵 밟아 내려 갔다. 아니라고 박박 우겼는데 어렸던 단혜의 한 자락을 만나고 나니 알겠다. 단혜가 늘 보고 싶었다, 나는.

"부지현!"

서원의 흥분한 목소리가 먼저 들려왔다.

"부."

뒤이어 범용의 싸늘한 목소리가 그녀를 덮쳤다.

"아, 맞다⋯⋯."

빌라 공용 현관 앞에 나가자마자 한 번에 읽힌 상황을 보고, 지현 이 맹하게 깜빡했다는 식으로 반응하자, 범용의 눈썹이 고약하게 휘어졌다. 어지간히 놀랐는가 보다. 저 천하의 포커페이스, 눈썹 각도 험준한 것 좀 보아라.

"왜 이놈이 우리 집 앞에 뻗대고 있는 건데!"

서원은 지난번 만남으로 체득한 것이 있는 양, 서너 보 떨어 진 곳에서 비교적 안전하게 고래고래 악을 쓰고 있었다. 기특한 우리 삼촌.

"이놈, 저놈 하면 안 돼. 이놈이 내 밥줄을 쥐고 계셔. 그러니까 정중히 대해. 괜히 백수 만들어서 위스키 바 지분 싸움으로 나랑 법정 가기 싫으면."

지현이 서원에게서 트렁크를 빼앗아 와 범용의 옆에 나란히 섰다.

"저 새끼가 왜 네 집에서 나와."

똥꼬가 움찔할 만큼 음산한 귓속말을 듣고 지현은 어깨를 부르르 떨었다. 진범용의 저 정나미 떨어지는 목소리에, 이제 몸이 뜨거워 진다는 것에 한숨을 푹 쉰 지현이 그를 향해 경고했다.

"이 새끼, 저 새끼 하면 안 돼요. 저 새끼가 저래 봬도 내 보호 자이자, 우리 집 세대주거든요. 나 머리 빡빡 밀려 방에 갇히는 꼴 보기 싫으면, 넙죽 허리 굽혀 인사해요. 우리의 출장을 출장으로 믿지 않고 있는 모양이니까."

"보호자?"

범용의 찌푸린 이마는 좀체 펴질 줄을 몰랐다. 얼굴만으로 험 한 말을 쏟아 낼 줄 아는 이 남자의 범상치 않은 재주에 감탄하는 사이, 듣기 싫은 악이 다시 터졌다.

"싫어! 저놈이 왜 나한테 인사를 해! 하지 마, 인사하지 마! 너도 출장 가지 마, 그냥 위스키 바 너 가져! 가져가라고!"

서원이 노발대발 발을 구르며 악을 쓰는 모습을 배경에 놓고, 지현과 범용은 눈을 맞춘 채 수많은 말들을 주고받았다. 그의 눈 이 이글이글 타오르는 절경을 구경했다.

다 알아들었잖아요, 왜 계속 귀엽고 난리세요? 지현이 외삼촌과 함께 산다고 말한 적이 있으므로, 범용은 그녀의 보호자와 저 앞의 인물을 곧 연결했을 것이다. 그러나 범용은 한참 만에 물어 왔다.

"그러니까, 네 말은……."

"삼촌이랑 산다니까요. 정확히는 동갑 외삼촌. 우리 외할머니가 늦게 재혼하고 금슬이 어찌나 좋았던지, 글쎄 두 분 다 회춘의 기적을 이뤘다지 뭐예요. 나랑 남매처럼 컸어요. 대부분 내가 거뒀지만."

지현의 설명에 범용은 아무 말도 없이 한참을 저 앞의 날뛰는 서원을 바라봤다. 그리고 천천히 움직여 손에 낀 가죽 장갑 한쪽을 벗겨 냈다. 가까이 다가갈 때마다 성실히 뒷걸음을 치던 서원에게 긴 팔을 죽 내밀어 악수를 청했다.

"진범용입니다."

서원은 자동으로 움츠러든 어깨를 의식적으로 커다랗게 부풀리며 턱을 있는 힘껏 들어 올렸다. 뾰로통하게 튕기며 악수에 응하지 않자, 범용은 벗었던 손에 다시 장갑을 끼우며 물었다.

"부지현 머리를 빡빡 밀어 방에 가둔 적이 있습니까?"

"아, 아뇨……."

서원은 순식간에 허세를 잃고 눈에 띄게 쪼그라들기 시작했다. 지현은 가서 순순히 넙죽 엎드려 큰절이라도 해 줄 줄 알았던 범용의 여지없음에 혀를 내두르고 고개를 잘게 흔들었다.

"아니면. 오늘 나와 출장을 가면 그럴 계획입니까?"

"네? 그건 딱히 아닌……."

"그렇다면 다시 묻습니다. 부지현이 오늘 밤 나와 남해 호텔에 가는 것에 이의가 있습니까, 보호자로서?"

아까 지현이 서원에게 브리핑한 오늘 출장의 내용과는 다소 표현의 차이가 있다.

"호, 호텔? 그, 그러니까……."

두 사람의 상이한 일정 설명에 기분이 묘한 듯, 서원은 이번에도 역시 제때 대답하지 못하고 고개를 크게 갸우뚱할 뿐이었다.

"만약 이의가 있다면, 지금 말하죠?"

"네?"

"가방 싼 김에 아예 내가 데리고 가게."

지현은 달려가 '뭐, 뭣이!' 하고 목덜미를 잡기 직전의 서원을 잡아챘다. 그리고 충분히 짓궂었던 범용을 얄밉다는 듯 노려본 후 건물 현관 안으로 삼촌을 이끌었다.

"거품 물려거든 집에 들어가서 해. 흉한 꼴 동네 구경시키지 말고. 나 진짜 간다, 삼촌."

서원의 등을 건성으로 툭툭 다독여 돌아서려 할 때였다.

"그래, 가도 돼. 한 번은 가 봐야지, 부지현."

흥분이 감쪽같이 가신 침착한 목소리에 지현이 서원을 돌아봤다.

"뭐야, 그 소름 돋게 그렁그렁한 눈은."

"뭐긴 뭐야. 내 새끼 임자 만난 것에 기특함 뿜뿜 하는 눈이지."

참 나, 하고 다시 가려는 지현에게 서원이 또 말했다.

"그렇게 안 아플 거야, 지현아. 알지?"

"뭔 소리야."

계단을 뒷걸음으로 하나씩 느리게 오르기 시작한 서원은 순하게 웃어 보였다.

"주사 맞기 전에 엉덩이 여러 대 처맞았잖아. 우리 집 여자들이 대대로 때찌 때찌 한 보람도 없이 네가 시도도 안 할까 봐,

이 삼촌이 똥줄이 탔었다니까?"

"뭐래."

"아파도 괜찮아. 진짜야, 분명 좋을 거야. 삼촌 말, 믿어."

지현은 계속 못 알아듣는 척을 할까 하다가 결국 서원에게 말했다.

"아프대도 상관없어졌어. 절 잃을래, 가져나 볼래 하더라. 그렇게 꼬시더라, 저 사람이."

"와, 재수 없을 줄도 알고 섹시할 줄도 아네. 된 놈인 건 몰라도 난 놈이긴 한가 보다?"

"어. 섹시해."

지현이 비식비식 웃었다. 그녀도 서원처럼 뒷걸음으로 현관으로 향했다. 이제 꺾어져 위로 향하는 새 계단참에 오르는 삼촌은 다 들리게 꿍얼댔다.

"그래. 섹시도 하고, 섹스도 하겠지."

야! 명서원!

지현의 질색하는 외침에 서원의 키득거리는 웃음소리와 저 위층의 깔깔거리는 단혜의 웃음소리가 돌아왔다.

열정이 온도를 달리했다

호텔의 은밀한 진입로가 모습을 드러냈다. 3m는 족히 되는 것 같은 커다란 철제 대문이 차를 감지하고 완벽한 박자에 자동으로 열렸다. 저절로 느릿하게 나아가게 되는 웅장한 풍경이 시작됐다. 굳게 닫혀 아무나 들어갈 수 없다는 듯이 뻗대며 오만해서 지루했던 출입 절차까지 순식간에 휘발되는 절경이었다.

한겨울인데도 붉은 단풍이 남은 낙우송 길이 끝나자 둥근 형태의 정원과 푸른 정원수가 시야를 시원하게 밝히며 펼쳐졌다. 그 중앙에는 거대한 호텔 본동이 성처럼 자리했다. 깊은 밤, 은근하고 우아한 조명을 받아 잘게 반짝이는 유리 외벽이 밤을 의심할 만큼 눈부셨다.

차에서 내려 바로 다가온 직원에게 스마트 키와 작은 트렁크를

맡겼다. 편안한 차림의 직원은 표정이 밝았고, 부담스럽지 않을
만큼 상냥했다.

커다란 리셉션이 있는 본동의 로비는 웅장한 외관처럼 고고하지
도, 우아하지도 않았다. 오히려 단순하고 모던한 풍경의 사무 건물의
출입 로비처럼 보일 지경이었다. 넓은 공간을 채우는 것은 한 벽면을
크게 차지한 그림 한 점과 낮게 흐르는 연주곡이 전부였다.

흔한 소파나 벤치도 없었고, 이용객들로 번잡한 풍경도 없었다.
일정의 냉기가 흐르는 것이 오히려 더 신뢰를 주고, 편안한 분위
기를 자아내고 있었다. 텅 비었으나, 그것으로 모든 꾸밈을 대신
한 것이 마음에 쏙 들었다.

"진범용입니다."

범용은 로비를 가로질러 리셉션 직원에게 예약을 밝혔다. 레지던
스와 비즈니스 룸으로만 구성된 〈룬 서울〉과는 달리 〈룬 남해〉는
바다에 인접한 위치적 특색을 살린 고급스럽고 프라이빗한 콘셉트의
대형 리조트 겸 호텔이었다.

게다가 지난봄 시즌에 오픈한 〈룬 남해〉의 야외 연회장은 사용을
원한다고 해서 아무나 예약할 수 있는 것이 아니었다. 그 회원제
안에서도 일정 클래스 이상의 회원에게만 혜택이 돌아가는 터라 대
중들의 관심이 더 막대해지는 중이다.

특히 지난가을, 이름만 대면 알 만한 재벌가의 결혼식과 연회
가 있었고, 그 베일에 싸여 알려진 바 없는 아름다운 결혼식 연회
장소는 일약 '로열'이라는 별칭을 얻은 것이다. 아무나 이용할 수
없다는 점이 많은 사람들의 호기심을 더 부추기는 모양새였다.

세상에서 가장 아름다운 결혼식을 꿈꾸는 신랑 신부에게는, 특별하고도 유일한 이 장소가 가장 완벽한 공간인 것처럼 느껴질 것이었다. 그래서 '룬'은 웨딩지 리뉴얼 창간호의 특집 편으로 손색없을 장소였다.

"어떤 것 같아?"

"실수한 것 같아요. 이렇게 즉흥적으로 오는 게 아닌데."

지현은 일부러 더 뚱한 표정을 지었다. 범용은 가만히 다음 말을 기다렸다.

"너무 사전 조사 없이 왔더니. 안 좋아 보이는 게 없잖아요. 아주 첫인상부터 홀딱 반하고 있다고요. 이러면 객관적일 수가 없는데."

눈에 닿는 곳마다 감탄과 찬사로만 각인이 되어 버리니, 원. 범용은 지현의 등에 팔을 뻗어 그녀를 엘리베이터로 이끌었다.

"객관적일 필요 없어. 충분히 반한 다음 객관성을 아주 조금 챙겨도 늦지 않을 거야."

"그럴까요?"

"수많은 장점을 나열해 놓고 어떤 것이 더 장점이 많은가로 결정한다고 네가 그랬잖아. 웨딩 콘텐츠라는 것이 말이야."

안내를 위해 함께 따르던 직원을 물리고 두 사람만 엘리베이터에 올라 오르기 시작했다.

"그렇죠. 실용성과 가성비를 따지고 드는 세계와는 거리가 있으니까요."

"그렇다면 다른 곳에는 없는 특별한 장점을 찾는 게 관건이겠네."

띵.

엘리베이터 문이 열렸다. 푸른 밤이 그대로 드러난 전면 창이 둘러싼 커다란 응접실이 펼쳐졌다.

"뭘 또 이렇게까지 눈 튀어나오게 비싼 객실로 예약하신 거래요?"

지현은 좋아서 입이 안 다물어지는 얼굴 근육을 애써 관리하며 다다다 달려 건너편 통창에 달라붙었다.

"회원이 아닌 일반 고객은 이 본동의 객실만 이용할 수 있어. 내일은 회원 전용 숙박 시설, 이용 시설들을 둘러보게 될 거야."

"그나저나 여기 너무 비싸지 않아요? 우리 같은 영세 업체가 출장에 이렇게까지 돈을 쓸 필요는 없는데."

코트를 벗어서 윤이 나는 가죽 소파 위에 걸쳐 놓은 지현은 응접실 양옆으로 키가 유난히 큰 문을 열고 들어갔다.

"그렇지. 우리 같이 영세한 업체가 출장 경비로 이런 곳을 이용하기는 무리가 있지."

높은 단상 위에 더 높은 매트리스가 핀 조명을 받으며 귀한 전시물처럼 한가운데에 자리 잡은 침실. 군더더기 없는 깔끔한 구성과 장식이 더없이 우아했다. 넓은 테라스와 욕실이 딸린 이런 침실이 이렇듯 독립되어 두 개가 있는 곳인가 보다.

"그러니까요. 대표가 운영을 그렇게 되는 대로 막 하면 하나밖에 없는 에디터는 불안하지 않겠나요? 겨우 하루 묵는 방을 뭐 이렇게 사치스럽게 고르셨을까……."

황송해서 죽겠는 마음을 툴툴거림에 담아 쫑알대는 자신이 우스워 입꼬리 제어가 힘들었다.

"겨우 하루 묵지 않기 위해 내 사비로 결제했지."

지현이 그제야 걸음을 빙글 돌려 그를 향해 돌아섰다. 아직 코트를 입은 채로 코트 주머니에 손을 꽂고 문에 기대어 선 범용은 지친 듯, 혹은 그렇지 않은 듯 묘한 얼굴이었다.

"취재 협조를 위해 호텔 룬에서 회원 전용 빌라를 제공했어, 내일 날짜 체크인으로. 그래서 부득이 오늘은 여기를 예약한 거고."

"내일인데 왜 급히 오늘……."

"주말 하루 가지고는 너무 부족하잖아, 시간이."

"시간?"

분명 아직도 움직임 없이 그대로 선 범용인데, 그가 한 치 앞으로 다가든 기분에 지현은 허방을 디딘 듯 휘청였다.

"너랑 보내는 시간."

"사무실에서도 종일 같이 있는데, 무슨."

범용은 아직도 그대로 서서 그녀를 볼 뿐이었다. 지현은 마른 입술을 혀로 축이며 그의 어깨너머 건너편 또 다른 방을 보기 위해 목을 죽 뺐다. 두 개의 방, 안심이어야 하는데. 범용의 저 눈은 전혀 안심을 주지를 않는다.

"보아하니 어떻게든 좋알대서 벗어나 볼까, 안 좋은 머리 굴리는 것 같은데. 그냥 말할게."

뭘요, 하며 대꾸할 여유도 없이 그는 바삐 덧붙였다.

"자자."

"자요?"

"이만한 핑계가 없어. 네 한숨 나오는 기획안 안에서 유일하게 마음에 들었던 부분이야. 호텔 연회장 취재. 여기 서울에서 가장 먼 남해, 룬."

"이런 순간까지도 일 못 한다는 지적을 하고 싶어요?"

날 꼬시겠다는 거야, 말겠다는 거야.

"아직도 날 간만 보면서 빙빙 도는 거, 성격이 지랄이라 못 기다리겠어."

"누가 간을 봐요?"

"맛만 봤나, 그럼?"

저 입을, 정말! 왈칵 피가 몰려 뜨거운 얼굴을 둘 데가 없어서 지현은 천장을 보며 손부채질을 했다.

"부."

제꺽 네, 하고 대답하면서도 지현은 아직 열이 식지 않아 어쩔 줄 몰라 할 뿐이었다.

"네가 나한테 장난처럼 고백했던 것들 말야."

"어떤 거요."

기억은 하시나요, 괜한 심통이 솟기 시작했다.

"이를테면…… 과 엠티 같이 가자고, 나 없으면 아무것도 의미 없다고. 도서관 자리 의자 밑에 대자로 누워서 땡깡 부린 거."

"선배를 엠티에 데리고 오지 않으면 팬클럽 가입은 꿈도 꾸지 말라고, 진경 선배가 내 목을 졸라서 그랬어요. 나름 목숨 건 구애이긴 했네요."

그때 쪽팔림에 판단력을 잃은 진범용은 이를 악물며 같이 가겠다고 해 주었었다. 인내심이 적은 약점을 파고든 지현의 계략 같은 거였다.

"그럼 순대 국밥 먹다가 사랑해요, 했던 건?"

"순대 토핑을 순순히 양보해서 그런 건데요. 일종의 감사해요, 라는 말과 같죠."

"아…… 그래?"

범용의 얼굴이 새하얗게 질리기 시작하는 것이 보였다. 몹시 혼란한 모양이다.

"……그래?"

지현이 그의 시선을 살짝 피하며 어깨를 으쓱했다. 웃음이 비어져 나오는 것 같아 고개를 외로 돌려야 했다.

"……집에 데려다줬던 밤."

겨울밤이었다. 지현도 어렵지 않게 그날을 그의 말과 동시에 떠올렸다.

"버스도 택시도 없어서 걸었던 밤."

영하의 날씨가 하나도 춥지 않았었다. 뜨겁게 뿜은 숨이 그대로 눈꺼풀 위로 앉아 서리처럼 하얗게 얼던 추위였다. 이따금 시야가 뿌옇게 흐려져 주머니 속에 두 손을 넣은 채 비틀거리면, 이따금 그녀의 얼굴을 쓸어내려 주던 손길만 기억한다. 지현은 그때 그의 손길이 떠올라 고개를 아예 푹 숙여 깨문 입술을 감추었다.

"걷는데, 네가…… 밑도 끝도 없이 내가 좋다고 했었지."

"……선밴 좋은 사람이니까."

까만 세상에 갇혀 둘밖에 없던 거리였다. 그때는 정말 그 말을 해야 할 것만 같았다. 그 밤으로 세상이 끝날 것 같은, 나름 절박한 순간이었다. 마지막 남기는 말로, 아주 적당한 말이었단 말이다.

"그때. 네 말에, 나는 대답하지 않았었는데……."

"네. 대답을 받으려고 한 말 아니었어요."

"대답을 받지 않아도 되는 말? 그래서 그것도 고백이 아니었다고?"

고백이었다. 내 마음이 너무 크게 부풀어 소리로 비어져 나간 순간이었다. 그러니까 고백이 맞다. 최선이었다. 하지 않기로 한 결단을 지키기 위한 몸부림 같은 거였다. '좋다'는 말 하나만 삼키고 온몸으로 고백했던 것이 유치했지만 말이다.

"그럼 너는 나한테 고백한 적이 단 한 번도 없다고?"

아직도 꿀 먹은 듯 대답하지 않는 지현이 답답한 모양, 범용의 목소리가 그답지 않게 조금 높아졌다.

"근데 왜 나는 너한테 굉장히 많은 고백을 들었다고 기억하는 거지?"

그리고 그 말에, 이번엔 그녀의 심통이 부풀어 소리로 비어져 나가고 말았다.

"그야 많이 했으니까, 이 양반아!"

"그러니까 언제!"

그의 목소리도 격앙되어 터졌다.

"매일 그랬어요."

"매일?"

"선배. 내가 매일 선배, 하고 불렀잖아요! 선배가 부, 하고 부르면 네, 선배! 했잖아요."

그를 소리 내어 부를 때마다 그랬다. 고백이었다. 고백인 것처럼 숨이 가빴으니까.

"와, 씨……."

"왜요."

범용의 낯빛은 눈 뜨고 봐 줄 수 없을 지경이었다.

"각오는 했었어도, 이렇게까지 순정 또라인 줄은 몰랐는데."

눈 깜짝할 새에 가까이 다가든 그와 눈이 마주쳤다.

"왜요, 왜! 굉장히 많은 고백을 받은 기분이었다며! 선배도 고백처럼 들었나 보지!"

왜 억울해하는 거야. 아니, 누가 억울해야 하는 거냐고.

"업종을 잘못 정한 것 같다, 부지현."

그의 잘 벼린 턱이 경련하듯 씰룩이는 것이 보였다.

"무슨 말이에요?"

더는 뒤로 물러날 데가 없어 허벅지에 닿은 매트리스에 몸무게를 기대며 버텨야 했다.

"이 정도면 매거진이 아니라 건축 쪽이 전공인데."

없는 복근과 대퇴근 힘까지 끌어다 버틴 보람도 없이 범용의 가벼운 터치 한 번으로 지현은 매트리스에 털썩 앉혀졌다.

"둘이 나란히 삽질한 세월이 얼마냐고."

대단히 분한 얼굴을 구경하며 지현에게 닥친 감정은 또 그와는 거꾸로 튄다. 입술 안쪽을 세게 깨물며 입매를 비죽였다. 겨우 웃음을 참아 내고 저 위에서 도사리듯 쏘아보는 그를 마주 봤다.

"건축보다는 석유 시추 공학 쪽이 좀 더……."

"다물어."

그는 바로 말을 잘랐다. 지현은 바로 말을 멈추어 얌전한 척 그를 올려다보았다.

"네."

다년간의 훈련으로 지현은 범용의 한계치를 잘 안다. 지금 그를 더 약 올렸다가는 뼈를 못 추릴 가능성이 매우 크다.

"너에게 어떻게 공을 들여야 하나, 얼마나 흔들어야 너는 흔들리나. 적어도 네가 나한테 했던 만큼은 돌려줘야 하는 걸까. 생각이 많았는데 말야."

그의 손가락이 지현의 턱에 와 닿았다. 단 한 번의 손짓으로 그녀의 숨까지 멎게 한 범용은 느릿하게 고개를 반대쪽으로 기울인 다음 말을 이었다.

"아무튼 그때부터 셈해, 나도 똑같이 해야 한다고 하면…… 그건 못 해. 네 똘끼 넘치는 고백 방법으로 인한 소통의 문제가 있었으니까, 너무 억울해 마라."

다물라는 사전 협박을 성실히 수행하기 위해 지현은 그의 손에 붙들린 턱을 살짝 끄덕여 대답했다. 애초에 억울할 일도, 분할 일도 아니었다. 전하기 위한 마음은 아니었으니까, 그녀로서는 밑지는 처분이 아닌 셈이다.

"그럼 빚진 시간은 탕감했고. 이제 내 의지를 다해도 될까."

"……다요?"

후흡, 하고 들숨이 먹힐 만큼 놀라운 협박이었다.

"어, 전부 다."

매사에 대충하는 법이 없는 진범용.

"음……."

따박따박 내놓아야 하는 답을 망설이는 지현을 못마땅하게 노려본 범용은 기다리지 못하고 말했다.

"흔들어 보라고 도발한 건 너야."

지현은 그의 손가락이 턱을 타고 목덜미를 지나 다 벌어진 셔츠 사이를 넘보는 그즈음 입술만 살짝 연 채로 속삭였다.

"밤새 말로만 흔들 셈이에요?"

아주 비싼 방이라고 했다.

"비싼 방이라면, 이 밤도 비싼 밤이라는 거잖아요. 이 부분만큼은 가성비를 좀 따지고 싶은데요, 대표님……?"

이번에도 여지없이 그녀의 객기 어린 도발이 있은 다음에야 범용은 눈빛의 채도를 바꾸었다.

* * *

그가 나빴다. 원망스러움을 가졌던 것까지 나빴다. 부지현과 우리 문제에 있어서 하나부터 열까지, 하나도 빠짐없이 진범용 그가 나빴다.

'좋아요, 선배가.'

그 말이 떨어졌던 그 밤길이, 까맣고 하얗던 밤이, 시리고 따뜻했던 그 공기가 고백이었단 것을 알고 있었으면서. 그때 분명 눈을 마주치지 않고도 '좋아요' 한 마디로 우리는 가슴이 부풀어 맞닿았었는데.

그 생생한 가슴 떨림을 잊지 못하고 간직하고 살면서도, 그것이 고백인가, 쓸데없는 고민과 재단들로만 시간을 보내 고의로 타이밍을 잃었던 것은 그 자신이었다. 그녀를 향한 마음이 큰가 작은가 하는 치졸하고 치사한 계산을 하고, 진짜일까 의심했던 나쁜 새끼다.

이렇게 나쁜 것도 따지고 보면, 죄책감에서 기인한 것이다. 알면서도 모른 척한 것. 먼저 용기 내지 못한 것. 내 결핍을 네가 감당하도록 미룬 것까지.

"더는 못 해요……."

지현의 동글게 매달린 눈물방울을 지워 냈다. 그리고 그녀의 턱을 당겨 입술을 깨물었다. 신음과 함께 입이 열리고 그 안에 달뜬 숨을 밀어 넣었다. 부르르 떨면서도 끈질기게 따라붙는 그녀의 혀를 빨았다. 키스에 정신이 팔린 틈을 타 다시 단박에 끝까지 페니스를 밀어 넣었다. 탱글 흔들린 두 볼기를 찰싹 치듯이 붙들었다. 그를 입 안에 담고 하앙, 교성을 지르는 지현의 등을 단단히 벽에 붙였다.

그들의 벗은 옆구리는 차가운 창에 닿았고, 그 창 너머로는 푸른 밤이 은빛 조명을 띠처럼 두른 채 빛을 내고 있었다. 범용은 아직 감당하지 못해하는 지현을 기다리며 키스를 하는 채로 야경을 구경했다.

'흔들어 줘요.'

지현의 한마디는 그를 단박에 흔들었다. 존재가 송두리째 흔들리며 압도당한 것은 진범용, 그였다. 범용은 넘실거리는 머리카락을 치워 내고 발갛게 물이 든 지현의 앙가슴에 입술을 박았다. 그리고 그녀를 안고 미친 듯이 허리를 흔들기 시작했다.

빠듯하게 조여드는 그녀의 내벽에 환상처럼 뜨거운 불길이 두 사람의 몸을 휩싸는 것이었다. 반쯤 뜨고 있는 지현의 두 동공에서도 그가 느끼는 불길이 지나고 있음을, 다시 환상처럼 읽을 수 있었다. 범용은 더 멈출 수 없게 되었다.

"……못 해요."

새된 비명처럼 신음을 뱉은 지현이 입버릇처럼 또 더는 못 하겠다고 칭얼댔다.

"그 못 하겠다는 소리 좀 하지 마."

절로 약이 오르는 소리가 아닐 수 없다. 지현의 벗은 어깨를 깨물며 짓씹듯 애걸했다.

"그 소리 들으면 피가 끓는 기분이야."

그를 거부하는 소리처럼 들려서. 찰박이는 소리에 맞춰 턱턱 숨을 뱉는 지현이 설핏 얼굴을 찌푸렸다.

"그럼…… 제발 눕게나 해 줘요."

후들후들 사지를 떤 것이 벌써 여러 차례. 진짜 더는 버틸 힘이 없어 보이기는 했다. 범용은 지현에게 담긴 채로 그녀를 안았다. 두 개의 침실 중 아직 그들이 망가뜨리지 않은 방으로 이동하기 시작했다. 걸음을 디딜 때마다 지현은 고양이처럼 그르렁 앓는 소리를 냈다. 그는 그런 그녀의 뜨거운 볼에 짙게 입을 맞췄다. 붉은 볼이 하얗게 피가 사라졌다가 더 붉어지는 것을 느긋하게 보았다.

여전히 그녀의 안에 담근 채로 범용은 지현의 허리에 둘러 있는 브래지어를 마저 벗겨 냈다. 겨우 한 자락밖에 입고 있지 않았으면서 그것 하나 잃었다고 새삼 부끄럽다는 듯이 눈 위로 팔을 둘러서 가려 보는 것이다.

범용은 그녀의 몸을 어깨에서부터 길게 쓸어내리며 느릿하게 드나들기 시작했다. 세차게 박힐 때보다 더 진득한 뜨거움이 서로에게서 뿜어지는 것이 적나라하게 느껴져 범용은 저릿저릿 진동하는 아랫배에 힘을 주어 버텨야 했다. 그래서 신경을 다른 데에 분산시켰다.

"……왜 나에게 흔들리기로 했는지 물어도 돼?"

느릿한 것이 지현도 더 자극적인지 아까보다 더 많이 쌕쌕 숨을 쉬었다. 가렸던 팔을 내리고 새빨갛게 달아오른 얼굴로 물었다.

"지금요? 정말 진지하게 지금, 대화란 게 하고 싶어요?"

황당해 죽겠나 보다.

"어, 알고 싶어."

동시에 크게 그녀 안으로 밀고 들어가 끝까지 닿고 나왔다. 지현은 턱을 높이 들어 고개를 뒤로 꺾으며 몸을 뒤챘다. 진저리를 한차례 치고 난 뒤 붉은 입술로 툴툴하는 것이다.

"……변태인 걸 이미 아는데도 새삼 놀랍네요."

괴로워 죽겠다는 듯한 몸부림을 하면서도 지현은 따박 따박 말대꾸를 이행했다. 말이 귀찮은 범용에게, 지현은 그래서 언제나 신비로운 존재가 아닐 수 없었다.

범용은 그런 그녀의 눈을 지그시 내려다보았다. 시선을 맞춘 채로 허리를 움직여 깊게 그를 삼키게 했다. 그리고 가장 내밀하고 빠듯한 그곳에 멈추어 섰다. 그의 페니스가 끝까지 들어차 움직이지 않자, 지현은 멎은 숨으로 헉헉 신음하며 입술을 깨물었다.

"……신종 고문인가요?"

범용도 사정을 봐주지 않고 수축해 자극을 주는 그녀의 옥죄는 내벽 덕분에 몸을 후두두 떨며 버텨야 했다. 코끝에서 비릿한 숨이 맡아졌다.

"말해 봐, 왜 그러고 싶어졌는데?"

크게 박혀 더 큰 자극을 느끼고 싶은 본능을 애써 숨기며 엉덩이 근육을 바짝 조였다.

"얼마 전에요……."

"응."

지현의 하얀 목덜미로 그의 땀이 한 방울 떨어져 굴렀다. 혀로 핥아 지워 주는 핑계로 짙은 키스를 그곳에 남겼다.

"아빠랑 통화를 했어요."

"음."

"할머니가 날 어서 치워 버리고 싶어서 선 자리 내보낸 얘기를 들었던가 봐요. 그러면서 둘이 한참을 할머니 흉을 봤거든요. 왜 그렇게 할머니는 나랑 울 엄마가 못마땅한가에 대해 성토하다가 나도 모르게 아빠를 탓했어요. 아빠는 어쩌자고 고약한 명자형을 사랑해서, 나까지 미움받게 하냐고. 처음부터 세상 고운 새엄마를 만났으면 좋았잖아 하면서."

신경은 지현만 분산되고 있는 모양이었다. 극한 자극은 그대로라 어느새 먼 시선으로 이야기에 집중하는 지현이 미워 범용은 괜히 그녀의 벗은 가슴을 아프게 쥐고 그 끝을 괴롭히기 시작했다. 칭얼대면서도 그의 손을 뿌리치지 않고 오히려 손을 겹치는 그녀가 귀여웠다.

"근데 아빠 명자형 만나고, 부지현 만난 걸 후회해 본 적 없다고 하더라고요. 모든 결말을 알았어도 명자형과 사랑하고 결혼했을 거라고. 안 억울하다고. 그건 네 엄마도 마찬가지일 거라면서."

"딸을 낳아서?"

"그런 것만은 아니고요. 사랑했던 그 순간만큼은 갖고 싶었던 사람을 가질 수 있었으니까. 그 시간이 짧았어도, 함께 사랑하며 사는 동안 두 사람은 완벽하게 행복했대요. 비록 실패라는 낙인을 받아서 흠결로 남아 버린 것이 안타깝지만요. 그렇지만 시간이든, 흠결이든 무엇도 희생하고 버릴 각오 없이 무언갈 얻고 싶다면 그건 추한 욕심이라고……."

지현은 사납게 가슴살을 깨무는 범용의 두 볼을 잡아 들어 올렸다. 마주친 두 시선은 달뜬 모습이 서로 닮았으리라.

"선배를 가져 본 시간만은 내게 남을 테니까요. 지금은 그걸로 충분히 만족해요. 거기에만 집중할래."

지현은 두 사람의 헤어짐을 미리 기정사실로 믿고 있다. 끝이 없는 것은 하늘 아래 아무것도 없다는 걸 알지만, 범용은 이 말에 자꾸만 저항감이 드는 것이다. 무엇도 아닌 것으로 돌아가는 부지현과 진범용이라니.

"그래, 나한테만 집중해."

그는 이를 악물고 허리를 물렸다가 세게 박았다. 윽, 하고 위로 들리는 지현의 턱을 입술로 물고 쉼 없이 박기 시작했다. 악물린 잇새로 뜨거운 신음이 샜다. 비로소 고삐를 놓고 풀어진 본능은 자비가 없을 것이다.

"아학!"

숨보다 더 잦은 교성 때문에 지현의 목소리는 탁해졌다. 그에게 붙들린 몸이 탁탁 소리를 내며 경직했다. 범용은 그러나 지현의 손톱이 그의 피부를 할퀼 때마다 만족스러울 뿐이었다.

이렇듯 너는 나에게 흔들리지. 내가 움직이는 대로 방향을 바꾸어 열렬히 반응하는 부지현이 너무 마음에 들어. 나에게만 집중하겠다는 말. 당장은 그것에만 만족해 줄게.

"엎드려."

범용은 단번에 꿰뚫었던 페니스를 확 뽑아 한 손으로 달래듯 기둥을 쓸어 올렸다. 그의 말이 들리지 않는 모양, 괴로운 듯이 콧소리를 내는 지현을 한 손으로 뒤집었다. 기운이 없어 늘어진 채 엎드린 지현은 움직임이 없었다. 완전히 엎드린 그녀의 엉덩이를 주무르며 그 위에 자리 잡았다. 발목을 엇갈려 굳게 다물게 하고, 범용은 그녀의 깊어진 볼기 사이를 헤집고 미끄러져 들어갔다.

지현의 야릇한 숨소리가 폭신한 베개에 얼굴을 묻은 채로 흘러나왔다. 그도 뿌리 끝까지 밀어 넣게 된 희열에 차 고개를 꺾어 천장을 보며 더운 숨을 뱉었다.

"너는, 항상, 날, 끝까지 가게 해……."

"그거…… 뭔가 야한 말이죠?"

얼굴을 약간 들고 꿍얼거리는 지현이 귀여워 통통한 그녀의 볼기를 찰싹 치듯이 주물렀다. 그리고 범용은 속도를 내기 시작했다. 말대꾸할 기운도 없이 만들고 싶다. 이런 그답지 않은 심술까지 모든 것이 부지현의 재주다.

"끝까지 가게 해서, 네가 좋은 건가……."

"흡! 야한 거 맞는 거 같은데……."

더할 나위 없이 부지현이 좋다. 차고 넘치는 감정에 취해 범용은 지현처럼 신음을 숨기지 않고 격렬히 내달렸다. 그녀의 한쪽 어깨를 잡고 허리를 흔들어 자꾸만 자극을 취했다.

* * *

- 마음대로 되지 않는 게 사람 감정이라는 거고, 사랑이라는 거야. 그래서 사는 게 재미있는 거고.

뜻대로 되지 않는 것에 억울해하지 말라던 아빠는 또 말했다.

- 그러니 이제 엄마 미워하는 것 좀 그만해 봐. 너한테 미움받는 걸 각오하면서까지 벌써 몇 번째 결혼이냐, 우리 명자형 씨?

마음대로 되지 않는 게 사람 감정이라고 하셨잖아요, 하며 말대꾸하긴 했지만…….

지현은 어렸던 날들보다 많이 옅어진 미움을 깨닫고 있다. 이제는 엄마가 마냥 밉기보다는 가끔은 오히려 부러운 마음이 들기도 하니까.

지현은 씻고 옷을 다 갈아입을 때까지도 돌아오지 않는 범용을 기다리며 산란한 마음에 엉망이 된 침구들을 단정히 정리했다. 그러다 베개에서 톡 굴러떨어진 쪽지를 발견했다.

[일어나면 로비에서 안내받아 이동해. 거기서 보자, 부.]

고약한 남자 같으니. 이걸 끝까지 발견하지 못했을 경우는 생각 못 했나. 눈 떠서 휑했던 침실에 한 번, 이렇게 무정한 것에 또 한 번 혀를 찼다. 얼마나 바쁜 일이기에 같이 밤을 보낸 여자를 호텔방에 두고 먼저 갔을까. 그리고 이번이 처음이 아니라는 것이 생각할수록 괘씸하다.

"부지현입니다. 안내 부탁드릴게요."

1층 로비 프런트에 이름을 말하자 직원은 바로 응대해 주었다.

"대기하고 있었습니다. 식사 먼저 권해 드리라고 하셨습니다."

잘생긴 데다 상냥한 직원이 그녀가 든 트렁크를 건네받아 먼저 앞장섰다.

"식사는 괜찮아요. 바로 이동하고 싶은데요."

뭘 먹을 컨디션은 아니었다. 뜨겁고 진한 커피 생각이 나 잠시 마음이 동했지만, 그것도 어서 범용의 얼굴을 본 다음에나 욕심내야지, 하며 미뤘다.

"그럼 바로 빌라 동까지 안내해 드리겠습니다. 이동은 밴과 전동 카트 중에 어떤 것으로 타시겠습니까?"

정중하지만 부담스럽지 않은 에스코트가 적당히 기분 좋게 만든다. 직원들의 서비스 수준도 호텔의 등급에 포함이 되는 것이리라.

"전동 카트가 좋겠네요. 별로 안 추운 것 같은데요."

한겨울의 볕이라 믿을 게 못 되지만, 지금 당장은 차가운 게 나을 것 같았다.

"빌라 동은 총 열다섯 채로, 45평형부터 72평형까지 모두 펜트하우스 형태로 지어졌습니다……."

빠르지 않은 전동 카트라서 차갑고 신선한 공기가 얼굴에 닿치는 기분이 마치 산책처럼 좋아, 다시 한번 이 선택이 옳았다고 여겨졌다.

드문드문 만나는 시설들에 대한 설명을 들으며 지현은 답답하게 막힌 데 없이 시원하게 펼쳐지는 장관들에 혀를 내둘렀다. 언덕과 언덕 사이에 빌라 동이 숨었고, 하나같이 바다를 향해 앉아 있었다. 자연스레 프라이빗함을 얻게 되는 영리한 지형 선택과 배치였다.

준비를 제대로 하고 왔다고 해도 지현은 속수무책으로 이곳에 반했을 것이었다. 이곳은 애초에 누군가의 마음을 사기 위해 만들어진 곳이었기 때문이었다. 그것도 철두철미하게 말이다. 지현은 두 손바닥을 들어 올려 항복하는 심정으로 옅게 미소 지었다.

"……세 개의 침실, 두 개의 욕실, 인피니티 풀장과 스파 시설은 물론 모든 펜션 동이 오션 뷰로 자리 잡고 있습니다. 오늘 묵게 되실 곳은 72평형입니다. 연회원 중에서도 일부 VIP들만이 이용할 수 있는 곳이지요. 24시간 대기하는 메이드와 직원이 배정되고, 이외에도 시설 이용을 위한……."

언덕을 두고 한쪽에서는 단층으로, 다른 방향으로는 복층으로 보이는 독특한 구조였다.

"저기, VIP 회원의 조건도 들어 보고 싶은데요."

연회 장소를 이용할 수 있는 자격도 그 일부 VIP라고 들었다.

"연회원을 선정하는 데에 정해진 심사 기준이 있지만, 그 연회원

중 소수의 몇몇만이 VIP로 선정됩니다. 그 세부 조건은 회원님들께도 공개하지 않습니다."

대단히 거만하고 불친절한 설명이었지만, 그것이 일개 직원의 죄는 아니었다. 작게 삐죽거린 지현은 팔을 정중히 내밀어 카트에서 내려서게 하는 그에게 미소로 화답했다.

"감사합니다."

"일행분은 이미 와 계신 걸로 압니다. 안까지 함께 모실까요?"

"괜찮아요. 여기서부터는 혼자 갈게요. 수고하셨습니다."

트렁크를 다시 건네받고 수고하셨다는 인사로 직원을 보내고 난 뒤, 입구부터 구경하기 시작했다. 푸른 풍경과 잘 어울리는 색감의 빌라 외관과 새하얀 자갈돌을 깐 마당은 이국적인 분위기를 연출하고 있다.

"오늘 처음 만난 사이 아니야?"

불쑥 들린 목소리는 열린 테라스 창에서 들려왔다. 조용히 열린 모양, 아까는 분명 까맣게 닫혀 보이지 않았던 그 자리에 범용이 서 있었다.

"누구요?"

트렁크를 자갈밭에서 끙끙 들어 올려 바퀴를 굴리기 좋은 통행로 위에 두며 불퉁하게 물었다.

"아는 사이였던 거야, 아님 그새 친해진 거야?"

팬츠 주머니에 두 손을 꽂고 삐딱하게 기대어 이미 사라지고 만 직원의 카트를 보고 있는 범용을 밉게 노려본 지현이 말했다.

"저 직원분이 좀 친절하고 잘생겼어야죠. 카트에 타고 내릴 때도 에스코트하고, 밥도 챙겨, 안부도 챙겨, 얼마나 나긋나긋한지. 절로 눈웃음이 발사되더라니까요? 시간이 5분만 더 있었다면 없던 썸도 생겼을 뻔. 아쉬워라."

누구처럼 바람과 함께 사라지지 않고 말이에요.

"까불지?"

이 순간 문득, 콧방귀라든지. 혹은 메롱 같은 제스처가 적절할까. 지현은 자꾸만 앞으로 툭 빠지는 두 입술을 숨기지 못하고 갈등에 휩싸였다.

그때였다.

"누가? 누가 까불어?"

누군가 저 안에서 그에게 묻는 것이다. 높고 낭랑한 목소리는 여자였고, 게다가 범용을 편히 대하는 친밀한 어조였다. 지현에게서 떠난 범용의 시선이 뒤로 돌아갔다.

"누구랑 얘기하는데? 응?"

목소리 다음, 범용의 어깨를 짚는 가늘고 하얀 손가락이 보였다. 지현은 다시 돌아온 그의 시선에 쏘아보듯 집중하며 점차 모습을 드러내는 여자가 누구인지 답을 요구했다. 여자는 계절이 무색하게 노출이 된 원피스를 입은 채 지현을 등지고 나타났다. 그에게 커피가 담긴 머그잔을 건넨 여자가 드디어 몸을 돌려 얼굴을 보였다.

"어? 이게 누구야? 가만있어 봐, 이름이⋯⋯?"

알면서 모르는 척으로 인사를 대신하는 그 짜증 나는 습관은 여전히 그대로다. 사람 면전에 두고 돌려 까고 까 가루로 만드는 데에 일가견이 있는, 유사 이래 가장 고약하다고 명성이 드높았던,

'희대의 쌍년' 고이안은 지현보다 2년 위 선배다.

"부지현입니다. 안녕하세요, 선배님?"

"그래, 맞다! 지현이, 기억나네. 너 오랜만이다?"

'쟤가 왜 여기 있어?', 다 들리는 속삭임을 범용의 귀 가까이에 대고 한 그녀는 한껏 들어 올린 턱을 다시 지현에게로 향했다.

"혹시 오빠가 데려온 직원이 너야? 설마 아직도 진범용 사생 팬 같은 거 하는 거니?"

"설마요. 그렇게 근성이 넘치는 애는 아니에요, 저."

웃으며 받아치는 지현의 눈은 이안이 아니라 범용의 새카만 두 눈을 쏘아보는 중이었다. 사생 팬 오명을 쓴 그녀를 보면서도 범용은 아무런 반응을 보이지 않았다. 그것이 살살 지현의 신경을 긁기 시작했다. 저 반갑지 않은 고이안이 아니라.

"난 또. 너 학교 때 진범용 따까리로 유명했잖아."

"네, 제가 좀 극성으로 유명했죠. 그래도 형만 한 아우 없다고, 선배님들 악명에 덤빌 수나 있나요. 진범용 고자설, 고이안 마약 설 아래 묻혀 안타깝게 2인자의 삶을 살았잖아요?"

엄밀하게는 3인자인가? 전혀 고민스럽지 않은 뚱한 지현의 눈은 아직도 무덤덤한 범용에 날카로이 꽂혀 있을 뿐이었다.

돈에, 집안에, 미모에, 명석한 두뇌까지 다 가진 고이안의 명성에 딱 한 가지 흠이 있었다면 그것이 바로 진범용이었다. 어릴 때 부터 가깝게 지낸 범용을 오랜 세월 공공연히 욕심냈지만 한 번도 받아 주지 않아 많은 이들의 안타까움을 샀던 것.

그랬던 이안이 끝까지 몰려 저지른 사건이 하나 있었다. 누구나 돌아볼 만큼 미인이었고, 몸매 또한 어디 나무랄 데 없었던 그녀는 하필 과한 자신감과 자기애까지 갖췄던 것이 화근이었던가.

범용의 혼자 살던 오피스텔 거실에 붉은 레이스 란제리만 입고 그를 기다렸던 것이다. 슬립 원피스는 시스루라 공격적인 바스트 포인트가 살벌했고, 걸치나 마나 한 팬티는 아찔한 지스트링이었다. 하지만 이안은 그 아찔한 모습을 범용에게만 관람시킨 것이 아니었다. 팀플 과제 때문에 우르르 따라 들어갔던, 지현을 위시한 다섯 후배에게도 좋은 구경을 시키고 말았다.

그 흑역사를 굳이 끄집어낸 지현의 노고를 이안이 높게 살 리 없다. 잘 칠해 놓은 이안의 윤기 흐르는 입술이 분한 듯이 씰룩이다가 곧 새된 소리가 터지려 하는 그때 지현이 다시 가로챘다.

"그 광경에 유일하게 침착했던 진범용은 그래서 고자설을 완성했고, 헐벗은 수치심보다 일이 어그러진 것에 약 먹은 사람처럼 미쳐 날뛴 고이안은 마약설을 완성했었지요. 여러모로 두 분의 드높은 명성이 타당하다고 여겨지는데요."

지현도 새파랗게 가라앉는 감정 덕분에 평이한 어조였다. 겨우 고이안과 해후하려고 그 넓은 호텔 방 침대에 자신을 두고 나갔던가.

"야!"

기어이 이안이 발을 쾅 구르며 지현에게 악을 썼다. 그제야 범용은 피식, 처음으로 얼굴 근육이 움직였다. '들어와.', 지현에게 말을 남긴 그는 이안을 남기고 빌라 안으로 들어가 버렸다.

"그대로시네요, 선배님은."

여전히 진짜 별로세요. 그러나 여전히 외양이 아름답다는 말로,

마음대로 고쳐 들었을 이안은 안 그래도 드높은 콧대를 높이 들어 생긋 여유 있게 웃었다.

"너도 그대로다. 어쩌면 밍밍한 헤어스타일에서부터 심심한 옷차림까지 변한 게 하나도 없을 수 있니? 소름 돋게 그대로야."

"감사합니다."

지현도 그새 그때처럼 돌아가 익숙하게 평정심을 유지하며 해맑게 대답했다.

"부."

범용은 현관문을 열어 그녀를 불렀다. 무거운 트렁크를 지현의 손에서 가져가며 잠시 마주친 시선에 수많은 센텐스를 실어 보냈지만, 범용은 태연히 묵묵할 뿐이었다.

"인사해. 오늘 우리 답사를 지원해 주신 호텔 룬 대표 고이안."

현관 오른쪽에 펼쳐진 응접실 한가운데 자리 잡은 묵직한 원목 테이블에 엉덩이를 걸치고 기대 있던 이안이 새삼스러운 소개에 픽, 웃으며 두 사람에게로 거만하게 걸어왔다.

지현은 여태 폭 빠져 반했던 이 호텔이 다름 아닌 고이안의 소유라는 것에 잠시 어지러웠다. 고이안이 함부로 자수성가하고 그럴 타입이 아니니, 아마 백 퍼센트 부모덕을 봤을 것이고, 그렇다면 쌍년은 그냥 조금 있는 집 딸이 아니라 무려 재벌집 여식이었던가.

지현은 갑자기 빠른 속도로 객관성을 회복하고 있었다. 생각해 보니 이 호텔, 너무 과하다. 과하게 드넓고, 과하게 럭셔리 하고, 또 과하게 콧대가 높다. 그러니까 모두 저 고이안처럼 과하고, 과하고,

과하다.

"그리고 이쪽은 웨딩 매거진 '드림 유'의 부지현."

범용은 할 일 마친 사람처럼 지현의 트렁크를 끌고 어딘가로 사라졌다.

"명함이랑 악수는 생략할게. 내가 너랑 업무적으로 뭔가를 할 것 같지는 않잖아?"

시선은 범용이 사라진 곳에 둔 채 지현은 이미 안중에도 없는 이안의 앞에 서서 멍하니 대답했다.

"네. 저도 그럴 것 같지는 않네요. 안 그래도 방금 이 기획도 셀프 킬 해 버릴까, 갈등을 시작했거든요. 수많은 장점에 비해 너무 치명적인 딱 하나의 단점을 찾고 말았어요."

"뭐?"

"네? 아뇨. 선배님 말씀이 다 맞다고요."

착하게 고개를 끄덕여 보였다. 이안은 대화가 기분 나쁘다는 듯이 예쁜 입매를 밉게 구겼다. 범용이 저 먼 데까지 갔다고 생각한 모양, 이안은 지현과의 사이를 바싹 좁히더니 빠르게 속삭였다.

"학교 때도 모자라 졸업해서도 진범용 따까리라니. 생각보다 너 굉장히 후지다?"

"후지다뇨. 무려 진범용 옆인데요."

"아니지. 아직도 딱 거기. 범용 오빠가 부리는 후배 자리, 딱 그만큼이라는 게 후지다는 거야. 십 년 세월을 갖다 바쳤는데도 말야."

여전히 지현을 진범용에게 들러붙은 기생충 취급하는 고이안. 그녀의 지독한 언행은 예나 지금이나 적응이 힘든 건 마찬가지다.

지현이 새로이 타격감을 느끼며 숨을 고르는데 이안은 재빨리 속에 담긴 앙심을 쏟아 냈다.

"너도 너지만, 오빠도 그래. 아무리 귀엽고 어린 강아지 같아도 그렇지. 네가 어떤 마음으로 들러붙는지 다 알면서 말야. 진범용 진짜 잔인하고 독하기가 이루 말할 수 없다니까?"

이안은 아직 받아칠 여유를 못 찾은 지현의 어깨를 손끝으로 톡톡 쳐서 먼지를 떨어내듯 하더니, 그녀의 머리카락을 귀 뒤로 꽂아 주며 친절을 가장했다.

"오빤 뭐 득 볼 것 있다고 널 여태 붙여 두고 있는 걸까. 아닌가? 네가 득 볼 것 있어서 여태 오빠 옆에 있는 건가? 떡 줄 사람은 생각도 안 하는데, 그치? 그럼 독한 건 너구나? 참 후지고, 지독해."

겨우 귀에서 털어 내면 그만인 몇 마디 말.

"부디 작작 해. 좀 후져 보이는 것에서 그만두라고. 버려지고 흉해지기 전에."

그냥 무시하면 그만인 말. 그런데 패기도 나이를 먹었던가. 쉽사리 이안의 말을 잽싸게 비꼬고 받아치지 못 하겠어서 분하다. 있는 힘껏 뭔가 치받는 걸 꿀떡 삼킨 다음 지현이 말했다.

"떡, 주던데요."

"뭐라는 거야."

"되게 맛있던데. 선배는 모르겠구나."

지현은 결국 표정 관리는 깔끔하게 포기하고 겨우 신소리를 대꾸로 건넸다. 그리고 엉뚱한 대꾸에 갈피를 잃은 맹한 이안을 빙 돌아 범용이 들어간 침실로 향했다.

버려져 흉해질 것이라는 악담이 귀에 들러붙어 귓불부터 머릿속까지 순식간에 열이 올랐다. 그에게 가진 감정의 여러 시놉시스 가운데, 애써 저 멀리 처박아 눈길도 주지 않고 있는 새드 엔딩 챕터가 결국 신경 쓰이기 시작했다. 하여간 어지간히 밉상이다, 고이안.

"시설 안내 투어는 곧 우리 직원이 와서 도와줄 거야. 투어는 부지현만 가는……?"

두 사람이 있는 침실 안으로 뒤따라온 이안의 눈이 매트리스 옆에 나란히 있는 두 개의 트렁크에 멈췄다.

"잠깐. 두 사람이 같이 이 방을 쓰는 건 아니지?"

이안의 도자기처럼 견고하게 잘 깔렸던 메이크업 피부 위로 실금이 그어지는 것이 보이는 것 같다. 혼란스러움이 지나고 경악의 단계로 막 진입한 모양이었다.

"아, 그러니까……."

지현이 경황이 없어 주춤거리며 딱 붙어 있는 트렁크 중 자신의 것을 발로 살짝 밀어 떨어뜨렸다.

"같이 써."

범용은 밀려난 지현의 트렁크를 발로 차 다시 제자리에 두고 편안하게 긍정했고, 이안의 입이 경악에 쩍 벌어졌다. 그러거나 말거나 범용은 매트리스 위에 펼쳐 놓은 카메라 렌즈를 청소하기 시작했다.

"왜? 부지현이 이제 진범용 밤 시중도 드니?"

이안의 되물음은 괴이할 정도로 침착했지만, 어쩐지 그 옛날 범용의 거실에서처럼 날뛰기 일보 직전처럼 보였다. 아슬아슬함에 눈앞이 아득해지는 기분에 지현이 범용의 팔을 붙들어 말렸다. 그러나 그것을 본 이안의 눈이 번뜩이게 하는 역효과를 낳고 말았다.

"아니. 내가 부지현 밤 시중 들지. 심신을 다해 모시는 데도 영 안 꼬셔지네? 그래서 이번엔 여기 데리고 왔지. 섹스는 하는데 연애는 아니라고 해서 몸이 달았거든, 내가."

말을 잊은 채로 지현과 범용의 얼굴을 여러 차례 오가며 눈을 주던 이안은 이제 지현의 얼굴을 무섭게 노려보기 시작했다.

"그러니까, 두 사람…… 일만 같이하는 게 아니라……?"

"섹스도 한다고. 어제도 했고."

"그런 걸 누차 강조하지 마세요, 선배."

지현은 눈을 둘 데 없어서 범용의 태연한 옆얼굴만 뚫어져라, 맹렬하게 보며 소심하게 저항했다.

"다시 말해? 떡 달라고 조르는 거, 추하게 매달리는 거, 부지현이 아니라 나라고. 어떻게든 부지현한테 점수 좀 따 보겠다고 안간힘을 쓰는 중이야. 그래서 난생처음 고이안한테 먼저 전화도 넣었잖아. 룬 연회장 취재, 지현이가 원했거든. 못 할 게 없어, 내가. 부지현이 원하면 피해 다니던 여자한테 아쉬운 소리도 하더라니까, 내가?"

웃기지? 하며 렌즈에 집중하던 범용이 이안을 향해 씨익 웃었다. 그 웃음이 눈부셔 지현은 눈을 질끈 감아야 했다. 방금 거실에서 이안이 눈치까지 보며 목소리를 한껏 낮췄건만, 범용은 두 사람의 대화를 다 들었던가 보다. 어머, 곤란하여라.

이안은 외마디 신음만 남기고 빌라를 쿵쾅쿵쾅 나가 버렸다. 지현은 숨겨지지 않는 미소를 비식비식 웃으며, 〈호텔 룬〉의 오너를 배웅하러 뒤이어 방을 나갔다.

앞선 이안을 따라잡으려 발을 재게 놀렸건만, 그녀는 벌써 마당의 자갈 위를 높다란 하이힐로 우스꽝스럽게 가로지르고 있었다. 그리고 안타깝게도 막 빌라 앞에 도착해 이안의 집채만 한 트렁크를 차에서 내리고 있던 직원은 이안의 사나운 변덕을 홀로 뒤집어써야 했다.

"이안 선배, 여기서 선배랑 지내려고 왔던 것 같은데 어떡해요?"

지현은 돌아보지 않고도, 자신의 뒤에 선 사람에게 영혼 없는 염려를 전했다.

"호텔이 지 건데, 남는 방 하나 없을까 봐?"

"그죠?"

"넌 너나 걱정해."

무슨 걱정이요? 하는 눈으로 고개를 옆에 선 그에게 돌렸다. 그는 그새 눈부셨던 미소를 지우고 다시 정색해 음산하게 뇌까렸다.

"아까 그 새끼랑 무슨 말 했어?"

"어떤 새끼요?"

갑작스러운 온도 차에 이마에 지펴졌던 열기가 사악 가셨다.

"너랑 썸 타기 5분 전까지 갔던 새끼."

아, 그 새끼분이요? 지현은 껌뻑껌뻑 범용을 바라봤다. 분명 그분과 이곳에 오며 키웠던 범용을 향한 괘씸함이 있었던 것 같은데 말이다. 그녀도 뾰족하게 그를 쪼고 싶은데 말이다. 눈앞에서 삽질한 고이안과 고이안에게 기꺼이 장황한 설명씩이나 했던 조금 전의 범용이 자꾸만 지현의 기분을 녹여 놓는 것이다.

"부."

"네?"

이제 정말 기분 나쁘다는 듯이 범용의 눈썹이 극적으로 구겨졌다.

"대답해."

하지만 지현은 그저 그런 범용의 얼굴을 조심조심 뜯어보며 자꾸만 녹는 기분을 다스릴 뿐이었다.

* * *

절대 편하지 않은 투어가 두 시간 째 이어졌다. 취재를 위한 답사였기에 지현은 질문을 좀처럼 자제할 수 없었고, 직원과 내내 얼굴을 맞대고 있을 수밖에 없었다. 설명에 귀 기울이고 반응할 때마다 날아와 꽂히는 시선에 마음이 졸아드는 불편을 감수하면서 말이다.

하지만 그런 그녀보다 더 극한 불편함을 느끼고 있을 직원이었다. 그는 고객 응대에 최적화된 소양을 갖추고 있었을 뿐, 그리고 하필 매우 훈훈하게 생긴 외모를 갖추었을 뿐인데 말이다.

"밤 9시에 시작되는 예식은 스몰 웨딩으로, 신부님의 요청으로 룬의 온실에서 열릴 예정입니다. 지금은 아마 준비를 모두 마치고 리허설을 준비하고 있을 겁니다. 기다리셨다가 밤에 본 식을 보셔도 좋고, 곧 시작될 리허설을 참관하셔도 괜찮을 것 같습니다. 어떻게 하시겠습니까?"

투철한 직업 정신을 한낱 저급한 끼 부림으로 오해받는 줄도 모르고 끝까지 상냥한 직원에게 지현은 어렵게 미소를 지어 주었다. 괜히 죄 없는 남자를 '썸 타기 5분 전 남'으로 만들었기에 지현은 더 친절하게 직원을 대해야만 했다.

"본식 참관은 아무래도 스몰 웨딩이니, 우리가 방해가 되지 않을까요? 지금 리허설만으로도 충분히 분위기를 볼 수 있을 것 같은데요. 저희도 자유롭게 볼 수 있을 테고요."

과장과 범용 모두에게 하는 말이었기에 지현은 두 사람 모두에게 공평히 시선을 분배했다. 그런데 그것이 화를 불렀던가.

"여기가 끝입니까?"

여태 눈으로만 말하던 살자가 드디어 끼어들었다. 더없이 다정하고 여유롭던 선 과장의 어깨가 크게 들썩이는 것에 마음이 아팠다. 내내 살자가 뿜어낸 배척의 언어를 몰랐던 것이 아니었던가 보다. 하긴 모를 수 없을 만큼 잔학무도했다.

"네, 온실 시설 안내가 끝입니다. 오늘 보신 곳 중에 또다시 보고 싶으신 데가 있으면 편하게 말씀해 주세요. 다시 모시겠습니다."

"그럼, 여기서부터는 우리끼리 하죠. 수고했습니다."

벌써 등을 돌리고 저벅저벅 온실로 향하는 입구로 들어선 범용을 따라 지현도 뒤늦게 온실로 향했다. 선 과장이 허무한 표정으로 지현에게 급히 넘긴 브로슈어를 건성으로 훑으며 이유도 없이 고단함을 느꼈다. 사람이 대강하는 법이 없다. 농담으로 넘기고 말 일을 저렇듯 무섭게 물고 늘어질 게 뭐람. 프로페셔널하게 공과 사를 철저히 구분 지을 수는⋯⋯.

"⋯⋯없겠지. 그치, 응? 그런 게 되면 그게 사람이냐고."

범용의 유치한 질투가 좋아서 까무러치겠는 심정을 혼잣말로 고백하며 지현은 몸을 배배 꼰 채로 온실 입구 길을 걸었다. 소규모의 온실이라던 설명은 또 거짓이었다. 모든 것이 과한 게 컨셉인 이 호텔 리조트의 성향에 딱 맞게 온실도 입이 쩍 벌어지게 커다랬다. 새삼스럽게 다시 질리고 말았다.

"정말 싫다, 고이안⋯⋯."

* * *

밑면이 넓은 원인 원뿔 모양의 온실은 이곳을 다녀간 사람들의 칭송을 받는 곳이었다. 넓은 밑면에 비해 낮은 키는 숲을 더욱 비밀스럽게 하고, 덕분에 은밀한 정원 같은 분위기를 자아냈다. 유리로 된 온실 벽 덕분에 낮에는 햇볕이, 밤에는 달빛이 쏟아진다. 모든 찰나, 저마다의 이유로 환상적인 곳이었다.

온실 문이 열리고 잠시. 막 들어선 지현이 더운 공기를 크게 들이마신 채 오래 멈추었다. 범용은 오늘 새벽부터 호텔을 스케치해 저장해 둔 카메라를 들어 지현의 그 옆모습을 담았다.

"이곳은 여름이네요."

계절을 거스른 고약한 성정의 붉은 장미가 넝쿨을 지어 아치를 꾸민 초입을 통과하며 지현이 놀라워했다.

"온실이니까."

"아뇨. 여기 있는 식물들 다는 몰라도, 의식적으로 여름 식물들만 가져다 놓은 것 같아요. 그중에서도 꽃으로만. 여길 만든 사람이 여름을 주제로 기획한 걸까요?"

범용은 정확히 짚어 낸 그녀의 관찰에 입을 꾹 다물어 버렸다. 표정을 들키지 않기 위해 연신 셔터를 눌렀다.

몇 해 전, 이안의 오빠인 경민의 부탁을 받아 이 온실의 컨셉 스케치를 한 것은 범용이었다. 당연히 이곳이 자신의 차지라고 여겼던 경민은 제 애인에게 선물하고 싶어 온실을 만들어 바쳤다. 결국, 이곳에 깃발을 꽂은 고이안 좋은 일만 만들었을 뿐이지만 말이다.

남매의 전쟁과는 상관없이, 그저 새로운 작업에 새 기분이 들었던 범용은 석 달 넘게 꽤 즐겁게 소일거리를 가질 수 있었다. 제 그림을 현실로 건축해 놓은 이 온실은 그도 이번이 첫 방문이었다.

지현은 입구에 선 그를 두고, 혼자 온실 속 작은 길을 따라 산책하기 시작했다. 발걸음 소리만 온실 가득 울리도록 남기며, 그녀는 곧 꽃나무 사이로 모습을 감추었다. 범용은 순간 가면처럼 쓰고 있던 느긋한 얼굴을 버리고, 미간을 험하게 찌푸렸다.

이곳을 그렸던 그때 그는 도저히 식지 않는 여름 속에 살았었다. 인생은 아주 오래전부터 여름의 연속이었다. 무덥고, 습하고, 눈앞에 아지랑이가 가시질 않는, 숨이 턱턱 막히는 여름의 한복판. 바람 한 줄기 지나지 않는, 그래서 언제나 갈증이 가시질 않는. 이 온실 속처럼 말이다.

저쪽 공간에서 지현의 목소리가 들려왔다.

"여긴…… 현실적이지 않아서 여자들이 좋아하는 걸까요?"

비좁고, 현실에는 없을, 가공의 여름. 그 숨 막히는 무더위 속에 그는 살았던 것이다. 지현과 그의 마음이 만난 얼마 전까지도 그는 뜨거운 열기에 영혼까지 말라 가는 중이었다.

"넌 어떤데?"

범용은 온실 입구에 한쪽 어깨를 기대고 빙글 몸을 굴렸다. 등과 뒤통수를 기대어 지친 듯이 이를 악물었다. 여름을 닮은 이곳이 저와 같은 곳이어서, 잠시 머무는 것만으로도 쉬이 고단해지는 기분이다.

"글쎄요. 확실히 매력적이긴 하네요."

다시 사잇길로 지현의 모습이 나타났다.

"네 취향은 아닌 모양이네."

자세를 바로잡고 서는 동안 그녀는 그에게로 가까이 다가왔다. 더웠던 모양, 그새 길게 늘였던 머리카락을 한데 그러모아 하나로 묶고 있다.

"이런 곳은 환상 속에나 있을 법한 곳이니까요. 전 현실만으로도 벅찬 인생이라."

자조하듯 어깨를 들었다 놓은 그녀는 그를 지나쳐 연회장이 꾸며진 다른 공간의 길로 들어섰다. 범용은 지현을 거리를 조금 두고 따랐다.

"네가 가진 환상은 뭔데?"

하얀 조약돌을 밟던 그녀가 뒤를 돌아 그를 보았다. 아직 채 바꿔 두지 못한 구겨진 미간을 감추려 고개를 푹 숙이는 동안 지현이 말했다.

"없어요."

"없어?"

"네, 없어요. 내 환상은 아주 오래전에 도둑맞았거든요."

범용은 단호한 그녀를 지그시 보았다. 지현은 그런 그를 오히려 이상하다는 듯이 고개를 기울여 마주 보았다. 머리를 묶으니, 그녀의 얼굴이 오롯이 드러났다.

푸른 핏줄이 비칠 만큼 하얀 피부, 동글고 작은 귀, 깔끔한 이마선. 새카맣게 박힌 영민한 동공, 도톰하게 솟은 입술, 이목구비 중 유일하게 날카로운 콧날. 그가 박제해 놓은 그의 여름 앞에, 기억 속 어렸던 지현이 그대로 서 있다. 그가 살던 여름에 지현이 서니, 더 이상 괴롭지 않다. 신기하게도, 그렇다.

"누구한테 도둑맞은 건데?"

"울 엄마."

범용의 팔을 이끌어 옆에 서게 한 지현은 은은한 전구로 장식한 연회장 통로를 가리켰다. 눈이 반짝반짝 여린 빛을 따라 물이 드는 것이 보였다.

"시집만 네 번을 가는 엄마 밑에서 자라 봐요. 연애와 결혼에 대한 환상 같은 건 일찍이 개나 주게 되어 있어요. 아름다운 사랑과 결실의 뒤에 이어지는 이별과 이혼을 함께 겪어야 하니까요. 난 환상 그런 거 없어요. 안 키우는 게 날 지키는 거야."

버석버석 건조한 말들을 지현은 세상 예쁜 말을 고백하듯이 했다. 아마 지금 그녀가 보고 있는 것들에 취해서인가 보다.

"어머, 세상에. 여기 예식, 이 온실 분위기가 다했다! 그죠? 밤에는 더 예쁘겠어요."

인공 연못 위에 놓인 작은 아치형 다리를 건너며 설렌 듯이, 꿈처럼 감탄하는 지현. 환상 같은 건 없다고 잘라 말하는 사람이 보일 소감은 아닌 듯싶었다.

"환상 없다더니."

"내 것이 아니라는 걸 말하는 거죠. 예쁜 건, 예쁜 거고."

너른 공간을 확보할 수는 없어서 군데군데 놓인 테이블 사이를 지나 지현은 신랑과 신부가 설 단상에 올라섰다. 범용은 그 뒤에 서서 물었다.

"그럼 그 말은…… 그러니까 이곳이 마음에 들었다고 여겨도 되는 거지?"

그의 여름을 담은 이곳을 지현에게 보인다고 했을 때는 어쩌면 울창해서 시커먼 그의 속을 보이는 것처럼 마땅치는 않았는데. 숨이 턱 막히게 고인 열기를 품은 그를 질색할까 봐.

이런 더운 여름이 어쩌면 꿈도 환상도 빼앗긴 채 자란 그녀에게는 한결 아늑하고, 덜 시린 곳일 수 있지 않을까.

"네! 아주 훌륭해요. 고이안의 소유라는 것만 빼면 아주 좋아요. 누구라도 여길 싫어할 수는 없을걸요?"

행사 스텝들이 분주히 오가는 것을 위에서 내려다보는 지현을 범용은 지그시 올려다보았다.

"다행이다, 마음에 들어서."

"겨울에 있다가 와서 그런가. 갑자기 무더운 여름을 만난 게 생각보다 너무 좋네요. 어서 여름이 와서 뜨거워 봤으면 싶을 만큼."

그리고 지현은 즐거운 듯이 우거진 잎사귀가 그득한 온실 천장을 향해 미소를 지었다.

"부."

네? 하고 아직도 젖힌 고개를 내리지 않은 채로 지현이 대답했다.

"와 봐."

"응?"

멀뚱멀뚱 그를 내려다보는 눈에 대고 범용이 말했다.

"오라고."

"오라시니, 가는데요."

근데 왜요? 하며 지현은 그가 내민 손에 제 손을 포갰다. 범용은 그녀의 손을 깍지 끼워 당겼다. 단상에서 떨어지며 그의 품에 안기듯이 작은 몸이 풀썩 떨어졌다.

"뜨거운 게 좋다면, 내가 아주 적당한 데를 아는데."

"거기가 어딘데, 이렇게 은밀하게 속삭여요? 둘밖에 없는데 왜 굳이……."

지현은 그를 보지 않고, 단단히 얽힌 두 사람의 손을 뚫어지게 보고 있었다. 범용은 지현의 턱에 손가락을 대고 들어 올려 그를 보게 했다.

"여기 가짜 여름보다 더 뜨거운……."

깍지 끼운 손의 손등을 살살 간지럽혔다. 지현의 속눈썹이 바르르 떨리는 것을 보며 범용이 고개를 깊이 숙였다. 영문도 모르고 발그레 물이 든 볼을 지나 지현의 귀 가까이에 대고 범용이 더운 숨을 뿜으며 속삭였다.

"……더 뜨거운 네 안에, 그만큼 뜨거워진 내 것을 넣고 막 흔들고 싶어."

그의 말에 그녀는 두 눈을 크게 연 채로 숨조차 쉬지 못한다.

"가자, 부."

그는 지현의 뻣뻣하게 굳은 몸을 감싸 걸음을 재촉했다. 지현은 주변에 아무도 없다는 것을 잊은 모양, 다문 입술 새로 작게 속삭였다.

"대개 이런 순간 속삭이는 표현과는 거리가 있지 않나요?"

"어떤 순간."

작은 인공 연못을 휘도는 순간에도 두 사람은 붙은 몸을 떼지 않고 굳이 불편한 자세로 나아갔다.

"말해 봐요."

지현은 목이 메는지 아까보다 더 새된 목소리로 꿍얼거렸다.

"뭘."

"나한테 꽂힌 순간이 도대체 언젠데요?"

"꽂혀?"

온실을 쓸데없이 크게 지었다. 출입문이 너무 멀다.

"어쩌다가 이렇게 된 건데요? 네? 어느 날 갑자기 삼시 세끼 꼬박 챙겨 먹듯이 꾸준하게 정기적으로 나랑 자야겠다고 작심하지는 않았을 것 아녜요?"

"아, 꼴린 순간을 묻는 거야?"

마음 급해 죽겠는데 야속한 지현은 걸음을 우뚝 멈추었다.

"꼬, 꼴린……?! 뭐, 암튼 그게!"

답을 듣고 말아야겠다는 단호한 의지가 엿보여 범용도 그녀 앞에 섰다.

"뭐. 내리깐 네 속눈썹이 너무 길고 아름다워 마음이 간지러웠을까 봐? 아니면, 뭐? 가녀린 어깨나 하얀 피부, 바람에 날린 긴 생머리에서 풍겨 온 샴푸 향기에 마음을 빼앗겼길 바라?"

"아니에요?"

"아닌데."

범용은 인내심을 다스리며 짙은 한숨을 내쉬었다. 그리고 그녀와 거리를 더 좁혀 다가섰다.

"쫑알쫑알 떠드는 네 입술을 깨물어 피를 내고 싶었던 적은 있지."

흠칫하며 물러서려는 지현의 허리를 답삭 낚아챘다.

"그 입술을 이로 짓이기고, 피로 젖은 붉은 입술을 빨고 핥는 환상을 네가 말하는 내내 멈출 수가 없었어."

지현은 손가락으로 놀라서 벌어진 입을 황급히 가렸다.

"특히 말할 때 입보다 바쁜 네 가늘고 여린 손가락을 마디 하나, 하나 성심성의껏 빨아 주는 상상도."

"아이 씨……."

이제 양손을 등 뒤로 감추며 입술을 꽉 깨문다.

"매일 문신처럼 입고 다니던 스키니진이 쥐약이었지. 네 엉덩이는 네가 생각하는 것보다 훨씬 더 야해. 그것뿐이었으면 좋았게? 졸업 사진 찍는다고 어쭙잖은 정장 입은 날, 네 블라우스 단추 사이로 보인 가슴에 지금처럼 내 물건은 수치심을 잃고 펄떡였고 말야."

그녀의 두 눈은 그의 두 눈에서 천천히 내려가 단단히 맞붙어 있는 두 사람의 가운데로 떨어졌다. 안 그래도 입은 하의 빠듯하게 팽창한 페니스가 그녀의 시선 하나에 용틀임하듯이 불끈거렸다. 범용은 그녀 몰래 볼을 씹었다.

"너는 어떤데."

다행히 지현의 고개가 확 쳐들렸다. 그러나 그녀의 흔들리던 동공이 먼 길을 가는 것이 들여다보였다. 범용이 그녀 대신 입을 열었다.

"내 큰 키와 넓은 어깨에 가슴이 떨렸나?"

"아뇨."

정색하며 찌푸려진 미간이 또 귀엽다.

"그렇지. 가슴이 떨리기만 하면 어떡해, 뾰족하게 서야지. 그치?"

이제 비위가 상했다는 듯이 지현이 그를 흘겨본다. 찰나마다 달리하는 표정이 다채롭기도 하다.

"아니면? 내 오뚝한 콧날이나 묵직한 저음에 홀렸나? 부, 하고 부를 때마다 다리에 힘이 풀렸을까."

"⋯⋯하지 마요."

사전에 차단하는 것을 보니, 이미 단념했나 보다. 우리 똘똘한 부지현.

"그렇지, 아니지. 전율 같은 자극을 받고, 어떤 순간에는 속옷을 적실 만큼 흘렸겠지. 홀린 게 아니라."

"살다 살다 살자가 그리운 순간을 맞이할 줄이야. 그 입 좀 어떻게 안 돼요? 누가 들을까 무서워 죽겠네."

"내 입은 네가 어떻게 해야지, 정 못 들어 주겠으면."

범용은 다시 그녀를 이끌어 나아가기 시작했다. 새카맣게 우거진 길을 헤쳐 나가는 대신 아예 다른 길을 택했다.

"왜 그쪽으로 가요?"

"내 기억이 틀리지 않는다면. 여기 근처에 있어야 맞는데."

범용은 자갈로 만든 길을 저벅저벅 밟아 가로지르며 열심히 기억 속을 더듬었다. 이쯤 공간이 나오는 게 맞는데. 파티션 안쪽으로 숨어 있던 문을 발견한 그는 지체하지 않고 손잡이를 돌렸다.

'스텝 온리' 팻말을 본 지현이 다시 우뚝 멈췄다.

"미쳤어요?"

"비슷해."

유난히 큰 소리로 손잡이가 돌아간 철문은 다 닫지 않고 살짝 열어 두었다. 그녀를 벽에 붙인 뒤, 문밖을 건성으로 살핀 범용이 속삭였다.

"리허설은 곧 시작될 거고, 그럼 사람들이 많아지겠지?"

"마침내 선배와 같은 이성적 판단을 공유할 수 있어서 천만다행이네요."

"그러니까 협조해."

그리고 범용은 또다시 떠들려고 벌어지는 지현의 입술을 집어삼켰다.

* * *

생각해 보면, 살자는 전혀 차가운 사람이 아니었다. 세상과 사람에게 거리를 두고 뚝 떨어져 있던 것은 어쩌면 그 자신이 너무 뜨거운 화염 같은 사람이라서가 아닐까. 뜨거운 눈빛을, 그리고 더 뜨거운 숨을 가두려 시선을 감추고 입을 다문 것은 아닐까.

그의 폭발하는 열기에 녹아내리고 있는 지금에야 알겠다. 이 사람은 냉한 성정이나 건조한 감정과는 굉장히 거리가 있는 남자였다.

"⋯⋯저기."

쉿! 하는 경고의 음성이 터지자 지현은 신음을 삼키려 두 손바닥으로 스스로 입을 막아야만 했다. 그의 더운 숨이 빨려서 젖어 있던 유두 위로 쏟아졌기 때문이다. 오르가즘에 닿는 것처럼 진한 전율이 짜르르 퍼져 나갔다.

뒤로 꺾였던 고개를 내리자 범용의 지나치게 새카만 시선이 기다리고 있었다. 그러고 보니 그는 젖은 입술 말고는 어디 하나 흐트러진 데 없이 멀쩡하다. 반면에 그녀는 모든 단추를 열고 한쪽 가슴과 한쪽 어깨를 벗고 있다. 그의 손바닥이 차지하고 있는 팬티 속 상황은 말할 것도 없다. 그녀가 기댄 블라인드의 존재가 무색하게 이 좁은 공간은 눈부시게 밝다는 것이 가장 기함할 부분이었다.

"지금 네 모습 마음에 들어."

"다물어요, 선배도."

이번엔 지현이 거칠게 경고했다. 이미 벌어진 일, 정말로 큰일 나기 전에 끝내야겠다. 그의 벨트를 세게 당겼다. 튕기지 않고 딸려와 준 범용의 아랫입술을 이 끝으로 물었다.

호기롭게 도발한 보람도 없이 그녀의 입에서 먼저 신음이 흘렀다. 독한 말만 뱉어 내는 사람의 입술이 이렇듯 따뜻하고 보드라울 일인가. 닿을 때마다 미치게 좋아 몸이 절로 꼬인다.

쓰러지지 않으려 그의 목덜미에 팔을 두르고, 그의 가슴에 손바닥을 펼쳐 짚었다. 피부 아래 그의 체온에 흘려 재킷 깊은 옆구리와 허리를 연신 더듬었다.

범용이 중심을 잡기 위해 블라인드를 짚어 차르륵! 하고 소음이 났다. 그 소리에 놀라 지현이 키스도 멈추고 감았던 눈꺼풀을 열었다.

심취해 신음까지 흘리며 키스했던 자신과는 달리 범용은 그녀에게 뜯겼던 입술만 젖은 채로 무표정한 얼굴인 것이다. 그는 몹시 심각한 목소리로 말했다.

"없어, 콘돔이."

어쩌자는 말인가. 당황해서 벌어진 입술만 벙싯거렸다. 여태 두 번이나 정성껏 손과 혀로 그녀를 흔들어 놓고. 게다가 급해서 숙소로 갈 여유도 없던 사람이 아닌가.

"도와줘."

"날 보고 이 꼴로 나가서 선배 콘돔을 구해 오라는 거예요, 뭐예요."

범용의 잔뜩 성이 난 가운데도 난처해 보이지만, 적어도 그는 복장이라도 변변하지 않은가 말이다. 지현의 저항에 그는 대답이 없었다. 그저 그녀의 몸을 당긴 다음 허벅지를 붙이고 서게 했다. 셔츠를 마저 젖혀 하얗게 드러난 가슴살을 아프게 쥐더니 언제 꺼냈는지 모르는 페니스를 길게 훑는 것이 아닌가.

"없다면서……요?"

훗!

그의 뜨끈하고 단단한 페니스는 그녀의 음부 아래 꽉 닫은 허벅지 사이를 꿰뚫고 들어갔다. 그리고 그는 처음부터 격렬히 움직이기 시작했다. 마치 그녀의 안에 박히듯 일정한 박자로 탁탁 둔탁한 소리를 내었다. 보드라운 그의 페니스가 피부에 쏠리고, 그녀의 잔뜩 성이 난 음부에 쏠렸다. 얼마 지나지 않아 마찰하는 피부 모든 곳에 불꽃이 핀 듯 뜨거워지고, 생경한 자극이 시작됐다.

지현은 키를 낮추기 위해 잔뜩 구부린 범용과 이마를 맞대었다. 이게 뭔가, 우습기도 하고 황당하기도 했던 행위에 그녀도 이제 진지해졌다. 숨 막히게 꽉 쥔 가슴 위 그의 악력과 스칠 때마다 저릿저릿 피어나는 감각에 취하는 것이다. 그의 입술이 지현의 어깨에 내려왔다. 그가 섹스에 집중할 때 내는 숨소리가 귀를 파고들었다. 그 소리에 지현의 흥분은 가파르게 올라 버렸다.

"하읏."

몸이 그에게 아프게 부딪힐 때마다 높다란 신음을 터뜨렸다. 쉬이, 하고 범용이 달래 왔다. 그녀는 손바닥으로 제 입을 막아 보았다. 그것을 본 범용은 잠시 멈추더니 그녀의 손을 그의 입으로 가져갔다. 따뜻하게 입을 맞추고 젖은 혀로 손바닥을 끈적하게 핥아 냈다. 그리고 그 손을 내려 자신의 페니스를 감싸게 하더니 물기를 옮겼다. 다시 그가 움직였다.

이번엔 그와 그녀 동시에 서로의 어깨에 이마를 대고 본격적으로 감각에 열중했다. 더 몸집을 부풀려 적극적으로 피스톤질을 하는 페니스에 그녀의 감각도 점점 더 커다래졌고, 어느새 허벅지와 그의 페니스를 적실 물기를 흘리고 있었다.

범용은 이제 가쁜 숨을 내쉬고 있었고, 그녀의 손 하나를 몸 뒤로 가게 해 찔러 넣은 페니스의 선단을 만지작거리게 했다. 보드라운 그 끝에 닿을 때마다 그의 몸은 성실히 진동했다. 젖은 그와 젖은 그녀가 내는 질척한 소리가 좁은 공간에 그득했다. 그리고 바깥 어딘가에서 사람들의 목소리도 간간이 들려왔다. 소리는 귀를 간질이고, 심장을 간질였다.

보태진 은밀한 감각에 지현은 진저리를 쳤다. 그도 마찬가지였던 가 보다. 두 사람은 동시에 짧고 둔탁한 신음을 절정에서 터뜨렸다. 뜨겁게 흐르는 줄기가 그녀의 발목에 닿았을 무렵에나 두 사람은 서로에게서 기댔던 고개를 들었다. 가쁜 가슴과 더운 숨에 마른 입술 이 꼭 닮은 서로를 마주 보며 웃음을 터뜨리고 말았다.

* * *

리허설만 잠깐 구경하려던 두 사람의 계획이 틀어져 실례를 무 릅쓰고 본식 참관을 요청해야 했다. 하객들의 웅성거림보다 살짝 큰 음악 소리로 시작된 온실 입구는 마치 수양버들의 그것처럼 길게 늘어진 수백 개의 줄 전구가 열어 주었다.

지현과 범용은 경건한 예식이 시작되는 소리에 자연히 입구에 서 갈라져 신부 하객석과 신랑 하객석에 나뉘어 섰다. 달리 앉을 자리가 배정되지 않았기에 스텝 목걸이를 찬 채로 눈에 띄지 않 는 스텝석 구석에 서야 했기 때문이었다.

조도가 낮은 튤립 모양 전구 수백 개가 식장을 넓게 에워쌌다. 밤중에 치르는 예식을 위해 온실의 안을 환하게 밝힌 터라 주인인 꽃과 나무도 잠들지 않고 소란하게 참석해 존재감을 뽐내고 있다. 온실 숲 오솔길의 곡선을 그대로 살린 웨딩 로드는 덕분에 다른 꾸밈 이 없어도 아름다워 보였고, 바닥에 깔린 새하얀 융단은 높이가 없었 어도 도드라져 보였다.

이 화려하기 짝이 없는 온실 예식의 압권은 가려진 데 없이 둥글게 떠올라 은은하게 빛을 쏟아 내리는 유리 천장 위의 보름 달이었다. 천문학적이라는 고액의 식비와 까다로운 계약 조건 같은 치명적인 단점들은 저 한 장면으로 충분히 상쇄된다.

인정한다. 누구라도 꿈을 꿀 완벽한 장소였다, 이곳은. 결혼에 대한 환상 따위 가져 본 적 없는 여자에게도 말이다. 작은 숲속에서 열린 연회 같은 정도의 예식일 것이라 예상했던 것과는 달리 상상 이상으로 웅장한 것에 지현은 한숨 같은 감탄을 연신 터뜨려야 했다.

이제 나란히 손을 잡고 웨딩 로드를 걸어 단상에 올라선 오늘의 두 주인공은 다른 주례사 없이 하객들을 향해 서서 서로의 언약을 읽어 나가기 시작했다. 꽃인 듯 예쁜 신부와 눈 맞추어 사랑을 숨기지 않는 신랑. 두 사람은 꼭 붙든 두 손을 놓지 않고 서로에게 사랑을 약속한다.

사랑 그리고 영원. 그들의 절절하기까지 한 약속의 말에 노골적으로 드러난 허무맹랑한 표현들이 평소처럼 거슬려야 맞는데, 환상적인 이 공간 덕분인가. 지현은 그들이 정말 불가능을 넘어서 이 모든 언약을 이룰 것처럼 믿어지는 것이었다. 어쩌면 정말로 그럴 수 있을 것이라, 착각인 줄 알면서도 믿겠는 것이었다.

지현은 급기야 감격해 눈물짓는 연인들에게서 시선을 떼고 저 건너편의 범용에게 두었다. 그도 저 앞의 행복한 연인에게서 카메라 렌즈를 떼지 못하고 있었다. 그렇게 지현의 안에서 존재하지 않을 것이라 믿었던 것들이 하나, 둘 존재감을 드러내는 것이었다.

사랑은, 그리고 영원은 이제 보니 실재를 따지는 것이 아니라 단지 믿는 것이었다. 떼쓰듯 구걸하는 것이 아니라, 그저 믿는 것이었다. 의심해서 공허하기보다는 믿어 의심치 않아야 두 사람이 사랑할 수 있는 것이리라. 그렇게 살 수 있는 것이다.

엄마 자형은 어쩌면 지현이 여기는 대로 같은 실수를 반복하는 바보가 아니었을지도 모른다. 오히려 일찍이 삶을 가치 있게 사는 방법을 깨달았던 사람이었던 것은 아닐까 싶다. 홀로인 외로움이야말로 제게 주어진 유한한 삶을 낭비하는 '실수'이지 않을까. 그러니까 무지했던 것은 엄마가 아니라, 지현 자신이었는지도 모른다.

그때, 커다란 감탄사와 함께 사람들의 박수가 터졌다. 신랑 신부가 반지를 나누고 키스를 나누는 순간이었다.

홀린 듯 따라서 손뼉 치던 지현은 자신을 보고 있는 범용과 눈이 마주쳤다. 우거진 나무 아래 서 있는 그의 얼굴은 그늘져 다 드러나진 않았지만, 그녀를 향해 미소하고 있다는 것은 알아볼 수 있었다. 지현은 저 사람도 어쩌면 그녀와 똑같은 생각을 하고 있지는 않았을까. 착각이어도 기분 좋은 것에 지현도 그를 따라 웃고 말았다.

범용이 천천히 움직였다. 그리고 밝은 아래로 나와 얼굴을 드러냈다. 그새 사라진 미소에 읽을 수 없는 표정을 하고 있지만, 그녀는 또 알 수 있었다. 그는 그녀를 부르고 있다.

지그시 그녀에게 시선을 떼지 않은 채로 움직이기 시작한 범용을 따라 지현도 천천히 저 밖을 향해 걷기 시작했다. 예식은 여전히 진행 중이었고, 하객들은 모두 앞을 보고 있었다. 지현과 범용두 사람만이 거꾸로 걸어 그곳을 빠져나간다.

둘만의 조용하지만 분명한 이탈을 신경 쓰는 사람은 아무도 없다. 그래서 더 완벽한 행진이었다.

열정이 온도를 달리했다 273

전구 줄기를 걷고 그녀를 향해 손을 내밀어 기다리는 범용에게 가는 동안 지현은 커다랗게 심장이 고동친다는 것을 깨달았다. 그리고 그녀는 그의 손을 맞잡은 그 순간 고개를 돌려 행복한 신랑 신부의 모습을 보고, 다시 범용의 얼굴을 보았다.

우리는.

그렇다면 우리 둘은?

우리는 함께여도 괜찮을까. 우리는 영원을 믿게 될까.

* * *

"말했듯이 내 지인들만 초대한 가벼운 자리야. 연말이기도 하고, 범용 오빠도 오랜만에 얼굴 볼 수 있을 것 같아서 불렀어. 오빠 온다고 하니까, 다들 어렵게 시간 내서 내려온 거라고."

이안은 범용의 얼굴에 시선을 고정하고 있지만, 그녀에게 하는 말인 줄 뻔히 알겠다. 그래서 묵묵한 범용 대신 지현이 대답했다.

"걱정 말아요. 안 따라가요. 그냥 본동에 온 거라니까요? 여기 레스토랑이랑 갤러리도 유명하고, 라운지 바 뷰도 엄청 근사하다면서요. 일하는 거라고요, 일."

"일만 하면 쓰니. 내 이름 대고 저녁도 먹어, 말해 놓을게."

그녀가 범용과 함께 가지 않는다는 것이 되게 경사스러운가 보다. 고이안이 부지현한테 이렇듯 후하다니 말이다.

"고맙지만 사양할게요. 소화기관이 허약한 편이라서."

"좋을 대로 해. 말은 해 놓을게."

이안에게 재킷 소매를 붙들린 범용은 지현을 물끄러미 보며 버티고 있다. 지현은 지금 심술이 잔뜩 난 그의 무표정을 읽고 있고.

"진짜 괜찮아요. 가서 사람들 만나요. 선배 때문에 일부러 만든 자리라잖아요."

"아마 우리가 또 섹스 할까 봐 만든 자리일걸?"

지현은 다 엿듣고 있는 이안의 눈치를 살짝 본 후 크게 한숨을 쉬었다.

"뭐, 할 때마다 광고하려고요?"

범용을 엄히 꾸짖었건만, 이안은 죄 없는 지현을 찢어 죽일 듯이 노려보며 원한을 숨기지 않았다.

"네가 더 나빠."

"제발 가세요, 들."

억울하고, 황당한 덕에 활활 타는 얼굴의 지현이 먼저 돌아서기로 했다. 전설은 전설인가 보다. 범인인 지현으로서는 저 두 사람을 동시에 오랜 시간 부대끼기가 영 벅차다.

"부."

범용이 멀어지기 시작한 그녀를 불렀지만, 지현은 돌아보지 않고 '네에.' 했다. 새빨간 얼굴 화기 덕분에 어질어질했기 때문이다.

"일만 해."

"네."

광활한 로비를 가로지르며 어서 모습을 숨길 데를 찾고 싶을 뿐이다.

"일만 하라고 했다."

"네에."

"부."

왜 또 부르시나. 지현은 결국 그를 돌아보았다. 미간을 잔뜩 찌푸리고, 가슴 앞에 팔짱을 단단히 끼웠고, 짝다리도 짚었다. 할 수 있는 최대치의 삐딱함이다. 범용은 고이안을 옆에 달고서 그저 그녀를 빤히 볼 뿐이다.

그리고 다시 한 마디.

"부."

"네, 대답하잖아요."

"부."

"네."

그때였다. 이상한 기분이 든 것은.

"부."

"……네."

지현은 알아듣고 가슴이 쿵 하였다. 그가 '부' 할 때마다 그녀는 '네?' 했고, 그 모든 순간 고백인 것처럼 설렜다던 말. 우리의 지난 삽질의 날들 말이다.

"네."

지현도 고백했다. 범용은 마음에 든다는 듯이 입매를 움직였다. 그녀만 본 의미심장한 미소에 지현은 이미 붉은 얼굴에 더 뜨거운 바람이 닥친 기분이 되었다.

"……부."

인사처럼 되돌린 그의 부름에 지현도 피식 웃으며 고개를 푹 수그렸다. 그리고 넓은 호텔 로비 한가운데에 서서 기꺼이 커다랗게 대답했다.

"네, 선배."

* * *

결혼이라는 것을 그의 인생에서 지운 것은 연애와 여자와 그리고 제 곁을 비우기로 하면서다. 이유는 간단했다. 인생은 유한하다. 고로 낭비하고 싶지 않았으니까.

그저 충분했다, 가끔이나마 지현과 마주 앉을 수 있는 것만으로도. 그러니까 그녀가 그를 흔들기 전까지는 말이다.

머리 위에 뜬 달빛을 받으며 온실 예식에 선 지현을 보며, 범용은 다시 생각했다. 인생은 유한하다. 고로 낭비하고 싶지 않다고. 절대로 바라보는 것만으로 만족하며 살고 싶지 않다고 말이다.

"진범용! 어디 가!"

연회장을 나와 승강기 앞에 선 범용을 향해 다급히 달려오는 이안을 굳이 돌아보지는 않았다. 저녁 식사 내내 그의 옆자리에 앉아 신이 나게 떠들게 해 준 것으로 할 만큼 했다.

"오빠!"

지루하게 느껴질 만큼 늦는 승강기 전광판을 향해 시선을 꽂은 채 범용은 휴대전화를 꺼내 지현에게 통화를 연결했다. 신호음만 이어진다. 어디에 있을까. 여기 본동 어딘가에 있을 텐데.

"이렇게 가면 어떡해! 인사도 안 하나?"

"만나서 반갑다고 한 시간을 인사했어."

헤어질 때도 또 그 짓을 해야 하나, 넌덜머리가 났다.

"저녁 식사 자리라고 진짜 끼니만 때우고 일어난다고?"

"간다."

문이 열린 승강기 안으로 들어간 범용은 잽싸게 따라 타는 이안을 또 모른 척 고개를 돌려 버렸다.

"그렇게 안달 나 죽겠니?"

"뭔 소리야."

"부지현 말야. 십 년을 붙어 다녀 놓고, 한 시간 떨어져 있기도 힘들어? 꼴 보기 싫어 죽겠네, 정말."

이안의 고까운 목소리에 그는 푸스스 소리 내어 웃었다.

"아깝잖아, 시간이."

"뭐래……."

허송한 10년은 어디서 보상받을 것인가. 생각할수록 분하다.

"부지현 지금 있는 데는 알고 가는 거야?"

범용은 계속 전화를 받지 않아 메시지를 쓰다가 이안을 돌아보았다. 그녀는 여전히 그를 흘겨보는 눈을 하고 있다.

"에스코트 붙여 준 직원이 아까 보고하더라고. 부지현 씨가 우연히 거기서 가족을 만났다네?"

"가족?"

"그래서 우리 호텔 일식당 VIP 룸 내어 줬지. 예약이 아니면 현장에서 이용하기 힘들어서 나한테 묻는 거였거든. 나 아니면 부지현 지가 거길 엄두나 내? 예약도 힘들지만, 거기 디너 가격이……."

"어딘데, 그러니까."

까칠한 그의 목소리에 이안은 말을 멈추고 입매를 꾹 다물어 씰룩였다. 그리고 순순히 승강기 버튼을 대신 꾹 누르고 제자리로 돌아갔다.

"가, 나 아니면 오빠도 못 들어가."

이안은 무겁게 달고 있던 귀걸이를 빼내기 시작했다. 어깨에 걸치고만 있던 재킷도 소매에 팔을 넣어 입었다. 화려하던 것들을 차근차근 지워 내는, 마치 퇴근하는 그녀만의 의식 같았다. 그녀 가 부산히 움직이면서도 승강기 문에 비친 그를 힐끔거리는 것을 알지만 범용은 그저 전광판만 보았다.

"두 사람, 그렇게 될 줄 알았어. 아니, 너무 오래 걸렸다는 건 틀렸네."

"네가 어떻게 알아, 나도 몰랐는데."

"왜 몰라? 어릴 때 친구들도 하루 이상 못 붙어 다니는 못되어 처먹은 진범용이 부지현 꼬리에 달고 다닐 때 이미 결정 난 거 아 니야? 차가워서 도망쳐도 열두 번은 토꼈어야 맞는데, 부지현이 옆에 있을 수 있었다는 건 선배가 곁을 내줬다는 말이겠지."

그래, 그렇게 못된 처먹은 놈이 '곁' 씩이나 내줬는데. 부지현만 몰라 줬다.

"말해 봐, 전설의 고자 씨. 왜 갑자기 마음이 바뀐 건데."

"그게 왜 궁금한 건데."

이안은 물끄러미 그런 그의 옆을 보다가 승강기 문에 비친 범용과 눈을 맞추었다.

"어떤 기분인가 싶어서."

"……."

"오래 품은 사람과 끝내 이루어진 기분 말야."

이안이 자신에게 품은 마음을 모르지 않았다. 그러나 범용은 이안에게 곁을 내주지 않았다. 그리고 전혀 미안하지 않았다.

그녀는 그녀가 가진 것보다 더 큰 것들을 탐하는 여자였기 때문이다. 가져야 할 것은 작은 것 하나도 놓치지 않고 반드시 제 것으로 만들고 마는 것에 강박적이었던 이안이었다. 그것이 살아남는 법이라 배운 까닭임을 범용은 잘 안다.

그런 고이안이 단념한 유일한 것이 진범용이다. 진범용을 갖게 됨으로써 잃을 것들이 더 많은 것을 아는 영리한 녀석이었으니까. 부친이 탐낼 만한 남자와 짝을 맺어 결혼과 제 가정도 전쟁의 도구로 삼을 것이었다. 그런 이유로 그는 이안의 완벽한 카드가 될 수 없음을 이미 알았던 것이다.

스무 살 어린 제자와의 불륜 스캔들로 스스로 몰락하고 두문불출한 아버지, 아들 앞에서 자살하는 희대의 참극으로 집안을 파국으로 몰고 간 어머니.

두 사람의 가파른 추락은 형제에게 엄청난 충격과 함께 비참한 빚더미까지 안겼었다. 감추기엔 너무 유명했던 부모에게 저당 잡힌 형제의 가장 큰 불행은 피어나지 않을 봉오리로 평생을 살아야 한다고 너무 이른 나이에 선고받은 것이었다.

이안이 그에게 진심이지만, 그 진심을 다하지 않은 것도 아마 계산이 섰기 때문일 것이다. 그녀가 얄밉기 전에 범용은 이해를 마쳤다.

이복 오빠 둘과 목숨을 걸고 싸워 지키는 것이 이안과 이안의 병약한 어머니라는 것을 범용도 익히 아는 사실이었다. 유감은 없다.

"기분……? 그냥 좀 무섭다."

범용이 선선히 대답했다.

"무섭다고? 오빠가? 대체 뭐가?"

"잃을까 봐."

이안은 승강기 문이 열리고 먼저 나가는 그를 따라나서지 못하고 굳은 듯 그 안에 남았다.

"……뭘 잃어?"

상처받은 얼굴의 이안을 보지만, 범용은 대답하지 않았다. 아마 이안은 알아들었을 것이었다. 이미 잃는 것에 큰 두려움을 가진 고 이안이라서, 범용이 그녀가 욕심내는 세상만큼이나 큰 의미의 여자를 품게 되었다는 것을 어렵지 않게 알아챌 수 있을 것이었다.

* * *

목소리는 불행하게도 너무 정확히 들렸다. 얼굴은 몰라도 목소리와 말 내용으로 누구인지 구분하기도 쉬웠다. 지현의 목소리는 말할 것도 없고 말이다.

범용은 매무새를 다잡으며 입구 앞에서 들어갈 틈을 보고 있었다. 나지막하고 진중한 어른의 목소리가 흘러나오고 있었으므로 말씀을 중간에 끊을 수가 없던 것이다. 방을 안내해 준 직원을 물리고 대기하듯 선 자리에서는 방 안의 이야기들이 고스란히 들려왔다.

"지현이 탓할 것도 없지. 보고 배운 게 있어야 도리라는 것을 알 것 아닌가. 다 어른들 잘못이네."

"탓한 사람은 할머니 혼잔데요."

어르신의 엄한 꾸짖음에 대쪽같이 말대꾸를 붙이는 목소리는 지현이었다. 그리고 조그맣게 그런 지현의 이름을 불러 말리는 목소리들이 있었다.

"저 천둥벌거숭이가 어디서 왔겠는가 말야. 명자형 그 악독한 물건이……."

"아니. 명자형 그 물건이 그러니까요. 동정녀 마리아님도 아니고, 자웅동체도 아닌데 왜 울 엄마만 죽어라 쥐어뜯으세요?"

그러니까 부지현의 저 근면 성실한 말대꾸 습관은 철저히 양육 환경에 의한 발현인가 보다. 밟힐수록 머리를 쳐드는 패기에 그도 여러 번 한계를 맛봤기에, 얼굴 한번 뵌 적 없는 어르신의 명복을 빌게 된다.

"지현이 제 딸이에요. 어머니 손녀 맞고요. 저 가차 없는 말본새 보십시오, 딱 어머니 핏줄인데요."

웃음기가 가득 찬, 중후한 목소리가 지현을 거들었다. 편드는 것을 가장한 어르신 공격인 것도 쉽게 알아챌 수 있었다. 어르신이 못 알아들을 리도 없다.

"아범, 정신 차리시게! 쟤 저렇게 그냥 둘 게야? 자네 딸 나이가 얼만지 알기는 해? 남 사장도 지난번 선 자리가 성에 차지 않았다시네. 다시 자리 마련하기로 말 맞췄으니, 지현이 쟤 이번엔 단단히 가르쳐서 내보내야 해. 아범이 못 하면 어멈이랑 내가 하게 모른 척하시게."

"남 피디님 제 상사예요."

지현의 목소리는 티가 나게 지루해하고 있다. 집중이 흐트러질 만큼 길었던 대화였던가 보다. 이쯤 그녀를 도와 들어가 줄까. 그는 문손잡이에 손을 올리고 표정을 좀 갈무리하며 들어갈 준비를 마쳤다.

"더는 상사 안 하면 될 일이고."

"결혼 하나만 참견하시겠다는 선전포고가 5분 전이었는데요. 제 밥벌이까지 운전하시게요?"

"그 이름도 없는 회사에서 직급도 없는 일에 무에 정성을 들여? 이참에 다 그만두고 시집가."

"손녀딸 탐탁지 않은 밥벌이가 거슬리시면, 다 그만두고 아버지 회사 들어와 도우라고 하셔야죠. 빈말이라도 끔찍한 거죠? 귀한 손자 몫에 손녀딸 나부랭이가 어슬렁거리는 건? 와, 진짜 더럽고 치사하시네."

범용은 숙인 고개를 절레절레 흔들었다. 저런 노골적이고 적나라한 말도 부지현이 하면 평이한 문장이 된다. 그래서 당한 상대는 한 박자 느리게 타격감을 느끼게 되는 것이다.

"네깟 게 회사에서 할 수 있는 게 뭐가 있어. 그래서 시집가라는 것 아니야. 그게 네 아빌 돕는 길이다. 남 사장 집안이 보통 집안이야? 그런 집과의 사돈 자리도 네 아버지 사업에 힘이 되는 것이야."

처음으로 실내에 적막이 흘렀다. 그리고 지현이 기어이 말을 터뜨린다.

"아빠 회사, 딸 장사 시작했어요? 빵 안 팔아, 인제?"

"그럴 리가. 우리 빵 잘 팔린다. 그것만 팔아도 이렇게 쓸데없이 비싼 데를 철마다 놀러 다니잖냐."

지현의 말도, 그녀를 돕는 아버지의 말도 버석버석 건조할 뿐이지만 그는 읽어 낼 수 있었다. 지현과 그의 아버지는 지금 화가 났다. 범용은 이제 이 가족 모임을 방해할 수 없다는 것을 깨달았다. 끼어들 틈 따위는 오늘 없을 것이라는 예감에 문 앞에서 한 걸음 물러났다. 한숨 한 번으로 단념하며 뒤돈 그때였다.

"할머니가 맞아요. 나는 엄마 닮았어요. 생긴 것뿐만 아니라, 영혼까지 판박이 맞아요. 엄마 닮아서 남의 감정 상관없이 내 감정만 중요한 이기적인 년이라고요."

"너, 너……!"

지현의 이름을 탄식처럼 부르는 사람들은 이제 속수무책인 것을 느꼈을 것이다. 범용은 사태의 심각함에 걸음을 멈추어 섰다. 지현은 술도 마시지 않고 독한 말을 작정할 만큼 상처 입었음을 알아챘다.

"왜요. 할머니가 하신 말씀이잖아요. 명자형, 이 악독하고 이기적인 년. 내 집안에 무슨 원수를 지었기에 당신 아들 팔자를 꼬고, 딸년 내세워 한 재산 넘보느냐."

"없는 말 아니다."

"없는 말이라고 말씀드렸어요, 오래전에. 엄마는 아빠랑 헤어질 때 위자료 받은 적 없고, 나 키운 양육비까지 다 거부하고 나만 데리고 나왔어요. 다 필요 없이 나 하나 원한다는 바람도 기어이 안 들어주시고, 할머니 내킬 때마다 저 데려가고 내치고 하셨어요. 어린 마음 상처 같은 건 안중에도 없이 어디 전시할 일 있으면 본가에 데려다 놓았던 거, 저도 엄마도 몰랐던 것 아니에요. 그런데도 아빠가 저 성인 되자마자 준 아파트며 차며 받는 족족 다시 돌려드렸고, 그때마다 할머니한테 보고 들어간 것도 알아요. 모른 척 마세요."

"그야 돈 궁할 틈 없이 남편 갈아 치운 덕 아니냐. 내 어딜 가든 그놈의 숭한 전 며느리 재혼 소식들 때문에 얼굴 뜨거운 게 한두 번이 아니다. 아무리 막되어 먹은 물건이라지만, 결혼에 이혼을 밥 먹듯이 해. 애먼 남자들 등골만 빼먹고, 요망하게."

"아들 전처, 갈아 치운 남편들 재산 걱정까지 하시는 거예요? 그거 요즘 말로 오지랖 투 머친데."

"말버르장머리, 그것도 딱 네 어미구나."

"그러니까요. 어디 하나 빼 먹은 데 없이 명자형 씨 닮아서요, 내가. 그래서 할머니 바라시는 대로 해 드릴 수가 없어요."

"평생 혼자 살 것도 아니지 않아!"

"결혼 안 한다고요. 아빠랑 엄마 스코어로도 우리 집안 충분히 넘쳐요. 나까지 보탤 것 없죠. 할머니 혈압을 위해서도 그게 낫지 않겠어요? 그놈의 결혼에 이혼 소리 그렇게 지겨우시다니까."

누누이 강조하며 가르친 분은 전혀 이런 결과물을 예상치 못하신 모양이다. 혀를 끌끌 차며 부족한 손녀를 탐탁지 않아 하신다.

"제 의지가 이런데, 보통 집안 아닌 남 사장님 댁 귀한 외동아들 욕심내시면 진짜 날강도죠. 나도 명자형 씨처럼 귀한 집 아들 신세 망치면 안 되잖아요? 그래서 귀하지 않은 적당한 남자 만나, 적당히 신세 망치지 않을 정도만, 가끔 적당히 즐기면서 살래요."

범용은 불행히 아까 떠났어야 할 자리에 못 박히고 말았다.

"즐겨? 적당히?"

네 이놈! 하고 어르신의 역정 섞인 고함이 터졌다. 그러나 정작 지현은 어느 때보다 건조하게 대답할 뿐이었다.

"걱정은 마세요. 엄마처럼 요란하게 안 해요. 유일하게 보고 배운 게 그거 하나라."

* * *

세상은 이제 우는 아이에게 사탕을 주지 않는다. 울음은 시끄럽고 불쾌한 소음에 불과할뿐더러, 사람들에게 나약하고 어린 티를 드러내 약점으로 책잡히기 마련이다. 그래서 지현은 우는 것을, 특히 누군가 앞에서 우는 행위를 극렬히 싫어한다.

물론 살다가 종종 자신의 의지와는 상관없이 울고 싶어지는 순간을 만나게 된다. 가령, 부당하거나 가슴 아픈 일을 맞닥뜨렸을 때가 그렇겠고, 혹은 화가 나거나 극히 드물지만 기쁨이 감당되지 않을 때에 울음의 욕구를 느끼기도 한다.

세상은 버텨 내기에 수월한 일만 일어나지 않고, 절대 녹록지 않은 탓이다. 이미 인지하고 있는 사실이기에 지현은 지금이 눈물이 당황스럽다. 나는 오늘 왜 울고 싶은 걸까.

"싫어요……."

통곡처럼 소리가 먼저 울며 나오고, 눈물이 차올랐다. 당황해 입술을 꾹 깨물어 닫았다.

"뭐가."

낮게 가라앉은 목소리의 범용이 다그쳐 물어 왔다.

"몰라요. 그냥…… 싫어요."

눈물이 주르륵 하고 넘쳐흘러 버렸다. 그가 보고 있을 거라는 걸 알기에 슬픔보다 수치스러움이 더 크게 닥쳐 왔다. 눈물이라니!

"……그래."

그에게 꼬집히듯 짓눌린 허벅지에 하얀 손자국이 남았다. 벗지도 못하고 옆으로 치워 둔 팬티는 그녀의 애액으로 젖어 있고, 드러난 젖가슴은 타액이 식으며 끝부터 시려 오고 있었다. 애무는 처음부터 강렬했고, 몰아친 행위들에 지현은 벌써 숨이 모자랐다.

범용은 단칼에 그녀에게서 물러났고, 그렇게 곧장 작업실을 나가 버렸다. 남겨진 지현은 차가운 바닥에 털썩 주저앉았다. 그가 싫은 것이 아니었는데, 그 말을 못 해 주었다. 그게 서러운 것도 아닌데, 이제 엉엉 소리 내어 울음이 나온다.

관계와 감정은 늘 변화한다는 것을 알고 있다. 멈추어 박제되지 않고, 성장하거나 퇴화하거나 언제든 돌발적으로 방향을 틀어 흐른다는 것을 그녀도 잘 안다. 그러나 너무 빨리 우리 두 사람의 관계가 변해 버렸다.

지현은 새로운 일을 시작하며 본격적으로 바빠지기 시작했고, 그는 2층으로 올라가 두문불출했다. 하루가 끝날 즈음 그는 내려와 하루 진행된 일들을 살펴 주고, 고쳐 주고, 혹은 길을 제시했다.

짧은 보고는 곧장 게걸스러운 섹스로 이어지고, 밥 한 번, 차 한 번 나누지 않은 채로 그는 그녀를 집에 데려다주었다. 이 고착된 관계의 패턴에 그녀는 딱히 거부감을 드러내지는 않았었다. 거북하지 않았기 때문이었다. 처음에는 말이다.

대화보다는 키스가 잦았고, 눈을 보기보다는 몸을 보는 일이 잦아졌다. 점차 우리가 도대체 무엇인가 하는 의문이 들고, 그와 섹스를 하던 어느 찰나 깨달아졌다. 이제 더는 그녀가 그의 표정을 읽을수가 없다는 것을 말이다. 그녀에게도 표정을 감춘다는 것은, 감춘 마음이 있는 것이라는 결론을 내고 범용을 관찰하기 시작하자 어렵지 않게 또 깨달을 수 있었다. 그의 마음이, 열정이 온도를 달리했다.

지현은 일어나 스커트의 지퍼를 올리고, 흐트러진 매무새를 정리했다. 그리고 눈물을 훔쳐 낸 후 소파에 고쳐 앉았다. 울음이 찼던 마음은 쏟아 내고도 쉬이 진정되지 않았다. 어깨를 크게 들썩이며 호흡을 했다. 들이쉬고, 내쉬는 숨소리 중간중간 아직 울음이 섞여 나온다. 왜 울었던가, 다시 처음으로 돌아가 고민하기 시작했다. 그가 싫은 것은 절대 아니다. 싫었다면 처음부터 안기지 않았을 것이다.

며칠 전 범용이 고이안과 나란히 이 골목을 나가는 것을 본 것도 이유가 다 되지 않았다. 그 여자가 벗고 덤벼도 꿈쩍도 하지 않을 그를 아니까 말이다. 그가 변한 것이 서운한 것 말고, 뭔가 그녀 안에 숨은 결론이 하나 더 있다는 것을 깨닫는다.

범용은 어쩌면 그녀의 대답을 더는 기다리지 않는지도 모르겠다는 것. 그녀가 대답하기도 전에 그는 벌써 마음이 끝났을까. 서로 가져 보았기에 후회 없다, 서둘러 그다음으로 넘어갔을까.

지현은 섣부른 짐작과 오해일지도 모른다고 하기엔 너무 확실한 사인들에 도로 눈물이 차올랐다. 이렇듯 짧고 얕은 마음이었다는 것이 원망스럽다. 그녀는 한참 전부터 그와의 사랑과 영원을 믿기로 한 것을 말해 주지 않은 것도 후회스럽다.

그리고…… 이렇듯 홀로 어둑한 공간에 남겨지는 기분보다 수천 배 끔찍할 헤어짐 그 이후의 심정들이 몹시 두렵다. 뜻 모를 눈물은 아마 두려움이었던가 보다.

'적당히 즐기고 살겠다'고, 할머니가 아팠으면 하고 뱉은 말은 도리어 그녀를 아프게 만들었다. 마치 신이 듣고 범용과의 관계로 그 말을 실현해 버리는 것만 같아 겁이 난다.

아마 그녀는 울며 매달리고 싶었던가 보다. 진심이 아니었다고 억지라도 부리고 싶었던가 보다.

* * *

"오늘이지, 첫 촬영?"

"네."

"잘 알아서 챙겼겠지만, 현장으로 출발 전에 다시 한번 체크하고."

"네."

지현은 손에 든 태블릿만 보며 꾸물대는 법 없이 대답을 바투 붙였다. 그녀가 출근하기도 전에 1층에 내려와 그녀의 오늘 일정 파일을 일일이 확인하고 있던 범용이었다.

그녀가 어제 이곳을 나가고 얼마나 지나 그가 집에 돌아왔는지는 알 수 없지만, 그는 어제 나갈 때와 똑같은 옷을 입고 있었다. 밤새 어딜 헤매다 왔을까. 아니면, 밤새 자지 않고 있었을까.

"부."

"네, 대표님."

"부."

"네."

"……지현아."

범용은 대표로 그녀를 부르는 게 아니었나 보다. 지현은 그래서 답을 하지 않고, 그의 앞에서 그 즉시 돌아섰다. 미리 싸 둔 가방을 챙겨 사무실을 빠져나왔다. 그와 지금 대화하고 싶지 않다. 정리되지 않은 거칠고 사나운 단어들이 감정 그대로를 싣고 그에게 튀어 나갈 것만 같았다. 아직 채 정제하지 못한 미련한 마음들도 들키고 싶지 않았다. 그러고 싶지 않다, 오늘은.

마당을 나가 대문을 닫고 나서도 한참을 그 앞에 서 있었지만, 범용은 그녀를 따라 나오지 않는다. 돌아선 것은 자신이었지만, 상처도 그녀가 받는다.

"부지현 씨?"

어느새 도착한 〈활〉 촬영 팀의 승합차는 문이 활짝 열린 채였고, 그 안에는 이번 촬영을 맡은 남 피디와 〈드림 유〉 담당 민환을 비롯한 서너 명의 팀원이 그녀를 빼꼼히 구경 중이었다.

"아, 네."

안녕하세요, 고개를 푹 숙여 인사하면서 표정을 정리할 시간을 벌었다.

"좋은 꿈 꿨어요?"

차에서 내린 남 피디가 길게 기지개를 켜며 물어 왔다.

"네?"

"오늘 첫 기사, 첫 촬영이잖아요. 시작은 중요하니까."

아……! 하고 멍청하게 얼버무리는 동안 민환은 요즘 새로 장만한 휴대용 전해수기를 분사하기 시작했다. 댓바람부터 촉촉하게 젖는 동안 승합차 안 다른 팀원들의 동정 어린 시선에도 꿋꿋할 수 있었다. 민환이 거슬릴 만큼 신경이 남아 있지 않은 덕분이다.

"열심히 준비했는데, 현장에서 제가 부족하더라도 너그럽게 봐주세요."

"우린 이미 너그러워, 부야. 함께 일해 본 덕에 너의 다소 부족한 역량을 모르지 않으니까."

민환이 다시금 지현을 건드렸지만, 그녀는 이번에도 상대하지 않았다. 무려 짙은 데님에 옅은 데님을 입은 테러급 오늘의 패션도 너그러이 지적하지 않기로 했다.

"그래, 우린 너그럽지. 예민환이랑도 일하는데. 아무렴."

남 피디가 나서 주었기 때문이었다. 입을 꾹 다물고, 눈을 팍 내리깐 민환은 당분간 저렇게 삐친 채로 조용할 것이었다. 평화를 지켜낸 그녀는 남 피디에게 눈으로 감사의 말을 전했다. 남 피디도 손으로 이마의 땀을 닦는 시늉을 하며 조용히 생색을 냈다.

"따로 가지 말고 한 차로 같이 가요. 승합차라서 자리 많아."

서원에게 빌려 온 승용차에 짐을 실으려던 지현은 남 피디의 말에 멈칫했다.

"기름도 아끼고, 지현 씨 기운도 아끼고. 응?"

한 마디로 상황을 정리한 그는 조수석에 벌써 자리 잡은 민환에게 눈짓했다. 입이 이만큼 나온 민환이 차에서 내려 그녀의 큰 가방을 빼앗았다. 기운을 아끼려면 예민환과 떨어지는 것이 상책일지도 모르는데.

"그래, 너 지금 누가 봐도 산송장이야. 그 다크서클을 가지고 무슨 용기로 민낯 출근이야?"

"늘 하던 만큼 한 메이크업이거든?"

"얼굴이 그 지경인데, 늘 하던 만큼만 하면 어쩌냐? 너는 종일 네 얼굴 안 보고 지낸다고 너무한 거 아니냐?"

지현은 결국 기어이 매를 적립하는 민환의 어깨를 주먹으로 퍽 치고 지나쳤다. 그리고 그가 차지했던 조수석을 가로채 올라탔다.

"왜 거길 앉아! 뒤에 타서 눈 좀 감지? 너 쓰러지면 활에서 산재 처리도 못 해 줘, 이 무급 휴가자야!"

민환이 불만스러운 듯이 그녀에게 툴툴거렸다.

"널 조수석에 태우고 안전 운전 할 베스트 드라이버가 지구엔 드물어. 운전이란 행위에는 평정심이 필요하다고."

남 피디가 운전석에 앉으며 눈을 껌뻑껌뻑 떴다 감으며 감사의 인사를 해 왔다. 지현도 고개를 끄덕이며 아까 빚 이렇게 갚는다고 굳이 생색냈다.

5분 전까지만 해도 눈앞이 캄캄할 만큼 우울했는데, 이렇게 저 인간과 툭탁거리며 활력이 찾아졌다. 역시 일상의 비타민, 인생이 잉여로워지는 데에는 예민환만 한 게 없다.

* * *

우리나라 1호 웨딩 플래너 지화자 대표와의 인터뷰는 순조로웠다. 오늘의 인터뷰이는 오늘의 인터뷰어보다 프로페셔널 했으므로, 막히는 데 없이 착착 진행되었다. 연장자이기도, 나이 지긋한 인생 대선배이기도 한 그녀의 시종 여유로운 태도에 지현도 딱딱하게 뭉친 긴장을 풀 수 있었고, 나아가 예전의 '하던 가락'까지 끌어낼 수 있었다. 오랜만에 느껴 보는 성취감과 희열이었다.

〈드림 유〉 창간호 첫 번째 인물 인터뷰 영상은 성공적으로 마무리되었다. 하지만 강남에 자리한 5층짜리 웨딩 회사 사옥은 박람회장을 방불케 할 만큼 휘황찬란했고, 덕분에 예정한 일정보다 시간이 오버 되고 있었다. 점심시간을 넘긴 것은 이미 오래였기에 지현의 마음이 탔다. 그걸 읽은 남 피디는 그녀를 오히려 달랬다.

"밥 먹겠다고 나갔다가 여길 다시 열어 달랄 수는 없어요. 그건 현장 선배인 우리가 더 잘 알아. 그러니까 지현 씨 그렇게 안 미안해도 돼."

남 피디는 효율을 위해 팀을 나눠 다른 층으로 카메라 팀 하나를 보내 지현을 도왔다. 지현은 남 피디와 둘이 남았다. 그가 지시하는 대로 보조를 하며 뒤따랐다.

"이렇게 클 줄은 몰랐어요."

"그러게. 무슨 웨딩 회사가 국립박물관만 하냐. 봤어요, 아까? 예물이랑 폐백 상 시대별로 샘플링 해 놓은 거?"

혀를 내두르는 그와 눈을 맞추며 지현도 함께 고개를 절레절레 했다.

"소속된 플래너만 스물이 넘고, 그들이 각자 한 달에 열 커플 이상씩 맡는다잖아요. 업적이 좀 많겠나요."

"매달 그렇게 많은 부부들이 생겨난다는 게 더 놀랍다. 그죠?"

"네."

"우리도 여기서 할까요?"

"네에. 네?"

방금 촬영한 영상을 모니터하려 그의 카메라 액정에 고개를 박고 있던 지현은 너무 놀라 맹하게 되물었다.

"우리도 여기 맡기자고요. 여기 대표 굉장히 능력 있어 보이던데. 그죠? 믿음이 가는 사람에게 맡겨야죠, 일류지대사인데."

"우리요? 피디님이랑 저요?"

다음 영상 스케치를 위해 스케줄을 띄워 놓은 태블릿을 빼앗아 간 그는 다음 층으로 앞장서며 말했다.

"우리 이번 주 맞선, 아니, 재맞선 다음에는 곧장 날 잡을 예정 이시던데요? 못 들었어요?"

할머니가 기어이.

"아뇨. 저번 주에 그거 제가 거절했는데요."

"나도 그즈음 거절했어요. 근데 양가 나란히 당사자들 의향 접 수는 안 해 준 모양이야. 우린 나흘 뒤 정오에 지난번 그 호텔, 바 로 그 한식당에서 다시 만나야 한답디다. 나는 상속에다가 이미 받은 투자금 회수까지 협박받은 신세라 거기 나가 있을 거예요.

지현 씨는? 나올 거예요?"

마침 도착한 승강기는 번잡했고, 두 사람은 나란히 비상구 계단을 오르기 시작했다. 그의 뒤를 따라 오르며 지현이 불퉁하게 말했다.

"또 상속이요? 고루한 협박인데도 매번 별로 창의력 없이 대처하시네요. 피디님 실망이에요."

"어어? 나야말로 지현 씨 실망인데요. 키워 주지 않은 부모에, 내치기까지 한 할머님인데 뭐가 무서워서 매번 휘둘리는 거예요? 물려받을 회사도 없는데, 왜에?"

"지금 그 물려받을 상속 지키려고 날 선동하는 거예요? 파투는 덜 손해 보는 쪽이 해라?"

비상구 철제문을 열고 뒤따르는 지현을 기다린 주형이 고개를 크게 끄덕였다.

"나는 아쉬운 게 많은 볼모지만, 지현 씨는 아쉬운 것 없잖아요. 받을 유산 없다고 했다며."

"나도 아빠는 아쉽거든요. 너무 엇나가 미운털 박히면 어릴 때 헤어져 늘 그리운 우리 아빠랑도 멀어지지 않겠나요?"

남 피디는 손바닥 하나를 얼굴 옆에 펼쳐 보이며 항복했다.

"와. 조실부모 비극을 갖고 나오다니. 왕 치사."

그가 마지막 촬영을 마치는 사이, 지현은 당장 코앞에 닥친 맞선을 고민해야 했다. 이번에도 아빠 몰래 해치우실 예정인가. 아니면 이번에는 아빠도 동참한 일인 걸까. 그녀도 모르게 일이 진행되고 있다는 황당무계는 두 번째 일이었다. 한사코 거절하는데도 평소처럼 내놓은 자식 취급해 주지 않는 것이 불안했다. 할머니는 진심으로 그녀를 이 허무맹랑한 결혼 장사에 이용하려는 모양이었다.

"그나저나 범용이는 우리 일 알아요?"

"저도 지금 알았는데, 알 리 없죠."

근데 남 피디가 우리의 관계를 알고 있었던가, 하고 뒤늦게 입술을 깨물었다. 그가 말했을까. 뭐라고 말했을까. 눈치를 보는 지현의 표정을 다 읽고 있으면서도 남 피디는 그저 편안했다.

"어른들에게 남자 있다고 말하면 되잖아요. 파투 내기 가장 완벽하고 확실한 방법인데."

입술을 씹는 것으로 대답을 면했다. 남 피디는 굳이 따지고 들지는 않아 주었고, 서로 스케치 영상이 찍히는 모니터만 보며 대화는 드문드문 이어졌다. 건성으로 나눌 내용이 아니지만, 지금은 지현도 머리가 무거웠다. 산재한 많은 문제들 중에 어떤 것부터 손을 대야 하나, 갈피가 잡히지 않는 것이다.

"결혼, 절대로 안 한다는 지난번 지현 씨 말 말이에요. 그거 진 범용한테도 해당되는 말인가, 혹시?"

"……."

"진범용이랑 서로 합의한 내용은 아닌 거죠, 그러니까?"

"……."

실은 결혼이라는 건 누구와도 합의할 일이 아닌 오로지 자신만의 문제거니와, 무엇보다 범용은 이제 그녀와 그 문제에 대해 머리를 맞대고 고민해 주지 않을 것이다. 그러니까 지금 결혼이라는 키워드는 우리에게 적당한 키워드는 아니었다.

지현은 자기도 모르게 한숨을 내쉬었고, 그 소리를 들었는지 뒤돌아본 남 피디와 시선이 마주쳤다. 어색함에 그녀가 먼저 눈을 피했다.

"지현 씨 몇 살이지?"

남 피디는 한 무리의 직원들이 지나길 기다리며 카메라를 거두었다. 그리고 다시 촬영을 시작하며 그녀에게 물었다.

"막 서른 됐어요."

"인생의 삼분의 일이면 이미 충분하지 않아요?"

그는 머리 위에 꽂았던 선글라스를 다시 눈에 쓰는 걸로 촬영이 마무리되었음을 알려 왔다. 지현은 그의 옆에 가 모니터를 하며 물었다.

"무슨 말씀이세요?"

"대충 백 살까지 산다 치고. 그중 약 삼분의 일쯤 부모, 가족한테 휘둘렸으면 충분하다고요. 가족이 지현 씨한테 결핍이라는 건 충분히 알겠어. 안쓰럽고 안타깝고, 장하고 기특해. 근데 그것도 딱 거기까지만 해야 덜 불쌍한 거잖아요. 이대로 죽을 때까지 지현 씨 그 장하고 귀한 인생 투정 부리는 데에만 쓸 겁니까. 남의 인생만 사는 거 진짜 불쌍한 건데."

주형은 그녀를 향해 미소를 지은 채 이야기하고 있다. 마치 가벼운 이야기를 하듯 환한 표정이 분명한데, 제법 묵직한 펀치로 그녀의 뼈를 가격했다. 짙은 선글라스 속 남 피디의 눈은 입과 같이 웃고 있지는 않다는 걸 보지 않고도 알 수 있었다.

"그냥, 오래전부터 어떤 놈한테 하고 싶은 말이었는데. 하필 지현 씨도 같은 실수를 하는 것 같아서, 답답한 마음에 참견하는 거예요.

유산 상속 땡겨 받아 이미 빚진 나는 아직 조금 더 내 인생을 허비해야 하지만, 지현 씨는 멋있게 걷어찼다면서요. 할 수 있는 모든 저항을 해 봐요, 더 멋있게."

실수. 허비.

"부지현 씨한테만 집중해서 살아도 백 년 인생 짧아요. 부지현이 원하는 삶이 무엇인가. 부지현은 뭘 사랑하나. 돈이 없고, 현실 가능성이 없고, 시간이 없고, 뭐가 없고 핑계 찾는 데에 아까운 시간 쓰지 말고. 일단 부지현만 생각해 보라고. 그게 일이든 사랑이든 일단 찾아야 현실 가능성을 타진하지. 혹시 진범용이 이직하라고 꼬드길 때 우리 회사에 대해 말 안 해 줬어요?"

"회사요?"

"활 이름 범용이가 지었어요. '살다'라는 뜻도 있고, '생기가 있다'라는 뜻도 있고, 또 '태어나다'라는 뜻도 있어요."

회사 이름을 진지하게 생각해 본 적 없었다. '살다'라니.

"우리의 모든 수익 사업으로 우리는 생계를 잇는 동시에 진정으로 살자. 하고 싶은 일들을, 꿈을, 일상을 활 안에서 인큐베이팅 해 넓은 곳으로 내보내자. 너무 거창해서 오그라들 수도 있지만, 우리는 그 허무맹랑한 목표를 조금씩 이뤄 내고 있어요. 나는 영상 예술을 실현하고 있고, 은희는 영화와 쌍둥이 두 개나 품고 있죠. 다른 직원들에게도 저마다의 토대를 마련해 주려고 노력하고 있어요. 아는지 모르겠지만. 함께 고민해 주고, 학비도 지원하고, 시간도 만들어 주고, 멘토링도 하고. 범용이가 처음 설계한 우리 회사 정체성이 좋아서 나는 아버지한테 창업 자금을 받고 그 대가로 효자 시늉을 하는 중이고, 은희는 회사 살림에 재능 기부하고, 범용이는 경영이라는 낯선 분야에 매일 박 깨져 가며 도전 중이라고요. 대표들이 이렇게까지 하는데, 일개 직원님은 제발 시작부터 해 줘 봐요!"

건물 앞에서 다른 팀원들을 기다리며 지현은 범용이 처음 〈활〉에 오라고 할 때 했던 말을 떠올렸다.

도와줄게, 하고 싶은 거 해 봐.

"피디님."

"네, 지현 씨."

"그럼 범용 선배의 꿈은 뭔데요?"

"그놈은……."

남 피디는 선글라스를 고쳐 쓰며 말 사이에 뜸을 들이더니 불만스러운 듯이 입매를 씰룩이며 말했다.

"저마다 잘 살아 내는 것을 보는 것이 좋대요. 그것뿐이래요."

* * *

글을 업으로 삼은 정은희 이사에게는 쌍둥이 양육을 오로지 본인 의지로 선택한 '자신의 인생'이 있다. 그녀의 숙원인 영화 시나리오 집필도 과감히 훗날로 미뤘지만, 그것을 상실이라 여기지 않을 수 있는 이유도 '자신의 의지'인 덕분이다.

비록 아직 효도 유효기간이 남았어도 남주형 피디에게는 상속이라는 의무를 아주 조금 지는 것으로 '자신의 인생'을 나름 확보했다. 단혜는 이제 막 여의어 버린 아버지를 털고 홀로 제 일상을 살아가는 방법을 찾기 시작했다. 상실은 그녀에게 고약한 후유증을 남겼을 것이지만, 영리하고 지혜롭게도 그것마저 의연히 받아들였다. 오래 애달파하지 않는 어린 단혜에게 지현은 대견함을 느꼈고, 부러움을 느꼈다.

서원은 어떠한가. 우리 '모지리' 외삼촌마저도 두 부모를 일찍 여의고 두 누나 모두 먼 나라로 떠나 외롭게 남았지만, 그 행복을 가족에게서 찾지 않는다. 묵묵히 자신에게 주어진 행복만큼 인생을 사는 것이다. 인정하기 싫지만, 조카딸의 행복까지 자신의 어깨에 굳이 짊어진 채로 말이다.

그녀가 아는 모든 이들의 인생을 샅샅이 들여다보지 않아도 벌써 알 수 있었다. 나는 강한 척했지만 나약한 사람이었고, 난 척했지만 못났었고, 괜찮다 했지만 괜찮지 않았었다. 외로웠고, 때로 무서웠고, 그리고 오래 아팠다.

오롯이 부지현에게만 집중하니 금세 알게 되는 것들이었다. 부단한 노력에도 불구하고 부지현은 전혀 안녕하지 않다.

"지현이에요."

본가. 본가라고 말할 때마다 찝찝하던 기분도 이제 지울 수 있겠다. 딱히 원래 나고 자란 집이라고 할 수 없었던 곳이 잖나. 그녀에게 본가는 없다. 없다고 벌금 내고, 흉해지는 거 아니니 그렇게 인정하자.

"연락도 없이 웬일이니! 무슨 일 있어?"

수민은 지현이 대문을 열고 정원을 밟기도 전에 벌써 뛰어나왔다. 못난 부지현이 죄 없는 여럿의 인생을 함부로 낭비하고 있다. 이

빚을 어찌 다 갚을 것인가.

"할머니 계세요?"

"응, 계셔. 할머니랑 약속하고 온 거야? 아무 말씀 없으셨는데."

수민은 지현이 반갑기도, 그렇지 않기도 한 얼굴이다. 지현은 부러 생긋 웃으며 그녀에게 물었다.

"왜 집에 계세요? 오늘 외출 안 하세요?"

"나? 외출?"

지현은 들고 있던 쇼핑백을 수민에게 건넸다. 의아해하는 그녀의 손에 직접 손잡이를 걸어 주었다.

"결혼기념일이시잖아요. 1월 다섯 번째 날."

"어머! 네가 그걸 어떻게 기억하는 거야? 네 아버지도 까먹고 넘기는 날인데."

진심으로 놀라워하는 얼굴에 대고 '하필 울 엄마 생일날 재혼하셨거든요.' 할 수는 없는 노릇이라 그냥 더 짙게 웃었다.

"자식이 부모님 결혼기념일 모르는 것도 못지않게 이상한 일이거든요? 그리고 이런 건 원래 딸들이 살뜰하게 챙겨 주고 그러는 건데, 뭐……."

현관문을 열어 지현을 들여보내려던 수민은 언뜻이 멈추어 지현을 보았다. 지현은 당황스러울 그녀를 위해 말했다.

"아빠가 까먹은 거면, 새엄마가 전화해서 조르세요. 이런 날 두 분 오붓하게 저녁 정도는 먹어 줘야지. 이런 날까지 시어머니 저녁 밥상 시중 들라고 하면 두 번째 이혼 각오하라고 협박하세요. 아무리 바빠도 그렇지, 일 년에 딱 하루뿐인 날을 날로 먹으려고 해요?"

지현 자신만큼이나 남의 인생만 사는 수민을 위한 선물이었다. 그녀에게 편해지셨으면 했다. 눈치 봐야 하는 사람 중에서 부지현 하나는 덜어 드리고 싶다.

　"아니다! 어서 외출 준비 하세요. 아빠한테 제가 전화해서 항의하고 할머니 시중도 제가 들게요. 맞다! 제가 드린 것 입고 가면 되겠네요. 비싸진 않아도 꽤 근사한 울 니트거든요."

　머뭇거리는 수민을 2층으로 가는 계단으로 떠민 그녀는 곧장 할머니 방 앞에 서서 노크했다. 분명 현관과 거실에서 일어나는 소란을 듣고 계시면서 의뭉스레 그 안에 정좌하고 계실 그림이 상상만으로도 싫증 나지만, 오늘 할머니는 그녀가 느낀 넌덜머리의 수십 배는 맞닥뜨릴 것이므로 참아 넘긴다.

　"들어와."

　허락이 다 떨어지기도 전에 지현은 벌써 문을 열었다. 그것에 인상을 찌푸리는 할머니 얼굴을 보면서도 지현은 전과 달리 상처받지 않았다.

　"연락도 없이 네가 이 시간엔 웬일인 게야."

　다 아시면서.

　"죄송해요. 남의 집 방문할 때 사전에 말도 없이 갑자기 닥치는 건 예의가 아닌데, 그죠?"

　할머니가 주로 앉아 성경책을 읽는 테이블 앞에 그녀도 앉았다. 새엄마인 수민은 그래도 반갑기도, 반갑지 않기도 한 얼굴이었는데, 남도 아닌 할머니는 대놓고 박대다.

　"별일 아니에요. 그냥 그간 밀린 효도 오늘 청산하려고 온 거예요."

"지금 효도라고 했냐?"

불효와 헷갈린 것 아니냐는 어투에는 그녀도 그만 진심으로 웃음을 터뜨리고 말았다. 느닷없이 쳐들어와 깔깔 웃는 손녀딸에게 할머니는 이제 완연하게 질린 얼굴이 되었다.

시작이 좋다.

그러니까 전부였다

드디어 범용의 푸른 SUV가 시야에 잡혔다. 이제 막 골목에 접어들기 시작한 차 때문에 지현은 가슴을 들썩일 만큼 긴장했다. 후다닥 창에서 떨어져 자리에 가 앉았다.

그날 그렇게 울어 버린 후 오늘로 사흘째다. 그녀도 그도 서로의 눈조차 맞추지 않고 일만 하는 시간들.

그전에는 알지 못했던 고통이었다. 그와 눈을 맞추어 대화하고, 웃고, 만지고, 키스하고, 안길 수 없다는 것에 피부 아래 모든 장기들이 말라비틀어지는 기분이었다.

오늘은 그녀가 출근하기도 전에 외출하고 없던 범용이었다. 이제나저제나 그가 돌아오길 기다린 지현은 그가 골목에 나타나자

심장이 크게 고동쳐 숨이 막힐 지경이었다.

범용과 지난 10년 동안 한 번도 이런 냉각기를 가져 본 적 없다. 긴 세월 가까이 지냈지만, 이번과 같은 감정의 충돌은 처음이었으니까.

그와 지현은 감정을 감추어 속에 가두는 일에 능했고, 그렇기에 이번처럼 파국에 가까운 사태에 이른 적이 없었다.

오늘은 정말 그와 이야기를 해야 했다. 마주 앉아 마음에 있는 것들을 꺼내 놓는 것을 과연 그녀가 할 수 있을는지는 자신 없어도, 범용과 이야기해야만 한다.

그녀가 하고자 하는 일들에 대해 그는 듣고 싶을 것이다. 그는 아마 그래 줄 것이다.

"정 이사님이 너 사주 좀 알아 오라던데. 태어난 시까지."

파견 직원인 민환의 자리는 그녀와 마주 앉은 자리다. 단기간에 불어난 각종 도서와 사무실 살림으로 인해 거실에 차린 사무실은 협소했고, 불행히도 저 객식구와 부대끼며 지내야 했다.

"나? 왜?"

"무슨 살이 꼈길래 한창 예쁠 나이에 하루가 다르게 초췌해지냐고, 궁합 좀 보신다고."

지현은 범용이 지금쯤 주차를 마치고 차에서 내려 골목을 걷고 있는 것을 상상으로 그리는 중이었다. 그래서 민환의 신소리에 알맞게도 영혼 없이 반응할 수 있었다.

"……궁합?"

"주변에 있는 누구와 네가 궁합이 최악인지 가려내서 떨어뜨려

놔야 한다고. 애 잡겠다고."

골목을 걸어오는 소리가 들려오나, 신경이 온통 저 밖으로 뻗쳤다.

"너 나가."

"어?"

민환은 그제야 노트북에 처박고 있던 고개를 들어 그녀를 쳐다본다.

"볼 것도 없이 너랑 상극이니까, 너 나가라고."

"그럴 리 없어. 우린 사랑하는 사이잖아."

"징그럽구나. 혹시 너의 길고 긴 지병 리스트에 망상 장애도 포함되어 있니?"

범용이 들어올 때가 다 되었다. 고개를 빼고 아직 닫힌 대문을 초조하게 흘끔거렸다. 그런 그녀의 시야를 새카만 민환의 몸이 척 가로막는 것이다.

"예민환 대리님, 여기 파견된 첫날 약속하지 않았나요? 해질 때까지는 우리 서로 격조하기로?"

그녀는 민환을 툭 쳐서 밀어냈고, 민환은 그런 그녀의 손목을 잡아챘다. 그답지 않은 행동이었기에 지현은 바깥으로 뻗쳐 있던 신경을 확 거두고 민환을 노려보았다.

"나 아까 화장실 청소하고 안 닦았는데."

움찔, 손목을 잡은 그의 손이 크게 진동한다. 그렇지만 용케도 놓지는 않았다. 게다가 민환은 정말로 상처받은 얼굴이다. 허옇게 뜬 피부색이 벌겋게 달아오르고 가느다란 눈꼬리에는 물기까지 고이게 해 극적 효과를 연출하고 있었다.

이렇듯 작정하며 물고 늘어진다는 것은 웬만해서는 오늘 민환과 격조할 수 없다는 것이었다. 지금은 그를 상대하기에 적당한 때가 아니라서 지현은 절망의 기운을 감지했다.

"부지현, 우리 진지하게 이야기 좀 하자."

민환이 어울리지도 않는 비장한 대사를 친 그 순간 현관문이 열렸다. 지현의 앞을 가리고 선 민환에게 가려져 보이지 않았지만, 범용이 들어선 것이라는 것을 본능적으로 알 수 있었다.

"이거나 좀 놓고 말해."

"얘기 좀 하자고. 우리 사이 말야……."

그는 말하는 중간 어떤 위험을 본능적으로 감지한 모양이다. 지현의 마구 헤매는 동공과 뒤에서 뻗쳐 오는 익숙한 기운에 민환은 가장 먼저 그녀를 잡은 손에 힘을 풀었다.

"무슨 사인데, 너희가."

범용이 두 사람에게 물었다. 혹한의 바람이 저 목소리만큼 시릴까. 어색한 실내 공기가 삽시간에 얼어붙는 느낌이었다.

"그게 문젭니다. 부지현이랑 저랑 우리 서로 관계의 정의가 상이하거든요."

이상했다. 민환의 목소리도 사뭇 온도가 낮았다. 범용의 걸음이 바닥을 울리고, 드디어 지현의 시야에 들어와 그와 지현의 눈이 만났다. 차고 거친 바람이 아직 남은 탓일까. 그의 얼굴에는 표정마저 얼어붙어 있었다.

그래서 평소처럼 샅샅이 살펴 찾아낼 실낱같은 힌트도 없다. 영영 그의 무표정을 읽을 수 없게 된 것일까, 지현은 그만 코가

시큰해지고 말았다.

"관계의 정의라……."

서글픈 그녀의 감정과는 달리 범용은 우스운 이야기를 듣는다는 듯이 실소하며 민환의 말을 곱씹는 것이다. 지현은 순간 눈부터 시작해 온몸의 수분이 싹 마르는 기분을 느꼈다.

"부지현에게 관계란 딱 두 가지야. 남인 사람과 남이 될 사람."

"이사님."

민환이 끼어들었다. 그렇지만 범용은 말을 멈추지 않았다.

"어디에 속한대도 억울해 마. 그 둘 모두에게 공평히 다정하고 후한 여자니까."

지현을 보는 눈에 드디어 표정이 실렸다. 파랗게 타는 분노였다. 그는 그녀에게 화가 나 있었다. 화가 나? 누가 누구한테 화가 나는가.

화는 그녀가 내야 마땅하다. 언제든 옆에 있어 주었던 사람이었단 말이다. 둘밖에 없어서 누구 하나 서로에게 없는 순간을 상상해 본 적 없단 말이다.

그렇게 그녀를 길들여 놓은 사람이! 가까이 지내기 전보다도 더 멀찍이 떨어져 그녀를 홀로 있게 만든 것은 분명 배신이었다. 서운했고, 서러웠고, 그리고 화가 난다. 지현의 눈도 그처럼 차갑게 얼어붙었다.

"이상하네요."

그때 두 사람의 팽팽한 신경전 사이로 훅 들어온 것은 민환이었다. 아까부터 묘하게 달리 느껴지는 목소리와 냉기 어린 눈이 낯설다.

"제가 아는 부지현은 전혀 다정하지 않은데요. 엄청 잔혹해요. 사람 마음을 절대 받아 주지 않죠. 이쯤 했으면 반의반이라도 받아 줄 만도 한데요."

묘하게 달라진 건 목소리와 얼굴만이 아니었다. 어투도, 말의 내용도 예민환답지 않게 사뭇 진지하다. 지현은 민환을 빤히 돌아보았다. 민환은 범용을 보고 있다. 범용은 그런 두 사람을 본다.

"예 대리, 장난 그만해."

지현이 민환에게 경고했다. 그녀 자신이 느끼기에도 꽤나 신경질적인 목소리였다.

"장난이 아니면?"

민환의 목소리도 만만찮게 까칠하다.

"너 왜 이러는 건데?"

분위기 좀 봐 가면서 장난쳤으면 좋겠는데. 지현은 버티고 서서 비켜날 생각이 없는 민환을 노려보았다. 그녀의 노여움을 원했다는 듯이 민환도 마주 노려보는 것이다.

"오늘 에디터 면접이지?"

범용은 아무 일 없는 것처럼 자신의 자리인 소파에 앉아 질문했다. 지현은 민환에게서 시선을 거두어 그를 향해 자세를 바로잡았다.

"2시랑 3시, 두 사람 면접 일정 잡았어요. 대표님이 보실 거죠?"

간신히 표정을 감추고 오늘 면접 예정자들의 이력서를 들고 가려던 그때였다.

"장난 안 칠게. 그러니까 예전의 부지현으로 돌아와."

아직 장난을 멈출 생각이 없는 모양이다, 예민환은. 지현은
지치는 기분에 그의 말을 무시하고 대답하지 않았다.

"바쁘시면, 다른 날로 미룰까요?"

그러나 범용의 눈은 홀로 애쓰는 지현에게 있지 않았다. 그는
가리고 선 지현의 어깨 너머 민환을 쏘아보는 중이었다. 살자가,
눈으로 포악한 감정을 쏟아 내고 있다. 앞에 있는 남자나 뒤에 뻗
쳐 있는 남자나 오늘 정말 마음에 안 들어 큰일이다.

"아냐. 너랑 일할 사람이니까 네가 봐야지. 면접해 보고 알려
만 줘."

간단한 지시 내용일 뿐인데, 실내는 그의 목소리가 끝나자마자
무서운 적막에 휩싸였다.

그래서 팽팽히 당겨진 신경은 뒤에 선 민환에게로 뻗쳐 갔다. 왜냐
하면 그는 거기서 끝낼 놈이 아니기 때문이다. 민환은 안타깝게도
많은 것이 없는 편이지만, 그중 눈치가 가장 없다.

"예전의 부지현이 좋아. 적당히 기운 없고, 적당히 의지도 없고,
적당히 생기 없는. 있는 그대로의 부지현을 좋아해. 그러니까 내
부지현으로 돌아와. 내가 진짜 잘해 줄게."

자신만 예민환을 뭐가 많이 없는 놈으로 평가한 게 아니라는
것에 한 번, 그런 이유로 저치에게 호감을 줬다는 것에 또 한 번
기가 막혔다. 결국, 이렇듯 막장으로 치달을 줄 알았으면서도. 왜
아까부터 예민환을 우아하게 상대했었나, 후회가 막심이다.

"죽을래?"

지현은 견고한 이성과 지성을 후련히 내려놓기로 했다. 이

인간을 없애야 비로소 나의 존엄도 찾아질 것이었다.

"죽이든, 저 사랑을 받아 주든. 지금 여기에선 아무것도 하지 마."

그때 살자의 경고가 두 사람의 사이를 갈랐다.

"여기선 안 돼."

살자는 그 말만 남기고, 시선 하나 몸짓 하나 그녀에게 남기지 않고 사무실을 도로 나가 버렸다. 기다리고, 고대한 아침이 허무하게 망가져 버렸다.

"나갈까, 그럼?"

민환이 예의 그 깐족대는 어투로 돌아와 발랄하게 물어 왔다. 얼굴에 낯설게 깔렸던 냉기도 온데간데없다.

"여기선 안 된다잖아. 그러니까 나가서 우리……!"

손에 들고 있던 서류철로 민환의 정수리를 딱! 하고 내리쳤다. 비명도 못 지르고, 입을 벌린 채로 굳어 버린 민환에게 지현은 진심을 다해 고백했다.

"네가, 너무, 싫어."

"그럴 리 없어, 부지현. 너는 나를……!"

힉! 하고, 이번에는 용케 정수리 스매싱을 피한 민환은 느닷없이 씨익 웃는 것이다.

"아마 살자가 오늘 안으로 네 앞에, 자기 발로 나타나 덤빌 거야. 너 속 끓이다가 새카맣게 타기 전에 내가 도와준 거라니까? 봐라? 내 말이 틀리는지?"

뭐라는 거야, 본능적으로 뒷걸음치며 민환에게서 멀어지는 지현에게 그가 턱으로 저쪽을 가리켰다.

"봐. 내가 누구 속 뒤집어 놓는 건 되게 잘해."

범용이 앉았던 소파에는 벗어 놓은 코트가 그대로 있다. 바깥은 영하의 날씨고, 그가 일부러 코트를 놓고 갔을 리는 없다. 지현은 코트를 가만히 보다가 의기양양하게 제자리로 돌아가 다시금 일에 매진하는 민환에게 물었다.

"일부러 그 미친 짓을 했다는 거야? 살자 화나게 하려고?"

"질투 나게 하려고. 안 그럼 천년만년 두 사람 미련 떨고 있을 것 아냐. 바빠 죽겠는데 언제 화해하고, 언제 일하냐."

마치 정상인인 것 같은 이성과 통찰력을 뽐내는 민환을 생경한 눈으로 구경했다. 감격해야 할까.

"누가 들으면 너 되게 성실한 일꾼인 줄 알겠어."

소파로 가 그의 코트 자락을 만졌다. 아직 찬바람이 남은 것을 손끝으로 느끼며 그녀가 혼잣말을 했다.

"……진짜 올까?"

민환이 용케 듣고 대답했다.

"온다니까? 내가 고백씩이나 했는데, 그럼?"

"그 뻥을 살자가 믿겠니."

그렇듯 얕은수에 범용이 넘어갔을까 싶어, 손안의 코트를 괜히 구기듯 힘주어 쥐었다.

"누가 뻥이래."

"뭐?"

민환은 신경질 난다는 듯이 크게 한숨을 내쉬더니 다시 일로 돌아가며 구시렁거렸다.

"사랑한다고 해도, 좋아한다고 해도 고백이 아니라니. 도대체 너한테는 뭐가 고백이냐."

* * *

예민환을 담당으로 우격다짐해 보낸 건 은희였다. 자신한테 〈활〉을 맡겼으니, 파견 직원도 그쪽에서 정한다는 꾸중이 잔뜩 묻은 통보와 함께.

예민환은 정신없이 바쁜 지현 곁에서 완벽하게 서포트 했다. 전공인 웹 관련 업무는 물론이고, 지현의 기사나 취재 자료를 돕고, 웹 관리를 위해 가르침도 주고 있다.

그뿐인가. 영양제에, 식사는 물론 간식과 야식까지. 종일 그녀 곁에 딱 붙어 케어 하는 것도 민환의 공공연한 전공이라는 은희의 장담처럼 말이다.

저주받았다고 지현은 얼굴이 노래졌었지만, 범용도 처음부터 알고 있었다. 예민환이 가진 능력치를.

일당백을 각오한 〈드림 유〉에서는 특히나 잔재주 많고 섬세한 예민환이 맞춤이었다. 한 번에 한 가지 일만 할 수 있는 부지현을 위해서도 말이다.

하지만 방금과 같은 도발까지 감수하려던 것은 아니었다. 지현에게 하는 말이 아니라, 범용이 들었으면 하는 말들이라는 것이 가장 불쾌한 부분이었고.

그는 예민환에게 보기 좋게 놀아났다. 두고 나온 코트만 떠올리면 이마가 뜨끈해진다.

범용은 시간을 확인한 후, 잠시 머리를 운전석 시트에 기댔다. 감은 눈꺼풀이 뜨끈했다. 그제야 피로감이 몰려든다.

이렇듯 지현과 크게 감정이 틀어질 줄은 그도 몰랐다. 무엇보다 그 자신의 감정이 이렇게까지 상했을 줄은 말이다. 그녀의 얼굴을 보고, 그녀를 만지고, 입을 맞추는 때에도 그때의 목소리가 자꾸만 찾아왔었다.

'……그래서 귀하지 않은 적당한 남자 만나, 적당히 신세 망치지 않을 정도만, 가끔 적당히 즐기면서 살래요.'

어르신 상심하게 하려고 어깃장을 놓는 말인 줄 아는데도 그 말이 꽤 지독하게 그의 안에 퍼져 나갔다.

의심과 오해는 머리끝까지 들어찼다. 그에게 흔들어 달라고 한 것이 아니라 아무라도 좋았던 것은 아닐까. 그녀가 준비하고 있을 그 '대답'도 혹시 저 말은 아닐까.

그가 함부로 안고 함부로 놓는 것에도 아무런 감정을 드러내지 않는 지현에게 상처 입었다. 웃는 얼굴에도, 맞잡는 손깍지에도, 하다못해 그를 향하는 시선 하나하나, 몸짓 하나하나에 의미를 부여하고 아팠다.

범용이 그녀에게 마음을 다해 본다는 말에 끝내 대답하지 않던 그 순간이 불쑥불쑥 그를 들끓게 했다.

괴로울수록 집요하게 그녀의 몸만 탐하며 못난 분풀이를 하는 동안 지현이 상처 입고 있었다는 것을 그는 솔직히 그때까지 몰랐었다.

그날 지현이 그를 울며 밀어내지 않았다면, 아마 그는 그녀를 영영 잃었을지도 모르겠다. 지현의 눈물에 눈앞이 하얘지는 두려움을 느낀 후에야 제정신이 드는 기분이었다.

가라앉은 기분을 잠시 다스린 범용은 차에서 나와 주차장을 가로질렀다. 허전함에 두고 나온 코트가 또 생각나 턱에 힘이 들어갔다.

"범용아."

승강기 앞에서 기다리던 그의 뒤로 주형의 아버지 남 사장이 나타났다.

"사장님."

범용은 고개를 숙여 정중하게 인사했다. 환갑인 나이임에도 여전히 젊은이 못지않게 활력이 넘치는 분. 남 사장은 달려와 그의 어깨를 아프게 때렸다.

"사장님은 무슨! 확 그냥 투자금 회수할까 부다."

"저한테까지 투자금으로 협박하시기예요?"

"그러려고 돈 낸 거라고 몇 번을 말해, 이 자식들아. 협박을 협박으로 알아듣지도 않는 놈들."

타자, 하고 때린 어깨를 다정하게 감싸 승강기 안으로 밀어넣는다.

"너 왜 우리한테 광고 달라고 안 조르냐."

"광고요?"

"또 일 벌였다던데? 매거진이면 광고가 생명 아냐? 너 왜 손 안 벌려? 아쉬운 소리 길게 안 해도 제꺽해 줄 텐데."

"웨딩 매거진인데요."

"근데?"

"대한민국 최대 규모 해운 기업이 신생 웨딩 매거진에 무슨 광고를 넣어요."

뒤에 선 비서진 둘이 웃음을 갈무리하느라 입술을 꽉 깨무는 것이 보였다. 그러나 남 사장은 세상 진지할 뿐이다.

"어떻게든 짜 맞춰서 넣어 봐. 그런 것도 못 해? 답답하네, 답답해! 빼먹을 수 있는 건 다 빼먹으란 말이야. 나 생전에. 우리 영감님처럼 나는 그렇게 명이 안 길다고. 난 사람이 좋아서 어디 가서 욕 같은 거 안 먹고 살잖냐."

범용도 이번엔 입술을 깨물어 웃음을 참아야 했다. 주형의 조부인 남 회장님은 아직도 기업의 총수 자리를 놓지 않고 현역으로 계신다.

여든이 넘은 그분과 환갑인 남 사장님의 관계는 이분과 주형의 관계와 엇비슷하다. 남 회장님이 될 수 있는 한 삼대가 한자리에 모이는 자리는 만들지 않는 것이 무병장수의 비결이라고 인터뷰하기도 했을 만큼 유명한 상극들이다.

오늘 남 사장님의 부름에 범용은 짚이는 것이 있기는 했다. 집무실로 가는 도중 화장실에 들어간 남 사장을 기다렸던 범용이 먼저 말을 꺼냈다.

"주형이 때문에 부르셨죠?"

남 사장은 성큼성큼 걷던 걸음을 홱 멈추더니 놀라 되물었다.

"남주형 이 자식 뭐 또 사고 쳤냐?"

"아니에요?"

범용도 함께 멈춰 서서 되물었다.

"쳤나?"

"쳤었고, 치고 있을 거고, 아마 칠 겁니다."

"그렇게 말하니 별일 아닌 것 같고 위로가 된다, 인마."

짙고 부리부리한 눈매가 축 처지는 것이 그대로 들여다보였다. 범용은 이분의 이 상쾌하기까지 한 기운을 좋아한다. 버거운 캐릭터인 주형을 친구로 두는 가장 큰 이유이기도 하다.

"주형이 때문에 부르신 게 아니면, 진짜 웨딩 매거진에 해운 기업 광고 넣으려고 부르신 겁니까?"

그룹의 사장 집무실답지 않게 항상 활짝 열린 채로 여러 사람들이 드나드는 바쁜 곳을 지나고 가장 안쪽 응접실의 문고리를 남 사장이 직접 잡았다. 그리고 뒤따르는 범용을 기다렸다가 그가 말했다.

"해운 기업 광고는 안 끼워 준다며? 치사해서 두 번은 안 매달려, 야."

범용은 피식 웃었다. 남 사장이 꽉 붙들고 여는 것에 뜸을 들이는 것을 보니, 저 안에 누군가가 있는 모양이었다. 선물 주는 사람의 넘치는 기쁨이 해사한 미소 안에 그득하다.

"누군데요?"

"광고는 안 받아도 투자는 받을 것 아냐. 돈줄 물어 왔다, 내가."

그가 더 뭔가 캐묻기도 전에 문이 크게 열려 버렸다. 성큼성큼 들어가는 남 사장의 뒤를 따르는 수밖에 없었다.

"우리가 늦었네! 아니다, 얘는 안 늦었어. 나 화장실 때문에 시간 걸린 거지. 알지? 이놈의 소태, 다니는 데마다 영역 표시 하고 다니는 거."

농이 섞인 인사를 하고 본인이 되레 더 크게 웃어 버리는 통에 범용의 인사는 좀 더 늦어졌다. 영문을 모르는 얼굴을 해서는 안 되므로 조용히 눈을 내리깔고 기다리던 그때였다.

"진 대표, 먼저 인사하시게. 이쪽은 부강 제과 대표님이시네."

선뜻 허리를 굽히지 못할 만큼 범용은 먼저 놀라고 말았다. 앞에 선 남자의 존재를 알아챈 덕분이다. 날카로운 인상이기는 하나 잘생긴 중년 남성의 얼굴은 낯익었다. 모르는 분의 얼굴이 낯익다는 것은 그러니까…….

"자네 회사 부지현 씨의 부친이기도 하시지."

그제야 깊이 숙여 인사한 범용은 눈앞에 다가든 손을 맞잡은 후 희한하게 지현의 얼굴이 겹쳐지는 얼굴을 자세히 살필 수 있었다.

"부형운입니다. 실례인 줄 알면서도 남 사장님께 몰래 다리 좀 놔 달라고 했습니다."

"진범용입니다. 처음 뵙습니다."

맞잡은 손을 놓지 않고 한참 범용의 얼굴을 보는 부형운 대표의 눈이 흥미롭다는 듯이 빛났다. 지현은 늘 엄마 닮았다고 하더니, 오늘 그는 알게 되었다. 이목구비는 닮지 않았어도, 고요하고 차분한 분위기가 부친인 이분을 닮았다. 조붓한 얼굴형이나 희고 긴 목선이 정적인 분위기를 자아내지만, 피하는 법

없이 곧바로 파고드는 시선이나 도톰하고 고집스러운 입매가 절대 쉽게 다가갈 수 없는 분위기를 뿜는 것까지도.

"압니다. 부지현이랑 닮은 거. 그 녀석이 좀 심하게 예쁜 편이죠."

농담도 진담처럼 진지하고 평이한 어조로 하는 것도 내림인 모양이다.

"진 대표도 닮았네요. 진원국 명장님도 기골이 장대하시지요."

범용은 그만 포커페이스를 놓치고 말았다.

* * *

범용을 처음 본 날을 기억한다. 그녀를 뺀 학교 안의 모두가 그를 이미 알고 있었기에, 지현은 그를 실제로 보기도 전에 모든 정보를 듣고 난 후였다. 그래서였나. 흥미가 하나도 없었던 것 같다.

그날은 계절학기 수업의 마지막 날이었고, 더운 여름 땡볕에 지칠 대로 지친 지현이 건물 돌벽에 몸을 찰싹 붙여 열기를 식히고 있을 때였다.

그늘을 입은 건물 옆쪽의 돌벽은 제법 시원했고, 그곳에 기대어 잠시 숨을 고르면 더위에 흉하게 달아올랐을 두 볼도 곧 진정이 될 것이었다.

'그 선배 봤어? 진범용? 장난 아니지? 야, 누가 입으면 그냥 하얀 난닝구가 그렇게 찬란한 건 처음이더라. 그 키에, 그 어깨는 반칙 아니야? 와 씨! 골반에 걸친 데님 봤냐?'

'봤지, 봤지. 아까 교수님이랑 복도 걷더라. 세상 혼자 사는 외모라더니, 진짜였어.'

'혼자 살면 되겠냐, 그 미모로! 그건 죄악이야. 여자 친구 있겠지? 그 얼굴 낭비하고 있진 않을 것 아냐.'

'그 얼굴 함부로 써서 인생 쪽박 찬 분 아들이라잖아. 환경이 그래서 그런지 언니들 말하는 거 들어 보니까 엄청 냉미남이래. 성격 지랄이고, 여자고 남자고 사람한테 철벽이고 그렇다더라. 그 냥 멀리 두고 기분만 좋자, 우리.'

'그런가. 괜히 팔자 꼬는 짓인가?'

흔한 뒷담화였고, 남 걱정이었다. 지현은 얼굴도 모르는 당사자 만큼 기분이 써서 멀어지는 그녀들 뒤에서 혼자 꿍얼거렸다.

'그러는 너희는 입이 지랄이구나……'

혀도 차 주고, 고개도 절레절레 흔들던 그때였다.

'비켜.'

더 깊은 그늘에 누군가 있는 줄도 모르고 있다가 덮치듯 들려 온 목소리에 지현은 하마터면 비명을 지를 뻔했다. 그래서 상대가 누군지도 확인하기도 전에 신경질적인 반응이 튀어 나갔다.

'……싫은데?'

서로 닿지 않고 충분히 비켜 나갈 수 있는 공간이다. 굳이 멀쩡히 자리 잡은 사람을 치울 필요가 없는데.

드디어 저 안에서 사람이 걸어 다가왔다. 시선은 저 아래 발걸 음에서부터 저 위 얼굴까지 한참을 거슬러 올라가야 했다.

짧은 머리를 감추지 못한 야구 모자 아래 싸늘한 기운까지

풍기는 눈, 그리고 뚝뚝 떨어지는 냉기. 이 근방에서는 본 적 없는, 훌륭한 이목구비였다.

지현은 아까 입이 지랄인 여자들의 대화 속 키워드를 빠르게 기억해 냈다. 찬란하기까지 한 흰 티, 어깨, 키 그리고 골반에 아찔하게 걸쳐진 데님 핏.

크게 오해한 것이 아니라면, 이자는 이번에 복학할 이 구역 셀럽 복학생 진범용일 것이다.

'담배 피울 건데.'

아.

'여기 금연 구역 된 지 오랜데. 흡연은 저 위로 가셔야…….'

무엇 때문에 이토록 친절하고 앉았나. 지현은 두 손을 저 위로 공손히 가리키다가 자괴감에 뒤늦은 브레이크를 걸어 멈추었다.

그는 꺼내어 들고 있던 담배를 도로 가방에 던지듯 넣었다. 지나가야 하니 비켰으면 하는 그는 계속 그녀 앞에 버티고 서 있었고, 충분히 지날 수 있다고 버티는 지현은 벽에 등을 기댄 채 그를 물끄러미 볼뿐이었다.

이렇게 저렇게 뜯어볼수록 잘생겼다. 그의 성격이 지랄이라는 소문이 안타까울 만큼.

'비키지.'

'아, 싫은데요.'

아래에서 올려다보는 각도가 무색하게 이 아래에서도 그의 이목구비는 날이 날카롭게 서 있다. 지현은 그저 빤히 그를 보았다. 하늘에서 뚝 떨어진 미모를 감상하느라 여태 식힌 보람 없이 두 볼의 열기는 더해져만 갔으므로, 더더욱 여길 양보할 수 없단 말이다. 두 사람 사이에 지겹게 우는 매미 소리만 그득했다.

얼마나 지났을까. 그는 고개를 삐딱하게 기울여 미간을 미세하게 찌푸렸다. 오! 처음 표정이란 걸 발견했다. 심마니의 그것보다 더한 감격을 느끼는 그때였다. 그는 저벅저벅 다가오더니, 그녀가 기댄 곳을 지나쳐 나가는 것이다.

'윽!'

옆으로 기댄 사람이 있으니, 지나는 사람도 양보하여 몸을 옆으로 비틀어서 지나는 것이 마땅한데, 그는 우람한 몸통을 정면으로 둔 채 지현을 짓이기며 지나간 것이다.

돌벽에 몸이 뭉개지는 것도 모자라 보기 흉하게 한 바퀴 구르기까지 하는 바람에 돌에 쓸린 팔이 아팠다. 봉변에 입이 쩍 벌어진 지현에게 그가 낮게 뇌까렸다.

'비키랬지.'

아까 입이 지랄이었던 여자가 한 말의 다른 키워드들도 마저 떠올랐다. 그냥 멀리 두고 기분만 좋자던, 굳이 팔자 꼬지 말자고.

아, 어쩌자고 가까이 있었을까. 지현은 그를 노려보았다. 그리고 울분에 찬 한 마디를 날리고 말았다.

'선배님 진짜…… 지랄이시네요.'

그때 이미 알았던 것을 어쩌자고 내내 잊고 살았나. 그때 멀리했다면, 지금의 이 심신의 고단함은 없었을 텐데.

지현은 일이 손에 잡히지 않아 서성대다가 곧 분연히 일어났다. 그리고 그의 공간인 2층으로 오르기 시작했다. 반질반질 윤기가 도는 계단까지만 1층과 이어지는 풍경이었다. 올라서자마자 아래 층과는 전혀 다른 분위기가 펼쳐진다.

구옥에 어울리지 않게 신발을 신고 생활해서 나무 바닥재인 1층은 걸을 때마다 세기말 같은 소음이 나는데, 그가 2층에 있는 동안 그런 소리를 들을 수 없었던 이유가 이거였나 보다.

거의 모든 벽면의 내장재가 노출되어 있고, 바닥과 딱 하나의 벽면만 두껍고 앤티크 한 양탄자가 덮였다. 문과 문틀은 하나도 없고, 창은 작고 많다.

거실이었어야 할 자리에 짙은 밤색 침구의 침대만 덩그러니 놓여 있다. 잠자리 흔적이 그대로 남은 모습이 평소 흐트러짐 없는 범용의 이미지와 전혀 달라 흥미롭다. 가구는 침대와 곳곳에 놓인 선반이 전부였다. 거친 느낌의 마감에 들쭉날쭉한 크기인 것을 보니, 직접 제작한 모양이다.

원래는 방이었을 곳의 조명을 켰다. 휑하니 넓은 방은 벽면 마다 뒤집어 세워 놓은 캔버스와 아무렇게나 쌓인 회화 재료가 자리 잡고 있었다.

바닥 양탄자 위로는 본래 문양보다 더 휘황찬란하게 물감이 튀어 있고, 벽면도 곳곳에 어지러이 색이 묻었다. 이 집 전체에 떠도는 기름 냄새의 원인이 이 유화였던 모양이다. 2층 그리고 이 방은 한층 더 짙다.

방 한가운데 놓인 이젤은 꽤 큰 크기의 캔버스가 텅 비어 있다. 하얗게 칠한 건가, 아니면 그냥 새 캔버스일까. 다가가 손을 대려 던 때였다.

"만지지 마. 아직 안 말랐어."

도둑질하다가 들통 난 것처럼 크게 놀란 지현은 얼어붙어서 방 주인의 목소리를 듣고도 곧바로 뒤돌지 못했다. 그저 캔버스 앞에서 소심하게 한발 물러나기만 했다.

"젯소야. 애벌로 바르는 거지. 저걸 바르면 그 위에 색이 더 분명하게 입혀져."

"이렇게 본격적으로 그림을 그리는 줄은 몰랐어요."

범용에 대해 지현은 아는 것이 이렇게 없다는 것에 전보다 더 깊은 서글픔을 느끼고 있다는 것을 그는 알까. 뒤에 있을 그도 그 자리에서 더는 다가오지 않는다.

"본격적으로 안 그렸었으니까."

"그림, 보고 싶은데."

흰 천이 덮고 있는 것은 이미 그려진 유화들이 아닐까. 그리지 않았다는 사람치고는 꽤 많은 습작들이 쌓여 있는 것 같다.

"……나는 안 보고 싶고?"

지현은 그제야 느리게 몸을 돌렸다. 곤색 슈트의 타이는 느슨하게 풀려 있고, 재킷은 팔에 건 채였다. 코트도 없이 추운 줄도 몰랐을까.

"코트. 두려고 올라왔는데……."

"코트, 1층에 있던데?"

아. 핑계가 떠오르자마자 계단 올라오기 바빴다. 정작 핑곗거리는 챙기지 못하고 말이다.

"부."

"네."

"안 보고 싶었냐고."

대답하기 싫다.

"선배."

원하는 대로 해 주기 싫다.

"말해."

그녀가 먼저다. 해야 할 것이 있다.

"그 영화 기억나요? '조제, 호랑이 그리고 물고기들'."

교양 수업 과제 때문에 커피숍에 앉아 이어폰을 나눠 끼고, 노트북으로 두 번 연속 봤던 영화.

"그건 왜."

범용이 드디어 움직였다. 타이를 마저 풀고, 팔에 건 재킷을 던지듯 스툴 등받이에 걸더니 그 자리에 걸터앉았다. 무릎에 두 팔꿈치를 괴고 마른세수를 했다.

그러는 동안 그는 지현에게 시선을 거두어 갔다. 아주 잠시의 시간이었지만, 그녀를 보지 않고 있는 범용에게 서러움이 왈칵 몰려든다.

"조제 말이에요. 다리가 아픈 조제는 평생 많은 것을 포기하며 살아가는 여자죠. 있는 듯이 없는 듯이, 처음부터 아무것도 없었으니까 별로 외롭지도 않다고 말했어요."

"응."

기억한다는 말인가, 듣고 있다는 말인가. 지현은 혼란했지만, 이내 말을 이어 나갔다. 오래 참은 말이었다.

"그런 조제가 츠네오를 만나고 처음 사랑이라는 것을 하죠. 처음부터 이별을 각오한 채로요."

조제는 누구보다 용감하게 사랑에 빠져든다. 츠네오와의 사랑이 영원하지 않을 것임을 아는 채로 말이다.

"슬프다기보다 부러웠어요. 마음이 식을 것을 알지만 사랑할 수 있다는 용기가요."

사랑을 이야기하던 츠네오는 점점 감정이 식어 감을 숨기지 않고, 조제는 그런 그의 변화를 고스란히 알아채야 했다.

범용은 이제 대답도 없다. 정수리로 쏟아지는 방 안의 조명보다 그의 시선이 더 강렬하다고 느꼈다. 눈꺼풀이 잘게 떨리고 괜히 시려진다.

"두 사람의 사랑은 결국 끝났고, 조제는 다시 조제가 살던 좁고 어두운 방으로 돌아가요. 나는 둘의 허무한 이별보다 그 모습이 더 슬프고 아팠어요. 다시 그 방에 갇혀 외로워야 한다는 게 무섭고 두려웠어요."

"부……."

"영화의 결말을 모두 지켜본 나는 그래서 조제가 낸 용기보다 더 큰 용기를 내야 해요. 왜냐하면 나는 절대로 선배를 만나기 이전의 그 외롭고 아픈 세상에 도로 갇히고 싶지 않거든요. 절대로요."

조제는 다리가 아파 방 안에 갇혔고, 지현은 마음을 다쳐 홀로 고독했다. 다치지 않기 위해 스스로 낮고 좁은 곳에만 머물렀고, 그 밖의 세상은 단념했다. 주어진 것만 해 나가도 하루는 세상 밖 사람들과 똑같이 흘러갔으니까.

하지만 꿈만 꾸던 호랑이와 물고기를 보아 버린 그녀는 안다.
사랑이 떠나고 돌아갈 그 방은 이제 지나간 사랑의 크기만큼 더
낮고, 더 비좁아졌을 것이라는 걸 말이다.

"그래서 늦었다고요."

"뭐가."

"조제보다 더 큰 용기를 내야 해서 대답이 늦었다고요."

"부······."

범용은 의자에서 일어났다. 그녀를 향한 두 걸음 동안 지현은
한 걸음 뒤로 물러나며 바삐 말했다.

"맞아요, 사랑이야. 선배랑 하는 모든 거 사랑이라고. 키스도,
섹스도 다······."

그가 물러난 지현의 발을 보고 다가서는 것을 멈춘 덕분에 둘은
방 한가운데에 대치하듯 마주 섰다.

"츠네오처럼 선배의 마음이 내 앞에서 변해 버린다고 해도 나는
멈출 수가 없어요, 이제. 그럴 수가 없다고."

그는 지현을 보고, 그녀의 말을 듣고도 여전히 아무런 표정이
없다. 그의 걸음도 아직 한 발짝 떨어진 채다. 실내의 공기가 부족
하다고 느껴질 만큼의 정적이 잠시 흘렀다.

"······왜 우는 거야."

"네?"

범용은 걸음 대신 그녀에게 손을 뻗었다. 긴 그의 손가락이 지
현의 볼에 닿고, 지현의 눈을 쓸었다.

"사랑한다고 말하면서 왜 우는 거냐고. 헤어지자고 말하는 사람 같잖아."

범용은 그녀의 목덜미에 손바닥을 따뜻하게 싣더니 그에게로 당겨 안았다. 이마를 범용의 어깨에 부딪혔다가 턱을 들어 어깨에 얹는 동안 울음이 흉하게 터져 버렸다.

흐느끼는 소리는 숨겨지지가 않았다. 그녀의 등을 단단히 감싸 안는 그가 좋으면서도 자신의 울음이 수치스럽다. 수치스러워 또 서럽다.

"미안해."

"어허엉……!"

"기다린다고 해 놓고, 기다리게 하는 널 미워했어. 못났어, 내가."

지현의 뒤통수를 감싸고, 등을 쓸어내리는 범용의 손은 따뜻했다. 무섭게 얼어 있던 손과 눈이랑은 다르게 익숙한 열기였다. 또 그것이 다행이어서 눈물이 난다.

"미안해, 부."

"흐흑!"

"뭘 두려워하는지 알아. 네 두려움을 알면서도 널 괴롭혔어. 내가 나빴다, 지현아."

지현은 요즘 조제가 한 말을 자주 떠올린다.

'……언젠가는 나도 당신을 사랑하지 않겠지. 우린 또다시 고독해지고…… 우린 모두 다 그래.'[1]

조제는 어떻게 살고 있을까. 여전히 그 방에만 살까. 또 다른

---

1) 〈조제, 호랑이 그리고 물고기들〉 (2003)

'츠네오'를 만났을까.

조제는 그전의 온전한 조제로 돌아갈 수 있었을까.

* * *

츠네오는 조제를 사랑했지만, 그녀를 떠났다. 사랑이 변했는가. 그렇지는 않았을 것이다.

사랑은 진심이었고, 그 사랑은 사랑이 끝났어도 영원히 진심으로 남는다. 사랑하는 여자를 온전히 사랑할 수 없었던 것은 진심이 아니어서가 아니라, 부족한 츠네오 자신 때문이라 여겼을 것이다. 그래서 사랑을 놓고 조제를 떠나는 용기를 낼 수 있었겠지.

범용은 츠네오 같은 용기는 없다. 지현을 놓고 떠나는 용기 따위는 짜낼 마음도 없다. 이것이 진심이 아니거나, 마음이 작은 이유일까. 그런 것은 이제 더는 중요하지 않았다.

그는 츠네오처럼 그녀를 놓고, 떠나는 용기를 낼 수가 없다. 그도 조제처럼 비좁고, 작은 그 방에 다시 갇혀 사는 것이 이제는 죽음보다 두렵기 때문이다.

자신이 부족해 그녀를 온전히 사랑할 수 없다면, 딱 하나만 선택할 수 있다. 범용 자신이 변하면 된다. 우리가 계속 사랑일 수 있도록 그가 노력하면 된다. 그의 최선이다.

"시작하는 무료 웹진이라고 해서 수익 창출 콘텐츠가 전혀 없는 것도 문제이지 않아요? 조사한 유명 웹진 열 개 모두 처음부터 광고가 아닌 자체 수익 콘텐츠를 다양하게 가지고 있었어요. 온, 오프라인 이벤트나……."

아예 노트북을 가지고 그의 작업실로 올라와 맨바닥에 앉은 지현은 이틀 넘게 자료 조사한 결과를 브리핑하고 있다.

"배 안 고파?"

말리기 위해 캔버스를 한쪽에 밀었다. 손을 대충 닦아 내고 입은 앞치마를 벗어 냈다.

"고파요. 그러니까 런칭 전부터 미리 웹페이지를 열어 유저들을 확보하는 게 좋겠어요. 민환이가 보내온 세 가지 디자인 중에서 픽스를 하기 전에, 미리 카페 블로그나 SNS를 운영하는 것도……."

말하느라 바쁜 지현의 어깨에 담요를 덮었다. 그리고 환기를 위해 창을 열었다. 범용은 베란다로 나가 난간에 기댔다. 방 안에 남은 지현은 앉은 자세 그대로 엉덩이만 움직여 베란다를 향해 몸을 돌렸다.

"물론 그 전에 충분한 콘텐츠 확보가 중요하긴 한데요. 그건 다음 달 출근 시작할 재원 씨까지 붙으면 이달 안으로 블로그 오픈 정도는 해 볼 만해요. 그리고 분기나 반기별로 한정판 지면 잡지 발간도 해 보려고요. 그러려면 아무래도 할 일이 더 많아지겠죠."

틀어 올린 머리, 범용의 후드 티셔츠와 파자마 하의, 화장기를 지운 얼굴인 그녀가 보기 좋았다. 어제 지현은 집에 들어가지 않았다. 덕분에 주말인 오늘도 그녀는 새벽부터 열일 모드였다.

"서두르지 마. 충분히 준비되었을 때 내놓는 게 좋아."

"네. 근데 혼자 하다 보니까 벌써 객관성을 잃어 가는 것 같아요. 자신감도 잃고, 막연하고. 마음이 더 급해지는 것 같아요, 그래서. 얼른 손 맞출 사람들을 꾸려야겠어요. 그럼 좀 진행이 분명해지지 않을까 싶어서."

"왜. 나랑 예민환 잔소리가 부족한가?"

겨울치고는 푹한 오후의 공기였다. 범용은 두 팔을 스트레칭을 했다.

"판은 선배가 깔아 줬지만, 일단 시작하고부터는 내 몫이니까요. 부담이 없다고는 못 해요."

지현을 알기에 어림잡기로 대충 그녀의 능력치를 잡은 것은 아니다. 6개월간 〈활〉에서의 지현은 그녀의 사수인 정은희에게 아주 박한 평을 들어야 했었다. 낯선 업무 분야들을 섭렵하며 크게 두각을 낼 수 없었던 이유는 목표가 없기 때문이라는 은희의 진단도 말이다.

'뭘 맡겨도 못 하지는 않아. 중간 이상은 가지. 영리하고 몸 사리지 않고, 어떨 때는 호구인가 싶을 만큼 미련하게 부지런하고. 회사 입장에서야 그만한 직원이 없어. 하지만 우리 활이 지현이랑 맞지 않아. 월급 주는 만큼 일하고 일하는 만큼 월급 받는 사이야, 딱. 활에서 전혀 즐겁지 않은 게 보여, 내 눈엔. 진 이사, 너 혹시 부지현 개인 블로그 본 적 있어?'

은희가 말한 지현의 블로그는 시작한 초기에는 드문드문 일상 글이 올라오는 평범한 페이지였다. 방문자도 거의 없고, 게시 글도 거의 다이어리에 가까운 짧은 코멘트나 사진이 전부였었다.

블로그 주인에게도 잊힌 듯 고요하던 블로그는 어느 날 급작스럽게 활기를 띠기 시작했고, 그것이 지금으로부터 약 2년 전이었다.

'부지현 자신은 아는지 모르겠지만, 지현이는 글을 좋아해, 잘하고. 활에서 내가 줄곧 카피랑 시놉 쪽으로 붙인 것도 그런 이유고. 하지만 글이라는 건, 자기 이야기를 써야 늘고 재밌는 거라는 건 내가 가장 잘 알잖아. 큰 패션지에서 부지현은 진짜 자기 기사를 쓴 적은 없었을 거야. 그래서 아직 모를 수도 있지. 좋아한다는 걸 말야.'

실제로 지현의 블로그는 그녀의 다양한 경험과 생각을 담은 여러 칼럼이 수차례 포털의 메인에 선정되면서 활기를 띠기 시작했다. 문학과 문화, 여행과 음식, 사회 현안이나 몸담았던 패션계까지 아우르는 다양한 주제와 다양한 형태의 게시 글들은 분명 흥미롭고 재미있었다.

은희가 준 실마리를 범용은 고민했고, 그는 지현의 현재를 리셋하기 위해 '젯소'를 발라 주기로 했다.

"근데 왜 하필 웨딩 매거진이었어요?"

지현은 그가 서 있는 베란다로 따라 나오며 물었다.

"네 블로그에 올라온 78개의 게시 글에 없는 주제가 딱 그거 하나더라고."

"그랬나."

그녀는 어깨에 덮은 담요를 바짝 여미며 갸우뚱한다.

"너는 왜 웨딩을 걷어 내지 않고 그냥 간 건데?"

충분히 정체성을 바꿀 수 있었다. 매거진의 종류는 다양하고, 그녀는 다양한 분야에 흥미를 가지고 있었으니까. 굳이 망해 가는 잡지사를 인수하기로 한 것은 출간 노하우와 유통 판로만 취하는 것으로 충분했다.

"안 해 본 거라서요. 모르는 분야라서 딱히 싫을 이유도 없었던 것 같아요."

젯소는 적당한 때에 잘 발린 것 같다. 지현은 의외로 순순히 붓을 들었고, 부지런히 구상을 마쳤다.

"또 때마침 요즘 결혼이라는 키워드가 내 일상을 점유하기 시작하기도 했고……."

범용은 눈으로 무슨 말이냐고 질문했다. 지현은 그런 그의 얼굴을 찬찬히 뜯어보며 그저 빙긋 웃을 뿐이었다.

"말, 하지?"

그가 지현의 상체를 끌어 다리 사이에 세우며 은근히 협박했다. 지현은 담요 자락을 빼앗아 가 그녀의 몸을 점점 포박하는 범용에게 벗어나려 몸에 힘을 줄 뿐이다.

"매거진 말고 네 어떤 일상에서 결혼이 나오는 건데?"

찬 공기에 식은 품이 따뜻한 지현이 안기어 데워지는 느낌이 좋았다. 그래서 그는 뭉근하게 오르는 체온에 취해 그녀가 한 것처럼 짙게 웃어 버렸다.

정작 지현은 웃음을 멈추고 그런 그의 미소를 홀린 듯이 구경하는 것이다. 범용은 이번에도 눈으로 물었다.

왜? 지현은 그의 가슴에 손을 짚어 그와 사이를 뗐다. 멀리서 그의 얼굴을 또 새삼스럽게 구경한다.

"아니네, 현재 내 인생을 점유한 건 결혼 하나가 아니었어요."

"응?"

"하나 더 있었네요. 진범용이라는 키워드. 하나도 모르겠고, 어려워 죽겠다는 공통점이 있고요."

투덜거리는 투였지만, 부지현에게 진범용이 꽤 중요한 부분이라고 해석되니 좋은 기분은 정점을 찍었다.

"내가?"

"남 피디님이 그러더라구요……."

"그 새끼 이름이 여기서 왜 나와."

범용이 핀잔을 주며 지현의 몸을 세게 조였다. 그렇지만 지현은 전혀 영향을 받지 않고 재잘거림을 멈추지 않았다.

"나 스스로한테 좀 집중해 보라고. 근데 요즘처럼 나한테 집중했던 적이 없어요. 나만 생각하고, 나 좋은 거만 하고."

"그랬어?"

"선배가 요즘 딱 내 페이보릿이잖아요. 아마 피디님 조언이 아니었으면 더 많이 늦었을 수도 있었을 거예요. 만나면 고맙다고 뽀뽀뽀라도 해야 할까 봐요."

"……죽고 싶지?"

고치처럼 돌돌 말려 움직일 수도 없는 주제에 잘도 까분다. 쿡쿡 웃는 지현의 웃음이 또 옮기 전에 범용은 그녀의 입술을 아프게 깨물어 버렸다.

웃, 하고 피하는 것도 도로 데려다가 막무가내로 깊고 짙은 키스를 시작했다. 반항이 한참 남은 지현의 입술은 쉽게 벌어졌고, 그는 그 틈을 대번에 파고들었다.

처음부터 깊이 박히는 키스에 그녀는 길게 애태우지 않았다. 고개를 그의 어깨에 기대고 키스를 되돌렸다.

* * *

"원 여사님 오셨습니까."

"먼저 만남을 청해 놓고, 원. 늙은이가 늦었네, 남 사장."

며느리가 아니라 비서에 가까운 형운의 아내 수민의 부축을 받으며 원 여사가 방에 들어섰다. 남 사장은 수민이 붙든 팔의 반대쪽 손을 부축하며 수민과 묵례를 나눴다.

"이번에도 제가 늦을까 봐 서둘렀어요. 약속 시간 아직 십 분이나 남았습니다."

"서두르셨다니, 더 미안하네."

"아닙니다. 아름다운 두 분이 맛있는 점심 사 주신대서 흥이 나 달려온 것이지요."

코트와 가방을 벗는 동안 남 사장은 내내 앉지 않고 기다렸다. 그리고 의자를 빼 주며 남은 매너를 다 했다.

"바쁜 분 귀한 주말 시간 내달라고 요구한 게 실례인 줄은 안다네, 이 늙은이도."

"귀하신 분 만나니 더 귀한 주말이지요. 안 그래도 저도 급히 찾아뵐 일이 있어서 더 반가운 전화였습니다."

그러신가, 미약하게 웃음기 섞인 말로 장황한 인사는 대충 마무리되었다. 곧 직원이 들어와 주문해 둔 음식을 차리는 동안, 세 사람은 묵묵히 기다렸다.

조용한 세팅 시간 동안 남 사장은 웃는 낯으로 두 여사를 살펴보았다. 흠잡을 데 없이 점잖고 고아하게 성장했지만 묘하게 분위기가 음울하다.

수민은 눈 밑이 어둑하고 안색이 창백했고, 원 여사는 지난번 만남보다 야위고 기운이 없어 보인다는 것을 깨달을 수 있었다. 남 사장은 두 분의 수고를 덜어 주는 것이 좋겠다 생각했다.

"오늘 두 아이가 만나는 날이군요."

수민은 흠칫 놀라며 고개를 푹 숙였다. 원 여사는 작게 한숨을 내쉬었다. 남 사장은 반응을 기대하지 않고 바로 말을 늘어놓았다.

"아마 지현 양이 많이 놀랄 겁니다. 미리 말하지 않은 건, 장난기 발동한 제 뜻입니다."

"무슨 말씀이신가."

원 여사는 남 사장의 사뭇 즐거운 얼굴을 보며 미간을 찌푸렸다.

"모르는 남자도 아니고, 아는 남자랑 맞선 보는 게 보통 일이겠습니까. 그것도 두 번이나 말이죠."

"저기, 그게 말이네. 내 그것 때문에 할 말이 있어 오늘 만남을 청했네. 그 댁 아드님이 이따가 따로 이야기하겠지만, 그래도 내가 남 사장을 직접 만나 양해를 구하고 싶어서."

손수건을 꼭 쥔 손등에 힘줄이 드러났다. 초조한 마음은 표정이 아니라, 그 손에 오롯이 드러난다.

"우리 손녀가 아마 오늘 또 아드님한테 못된 짓을 할지도 모르겠네. 이놈이 글쎄 맞선 이야기를 꺼내기도 전에 어찌 알고 찾아와서는 협박을 하지 뭔가."

"지현 양이요?"

그래서 싸매고 누웠을까. 하긴 정정한 분이 자리까지 보전하셨으니, 효자 아들인 부형운이 사태를 몰랐을 리 없었을 것이다. 그날, 새벽같이 남 사장에게 전화해 조식 만남을 청한 배경을 대충 알겠다.

"아니, 돌 아기일 때도 안 하던 땡깡을 글쎄……."

격해지자 낮고 차분한 목소리가 날카로워지는 것에 남 사장은 웃음을 터뜨릴 뻔했다. 수민은 그런 시모에 놀라 남 사장의 눈치를 보기 바빴다.

잠시 숨을 고르며 진정하는 기색을 기다렸다. 원 여사는 새삼 놀라고 분한 모양이었다. 그날 맞선 자리를 말로 엎어 놓는 가락을 기억하건대 아마 '땡깡'이 이 꼬장꼬장한 어르신을 뒤로 넘어가게 하기 충분했을 것이었다.

"이혼한 애 어미, 그러니까 지현이 친엄마를 내가 많이 미워해요. 그때도 밉고, 지금도 그 미움이 하나도 가시지 않을 만큼 깊이 밉지. 내 아들만 귀하고 남의 집 자식 귀한 줄 모르는 이기적인 노인네라고 해도 상관없네. 나는 정말 그 물건이 싫으네."

네에, 하고 고개를 주억거리며 듣고 있음을 표했다. 교회는 좁고 시끄러운 사회고, 부 사장 전처에 대한 이 어르신의 깊은 원한은 이미 유명했다.

"내 아무리 헤어져 떠난 전 며느리가 미워도 내 손주까지 미워했겠나. 그 어린 것은 그런데 자기가 미움을 받았다고 하더구먼. 그런 할머니가 저도 미워서, 아빠랑 살기 싫을 만큼 내가 미웠다고. 저가 외롭게 큰 건, 이혼한 부모가 아니라 할머니 탓이라 하더구먼."

손녀의 급작스러운 고백이 놀라운 눈치였다. 그걸 여태 모르셨다는 게 더 놀라운 일이지만, 남 사장은 가만히 듣고 있었다.

"아니라고 부정해 줄 틈도 안 주고, 그 아이가 글쎄……."

말을 고르는 것 같았다.

"땡깡이요?"

남 사장은 원 여사를 도왔다. 그녀는 허허롭게 미소를 지어 긍정했다.

"울기도 하고, 소리도 지르고. 눈물은커녕 웃는 거 한 자락 보여 주지도 않던 새침데기가 갓난아기처럼 엉엉 울지 않겠나. 제 어미를 나쁜 사람이라고 했기 때문에, 자기도 나쁜 아이가 된 것 같았다고도 하고. 그러니까, 내가 하는 말들이 저주처럼 되어 버렸다네."

남 사장은 지현의 아버지 형운이 범용을 만나 했던 말을 자연스럽게 떠올렸다.

'사랑하는 게 큰 실수인 것처럼 여기는 아이죠. 부모인 우리가 사랑받을 줄도 모르고, 사랑할 줄도 모르는 사람으로 만들었어요.

그래서 나는 진범용 대표가 궁금했습니다. 우리 지현이에게 부족한 부분을 채워줄 수 있는 사람인가. 사랑하고, 사랑받을 줄 아는 사람일까 걱정이 되었지요. 진 대표가 진원국 명장의 아들이라는 걸 알게 된 이상, 내 눈으로 확인해야 했어요.'

남 사장은 얼마 전 아들인 주형에게서 범용과 지현의 인연을 들었다. 그리고 자신이 실수한 것 같아, 아차 싶었던 것이다.

맞선이라는 강수는 애초부터 그가 벌인 일이 아니었고, 그저 근성 넘치게 비혼을 외치는 장손에게 내려진 남 회장의 최종 명령이었을 뿐이었다. 그래서 범용이 의외인 동시에 기특하고, 그런 범용을 궁금해하는 형운이 애잔한 동시에 고마운 남 사장이었다.

원 여사는 잠시 복잡한 마음을 숨기지 못하고, 먼 데를 보며 짙은 한숨을 내쉬었다.

"저가 아버지를 보지 않고 살기를 바라시냐, 그래서 당신 아들이 고통받길 원하시냐. 고얀 놈의 협박이 꽤나 정확했지. 이기적이고, 고약한 노인네를 꿰뚫어 본 협박이었다네. 나는 정말 지현이 그 아이가 내 아들 심정을 상하게 하는 걸 원하지 않아. 아범이 제 자식을 얼마나 애지중지하는지, 다름 아닌 내가 모를 리 없지 않겠나. 그래서 늙은 네 할미가 지겠다고 했지. 오늘 자리에 나가 직접 양해를 구해라, 그것만 해다오 했네. 함부로 약속을 취소하고 하는 자리가 아니니 말이네."

형운도 그날 범용에게 말했었다.

'내가 부지현이 원하는 거라면 못 해 줄 게 없어요. 그만큼

진 빚이 큽니다, 딸에게. 그래서 오늘 나는 들어야겠습니다. 우리 지현이에게 진 대표는 진심입니까? 지현이를 놓지 않을 자신 있습니까? 자신 없다면 지금이라도 그만둬 주십시오.'

모양새가 완전히 다르지만 두 사람의 계기가 닮은꼴이라는 것에 남 사장은 한숨을 작게 내쉬었다.

"정말 그 아이를 위해서는 남 사장과 그 댁 아드님이 최상의 선택인데 말이야. 아직 많이 어리고 다친 심정으로는 내 염려가 받아들여지지 않는다니 어쩌겠나."

"네. 당사자가 싫으면 어쩔 수 없는 것이 바로 혼사 아니겠습니까."

"우리 아범이 그러더구만. 그 아이를 위해서가 아니라 다 내 욕심이라고."

남 사장은 형운의 말에 동감했다. 그래서 그날 형운이 범용에게 한 요구가 더 인상적인 것이다.

'자신 없으면 받아 주지도 말아요. 조금이라도 그 아이를 아낀다면 그래 줘요.'

형운은 범용의 꾹 다물린 입에서 시선을 못 떼고 계속 중언부언했었다. 아마 그 자신이 실수하고 있는 것은 아닌가, 걱정스러웠겠지.

'지현이의 선택이 절대 틀리지 않게 만들고 싶어요. 그래서 계속 묻는 겁니다. 진심입니까.'

'우리에게는 아버님의 걱정도, 도움도 필요하지는 않습니다. 진심이기 때문에 더 그렇습니다. 지현이의 선택이 절대 틀린 게 아니었으면 하는 마음은 아버님보다 제가 더 간절합니다.'

남 사장은 범용의 미세하게 경직된 얼굴과 갈라진 목소리가 안타까웠지만, 그저 주시하는 것밖에는 할 수 있는 게 없었다.

개자식이라고 특별히 이름 지어 불렀던 학교 선배 진원국의 아들이어서가 아니었다. 가까이 지내며 어릴 때부터 커 가는 것을 보았기에 더 마음이 가는 놈들이었다, 범준과 범용 형제는.

불행히도 양친에게 거부만 당하며 산 형제였다. 그중 제 어머니에게까지 유독 내침을 당하고, 참혹한 광경까지 보아야 했던 범용을 남 사장은 품을 수밖에 없었다. 누구라도 어렸던 범용을 지켜보았다면 그랬을 것이다.

그래서일까. 어느 것 하나 진득하게 관심을 두지 않는 그의 아들 주형도 이 친구에게만은 열과 성을 다했다. 범용은 주형이 일방적으로 열과 성을 다한 세월이 십 수 년을 채워서야 겨우 마음을 열었었다. 그만큼 변치 않는 진심이라는 것이 가여운 범용의 인생에도 매우 중요한 가치였다.

남 사장은 이제 그의 맡은 바를 다할 시간이라고 생각했다. 노인이 당신의 절절 끓는 모정에 스스로 애달파하는 시간을 좀 줄여 드려야지. 기력이 쇠하기 전에 말이다.

"네에. 저도 오늘 여사님을 뵈어야 했답니다. 여사님과 같은 이유로 말입니다."

"같은 이유라면……."

그동안 묵묵히 있던 수민이 예민하게 물어 왔다. 계속해서 기운이 쇠한 시모에게만 집중했던 까닭인지 신경이 곤두서 있었으리라. 들어 올린 얼굴이 파리했다. 그녀를 위해서도 말을 서둘러야겠다.

"오늘 지현 양의 맞선 상대는 제 아들이 맞지만, 전에 보셨던 그놈은 아닙니다."

"그게 무슨 말인가."

"그리고 오늘 자리의 주선도 제가 아닙니다. 아드님인 부 사장이 직접 골라 청했지요."

아범이? 하고, 원 여사는 테이블에 상체를 붙이며 바투 다가앉았다. 오늘 맞선 자리를 아들의 반대에도 무릅쓰고 강행하였는데, 놀랄 만도 하다.

"네, 여사님의 그 바쁜 아드님이요. 아니, 어떻게 알았는지 우리 주형이보다 더 탐이 난다면서 상대를 좀 바꿔 달라고 청하더군요. 제가 특별히 아끼는 놈이라서 내놔라, 갑짜 부리는 부 사장이 썩 내키지 않았지만요. 뭐 어쩌겠습니까. 내 자식 잘난 거 알아주는 것에 제 마음도 녹을 수밖에요."

"무슨 말인가. 남 사장네에 아들이 더 있다고?"

손이 귀한 걸로 유명한 남 씨 집안이다. 어리둥절한 것도 당연하다.

"예. 어디 손 타는 게 싫어 꿍쳐 둔 아들이 하나 있습니다. 천둥벌거숭이 아들 주형이도 그 녀석에게 맡길 만큼 믿음직하고, 수전노로 유명한 우리 남 회장이 학비에 투자금도 아낌없이 퍼주는 전도유망한 인재죠. 부 사장이 글쎄 그놈을 달라고 조르지 않겠습니까. 지현 양도 훌륭하지만, 우리 범용이는 찐이거든요, 찐!"

이런! 이제 그의 능치는 얼굴에 화가 나시는 모양이다. 흐릿했던 노인의 두 눈에 날이 섰다.

"혼외 자식이라도 된다는 게야?"

"그럴 리가요. 그런 자식은 없습니다. 아시지 않습니까, 해운왕 남 회장님의 결벽이요."

의리와 정리를 신념으로 사는 남 회장은 일평생 어머니 권순해 여사 하나만 아셨고, 아들인 남 사장은 덕분에 열아홉에 첫사랑과 결혼했다.

그렇기에 어렵게 얻은 장손 주형의 비혼 선언과 자유분방한 연애 경력이 유산 상속 자격 박탈이라는 결과를 낳는 중이니까.

"그럼 알아듣기 쉽게 이야기 풀어 주시게나. 늙은이 어지럽네."

"예. 그럼, 그러겠습니다."

* * *

진심이라는 것은 거짓이 없는 마음을 말한다. 마음이라는 것은 내 안에 자리하고, 나는 그 마음의 주인이다. 나에게 거짓을 저지르지 않으려면 마음을 다해야 하는 것이다. 고로 진심은 결국 날 위한 것이리라.

"삼촌. 나, 차 좀."

위스키 바의 오픈까지 아직 좀 시간이 남았지만, 서원과 단혜는 아침 일찍부터 출근한 상태였다.

"왜, 차에 갇히게?"

"키 어딨어? 카운터에?"

"왜, 카운터에 갇힐래?"

"나 바빠, 얼른 줘."

"그래, 바쁘니까 얼른 갇히자."

야! 하고, 서원의 등에 대고 버럭 성을 냈다. 요즘 단혜에게 위스키를 가르치고 있는 서원은 교수 코스프레에 심취해 있다. 윤이 반질반질 나는 슈트 베스트에 보우타이 콘셉트가 한껏 과하다.

"이게 툭하면 외박이야! 네가 이러면 내가 이역만리 나가 있는 우리 누이 볼 낯이 있겠니! 이 요망한 것!"

"몇 번을 말해. 이역만리에 있는 삼촌 누이는 외박이 아니라 내가 아예 살림을 차리길 원한다니까? 아마 삼촌이 당신 딸 외박에 이렇듯 노발대발하는 걸 안다면 당장 이 위스키 바 원격으로 처분해 버릴걸?"

지현의 손에 즉각 자동차 스마트 키가 쥐여졌다.

"그 남자가 그렇게 좋냐? 집에 온 지 한 시간 만에 도로 만나러 갈 만큼? 왜에? 섹시하고 섹스 해서?!"

"섹시하고 섹스 해서 좋은 건 맞는데, 지금 그 남자 만나러 가는 건 아니야."

라벨을 읽고, 메모하느라 지현이 와도 본체만체한 단혜가 느릿하게 그녀를 돌아보았다. 새빨간 홍조가 얼굴뿐 아니라 드러나 있는 목까지 물들어 있어서 지현은 식겁해 소리쳤다.

"오단혜! 얼굴이 왜 그래!"

난생처음 문하생을 들여 과하다 싶게 흥이 오른 명서원을 향해 눈을 치떴다. 서원은 렌즈도 없는 안경을 고쳐 쓰며 한숨을 푹 내쉬었다.

"나도 처음엔 나 몰래 훔쳐 먹은 줄 알고 재랑 사이 틀어질 뻔했잖아. 오단혜 쓰레기야, 알코올 쓰레기. 알쓰 중에서도 최하위였어. 냄새에도 만취다."

"빨개지기만 해, 빨개지기만. 조금 있으면 가라앉아. 시향을 연달아서 하는 바람에 그래."

정작 단혜는 편안해 보였다. 오늘 시향 한 위스키를 찍은 사진을 휴대전화로 다시 확인하며 창고를 나가 버렸다.

"단혜 있잖아? 되게 열심히 한다? 바텐딩에 진심인가 봐. 상원이 형님네에 주중 이틀씩 알바 잡아 줬어."

"상원 아저씨면, 해방촌 칵테일 바?"

"어. 그거 배우고 싶대서. 여긴 여자 손님들이 먹을 게 맥주밖에 없다고, 아쉽대."

오오. 이구동성으로 대견함의 감탄사를 나눈 지현과 서원도 창고를 나가기 시작했다. 지현은 뒤에 따라오는 서원이 들을 수 있게 목소리를 높여 단혜를 향해 응원했다.

"얼, 오단혜! 한 번 되게 혼나더니 제대로 각성했나 봐! 그래, 사람이 그렇게 야망이 있어야지. 열심히 해! 명서원이 자식이 있니, 애인이 있니. 게다가 지금 마셔 대는 양으로 봐서는 무병장수는 글렀잖아. 이거 얼마 안 가 네 거다 이거지!"

콜라로 취기를 다스리던 단혜는 공중에 입에 있던 음료를 뿜었고, 뒤따르던 서원은 지현이 고의로 휘두른 비즈 발에 안면 공격을 당하고 비틀거렸다.

"꺼져라, 섹스나 하러 가라."

서원은 신음하며 덕담했다.

"거기 가는 거 아니라니까."

지현은 단혜의 두 볼을 잡아 홍조를 다시 걱정스레 확인하며 서원의 덕담을 쳐 냈다.

"그럼, 그렇게 뻗쳐 입고 어디 가는 건데? 이 눈 내리는 토요일 밤에?"

"호텔."

그럼 그렇지, 서원의 눈이 새치름해지는 것에 대고 그녀가 여유롭게 웃었다.

"맞선 보거든. 까다로운 주선자가 장소에 맞는 격조 있는 차림새를 조건으로 다셔서."

할머니는 그날 화가 나 아예 돌아앉으셨지만, 지현은 훔쳐볼 수 있었다. 얼굴 주름 가득 맺힌 시름과 염려를 말이다.

'제 인생은 여태 그랬듯이 제 거예요. 아빠를 위해 제물로 갖다 바칠 마음 추호도 없어요. 아빠 사업이 당장 망한다고 해도 이 한 몸 인당수에 던져 공양미 값 다할 마음 없다고요. 그러니까 제가 아빠의 훌륭한 인생에 그럴듯한 미사여구 따위 되지 않게 협조해 주세요.'

엄마의 너무 많은 결혼 경력이, 아빠의 눈부신 사업체 규모가 지현의 인생에 한 부분도 차지하게 하고 싶지는 않다고 말하는 것이었다.

순순히 이해해 주실 리 없다. 그래도 그날의 난동에 가까운 통곡은 그녀와 할머니에게 엄청 큰 시련이 되었다는 것 정도는 알 수 있었다. 그저 묵묵히 무탈하게 제자리에 있어 준 지현이라서 아무나 함부로 아무 데나 가져다 놓을 수 있는 것이 아니라고 울면서 토로했다.

가족을 위해, 집안을 위해 존재하고 싶지 않았기 때문이다. 가족과 집안에 속해 살아 본 적 없는데 왜.

'조용히 지내다 뒤통수쳐서 사람 넘어가게 하는 것도 네 엄마 닮았구나.'

'고집불통인 거, 할머니 닮은 거죠. 몇 번 말해요. 할머니 똑 닮았다고.'

그렇게 10분 넘게 조용히 대치하다가 할머니가 말했다.

'맞선 자리에 나가라. 네가 수습해. 네 상사라니 더더욱 네가 직접 수습해야 탈이 없을 것 아니야.'

'구멍가게 같은 회사라고 때려치우시라더니.'

수습은 하기로 했다. 그걸로 지현은 밀린 도리를 다했다.

'잘 살게요. 아빠랑 할머니 이름에 누가 되지 않게. 열심히 행복해 볼게요.'

'집안이랑 상관없이 제멋대로 살겠다는 놈이 누구 이름을 위해 살겠다고 하는 게야. 네 아비한테는 나한테 하는 것처럼 하지 말아라. 그거나 약속해.'

귀한 아들 속 긁지 말라는 당부로 맺음을 했다는 것이 못내 아쉽긴 했어도. 지현은 처음 우는 것이, 맺힌 말을 쏟아 놓으며 이기적으로 사는 것이 얼마나 인생을 쉽게 하는지에 대해 깊은 고찰을 할 수 있었던 날이었다.

오늘 그래서 한 번 더 이기심을 부리는 것에 큰 부담을 덜었다. 한 여자에게 연거푸 맞선 퇴짜를 맞는 것에 삼가 조의를 표해야지, 진지하게 이 자리에 앉았다.

오늘 이 자리로 남 피디와의 악연을 정리하고 난 후에도 지현은 범용에게 이실직고할 작정은 없다는 것까지 이기심을 부려 볼까.

요즘 부쩍 남 피디를 비롯한 주변 사람에게 툭하면 이를 드러내는 것도 신경 쓰이지만, 어쩐지 할머니에서부터 그녀의 가족에 이르기까지 그에게 털어놓는 것이 달갑지만은 않다. 모든 말이 내 가족의 험담일 것이니까 말이다.

시간이 넘었는데도, 남 피디는 도착할 기미가 없다. 또 오토바이 파킹이 수월치 않아 시간이 지체되고 있는 걸까, 작게 미소 짓고 있을 때였다.

똑똑.

"네."

지현은 룸의 문이 열리기를 기다리며 자리에서 천천히 일어났다. 그리고 채 몸을 펴지 못한 채로 구부정하게 얼어붙고 말았다.

"왜. 안 반가워?"

범용은 문을 닫고 들어와 여유 있게 코트를 벗어 걸었다. 그리고 아직 어정쩡하게 있는 지현에게로 와 그녀의 의자를 넣어 줄 준비를 했다. 그녀는 무언의 강요에 다시 앉았고 그는 의자를 넣어 주었다.

"……선배."

"왜."

테이블을 돌아가 자신의 자리에 앉은 범용은 슈트 재킷의 버튼을 풀어 앉는 자세를 편히 했다. 그러나 그의 표정은 편해 보이지 않았다. 지현이 입은 원피스를, 귀에 건 이어링을, 입술에 발린 색조 메이크업을 차례로 쏘아보는 것이다.

"두 번은 너무한 거 아니야?"

"그게……."

"내가 부지현 페이보릿이라더니. 좋은 건 좋은 대로 즐기고, 실속은 실속대로 챙기겠다는 거네."

매서운 눈이 그녀의 입술에서 두 눈으로 곧바로 올라와 쏘아졌다. 당황스럽고, 황당하기도 해서 말을 신중히 고를 때 직원들이 들어섰다.

범용은 지현에게서 매정히 시선을 떼고 메뉴를 줄줄 골랐다. 직원들이 곧 나가고 어색할 틈도 없었다. 범용은 도로 표정을 얼리며 비아냥거리는 것이다.

"부지현이 말을 다 더듬는 걸 보니, 어지간히 놀랐나 보네?"

"남 피디님의 안위를 걱정해야 하는 건 아니죠?"

"그럴 리가. 넌 너 걱정이나 해."

"그러니까 1인분만 걱정해도 된다는 거죠?"

살자의 눈이 그녀에게로 와 따갑게 꽂혔다. 직원이 따라 놓고 간 물컵을 들었다. 손목에 힘을 주었는데도 툭, 하고 힘없이 넘어져 물이 쏟아져 버렸다. 놀라 엎지르고도 잠시 현실감이 없었던 것 같다.

그가 일어나 그녀 옆으로 왔다.

"제가 할게요."

하지만 범용은 말리는 지현의 손을 거칠게 뿌리치더니 모직 원피스 위로 흐르는 물줄기를 손수건으로 털어 냈다.

"이렇게 예쁘게 차려입는 거였다면, 매일 호텔 오자고 할 걸 그랬지?"

범용은 일어나 지현의 턱에 손가락을 받쳐 그를 올려다보게 했다. 저 높은 데서 그녀를 내려다보는 두 눈이 검게 빛났다.

"미안하다고 말하러 나온 거예요. 할머니가……."

"부."

말을 끊어 놓고, 그는 자신도 입을 다물어 버렸다. 그저 거친 몸짓에 비해 따뜻한 온기의 손가락이 그녀의 턱을 문지르기만 했다. 온순하게 그를 기다리다가 지현이 또 틈을 보다 말했다.

"내가 안 한다고 그랬는데……."

"다물어."

"진짠데."

"음식 다 들어온 다음 하려고 참고 있어. 모르겠어?"

"뭘 할 건데요. 흡!"

범용이 큰 키가 느닷없이 접히고, 그녀의 입술이 그의 입에 먹히듯 빨려 들어갔다. 사납고 세찬 시작은 내내 지속되었다. 점막을 찢을 듯 찌르는 혀와 입술을 짓이기는 송곳니 때문에 머리끝에서 발끝까지 저릿저릿 감각이 터져 나갔다.

잘근잘근 물고 놓느라 범용과 그녀의 떨어진 입술 사이로 타액이 길게 늘어졌다. 그것을 놓칠까 그의 새빨간 혀가 지현의 입술을 크게 핥고 갔다. 범용의 입술에 그녀의 립스틱이 번져 있는 걸 보니, 자신의 꼴은 상상하기도 싫었다.

"다물라고 할 때는 좀 다물어."

가빠서 들썩이는 가슴을 한 손으로 누르면서도 그의 두 눈을 노려보았다.

"혼은 충분히 난 것 같으니까, 이제 말해 줘요. 어떻게 된 일이에요?"

오늘 이 만남의 목적은 수습이었고, 만약 일이 틀어졌다면 그것까지 그녀가 해야 할 수습에 포함될 것이었다.

"선택이 어려워서 시간이 좀 걸렸지."

범용은 그녀의 턱을 붙들고 티슈로 조심스럽게 닦아 주었다. 다정한 손길과 달리 새카맣게 불타는 눈길에 지현은 반항하지 않고 그가 하는 대로 내버려 두었다.

"선택이요?"

"……."

범용은 이제 그대로 멈추어 그녀를 보는 것이었다. 짙어진 눈 밑, 몇 시간 전 그의 집에서 헤어질 때만 해도 보이지 않던 그늘이 눈에 거슬리는 건 유난히 창백한 그의 낯빛 때문이었다.

"밥 먹자. 배고프다."

"……밥이요?"

설명에 친절하지 않은 사람이라고 하지만, 이건 너무했다. 그런 지현의 황당한 기분을 모르지 않을 범용은 이번엔 자신의 입술을 닦으며 제자리로 돌아갔다. 때마침 직원의 노크가 들리고, 성찬이 차려지는 동안 범용은 한강이 내려다보이는 창밖으로 눈을 피하는 것이었다.

"화난 거면……."

지현이 입을 뗀 것과 동시에 그는 직원에게 '감사합니다.' 하며 대화를 또 잘라 버리는 것이다. 뜨거운 국물이 담긴 그릇의 뚜껑을 열어 준 그는 '먹어.' 한 마디를 끝으로 식사 내내 말이 없었다.

맞선이 기분 나쁜 것이라면 화를 내는 것이 맞다. 이해할 수 있다. 아무리 수습하러 나온 자리라도 주형과 단둘이 앉아 밥을 먹는 일을 그에게 미리 말하지 않은 것도 기분 나쁠 일이므로 그 또한 화낼 일이 분명하다.

이 또한 이해한다. 그러나 지현은 화가 아닌 다른 기분을 감지한 것이다. 범용의 지금 감정은 단순한 분노가 아니었다. 어쩐지 익숙한 느낌이었다. 손끝을 가져다 대면 만져질 듯한 젖은 감정 같은 거.

"츠네오 말야."

범용이 말했다.

"츠네오? 조제요?"

"츠네오가 조제를 떠난 것은 조제가 부족해서가 아니었어. 츠네오 자신이 조제에게 부족했기 때문이었지."

그래, 그 젖은 감정. 그녀가 그때 느낀 절망에 가까운 감정과 닮아 있다. 지현은 마음이 툭 하고 낙하하는 기분을 느끼며 그를 아연하게 건너다보았다.

"너에게 대답을 강요하는 데에 급급해서 그 생각을 못 했어. 내가 너에게 충분한 사람이 아닐 수도 있다는 걸 말야."

범용의 이름을 불러 말을 멈추게 해야 하는데, 지현은 어쩐지 꼼짝할 수 없었다.

"처음 내보는 욕심에 취해서, 그렇게 중요한 걸 생각하지 못 했다는 게 화가 나."

"도대체 무슨……."

그에게서 들어야 할 말이 너무 많았는데, 이제 아무 말도 듣고 싶지 않아졌다. 그가 그저 입을 다물었으면 좋겠다.

"오늘 여기, 이 자리. 다음으로 미루자."

안 먹을 거면 일어날까? 범용은 젓가락을 놓고, 그녀의 대답도 듣지 않은 채 일어나는 것이다. 무슨 일이 있었던 것일까. 지현은 벌써 문밖으로 걸어 나가는 그의 뒷모습과 아직 의자에 걸린 그의 상의를 번갈아 보았다.

* * *

눈이 한 뼘이나 쌓인 골목을 지나 붉은 벽돌이 선 대문 앞에 섰다. 대문이 열린 채로 있는 것을 본 지현은 우산을 서둘러 접고 들어갔다. 손바닥만 했는데도 텅 비어서 휑했던 마당에는 눈이 그득 앉아 있어서, 밤새 마음이 복잡했던 지현은 그 풍경에 미약하게나마 기분이 좋아지는 것이다.

어제 연락이 되지 않았던 범용이었다. 밤새 풀리지 않은 궁금증은 불안으로 번졌고, 묵묵부답 입을 열지 않고 다정히 그녀를 배웅하던 그의 모습이 가슴에 박혀 아프기까지 했다.

조명이 켜진 1층에는 아무도 없었다. 지현은 코트도 벗지 않고 가방만 던져 놓은 채 2층으로 올라갔다. 기대한 인기척 대신 진한 커피 향기와 낮은 음악 소리가 들렸다.

"선배? 아니, 왜 전화를 안 받아요?"

빈 침대를 확인하고 곧바로 작업실로 들어갔다.

"지현 씨랑도 연락이 되지 않나 봐요? 어제 내내 전화도 안 받고, 뭔 일 생겼나 싶어서 인터뷰 영상 편집본 굳이 직접 배송 온 건데."

남 피디는 지현을 향해 손바닥을 들어 인사를 했다. 그리고 검지에 끼운 USB를 흔들어 보였다.

"선배는요⋯⋯?"

실망스러움이 지현의 얼굴에 나타났을까. 남 피디는 안타깝다는 듯 눈매를 찡그렸다. 그리고 휴대전화 액정을 그어 음악 소리를 껐다.

"맞선. 잘 안 된 거예요? 애프터 거절 한 거 아니죠? 진범용 이 자식이 강해 보여도 생각보다 유리 멘탈인데."

지현은 아무런 설명을 듣지 않고 그와 헤어졌음을 다시 한번 깨달았다. 그때 순순히 져 주지 말고 끝까지 붙들고 말하게 했어야 했다.

"그 맞선, 범용이가 나간 건 맞죠?"

"그 맞선에 왜 남 피디님이 나오지 않은 건지부터 듣고 싶은데요."

"이런."

주형은 들고 있던 머그잔을 데스크에 놓고 일어났다. 당황스럽고, 난처한 표정이 역력한 그의 입은 연신 벙싯댔다. 할 말을 고르는 걸까.

"피디님."

"지현 씨."

두 사람은 동시에 서로를 불렀다. 주형은 지현의 고집스러운 얼굴을 안타깝게 본 후 말했다.

"사정을 다는 모르지만. 내가 지현 씨에게 할 말이 아니라는 건 확실히 알아요."

"아는 데까지만 알려 주세요. 나만 모르고 손 놓고 있는 기분, 정말 별로예요."

그러나 주형은 패딩 재킷 주머니에 꽂았던 털모자를 머리에 쓰며 시선을 잠시 피했다.

"범용이 자식 놀려 주고, 축하해 주려고 달려온 길인데⋯⋯ 그러니까 나도 지현 씨만큼이나 모르고 있는 거고."

주형의 얼굴에 깔린 당혹감이 거짓은 아닌 듯했다.

"음, 맞선 자리에 우리 아버지인 남 사장님이 친아들 대신 친아들보다 더 아끼는 진범용을 내보내기로 했다는 것만 들었어요. 그러니까 어른들끼리 범용이를 지현 씨 몰래 만났다는 것 정도요. 나름 꼬인 일을 수습해 주신 거죠. 그런데 범용이에게는 뭔가 다른 사정이 생긴 모양이에요. 그다음은 범용이한테 들읍시다, 우리."

'어른들.'

지현은 순간 생각들이 산발적으로 튀어 나가는 것을 느꼈다.

맞선에 관련한 사람은 할머니였고, 남 사장님의 계획 변경을 가장 먼저 들었을 사람도 할머니겠지. 범용을 할머니가 만났을까.

지현은 지체하지 않고 그대로 방을 나갔다. 계단을 뛰어 내려가 1층 거실에 던져 둔 가방을 채어 들었다.

"지현 씨!"

남 피디의 부름이 들렸지만, 지현은 벌써 함박눈이 쏟아지는 골목에 우산도 없이 뛰어들었다.

* * *

택시 안에서 지현은 호텔 식당에서 범용이 한 말을 곱씹고, 곱씹었다. 아무리 곱씹어도 모르겠던 말들이 주형의 한 마디에 퍼즐이 맞춰졌다. 그녀에 대한 자격을 운운했을까. 할머니가 함부로 쏟아 냈을 말을 상상하자, 꼭 쥔 주먹이 달달 떨려 왔다.

"지현이에요."

수민은 이번엔 인터폰에서 놀라거나 되묻지 않고 묵묵히 문을 열었다. 마치 그녀가 올 것을 알았다는 듯이 말이다. 정원을 건너 계단을 오르는 지현을 기다린 수민이 걱정스러운 얼굴을 한 것도 평소와 다른 신호였다.

"할머니, 기다리고 계셔."

그녀가 올 것을 알았다니. 범용을 만난 것이 할머니가 맞았구나 싶어 지현은 입술을 아프게 깨물었다. 다른 식구 모두를 만나도 할머니만은 아니었으면 했는데. 미약했던 기대가 무너지고, 뜨거운 숨이 속에서부터 올라왔다.

"지현아."

거실을 가로지르는 지현을 뒤따르던 수민이 나지막하게 그녀를 불러 세웠다.

"화 많이 났지? 그래, 화낼 일 맞아. 근데 하나만."

수민이 성큼 다가와 지현의 손을 덥석 붙들었다. 늘 두어 걸음 멀리 거리를 유지하던 수민이었기에 그녀는 붙들린 손이 낯설다.

"할머니가 편찮으셔. 요즘 누워만 계시는 날이 많아."

"마음대로 되지 않는 일이 생기면 누우시죠. 이번엔 그게 저였겠군요."

지난번 그녀의 방문 때 꽤 괜찮은 대화를 했다고 안심했던 것이 무색해졌다.

"조금만 부드럽게 말해, 지현아. 너를 위해서도 그게 맞는 것 같아. 아픈 말 너무 많이 던지지 말아, 응? 나중에 후회해."

"죄송해요."

싫다고 말하는 대신 수민에게 미리 사과할 뿐이다. 지난날처럼 그녀 자신만을 위해서 많은 말을 참을 마음은 없다. 물론 할머니를 위해서도 그렇다.

들어와라, 쉰 목소리가 노크도 전에 흘러나왔다. 방 공기가 눅진했다. 가습기가 두 대나 돌아가고 있고, 정오가 가까운데도 이부자리는 그대로였다. 마음먹을 때마다 몸져누울 수 있는 신기한 분. 지현은 눈을 내리깔아 비아냥을 참아 냈다. 말이 엉뚱한 데로 흐르지 않게 해야 했다. 들을 말이 너무 많다.

"내가 먼저 말해야겠다."

지현이 할머니 앞에 앉기도 전에 선수를 빼앗겼다. 그토록 듣고 싶었던 설명이었다. 묵묵히 앉아 기다렸다.

"적당히, 가볍게 놀 인물이 그렇게 없더냐?"

지현은 가만히 할머니의 노여운 시선을 받아 냈다.

"적당히, 가볍게 놀 인물이라면 요란하지 않게 한다던 약속은 어디로 간 거야."

식은 찻잔을 들어 한 모금 느릿하게 넘기는 할머니를 인내심 있게 기다렸다.

"내 참, 기가 막혀서. 어디서 망조가 들어도 더러운 망조가 든 집안의 자식을 말이야. 그것도 나라가 시끄럽게 계집질을 하고, 처자식 버려 망신한 놈팡이의 아들이다. 그 어미는 또 어떻고⋯⋯! 정말로 네 아버지 얼굴에 똥칠을 하고 말아야 직성이 풀릴 것이냐! 널 낳은 엄마로도 모자랐니! 그래도 널 낳은 엄마는 그렇게까지 막 돼먹은 집안 여식은 아니었다. 어쩌자고 그런 집안 남자랑 만나! 너도 끝내 네 엄마처럼 사람들 입에 오르내릴 것이냐고!"

어조는 노기와 함께 가파르게 올라갔다. 쩌렁쩌렁 방 안을 울리는 고함에 문고리 돌아가는 소리가 들렸다. 수민이 밖에서 애를 태우고 있는 모양이다. 지현은 그저 할머니의 눈을 똑바로 볼 뿐이었다.

"남 사장이 그 아들에게 들었단다. 너와 그 남자가 오래 알고 지내다 근래에 가까워졌다고. 그렇다면 너도 네 짝으로 염두에도 두지 않다가 내게 반항하기 위해 그런 남자와 놀아난 것이겠지! 이 승악한 것!"

그런 남자. 망신한 놈팡이의 아들. 망조가 든 집안의 자식.

"어디서 감히! 같잖은 잡지 나부랭이 회사 만들어 준다고 꾀어내! 그것도 우습지도 않은 그런 집에다가 사무실이라고 버젓이 살림을 차리고! 그게 어디 사업하는 회사야! 두 연놈이 숨어 노는 데지! 네 새엄마 보기 창피해서 혼이 났어! 망측한 것도 정도가 있지."

연놈.

"내, 그놈의 뺨을 치려다가 간신히 참았다. 그 다 쓰러져 가는 사무실 쾅쾅 밟아 부수고 싶었어도 사력을 다해 참았어. 절대로 안 된다는 말에 순순히 알고 있다 대답하지 않았으면 참지 않았을 게야!"

안 된다고 하셨구나. 그것도 '절대로'.

지현은 천천히 일어나 섰다. 바닥에 두었던 가방도 어깨에 멨다.

"뭐 하는 짓이냐!"

"알고 싶은 거 다 들었으니 가려고요."

선배는 이 참혹한 말들을 듣고 나에 대해 고민을 시작하였다. 그의 고민은 정당했다. 나는 그에게 좋은 연인이 되어 줄 수 없게 되었다. 너무 부족한 사람이 되어 버렸다.

"하려는 말이 있으니 왔을 것 아니야?"

"제 말은 지난번에 다 했잖아요. 할머니 선택은 절 버리는 것이었으니, 저는 이제 이 집 사람 아닙니다. 아빠에게는 따로 작별 인사 하겠다고 전해 주세요."

"지현아!"

기어이 문이 열리고 수민이 들어와 그녀를 붙들었다. 지현은 그 손을 뿌리쳤다. 부릅떴던 눈을 간신히 할머니에게서 떼고 돌아섰다. '저, 저!' 하는, 악에 받친 소리가 뒤에서 터졌다. 지현은 뒤도 돌아보지 않았다. 괴롭거나 슬프지 않다. 남은 미련도 기대도 버렸다. 이 집을 버리면서 말이다.

* * *

눈은 소강상태 한번 없이 줄기차게 내렸다. 기온도 여간 낮은 게 아니라서 내리는 족족 쌓이고 얼어붙었다. 도로는 마비된 지 오래였고, 거리마다 도로 복구를 위해 제설차가 다녔다. 택시는 선 채로 벌써 몇 십 분째였다.

"복구되려면 시간이 좀 지체되겠는데요, 손님?"

선택을 종용하는 택시 기사에게 요금을 낸 범용은 중간에 내려 걷기 시작했다. 우산을 쓴 것이 무색하게 코트 위로 눈이 앉았고, 패딩 스니커즈도 이내 젖는다.

범용은 얼얼한 턱을 움직여 보았다. 추운 공기에 닿자 열기가 식어 반갑지만, 욱신거림은 더하는 것 같다. 공기가 얼음장 같으니 냉찜질이랑 얼추 효과가 비슷하려나. 지현이 맞아서 붉어진 볼을 보고 속상할 것에 걱정이었는데, 잘됐다.

보기보다는 건강한 모양, 아버지의 손찌검은 생각보다 아팠다. 고개만 돌아간 것이 아니라 몸도 휘청일 만큼이었다. 하긴 그의 덩치는 아버지를 닮은 것이므로, 그 기운이 그럴 만도 하다. 피식 웃다가 겨우 붙었던 입술 상처가 도로 열렸다. 찌르는 듯한 통증에 범용은 눈앞이 하얗게 번지도록 한숨을 푹 쉬어야 했다.

토요일 오후, 어르신은 지현이 대문을 나가고 5분도 되지 않아 들이닥쳤다. 짐작이 맞다면 지현이 나가고, 골목을 빠져나가는 것까지 본 다음 들어오셨을 것이다.

'두 사람 설마 여기 살림 차렸나?'

다짜고짜 화를 내며 물으셨을 땐 아니라고 할 마음도 없었지만, 그렇다고 그 모든 오해를 긍정할 마음도 없었는데. 하필 이어지는 첫 말씀부터 틀린 데 하나도 없는 팩트를 꺼내시는 바람에.

그가 지현에게 진심인 만큼 그 어른의 말씀을 그냥 흘려들을 수 없는 것이었다. 그저 저녁에 어른들이 마련해 주신 맞선 자리에 나가 지현을 놀라게 하고, 그분들의 당부를 전하며 좀 더 진지하게 관계를 논하려 했었다. 하지만 어르신이 나타나 쏟아 낸 걱정이 그를 얼어붙게 만들었다.

그래서 범용은 밤새 고민하다가 오늘 새벽같이 일어나 형에게로 간 것이다. 그러나 형도 아버지와 연락을 하고 지내지는 않았기에 조금 더 시간이 지체되었다.

아버지는 명성을 걸 만큼 죽고 못 살던 그 여자와도 헤어지고, 도자기를 굽는 가마 하나를 낀 절간에 기탁해 생활하고 계셨다. 뵌 것이 오래였나, 아버지는 생각보다 너무 많이 늙어 있었다. 가마 옆에는 살지만, 더는 도자기를 만들지 않는다고도 했다. 지난날에 회한이 있지는 않다고 말한 분이라 그게 더 이상했다. 범용은 건조하게 물었다.

'도자기는 왜 그만두신 겁니까. 도자기라도 만들면, 그 높은 악명도 그냥 기행쯤으로 평가받을 수 있었을 텐데. 모르는 사람들은 어머니 죽음이 아버지에게 어떤 영향이라도 끼친 줄 오해하겠어요.'

'왜 온 거냐.'

15년 만에 만난 아들에게 하시는 말씀치고는 서운하리만큼 심플했지만, 범용은 용건을 순순히 열거했다.

'구경하러 왔어요. 자기 자신만 중요한 사람의 말로는 어떤가.'

'그래서 어떠한 것 같냐.'

'제가 틀렸어요. 구경이 아니라 원망을 하러 왔어야 맞아요. 왜 한 번도 아버지 원망을 안 했을까요. 아무것도 사랑할 줄 모르는 건 어머니가 아니라 아버질 닮은 건데 말이에요. 원망하고 미워했다면 더 일찍 깨닫고 달리 살 수 있었을지도 모르겠네요. 아버지처럼 살지 않겠다고, 진정으로 살며 사랑하는 삶이 어떤 것인지를 배워야겠다고 지금보다 더 어렸을 때 깨달았다면 나는 지금 조금 더 나은 사람이었을 텐데.'

그랬다면 지금보다는 훨씬 더 나은 사람이 되어, 부모를 지우고 살 수 있지 않았을까. 그의 이름 앞에 자리한 부모의 그늘을 지울 생각은 못 하고, 머리카락 한 올까지 몽땅 그늘 안에 감추는 데에만 급급했다.

'누가 널 못났다고 하더냐.'

처음으로 자세를 바꿔 앉아 아들을 똑바로 본다. 범용도 그제야 처음 아버지의 얼굴을 자세히 본다. 마침내 마주하자 여태 몰랐던 원한과 미움이 넘실넘실 그의 안에 차올랐다.

'그런 줄 모르고 저 잘난 맛에 잘 살아왔는데, 오늘 알게 되었다고요. 아버지, 그렇게 살지 말았어야죠. 그러지 말았어야 했어요.'

'투정 부릴 나이는 지난 것 같은데.'

'알 만한 나이라서 따지는 겁니다. 아버지가 우리에게 하신 일이 비겁하고 야비한 행동이었다는 걸 이제 아니까요. 사랑이 식고, 등을 지는 일에는 필요한 예와 절차가 있어요. 최소한의 책임도 지지 않으려거든 미안한 기색이라도 연기해야죠. 어머니의 비참하고 끔찍한 말로에 내연녀 품에 안겨 노시는 대신 오셔서 묵념이라도 한 번 했다면 이렇게 사람들 손가락질 안 받고 살았다고요. 손가락질받는 게 아버지 혼자가 아니라, 두 아들도 고스란히 그 이름 아래 갇힌다는 것쯤은 아셨어야죠.'

'다했냐.'

아들의 거친 언사가 가소롭다는 듯 내치는 말만 않으셨어도 범용은 그쯤에서 멈추었을지도 모르겠다.

'계속, 숨어 사세요. 세상에서 아버지 이름, 지워 주세요. 그 아래 살기 더럽게 숨 막혀요.'

찻상을 뒤엎는 소리와 두툼한 손바닥이 범용의 뺨을 후려치는 소리가 연달아 났다. 역정이 섞인 아버지의 고함과 다시 한번 그의 뺨을 치는 소리가 난 후에야 범용은 자리에서 일어났다.

'너무 오래 사시는 게 괴로울 만큼 외로우셨으면 좋겠습니다.'

후련하였는가 하면, 그렇지는 않았다. 너무 늦게 원망한 것이 한스러워 아쉬웠다. 조금 더 오랜 세월 아버지를 괴롭히지 못한 것이 못내 안타깝다.

하지만 주형의 충고처럼 그의 인생은 유한하지 않으니까. 어서 빨리 더 나은 사람이 되어 아버지를 지우고, 부지현의 옆에 진범용으로 서고 싶을 뿐이다. 그것이 그가 조제를 지킬 수 있는 유일한 방법이다.

아, 이런……! 나의 조제는 두 다리가 무척 건강하다는 것을 잊고 있었다.

"야! 진범용! 너 진짜 죽을래요!"

골목 입구에 뻗치고 서서 동네 창피하게 쩌렁쩌렁 소리를 치고 있는 여자. 나의 조제, 지현.

"아주 예쁘다, 예쁘다 절절매 주니까 진짜 네가 예쁜 줄 알아요? 눈만 무섭게 뜨면 다야? 너만 눈 달렸어요?"

아, 그리고 나의 조제는 간도 건강한 주정뱅이라는 것도 잊고 살았네.

달큼한 알코올 냄새가 하얀 입김을 타고 뭉게뭉게 뿜어지고 있다. 눈이 오래 쌓인 모양 두 어깨 위에 잔뜩 뽕을 얹은 터라, 술 마신 분의 위용이 대단도 하다.

"중2야, 뭐야. 종일 연락 안 받고 잠수를 타? 서른하고 셋이나 먹고? 그런 유치한 짓 하면 안 창피해요? 안 부끄러워요? 왜 삐쳐서 잠수는 네가 탔는데, 부끄러움은 내 몫이냐고요."

범용은 곧 더 지독해질 지현의 입을 각오하며, 가만히 그녀의 머리에 쌓인 눈을 털어 주었다. 두 볼의 새빨간 홍조는 술이 아니라 추위 때문이라는 것이 보여 마음이 급할 뿐이다.

"누가 허락도 안 받고 눈 맞으래."

"허락을 어떻게 받아. 내 전화 피한 건 넌데요."

눈을 털어 내자 이번엔 젖은 머리카락이 신경 쓰였다. 후드가 달린 자신의 점퍼를 벗어 그녀에게 뒤집어씌운 범용은 지현의 몸을 뒤집어 집 방향을 잡아 주었다. 등을 밀어 걷게 하는 동안에도 지현의 주정은 쉼이 없었다.

"말해 봐요. 도망가니까 기분 나아졌어요?"

"아니."

"도망가서 뭐 했어요?"

"맞을 짓."

"누구한테?"

묵묵한 범용이 궁금한지 자꾸 지현은 그를 돌아보려 걸음을 멈추었지만, 그는 앞으로 나아갈 수 있게 어깨를 잡은 손에 힘을 주었다.

"왜 도망갔어요?"

"근데 누가 도망이래."

"그럼 왜 연락을 안 받아? 왜 없어져? 왜 날 안 봐? 지금도 날 안 보잖아요, 선배."

"내가 언제."

"미안하지만, 전에도 말했듯이 나는 선배 못 놔요. 선배의 사정 같은 건 안중에도 없어. 절박한 이유가 하나 더 생겼다고요."

"뭔데."

"나 이제 진짜 혼자야. 절연하고 오는 길이라고요, 할머니랑 할머니 아들하고."

이번엔 범용이 멈추어 섰다. 그리고 그녀의 어깨를 힘껏 당겨 돌려세웠다.

"무슨 소리야."

"울며 부탁했는데. 살면서 딱 한 번 부탁해 본 건데. 그걸 못
해 주겠다잖아요. 그분들 성공한 인생의 괜찮은 아이템으로 살고
싶지 않아. 그래서 사표 썼어요. 사표 그거 또 내가 기똥차게 잘
쓰잖아요, 다년간의 경험 덕에."

"부."

"우리 관계가 끝나면 나는 그전과 같지 않을 거라는 말, 이제
정말이 되었어요. 생각보다 되게 기쁜 마음인데 안 믿기죠?"

지현은 너무 큰 후드가 시야를 가리는지 귀찮아하다가 벗어 냈다.
그를 빤히 보는 시선이 말갛다. 진심인 것이 믿기지 않고, 곧 화가
나기 시작했다.

"알아듣게 말해."

"아팠지, 선배?"

지현의 목소리가 착 가라앉아 있다. 그리고 그처럼 표정 가득
화를 드러냈다.

"선배가 어떤 분들의 아들이든 나는 상관없이 좋아했는데. 선
배도 우리 집이 얼마나 막장이든 상관없이 날 안아 줬잖아요. 우
리의 역사도 모르고, 그렇게 함부로 말하면 선배? 선배 성격 지랄
인 거 발휘해서 막 화를 내고 무섭게 소리쳐서 아니라고 해야지.
알고 있다고 착한 척하면 어떻게 해요?"

들었구나. 할머니를 찾아갔겠구나. 또 마구 상처받는 이야기들을
주고받았겠구나. 그래서 너는 이렇게 취해야 했구나.

"틀린 소리 하나도 안 하셨어."

"다 틀렸을걸? 우리 할머니는 내가 더 잘 알아요. 본인 비위에 맞지 않으면, 눈 두 개 코 하나 입 하나인 것도 잘못된 거라고 우기는 분인데. 애초에 태어난 걸 후회할 때까지 꾸짖는 분이라고요."

범용은 하, 하고 짧게 웃음을 터뜨렸다.

"그래, 태어난 걸 후회하기는 했어."

덕분에 극적인 부자 상봉이 있었고, 미뤄 두었던 비극을 맺고 왔으니까.

"거봐!"

"성격 지랄인 건, 다른 데서 충분히 발휘했으니까 제발 들어가자. 너 추워."

버티는 그녀의 어깨를 세게 돌리고 다시 골목을 걷기 시작했다. 그새 머리카락에 하얗게 앉은 눈을 털고 후드도 도로 뒤집어 씌웠다.

"내가 취해서 하는 말인데요."

"어."

좁은 골목은 조용했고, 눈만 소란하게 내리는 중이었다. 눈보다 조용한 지현의 목소리는 눈을 맞아 그런지 젖어 있다. 아버지 손에 얻어터졌을 때도 고이지 않은 눈물이 눈 안에 고였다.

"사랑해요. 나 버리지 마."

시큰한 코끝을 어쩌지 못해 얼굴을 잔뜩 찌푸렸다.

"어."

들키지 않으려, 겨우 대답했다.

"됐다. 너는 뱉은 말은 지키고야 마는 진범용이니까, 안심이에요"

사랑이 끝나도 우리는 예전의 자리로 돌아갈 수 없다는 것에 동의한다. 부지현에게 사랑한다는 고백을 받은 지금과 그렇지 않은 과거는 절대 같을 수 없으니까. 아까 지현이 말한 것처럼, 그도 그것이 충분히 기쁘다.

* * *

커튼을 가만히 열었다. 눈은 조용히 멈췄다. 그렇게 세상도 멈췄다. 파란 새벽이 열리기 시작하자, 하얗게 덮인 눈이 얼어붙는 중이었다. 영원 속에 갇히는 건 아닐까, 시공간이 동시에 움직임을 멈춘 것에 지현은 숨소리를 죽였다.

바닥 보일러를 제거한 2층은 웃풍까지 셌다. 눈을 맞아 푹 젖었던 지현을 위해 범용은 침대 주위로 라디에이터와 전기스토브를 빙 둘러놓았지만, 열기가 닿는 몇 군데만 뜨겁고 얼굴에 닿는 찬 공기는 여전했다. 두꺼운 이불을 숄처럼 몸에 두르고 지현은 매트리스 끝에 일어나 앉았다. 그림처럼 몽환적인 눈 쌓인 새벽에 귀를 기울였다.

어제 술을 마시긴 했지만, 취하지는 않았었다. 그가 아직 돌아오지 않았다는 것을 확인하고 골목 앞에 서서 눈을 맞는 동안 미약한 술기운마저 일찍 털어 냈었다.

아빠와 할머니를 버리고 와 생각보다 기쁘다고 했지만, 씻고 나온 그녀를 안아 젖은 머리카락을 말려 주는 범용의 품에 안기자 눈물이 멈추지 않았었다. 우는 것도 취했기 때문이라고 생각했는지 그는 그녀를 달래는 대신 꼭 끌어안고 재워 주었었다.

'나도…… 나도 울고 싶다, 부.'

지현이 울어서 울고 싶다는 말인지, 자기도 울 일이 있었다고 하는 말인 건지. 지현은 푹 자고 일어난 지금에야 문득 그것이 궁금해졌다.

"선배."

작은 그녀의 부름을 들었는지 작업실 안에서 그가 대답했다.

"일어났어?"

"네. 근데 선배?"

"어."

그녀는 창을 향해, 그는 저 작업실 안에서 서로 목소리를 냈다.

"선배는 어제 왜 울고 싶었어요?"

대답은 곧장 날아오지는 않았다. 지현도 가만히 기다렸다. 그리고 어느 틈에 작업실에서 나왔는지 욕실에서 물소리가 났다. 물소리가 그치기까지 10여 분, 지현은 아까 그대로 창밖을 향해 가만히 앉아 새벽이 펼쳐지는 모습을 마냥 구경했다.

"뭐 해?"

씻고 나온 범용에게서 그녀와 같은 향이 났다. 이불 밖으로 드러난 목덜미에 그의 따뜻한 입술이 닿는 것을 음미한 지현이 다시 고집스레 물었다.

"왜 울고 싶었냐고요, 어제."

"네가 울었잖아."

"선배도 울고 싶다고 했잖아요."

덮었던 이불이 떨어지고 범용의 따뜻한 몸이 그녀를 뒤에서 안았다. 그 안온한 포옹에도 흔들리지 않고 끈질기게 물었다.

"왜 그랬는데요? 응?"

"널 울려서, 내가."

선배가 울린 것 아닌데.

"미안해요, 선배. 그 말을 못 하고 잠들어 버렸네."

"미안해. 그 말을 못 해 주고 재웠네."

쿡쿡, 지현이 먼저 낮게 웃음을 터뜨렸고 범용도 그녀의 어깨에 턱을 얹어 그 웃음소리를 들었다.

"나 때문이라면, 미안해하지 마. 할머니에게도 그러지 말고. 너 아버지 좋아하잖아. 안 보고 살 수 없잖아."

"선배 때문이 아니라, 나 때문에. 더는 안녕하기만 한 인생이 싫어서 그래요. 노력에 비해 그닥 안녕하지도 않았고요."

더는 몸 사리지 않고 싶어졌어요. 사는 것에 말야.

"아버님이 날 부르셨었어. 주형이 아버지인 남 사장님을 통해, 자리를 마련하셨고."

놀란 지현은 그의 팔을 풀어 돌아보려 했다. 하지만 범용은 '아직.' 이라고 속삭이며 그녀를 앞만 보게 했다.

"아빠가요? 선배를?"

"주형이가 꼼짝없이 또 맞선에 나가서 같은 여자에게 두 번 까일 수는 없다면서 아버지한테 우리 얘길 털어놨대. 남 사장님은 마침 맞선을 취소하려 전화했던 네 아버님과 이야길 하셨고."

매번 진부한 유산 핑계 댄다고 주형을 비난했던 것을 떠올렸기에 그것이 나름 그녀를 위해 애써 준 결과라는 걸 알 수 있었다. 당사자인 그녀만 모른 채 이루어졌다는 것이 못내 불만스럽지만 말이다.

"아빠가······."

"물으셨어. 나는 너에게 어울리는 사람인가."

무례한 질문이다. 자격이 있고 없고는 지현 본인만이 정할 수 있다. 그걸 모르는 분이 아니라는 걸 알기에, 지현은 표정을 확 구겼다.

"미안해요, 당황했겠어요."

"아니. 널 가질 욕심에 한 번도 생각해 보지 못했다는 게 창피했을 뿐이야. 당신 딸에겐 크게 빈 부분이 있고, 그 부분을 채워 주고 가여워해 줄 사람인가를 물으셨을 때, 너에게 많이 미안했지. 누구보다 널 잘 알고, 잘 이해한다고 자만했어. 그걸 내가 채워 줄 생각은 왜 못 했을까. 내가 너무 서툴다는 것이 무서웠고."

서툴다는 것은 익숙하지 못하기 때문이고, 그렇다면 우리는 서로에게 서툴다. 그래서 그가 느꼈을 당혹과 공포를 그녀도 잘 안다. 관계를 맺고, 관계를 키워 가는 일은 오랜 시간 그렇지 않으려 애썼던 시간에 비해 너무 경험이 적으니까 말이다.

지현은 그녀의 허리를 감은 범용의 팔을 쓸고, 그녀의 볼 옆에 흔들리는 그의 머리카락을 매만졌다. 그녀도 그렇다고, 무섭다고 말하는 대신.

"아버님의 질문과 할머님의 역정을 듣고 난 후 깨달았지. 너는 내가 처음 가져 본 기회라는 걸 말야."

"기회요?"

"진짜 살아 볼 기회."

무슨 말일까, 그가 하는 말을 소리로만 들어서는 통 어려워서 지현은 몸을 빼내고 돌려 그와 마주 앉았다. 밤새 그림 그렸을까. 그는 피곤하고 졸린 눈을 하고 있다.

"세상 요란하게 헤어진 내 부모 말고, 그 부모한테 상처받아 마음을 다친 어린 아들 말고. 그 이름들에 갇혀서 하고 싶은 일도 숨어서 하는 멍청한 새끼도 말고, 사람에 대해 좌절과 혐오만 겪어서 습관이 된 외로움도 말고. 그런 거 다 내다 버릴 기회."

부모님이 평범하지 않아서, 평탄하지 않았을 어린 시절이었으리라 짐작했었지만, 이렇듯 그의 입으로 사실임을 확인하게 되니 이내 가슴이 아파 온다.

"아버지를 십오 년 만에 만나러 갔었어, 어제. 그동안 밀린 지독한 원망을 쏟아 내고 왔지."

마주 앉았어도 눈높이가 한참 위인 그의 표정을 자세히 보고 싶어 지현은 무릎으로 섰다. 그리고 그의 어깨를 짚고 그의 무릎에 앉아 그의 터진 입술에 손가락을 댔다.

"그래서 맞았어요?"

하얀 얼굴이라 더 도드라져 보이는 볼 위의 붉은 멍도 매만졌다.

"어. 얼마나 고약했을지 짐작이 가지?"

"살자가 작정하고 고약했으니, 상상만으로도 오금이 저리네요."

범용의 입매에 살짝 미소가 스치는 것까지 기다린 후, 다시 가슴 아픈 눈을 했다.

"선배 마음은요?"

"진작에 했어야 할 원망이야. 그럼 내 앞에서 돌아가신 어머니를 원망한 세월도 좀 짧지 않았을까. 그럼 더 일찍 벗어날 수 있었을지도 모르고, 난 더 나은 삶을 살 수 있었을 거야."

왈칵 눈물이 솟구쳐 지현은 그의 목을 끌어안았다. 간신히 눈물이 굴러떨어지는 순간을 숨긴 그녀가 말했다.

"나도 그랬어요. 더는 원망하고 미워하기 싫었어요. 그냥 그런 모든 것들에서 놓여나고 싶었어."

잠시 그렇게 끌어안은 채로 창밖의 풍경처럼 둘은 멈췄다. 멈춰서 가여운 서로를 생각했다.

"부."

"네."

코맹맹이 소리를 알아챘을까, 그의 목에 얼굴을 더 깊이 묻었다. 범용은 길고 깊은 한숨을 푹 내쉬더니, 오랜만에 그녀의 머리끝부터 발끝까지 저릿저릿하게 낮은 목소리로 속삭였다.

"……다리 저려."

지현은 코를 크게 훌쩍거리며 푹, 하고 웃었다. 범용이 다시 속삭였다.

"살려 줘."

"그럴 리 없어요. 깃털처럼 가벼울 텐데."

목에 감은 팔에 힘을 주어 버텼다. 범용은 윽! 신음을 내며 앓는 소리를 감추지 않았다. 내심 괘씸해지기 시작했다.

"감각이 없어."

"190센티 덩치가 아까운 엄살이네요."

"190센티 덩치도 감각을 잃을 만한 무게인 거지. 하반신을 잃은 느낌이야."

눈물이 싹 말랐다. 마지막으로 한 번 더 코를 훌쩍인 다음 지현이 얼굴을 들어 범용과 마주했다. 다리 감각을 잃어 가는, 몹시 절박한 순간이 닥친 사람의 안색은 아니었다. 지현이 장난임을 깨닫고 그의 눈을 째려보았다.

"……그렇구나. 선배는 감각을 잃었구나?"

범용이 눈썹을 들었다가 놓으며 긍정했다. 지현의 눈썹도 휙 올라갔다. 그리고 지그시 그의 두 눈을 노려보며 엉덩이를 움직여 그에게 더 밀착했다.

"큰일이네요. 감각이 없어지면 정말 큰일인 거잖아?"

그의 어깨를 짚은 두 손에 힘을 주고, 지현은 허리를 움직이기 시작했다. 재미있다는 듯 그녀의 두 눈만 보며 미소 짓는 범용.

"어어? 감각이 없으실 텐데? 왜 웃어요?"

얼마 지나지 않아 단단하게 존재감을 드러낸 그의 페니스에 지현도 씨익 미소를 지었다. 얇은 란제리는 곧 젖기 시작했고, 고요하게 멈췄던 두 사람의 새벽도 이제 소리를 내며 다시 움직임을 시작했다.

먼저 범용의 미소가 사라졌다. 두 눈은 그녀의 얼굴에서 떨어질 줄 몰랐고, 입술도 작게 열렸다. 그녀에게 집중하고 있었다. 그런 그의 몰입이 좋았다.

지현의 얼굴에서도 미소는 지워졌다. 그에게 꽂힌 시선이 자꾸만 흐려졌다. 두 눈에 열기가 뻗치고 저 아래 란제리처럼 젖었다.

입술을 열어 들어찬 열기를 연신 내뱉었다. 움직이는 그녀의 골반을 범용이 붙들더니 돕기 시작했다. 그 손길에 짙은 숨을 내뱉으려 지현은 시선을 놓치고 고개를 꺾어 천장을 보았다.

그와 동시에 그녀의 속도가 빨라졌다. 자극은 멈출 수 없을 만큼 가파른 절정을 가져왔고, 노렸던 범용보다 도발한 그녀가 먼저 신음하며 몸을 떨었다.

가쁜 숨을 내쉬며 그의 어깨에 얼굴을 묻었지만, 골반은 그녀의 의지와 상관없이 더 세게 그에게 가 박히고 있었다. 범용의 두 손이 직접 움직이는 중이었기 때문이다. 절정을 보낸 보람도 없이 지현은 다시금 열락에 들기 시작했다.

그의 어깨에 이마를 댄 채로 얼마나 지났을까, 지현의 몸이 위로 들렸다. 젖은 란제리를 음부 옆으로 치우는 거친 손길에 고개를 홱 처들었지만, 범용의 검게 타는 두 눈을 만난 그 순간 뜨겁게 침범한 페니스에 말이 막히고 말았다. 입을 쩍 벌려 신음을 참는 지현의 입술을 그가 빼앗았다.

숨도 쉬지 못하며 진저리치는 몸을 살살 매만지며 천천히 그의 위에 내려앉게 하는 것이다. 그가 왈칵 미울 만큼 크나큰 우격다짐이었다. 범용의 입술을 아프게 깨물었다. 바들바들 떨며 그를 적응하는 동안 범용은 끈질기게 그녀의 얼굴을 보고 있다. 그 집요한 눈길에서 놓여날 방법이 없는 지현은 입술을 꽉 깨물어 흥분을 감추려 했다.

"못 견디겠으면 키스 해."

범용이 낮게 명령했다. 지현은 그의 볼을 당겨 다급히 키스했다. 게걸스러운 소리가 귀를 자극했지만, 지금은 수치스러울 여유도 없다. 핥는 것보다는 씹는 것에 가까운 키스는 효과가 있었다. 그가 본격적으로 드나들고 있지만, 지현은 아픔은 그새 잊고 콧소리로 높다란 신음을 내고 있었으니까.

티셔츠를 걷어 브래지어를 들어 올린 범용은 뭉개진 젖가슴을 꼬집듯이 움켜잡았다. 그 기습에 키스를 포기하고 지현은 고개를 홱 꺾어 젖혔다.

그렇게 공간을 확보한 그는 지현의 허리를 속박한 채 내달리기 시작했다. 연신 그에게 내려앉으며 시선이 매번 부서졌지만, 지현은 끈질기게 그의 눈을 보았다.

모든 것이라 믿었던 것들을 내버려서라도 진짜 나를 찾고 싶게 해 준 남자. 가진 것이 너무 없어서 놓을 수 없던 것을 놓아 버리고도 무섭지 않게 해 준 남자다.

이 남자였다. 곁에 선 그림자이자 닿을 수 없던 태양이었고, 그렇게 우주였다. 날 세상에 내놓은 부모와 가족보다 더 오랜 시간 지낸 남자였다. 그러니까 전부였다.

* * *

"룩북 구성 잡기 전에 사진작가 섭외부터 해야 하지 않을까? 구성 단계부터 함께해야 하니까. 사진은 외주로 하는 거지?"

요즘 들어 부쩍 녹차에 집착하는 민환은 주에 하루 이 사무실에 들른다. 오늘은 출근해 지금껏 저렇듯 소파에 몸을 묻은 채로 녹차만 홀짝이고 있다.

녹차가 몸 안의 노폐물과 독소를 배출해 준다고 맹신하는 그는 요즘 공기보다 녹차를 더 많이 마신다. 독소 배출은 모르겠고, 얼굴이 푸르뎅뎅해지는 효과는 육안으로 관찰되고 있다.

"어."

"프리뷰에는 아직 지난번 웨딩 플래너 회사 영상 하나밖에 없는 거야?"

지현은 시어머니 잔소리가 또 시작된 것을 감지하고 겸허히 귀를 닫았다. 저 자리에 앉으면 자신이 살자라도 된 양 보스 놀이를 즐겨한다.

"왜 일이 지지부진이야? 채용한 에디터는 왜 다음 달에나 오는 건데? 너 혼자 이거 다 감당 안 된다고 했어, 안 했어? 넌 널 너무 과대평가하는 경향이 있다니까? 참! 그 남해 호텔 촬영은 언제로 잡혔어? 살자가 호텔이랑 상의해서 일정 잡으라고 하지 않았어? 저번에 들었던 것 같은데. 남해니까 촬영은 최소 1박이겠다, 그치? 그럼, 거기서 숙박하나? 그 호텔이 그렇게 좋다며?"

"안 해, 거긴."

"왜?"

지현은 도로 입을 다물었다. 예민환이 눈을 빛내며 노리는 출장이라는 것에 반감이 든 이유도 있지만, 그녀에게는 매우 피치 못할 사정이 있지 아니한가. 그 호텔 덩치만큼 큰 아가리를 벌리고 있는 뱀이 한 마리 있는데, 내 남자 손깍지 끼고 그 아가리로 걸어 들어갈 마음은 추호도 없다.

띵동.

"응? 초인종? 무슨 초인종?"

민환은 어리둥절한 얼굴로 그녀에게 답을 요구했다. 이 공간을 드나드는 사람들은 활짝 열린 채 있는 저 대문의 초인종을 누르지 않는다. 마당에 맞붙은 건물의 현관에는 도어락이 있고, 대개 거기까지 들어와, 노크하거나 번호를 누르고 들어오기 마련이었다.

쾅쾅쾅! 대문이 부서져라 두드리는 소리에 민환과 지현은 마주 본 채로 함께 움찔했다.

"너희 혹시 사채업자한테 투자금 같은 거 끌어왔던 건 아니지?"

민환의 허튼소리에 이성이 간신히 돌아왔다. 요즘 여러모로 쓸모가 많아진 예민환.

"좀 급하니까 네 눈이랑 신장부터 대신 포기해 줄래? 잘생긴 우리 살자는 사채에 포기하긴 너무 아름다운 신체라서."

기분 상해하는 민환을 흐뭇하게 보는 사이 방문객의 거친 노크에 대문이 큰 소리를 내며 열렸다. 그리고 보폭도 크게 누군가 마당으로 들어서는 것이었다.

"이런 씨……."

"왜? 누군데?"

좀 아는 쌍년, 이라고 중얼거린 소리를 민환이 듣고 말았나 보다. 민환이 몸을 일으키다 말고 다시 소파에 주저앉았다. 지현은 미안, 하고 건성으로 사과한 다음 현관으로 가서 문을 미리 열어젖혔다.

"뭐야, 또 너야?"

역시 인사가 정답다.

"어서 오세요."

이안은 지현의 얼굴을 사납게 노려보았다. 그러나 그녀의 노골적인 적개심에 놀란 사람은 지현이 아닌, 뒤따라 나온 민환이었다.

"뭐야? 경찰 불러?"

용케 사채업자보다 무서운 고이안임을 눈치챘던가. 민환은 지현의 포니테일을 당겨 그녀를 물러나게 했다. 위함을 받는 건지, 모욕을 당한 건지 모를 대접에 실소가 나왔다.

"살자 부를까? 아니다. 살자보다 무서운 몽타준데, 이 누나? 경찰이 나오려나? 경찰 특공대 번호는 따로 없나?"

현관 입구를 막고 선 민환 때문에 기분이 상한 모양, 이안의 잘 정돈해 둔 피부 톤이 붉으락푸르락한다. 예감대로 고이안의 듣기 싫은 하이톤 신경질이 공간을 찢었다.

"뭐야, 이건 또!"

이대로 좀 더 민환이 고이안 물어뜯는 광경을 구경하고 싶었지만, 그것은 슬기로운 견주로서의 의무가 아니지 않나.

"그래, 살자 손님이야. 그러니까 물러나."

민환은 범상치 않은 표독스러움에 경계를 풀 수 없는 모양이었다. 지현은 똥개 배 긁어 주는 심정으로 민환의 팔을 붙들어 살살 달랬다.

"어서?"

찜찜한 표정의 민환은 지현에게 끌려 비켜나면서도 끝까지 구시렁거렸다.

"손톱 봤어? 메스 없이 눈알 두 개는 간단히 뽑겠는데?"

크게 동의하는 바이지만, 당장은 민환과 만담을 할 상황이 아니었다.

"올라가서 살자 좀 깨워 줘, 민환아."

민환을 범용이 자고 있을 2층으로 보내고, 이안의 앞에 결연히 섰다. 자신이 용건이 아님을 알지만, 그래서 순순히 범용에게 보내기 싫다.

"자? 진범용, 잔다고? 설마 여기 사는 거야? 너희 살림 차렸니?"

"사무실이에요, 엄연히. 커피, 드실래요? 믹스 있는데."

캡슐이 보기 좋게 전시된 커피 머신기와 막 내린 원두커피가 향을 뿜는 티팟을 배경으로 두고 지현이 다정하게 인스턴트커피를 권했다.

"그딴 거 안 먹어. 네가 주는 건 산해진미라도 안 먹어. 독을 탔을지, 똥을 탔을지 알 게 뭐야."

단순한 이안은 살림 차렸느냐 따지던 것은 그새 잊고 지현의 알미운 시비에 잘도 휘말려 준다.

"여긴 웬일이세요?"

앉을 데가 이렇듯 다양하게 마땅한데도 이안은 한가운데에 뻗치고 서 있다. 지현도 딱히 권하고 싶지 않았다.

"내가 물을 말이야. 오빠가 보낸 주소에 왜 네가 있냐고. 설마 진짜 여기 사는 거야, 진범용? 한남동 아파트는 어떡하고?"

이안은 그가 사는 아파트도 알고 있었던가 보다. 그 부분에서 화르륵 질투를 느끼는 바람에 입이 못돼지고 말았다.

"선배가 작업실로 만든 곳이에요. 요즘은 새벽에 꽂혔는지 작업하고 나면 피곤해서 대부분 여기서 자요. 좀 낡아 보여도 우리 둘이 지내기엔 코지하고 좋은데⋯⋯."

지현처럼 활활 타는 질투를 가감 없이 드러내며 가늘어진 이안의 눈초리가 느껴졌지만, 지현은 못 본 척 자비 없이 입을 놀렸다.

"저도 요즘 일을 준비하고 있어서 밤낮이 없거든요. 왔다 갔다 출퇴근하는 시간 아까워서 그냥 여기서 지내요. 둘이 눕기에 침대도 좁지 않고."

요 며칠 외삼촌 서원이 단혜와 연대해 그녀를 전방위 압박하고 있어서 꼬박꼬박 귀가하고는 있지만, 굳이 그 사정까지 밝히진 말자.

"신났네, 부지현?"

이미 일어나 있었는지 젖은 머리의 범용이 계단을 내려오며 말했다. 홀로 고이안을 대적하고 있는 그녀를 대견해하는 얼굴이었다.

"지금 기분으로는 칼춤도 출 수 있겠어요. 신이 제대로 들었나, 누구 덕분에?"

고이안을 불러? 이곳에? 둘이 지내는 곳이니 아무나 부르지 말라던 사람이 도대체 누군가! 지현은 괘씸한 심기를 숨기지 않고 그를 노려봤다. 알콩달콩 툭탁거리는 두 사람을 가만히 두고 볼 이안이 아니었다.

"오빠 작업실 필요하면 나한테 말하지 그랬어? 이렇게 복작복작 속 시끄러운 환경에서 작업 제대로 하겠어? 객식구 주렁주렁 달고서."

이안의 헛소리는 이런 분야에 잘 훈련된 민환이 받았다. 또 그놈의 녹차 티백을 새로 까 홀짝이며 다 들리게 혼잣말을 한 것이다.

"이 중 유일한 객이 할 말은 아닌 것 같은데."

"뭐요?"

"일하는 환경 후지게 만드는 건 객 본인인 것 같고."

고이안이 낯선 사람이기에 가능한, 다분히 패기 넘치는 시비였다. 지현은 그런 민환이 기특해서 흐뭇한 미소를 감출 수 없었다. 이 또한 견주의 마음이리라.

"올라와. 위에서 얘기하자. 내 작업실은 2층이야."

범용은 지현이 내려놓은 원두커피 두 잔을 따라 먼저 계단으로 올라가고 있었다. 본능적으로 둘만 올려보내기 싫었던 지현은 자리에서 일어나려 푸드덕거렸다. 그는 2층으로 완전히 오르기 전 그런 지현을 향해 경고했다.

"일해, 부."

분하다! 씩씩거리며 도로 주저앉는데 그녀의 앞에 이안의 스틸레토 힐이 날카롭게 나무 바닥을 찍으며 다가왔다.

"너, 참…… 꾸준하다?"

"만날 때마다 번번이 칭찬 감사해요."

끝까지 듣지 않아도 알 수 있는 칭찬이다. 지치지도 않고 근면 성실하게 범용을 물고 늘어지는구나, 하겠지. 자존심도 없냐, 양심도 없냐. 블라, 블라, 블라…….

"이왕 하는 거면 끝까지 해, 절대 놓지 말고."

"네에. 어, 네?"

놓지 말아라? 칭찬 말고 응원하는 척 비아냥거리는 건가, 이번엔?

"너 잘하는 거 그거 하나잖아. 촌스럽게 변치 않고 늘 똑같은 거."

이안의 작고 날카로운 턱이 한없이 쳐들려서 앉은 자리에서는 저 위의 눈이 보이지 않았다. 그래서 무슨 말을 하는 건지, 표정을 보지 못하니 통 모르겠다.

"그러니까 선배 말씀은……?"

"변하지 말란 말이잖아! 말 못 알아먹는 척, 사람 속 터지게 하는 것도 진짜 변하지 않는다, 너!"

정말 질색이야! 하고, 발을 꽝! 구른 이안은 부실한 나무 계단을 요란하게 밟으며 올라가 버렸다.

"뭐야, 저 여자는?"

"아……."

여태 누구도 민환에게 이안을 정식으로 소개해 주지 않았다는 걸 깨달은 지현은 정신을 수습하며 대충 말해 주려 했다. 그렇지만 민환은 지현의 말을 듣지 않고 멍하니 중얼거리는 것이다.

"뭔데, 섹시해?"

"뭐어?"

황당한 되물음에 민환은 지현을 돌아보며 말했다. 진심으로 경외를 담은 눈이라니!

"부지현이 누구랑 얘기하면서 말 막히고 입 다물리는 거 처음 봤다, 나! 와우! 나 한 2초 설렜잖아!"

실없는 소리에 소개를 포기한 그녀는 생각을 다시 가져왔다. 방금 그녀가 이안에게 들은 말이 무엇인가. 조금 사이를 두고 생각하니 소름이 쫙 돋는 것이었다.

꽉 쥔 주먹, 딱딱한 목소리, 맞추지 않은 시선이 어쩐지 진심인 것 같잖아? 말도 안 돼. 천하의 고이안도 늙는단 말인가!

* * *

"오빠, 당장 옮기자. 아뜰리에로 쓰기 좋은 정원 딸린 별장 하나 있어. 양평인데……."

"그 참견하러 여기까지 온 거 아니잖아. 얼른 용건 말해."

이안은 못내 미워서 시위하듯 꽝꽝 걸어서 그가 권한 자리에 앉았다. 범용이 지내는 곳이라고 상상도 못 해 본 풍경이어서, 생각보다 잘 어울려서, 그리고 부지현이 범용이 있는 이곳에 너무 잘 어울려서 신경질이 난다.

며칠 전 범용이 〈서울 룬〉 그녀의 집무실로 찾아왔을 때 이안은 경악했었다. 석 달 열흘 생떼를 부려야 겨우 한 번 얼굴 볼 수 있는 재수 없는 진범용이 제 발로 나타난 것은 둘째 치고, 이안이 정말 당황했던 것은 그의 방문 목적이었다.

호텔에서 새로 준비 중인 갤러리 하우스 오픈 작품전을 위해 국내외 이름 있는 작가들에게 제안서를 보냈었는데, 그중 하나를 범용이 들고 온 것이었다.

현재 신진 작가 중 가장 베일에 싸인 필명, 'Sal', '살'이라고 불리는 그는 미국에서 데뷔 후 알음알음 이름이 알려진 지 3년 만에 한국인이라는 소문이 나기 시작했다. 여러 에이전시가 작품 전시와 매니지먼트를 위해 컨텍 했지만 아무도 답변을 듣거나 그의 얼굴을 본 이가 없다고 했다.

작가가 나서지 않고 은밀히 활동하는 것이 예술계에서는 흔한 일이라지만 '샬'은 숨어 있기엔 몸집이 너무 커진 상태였다. 작품은 적었고, 대중은 열광이었기 때문이었다. 덕분에 작품 값은 말할 것도 없고.

그의 작품은 해외에서 더 많은 관심을 샀으므로, 시작하는 갤러리 입장에서는 단번에 반열에 오르기 좋을 완벽한 작가인 것이다. 갤러리 부서의 온 큐레이터들이 입을 모아 그를 원했고, 그래서 오너인 이안도 점점 탐났다.

그러던 중 그녀는 보고 말았던 것이다. 〈남해 룬〉의 온실 가장 구석, 연못 조경을 위해 놓인 바위들 틈에 섞인 머릿돌. 그 위의 한 줄의 사인.

'Sal.'

낯익은 이름을 기억해 작가 이름과 연결할 수 있었던 것은 서울에 올라온 다음이었다.

온실을 만든 것은 이복 오빠 경민이었다. 급한 마음에 배다른 여동생을 사람 취급도 않는 경민을 찾아가 갖은 회유와 협박으로 'Sal'과의 만남을 요청했었다. '동창인, 먼 친구'라고만 얼버무리며 콧대를 세우기에 악착같이 들러붙었다.

그러나 경민의 호기로운 수락 이후에도 어쩐지 'Sal'의 답변이 바로 와 주지 않고 시간만 흘려보내는 중이었다. 그래서 경민도 이안도 서로 감정 상하고, 속도 터지고 말이다.

그런데 그게 다름 아닌 범용이었다니! 믿을 수가 없었다. 당장 그 자리에서 계약서를 자기 손으로 새로 만들어 사인을 받아 내긴 했지만, 내내 믿기지 않는 일이었다. 오늘 그의 이 허름하고 다 쓰러져가는 작업실을 보기 전까지는 말이다.

그녀가 범용을 처음 본 것이 유년 시절부터였다. 여리고 밝았던 어린 범용이 오랜 시간 상처받고, 상처가 곪고 그 자리에 흉측한 살이 덮여 단단해지고, 딱딱해지고, 탁하게 굳어 버리는 과정까지 모두 보았다. 그 모습이 절 닮아 더 집착하여 지켜봤던 것이다.

이안은 그 단단해 보이고 절대 지워지지 않을 것 같은 어둠이 충분히 아름답다고 의미를 부여했다. 아이러니하게도 너무 단단하고 어두운 이유로 그 이상은 그를 품을 수 없었지만 말이다.

"알다시피 작품전에 그림 여덟 점 가지고는 부족해. 일정은 빠듯하고. 그래서 더블 캐스팅으로 오픈하면 어떨까 상의하러 왔어."

"난 상관없어. 그렇게 하도록 해."

범용의 흐트러진 머리카락, 편한 스웨터, 낡은 슬립 온 위의 물감으로 얼룩진 무늬를 차례로 보았다. 언제부터였을까, 이런 모습은 언제 시작되었을까. 어머니의 죽음과 진원국 명장의 떠들썩한 몰락으로 두 형제는 어머니의 남은 재산을 모두 털어 아버지가 벌여 놓은 사태를 수습했다. 온갖 후원 취소와 위약금은 물론이고, 작품 값을 환불받겠다며 줄줄이 소송도 이어졌다.

부족하지 않던 삶에서 혹독하게 맨몸으로 자립해야 했던 것이

대학 입학 직전이었다. 연이어 닥친 불행에 무너질 듯 아슬아슬 버텨 내기에만 급급한 줄 알았기에 지금의 범용이 내내 낯선 것 같다. 배신감 같은 게 드는 것 같았다. 어둡고 단단해서 아름다웠던 진범용이 아니었다니.

"작품전을 하고 싶다고 연락이 왔어, 진 명장님한테서. 명장의 15년 만의 작품전, 우리는 놓칠 수 없는 기획이야. 이미 우리 쪽에서 명장님 작품을 소장하고 계신 분들과 컨텍 중이야. 만약 작품전이 확정되면 새로 내놓을 작품이랑 같이 전시할 수 있게 대여를 해야 해서."

범용은 마시던 커피 잔을 들고 멈추었다. 이안도 그의 눈치를 살피며 얌전히 기다렸다.

"오픈 마케팅으로 그보다 좋은 더블 캐스팅은 없겠네."

예상보다도 더 건조한 대꾸에 이안은 긴장했다. 만일 그가 싫다고 거절하면 진 명장의 작품전은 다음으로 미루겠다고 달랠 계획이었다. 그러나 범용의 흐려진 시선을 보니 입이 쉬이 떨어지지 않는 것이다.

"그렇게 해. 얼굴 제대로 팔아 보자고 나선 마당에 그보다 더 완벽한 무대가 없겠네. 그럼 일정 나오면 알려 줘. 그때는 너 말고 담당 보내. 바쁜 사람이 좋다니면서 시간 버리지 말고."

전에 없던 다정까지 보이며 범용은 감정을 표정 아래 숨기고 있다. 그것이 이안은 거슬렸다.

"이름, 얼굴. 그거 까겠다는 이유 말야. 그거 명장님이야, 부지현이야?"

"그건 왜."

"협조 제대로 하려면 그 내막을 알아야 하지 않겠어? 그래야 최대한 근사하게 상 차릴 것 아냐."

전면으로 나선다, 최대한 많은 언론에 노출한다, 그림의 가치도 상승시켜 달라.

노골적인 요구 속 범용의 의지는 하나였다. 극단적 변모. 마치 반드시 제 이름을 높여 가져야 할 것이 있는 것처럼. 어렵게 연애를 시작하고 여자 옆에 좀 더 나은 사람이고 싶어서일까 생각했다. 그런데 오늘 보니……

"둘 다 아냐. 물론 처음에는 지현이를 놓치고 싶지 않아서, 내가 가진 모든 것을 걸고라도 지켜 낼 힘이 필요해서였는데……"

범용은 거기서 말을 멈췄다. 성격 급한 이안을 아는지 모르는지 사람 속 태우는 것도 모르고 그는 생각에 깊이 잠겨 버리는 것이다. 그의 앞에 얼굴을 들이밀고, 손을 흔들고, 이름을 불러도 이미 이안은 지워진 지 오래인가 보다.

익숙한 울분을 느끼자마자 이안은 부르르 몸을 떨며 자리를 뜰 준비를 했다. 식은 커피를 마저 비우고 빈 잔을 소리 나게 테이블에 놓았다. 그때까지도 범용은 생각에서 빠져나오지 않는 중이었다.

이안은 변경된 기획서 한 부와 배정된 담당 직원의 명함을 나란히 놓고 일어났다.

"아버지를 얼마 전에 만나고 욕심이 바뀌었어…… 숨어서도 감출 수 없는 이름이라면, 내가 바꿔서 살면 되겠다 싶어졌어."

"응?"

"살고, 싶어졌다고."

* * *

요즘 밤 시간을 쓰는 범용이 잠든 오후였다. 치열하게 밥벌이하던 가락이 있어서 그런지, 한낮에는 온몸에 힘이 들어가고 긴장이 풀리지 않는다고, 그는 하루의 여러 시간대를 써 보다가 밤을 선택했다. 그래서 지현과는 자연히 밤낮을 서로 다르게 쓰는 중인 것이다.

토요일, 일찍 일어나 자료 조사를 위해 도서관에 들렀던 지현은 그가 일어나면 간단히 함께 먹을 도시락과 서원의 바에서 훔쳐 온 근사한 와인 한 병을 들고 왔다.

남 피디가 만들어 보내 준다던 손바닥만 한 〈웹매거진 드림 유〉 명판이 도착해 있었다. 구리 금속에 새겨진 손 글씨체가 마음에 쏙 들었다. 외투를 벗지도 않고 달려 나가 현관 앞 벽돌 기둥에 명패를 걸고 휴대전화로 사진을 찍어 남겼다.

지현은 본격적으로 웹매거진을 준비하는 과정을 그녀가 쓰는 블로그에 올리고 있었다. 충분히 공부하고 준비하고 싶어 범용의 조언처럼 천천히 급하지 않게 나아가는 중이었다. 하지만 늘어지는 것이 두려운 그녀는 게으름에 빠지지 않기 위해 블로그에 정기적으로 기록하듯 게시 글을 올리기로 했다.

오늘 이 사진도 게시글로 남겨야겠다. 노트북을 들고 소파에 자리 잡으려던 지현은 2층으로 오르는 계단을 힐끔거렸다.

그는 요즘 다른 어떤 때보다 바쁜 듯했다. 모든 시간을 바쳐 그림에만 몰두하고 있다. 느리게 가더라도 함께 매거진 일을 해 줄 거라 여겼기에 조금은 서운한 감정이 있기도 하다. 안식년이 기 때문일까. 범용은 전에 없이 자신의 일상만 살고 있다.

'사진은 보이는 것을 담고, 그림은 그 기억을 담을 수 있어. 그래서 좋아, 둘 다.'

그의 작업실에 더부살이하면서 좋은 점은 그가 그림 그리고, 사 진기를 만지고, 독서를 하는 일상들을 가까이에서 지켜보며 알아 간다는 것이다. 그냥 그린다는 말과는 달리, 그의 그림은 모두 '손'을 변형시키거나 넣은 그림만 그리고, 아무거나 찍는다는 말과는 달리 그는 사람의 '손'만 피사체 삼는다는 것도 알았다.

감추거나 보면 안 된다는 불문율은 없지만, 범용은 대부분의 작업물을 한곳에 넣어 버리고, 딱히 진열하지 않는다. 가끔 그 녀의 시선에 걸린 작업물을 은근슬쩍 비켜 놓는 것으로 보아, 그다지 보여 주고 싶지 않음을 깨달았고 지현은 그래서 일부러 보려고 노력하지 않았다.

그래서 자연히 그가 그녀를 찾을 때나, 급히 그가 필요한 경우 가 아닌 이상 2층으로 올라가지 않게 되었다. 그러나 오늘은 그가 문득 보고 싶은 것이다. 도시락이 따뜻할 때 먹자고 할까, 와인을 자랑해 볼까. 지현은 노트북을 다시 책상에 두고, 계단을 밟아 올 라갔다. 그리고 계단 끝 벽을 두 번 소심하게 두드렸다. 노크했으 니 혼내지 말아요.

라디에이터가 훈훈해도 한겨울인데 오늘도 그는 벗은 상체를 이불밖에 내놓고 엎드려 자고 있다. 이불에 돌돌 말린 하체도 잘

입어야 얇은 파자마거나 그냥 속옷 차림이었겠지.

씻고 바로 잠든 모양, 그의 머리카락은 엉망으로 뻗쳐 있다. 지현은 피식 웃으며 매트리스 끝을 베고 있는 그의 앞에 쪼그려 앉았다. 표정 없는 표정을 달고 사느라 늘 딱딱하고 날이 서 있는 이목구비가 잠이 들었을 때는 순하다. 윗입술이 들려 있고, 마른 피부가 귀엽기까지 하다.

'남자 때문에 아빠 버린 거 아니라고 말해. 아빠 진짜 상처받았어.'

어제 서원의 위스키 바에서 기다리고 있다고 전화했던 아빠는 짧은 사이 많이 드신 모양, 발음도 불분명하게 투덜거렸다.

'남자 때문이야. 엄마 아빠도 나한테 재혼하면서 상처 줬으니까 퉁 쳐요.'

'말도 안 돼.'

'할머니 때문이라고 하면 아빠 속이 좀 나아지나?'

'……아니. 그럼 딸한테 미안해서 죽고 싶을 것 같긴 하다. 아빠가 아무것도 해 줄 수 있는 게 없어서.'

진짜 아빠 안 볼 것이냐는 물음에 지현은 '공식적으로' 그럴 것이라고 대답했다. '비공식은 무엇이냐'는 물음에 가끔 이렇게 보고 싶을 때 둘이서 몰래 보자고 했다. 비밀 회동처럼 시간과 장소를 불쑥 암호로 보내자며 쿡쿡 웃었다. 하지만 아빠는 끝내 눈물을 글썽이며 말했다.

'이런 비극이 어디 있어, 이 녀석아…….'

'엄마도 멀리 있어서 못 보고 사는데, 뭐. 그런 극적인 대사는 양친 잃은 내가 해야 하는 거 아니에요?'

'그래, 맞다. 네가 더 슬프겠다. 우리 딸이 더 불쌍하다.'

안 불쌍해요, 나 괜찮아요.

기사님의 부축을 받아 차에 오르기 전 그녀를 안아 줄 때도 아빠는 마지막까지 딸을 탓하거나 혼내지 않았다. 그저 미안하다고 사과를 반복할 뿐이었다.

지현이 절연을 선언하고 아빠처럼 힘들지 않은 건 이 사람 덕분이었다. 아빠 말이 틀리지 않다. 남자 때문에 부모 형제도 버렸다. 그것이 뿌듯하기까지 하다.

복잡하고, 심란하고, 매달려 짝사랑하는 모든 것에게서 놓여나니 삶이 한층 가볍고 수월해진다.

텅 빈 일상에 그저 나와 이 남자 하나만 들여놓고 지현은 비로소 소박한 것들이 주는 행복을 깨달았다.

작은 행복들이 곳곳에 놓여 있는 삶이 얼마나 귀하고 충만한가. 오후의 도시락, 향기로울 와인, 그가 있는 집, 잠든 남자의 얼굴 같은 것 말이다.

"못 먹는 감도 아닌데, 왜 보고만 있어?"

그의 잠긴 목소리가 지현의 상념을 깨뜨렸다. 그는 아직 눈을 감고 자는 얼굴 그대로다. 감긴 눈꺼풀에도 눈이 달렸나.

"눈을 감고도 보여요? 요즘 선배의 숨은 재롱에 자꾸 놀라네요."

지현은 그제야 그의 따뜻한 볼에 손바닥을 올려놓았다. 범용은 고개를 움직여 그녀의 손바닥에 입을 맞추며 웃었다.

"언제 왔어?"

"방금."

"깨우지."

"안 그래도 보고 싶어서 자는 거 방해하려고 올라왔지."

보고 싶다는 말에 그의 한쪽 눈꺼풀이 드디어 열렸다.

반쯤 열린 눈꺼풀 사이 몽롱한 동공이 섹시했다. 벗은 어깨로 손바닥을 옮겼다. 은근히 쓸어 주며 지현이 다른 손으로 턱을 괴었다. 그의 진득해진 시선을 모른 척 더 손길에만 집중했다.

"나는 보지 않고 보는 재주가 있고, 너는 방해에 소질 있네?"

"오랜만에 살자한테 칭찬 들으니, 이런 보람이 없네요."

그때였다. 턱을 괴었던 손목을 잡아챈 범용에 의해 지현은 그의 가슴 위로 당겨졌다.

놀라 비명이 터지고, 곧 높다란 웃음소리가 되었다. 얼굴로 마구잡이로 쏟아지는 그의 버드 키스가 간지러웠다. 두 손목을 잡힌 채로 속절없이 입맞춤을 받으며 지현이 말했다.

"내려가요, 도시락 사 왔어."

그는 들리지 않는 것처럼 목덜미에 짙은 키스를 남기기 시작했다.

"와인도 있는데. 비싼 거라고 삼촌이 숨겨 놓은 거 훔쳐 왔단 말이에요. 들통 나기 전에 먹어 없애야 하는데, 우리?"

묵묵부답.

그럴 수밖에. 그의 입술은 이제 지현의 니트 셔츠를 끌어 올리고 배에 묻었기 때문이다. 지현은 눈을 굴리며 한숨을 푹 쉬었다. 그리고 손수 제 옷 속에서 그의 얼굴을 끌어내 눈앞에 가져왔다. 그리고 오랜만에 눈을 하얗게 까뒤집었다.

"배고프단 말이에요."

그의 뜨거운 한숨이 그녀의 얼굴에 쏟아졌다.

* * *

'나'를 수식하는 기본 항목들이 있다. 일단 부지현이라는 이름과 나이가 그렇고, 조금 나아가서는 학력이나 가족 관계가 있다.

상당히 시니컬한 기분으로 지현은 사람들에게 네 명의 아빠와 두 명의 엄마를 가졌다고 종종 말하곤 했다. 누군가는 황당한 얼굴이고, 누군가는 당황한 얼굴이 되는데 두 경우 모두 상세히 더 알고 싶어 하지 않아 하는 반응은 동일하다. 그래서 편리함에 이 설명 방법을 애용하는 편이다.

오랜 시간 그렇지 않다고 우겼지만, 근래에 가족은 그녀의 생김에서부터 정서를 형성한 아주 중요한 항목이 맞다는 것을 인정하게 되었다.

그러나 이름도, 가족도, 성장 배경도 모두 그녀가 선택한 것이 아니라는 점에서 '나'의 삶에 커다랗게 중요한 부분으로 삼고 싶지는 않다.

'나'의 직업이 또 날 수식할 수 있겠다. 삶은 곧 생계이고 그것을 영위하기 위한 매우 중요한 수단은 직업이다. 그러나 그뿐. 직업이 일상의 전부가 아니므로 직업에 영혼까지 갈아 넣는 멍청이는 아니다.

직업이 곧 꿈이며, 이상이 아닐 수도 있다는 것을 인정한 건 이미 오래전이다. 그러므로 '나'에게 있어 이름도, 가족도, 직업도 그녀의 본질이 아니겠다.

이 간단한 것을 깨닫는 데에 너무 많은 시간을 허비했지만 그다지 통탄스럽지 않고, 늦었어도 충분히 기쁘다. 그녀의 본질에 어떤 채색을 할 것인지 남은 인생이 기대될 만큼 지현은 고무되었으니까. 더 많이 기쁨을 만끽할 예정이다.

이제 텅 비웠으니 이제부터 그녀가 스스로 선택한 것들을, 그러니까 꿈꿔 온 것들을 적당한 곳에 적당한 크기로 배치할 기대감도 함께 말이다.

─ 부지현! 애!

"말해요. 나 아직 여기 있어."

영상통화 중간에 누군가와 돌발적인 수다를 떨고 온 엄마는 다시 산책을 이어 가며 지현에게로 돌아왔다. 추운 날에도 산책이 즐거운 동네라며 종종 이 시간에 그녀에게 영상통화를 걸어와 모르는 풍경을 보여 주고, 모르는 사람과 인사를 시키곤 한다.

─ 아까 우리 어디까지 얘기했지?

"할머니가……."

─ 아, 맞다! 할머니! 네가 할머니 뒤로 넘어가게 했다며? 언제고 한번 할 줄은 알았지만, 남자 때문에 그럴 줄은 몰랐다면서 네 아빠 무지 상처받았더라.

"두 분이 아주 오랜만에 마음 맞춰 내 욕하면서 눈물 콧물 짜셨겠네?"

─ 어, 그랬어. 나는 기뻐서 울고, 네 아빠는 서러워 울고. 부지현이 남자 때문에 사고를 치다니! 대견해 죽겠다, 나는. 근데 진짜

아빠 안 보는 건 아니지? 너, 엄마 캐나다 올 때도 다신 안 본다고 그랬지만 이제 가끔 이렇게 상대는 해 주잖아. 그치?

"안 그래."

- 그래. 지현이 너, 엄마는 몰라도 아빠 많이 좋아하잖아. 그러지 마, 네 아빠도 너 안 보고 못 살아. 알지?

지현은 이부자리에서 일어나 앉았다. 그리고 아래층으로 내려가며 옆얼굴에 휴대전화 액정을 둔 채로 말했다.

"엄마도 좋아해. 엄마도 나 안 보고는 못 살지."

- ……응. 맞아, 부지현 안 보고는 못 살아.

조르지 않고, 매달리지 않아도 선선히 먼저 말해 주는 것에 엄마는 목소리까지 떨었다.

"아직 길바닥 아냐? 거기서 울면 동네 소문나는 거 알지?"

아닌 게 아니라, 엄마의 카메라는 엉뚱한 데로 가 있고 끅끅 우는 소리가 희미하게 들려오는 중이다.

"엄마? 명자형 씨?"

냉장고에서 물을 꺼내 마실 때까지도 엄마는 대답하지 않았다. 소파에 앉아 얌전히 엄마를 기다릴 때 단혜가 문을 열고 나왔다. 늦게 퇴근하고 여태 자지 않고 있었던 모양이다.

- 엄마 때문일까 봐 얼마나 무서웠는지 몰라. 영영 사람한테 정떨어졌을까 봐, 영영 너 혼자서 살겠다고 할까 봐…….

"응, 나도 무서웠어. 영영 혼자 살게 될까 봐."

단혜가 지현의 옆에 앉았다. 그리고 지현의 얼굴을 살피며 영상 속 명자형 씨에게 말했다.

"혼자 살기는. 꾸준하게 격일에 한 번 외박하시는 중인데. 같이 살자며 꼬드겨 놓고 나는 집 지키는 강아지처럼 방치되고 있다니까, 아줌마?"

- 단혜니? 근데 정말이야? 쟤 외박씩이나 해? 부지현이 그런 것도 할 줄 알아?

지현과 단혜가 서로를 째려보았다.

"이것 봐! 엄마는 좋아한댔지? 울다 말고 어깨춤 출 준비 하고 있을걸?"

- 세상에! 그 무서운 할머니를 들이받질 않나, 죽고 못 사는 아빠 속 뒤집어 놓질 않나. 나 그 남자 벌써 마음에 들어! 얘, 나 진짜 한국 들어갈까 봐! 궁금해 미치겠네! 꺽꺽거릴 땐 언제고 그새 목소리가 방방 떠 계시다.

"워워…… 아줌마. 진정해요. 언니 남자지, 아줌마 거 아니야."

지현은 단혜의 한 방에 대견한 듯 턱 밑을 긁어 주었다.

"그래, 엄마. 진정해. 엄마 궁금할까 봐 영상 데이트 신청한 거잖아. 어떤 사람인지 말해 주고 싶어서."

- 어떤 사람인지 말해 주고 싶었다고? 뭐야, 정식 소개 같은 거야? 영통으로?!

"응, 비슷한 거야. 그만큼 내 인생에 있어서 중요한 사람이야. 할머니도 아빠도 한 번씩 얼굴 봤는데, 엄마만 모르고 있으면 불공평하잖아."

옆에서 듣고 있던 단혜가 되물었다.

"중요한 사람?"

"응, 중요한 사람. 부지현 인생에 빼놓고는 말할 수 없을 만큼, 아주아주 중요한 사람."

중요한 사람이다. 지현의 과거, 오늘 그리고 내일과 더 먼 미래에까지 진범용 세 글자가 그녀와 함께일 것이라는 확신. 조금 더 과장하면 '영원'처럼 남을 사람.

그러니까 그녀가 사랑하는 사람이다.

0220

〈룬, 서울〉 본동 뒤로 모습을 드러낸 〈갤러리 토백〉은 호텔 본동 사이에 넓은 뜰을 끼고 저 끝에 낮고 기다랗게 누운 대리석 건물이 었다. 유백색의 대리석은 한낮은 물론 한밤중에도 빛을 머금어 은은하게 빛나고 그 여린 빛이 뜰 안에도 머무른다.

별다른 조경 없이 설치 미술 작품을 드문드문 놓은 뜰을 가로질러도 되나, 지현은 첫걸음을 머뭇거려야 할 만큼 흠결 하나 없이 완벽한 무대였다.

그러나 지금은 감상 따위를 할 여유가 없다. 약속 시간이 임박했고, 입장 다음 이렇게 큰 뜰을 통과해야 한다는 것을 몰랐기에 마음이 바빠진 덕분이다.

처음 와 보는 곳이라 택시 하차를 호텔 앞에서 한 것이 후회 될 만큼 드넓다. 사람 참 질리게 하는 고이안임을 알았으면서.

[갤러리 토백. 7시야. 늦지 마.]

처음 본 번호의 부재중 전화가 두 번 남겨진 후 통화는 연결되었고, 당장 그날 저녁 만남을 원한다는 전언에 지현은 〈활〉 동료들과의 저녁 식사도 미루고 달려오는 길이었다.

전언 내용도 놀라웠지만, 전언을 전한 사람도 놀라웠다. 다름 아닌 고이안이었다. 그리고 범용은 몰랐으면 하기에 자신이 중간에 나섰다는 은밀한 당부도 함께였다. 놀랍고 당황스러운 기분에 무슨 일일까, 궁금해할 여유도 없었다.

당장 도착한 지금에서야 범용의 찢어진 입술과 부은 볼이 떠올랐다. 무섭다기보다 어떤 얼굴을 해야 하나 걱정이 드는 것이다. 그녀는 기분이 모두 드러나고 때로는 말투에도 드러내는 편이라는 것을 잘 알기 때문이다.

야외조명과 마찬가지로 은은한 조명을 밝혀 놓은 갤러리 입구에서 지현은 두리번거려야 했다. 둘로 나뉜 전시실은 서로 입구가 달랐기 때문이었다. 두 군데 모두에서 인기척이 들렸으므로 일단 둘 중 오른쪽 입구에 다가섰을 때였다.

"이쪽."

지현이 가려던 전시실 반대편 자동문이 소음 없이 열리고 그곳에서 이안이 나왔다.

"기다리고 계셔. 같이 있어 줘?"

통화 내용도 그랬지만, 이안은 비아냥거리기 바쁜 평소와 달리 잔뜩 가라앉고 경직된 목소리다. 지금도 그저 제 할 일을 다 마쳤으니 어서 자리를 뜨고 싶은 얼굴일 뿐이었다. 이안의 얼굴이 힌트가 되어, 저 안에서 벌어질 일이 어쩐지 큰 각오가 필요한 일인가 보다 싶어지는 것이다.

"괜찮아요."

"그래, 들어가 봐."

이안은 미련 없이 문밖으로 나섰다. 지현도 안쪽으로 걸음을 옮기기 시작했다.

"부지현."

지현은 대답 대신 뒤돌아 그녀를 보았다. 이안은 코트 주머니에 손을 꽂은 채로 우두커니 서서 잠시 머뭇거리더니, 작심한 듯 턱을 한껏 쳐들며 말했다.

"들어가기 전에 잠깐 나랑 이야기 좀 할래?"

"네?"

이안은 손목시계를 들춰 보았다.

"오 분. 오 분 정도 늦는다고 사람 산 채로 잡아먹을 분은 아니니까."

약속 시간 늦지 말라고 재차 당부한 건 본인이면서, 게다가 저렇게 내키지 않는다는 얼굴로 그녀에게 하고자 하는 이야기가 뭘까. 지현은 망설이지 않고 이안을 따라갔다.

* * *

아직 설치가 덜 끝난 모양인지 직원들이 부산한 전시실을 지나 가장 안쪽 응접 공간으로 안내받은 지현은 코트를 벗어 팔에 걸었다. 그리고 불투명 유리 공간 안으로 문을 열고 들어섰다.

문을 등진 채로 커다란 창을 향해 서 있는 명장은 소문만큼이나 거구였다. 범용의 큰 신장은 이분을 닮은 모양이었다. 다만 키에 비해 날렵한 범용과 달리 훨씬 살집이 있고 그래서 더 땅땅한 덩치가 위압적이었다.

그녀가 들어서자 유리창에 비친 손님을 확인한 명장은 느릿하고 여유 있게 그녀를 향해 돌아섰다. 승복처럼 보이는 상, 하의 위에 두꺼운 카디건을 입은 명장은 지현이 고개를 숙여 인사를 하는 동안 빤히 그녀를 내려다보았다.

"부지현입니다."

"놀라게 해서 미안합니다."

타고난 탁성인 듯했다. 쇳소리가 오래 귀에 남는 인상적인 목소리였다. 매서운 눈매 하나 범용이 닮은 듯했고, 이목구비 모두 진하고 큼직큼직한 것이 또 달랐다.

"괜찮습니다."

시간에 맞춰 준비해 둔 모양, 명장이 권한 테이블에는 뚜껑이 덮인 두 찻잔과 다과 접시가 나란히 놓여 있었다.

그는 찻잔의 뚜껑을 열어 깨지는 듯한 소리가 날 만큼 요란하게 집어 던지고는 뜨거운 찻잔을 세게 쥐었다 이내 밀어 놓았다.

카디건의 단추를 풀고 테이블을 붙들어 앉음새를 여러 번 고쳐 앉는다.

놀랍고 어려운 사람은 불려 온 그녀가 아니라, 앞에 앉아 계신 분이라는 생각에 마음 안이 차분히 가라앉았다. 덕분에 어지러운 생각들이 차근차근 정리되기 시작했다.

"못난 놈이 아니라고 말해 주고 싶어서 불렀습니다."

탁성은 더 거칠어졌고, 서론 없이 본론부터 툭 내지른 한 마디였지만, 나름 애써서 부드럽게 대해 주시려는 노력을 느낄 수 있었다.

"무슨 말씀이신지……?"

"낳기만 하고 키워 본 적 없는 아들이지만, 절대로 어디 가서 못났다 소리 들을 인물은 아니오."

말씀을 더 잘 알아듣기 위해 말씀을 놓아 달라 말해야 하는데, 지현이 한 문장 제대로 대답할 틈도 없이 이내 말이 잘렸다.

"아비가 개망나니고, 집안이 크게 무너지고, 어미를 불행히 여읜 것은 그놈의 흠이 아니라 아비인 내 흠이오. 그러니 그놈이 못났다 소리를 듣는 일은 부당하다고……."

"부당해요! 누구든 그 사람한테 못났다고 하기만 해 봐요. 할 수 있는 모든 나쁜 말을 퍼부어 줄 겁니다. 명장님 나서시기 전에, 제가 해요."

무례하게도 그녀도 말씀을 자를 수밖에 없었다. 대화란 주고받아야 원활하고 수월해진다. 범용과 달리 기분이 미간에 고스란히 드러나는 분인가 보다. 지현이 그렇듯이 말이다. 대화가 범용보다는 쉽겠다. 불쾌감이 드러난 어른의 미간을 보며 지현이 말을 이었다.

"말씀 놓으세요, 아드님보다도 어린 사람입니다."

대답은 하지 않으신다. 맹랑하다 점수를 깎으셨으려나.

"할머니가 계세요. 그분은 당신 아드님이 아닌 모든 사람이 하찮으신 분이세요. 손녀딸인 제가 아버지 격에 맞게 더 잘나지 못해 크면서 내내 미움을 받거든요. 그러니 손녀딸이 만나는 남자를 좋게 봐 줄 리 없었을 겁니다. 아마 선배를 찾아가 저희의 다소 분방한 연애에 대해 평소처럼 막 해 대셨을 거예요. 자랑스럽지는 않지만, 제 할머니는 생각하시는 것보다 더 안하무인이세요."

사실을 말씀드려 화를 내시는 것이 마땅하다고 맞장구치는 중인데, 어쩐지 명장의 얼굴은 점점 더 불쾌해지는 것 같다.

"할머니께는 제가 이미 찾아가 할머니보다 더 나쁜 말로 설명해 드렸고, 선배에게는 제가 진심으로 사과했어요. 명장님이 알게 되셨으리라고 생각 못 했습니다. 마음 상하게 해 드렸네요. 죄송합니다."

"부지현 씨 할머니였군."

짐작만으로 그녀를 부른 것이라는 것을 이로써 확인했다. 범용은 아버지에게 가서 원망을 했다고 했고, 이안은 아까 오전에 명장에게 지현과 범용에 대해 밝혔다고 했다.

이 자리에 그녀가 있는 이유를 이제 확신할 수 있었다. 좀 전에 이안은 주어진 5분 동안 지현에게 그간의 일들을 요약하며, 이 부자를 말려 달라고 부탁했었다.

'네가 뭐라도 해 봐. 난 도무지 생각이 떠오르지 않아서.'

하지만 그녀도 자신이 뭘 할 수 있는지 암담할 뿐이었다. 어떤 일들이 벌어졌나 이해를 채 마치기도 전에 여기 앉아야 했으니까.

"선배가 어느 분의 아들이든, 어떻게 자라 왔든 상관없었을 겁니다. 진범용 그 이름이 아니었어도, 다른 누구였다고 해도 마찬가지예요. 저는 그 사람을 찾아 사랑하기로 했을 겁니다. 선배도 제가 부족한 사람이어도 상관없이, 되게 고약한 분의 손녀라고 해도 변함없이 사랑한다고 한 것처럼요. 우리는 만났을 거거든요. 그러니 마음에 두지 마셔요. 명장님은…… 선배와 제 관계에 전혀 영향 없으세요."

존재감 하나도 없으세요, 더 막된 표현을 쓸까 했지만 참았다. 지현을 평생 괴롭게 한 그녀의 가정환경은 이 앞에 계신 분이 일군 바에 비하면 일견 평범하기까지 하다는 것과, 불같은 이분과 냉한 범용은 아마 단 한 순간도 다정한 부자 관계이지 않았을 것이라는 짐작에 그녀는 점점 화가 나고 있었다.

"선배는 명장님이 염려하시는 것보다 훨씬 더 단단한 사람이고, 그래서 부족한 제가 의지할 만큼 훌륭한 사람입니다. 용기 없는 저를 이끌어 주고, 세상을 바꿔 준 은인이에요. 선배가 제게 그래 주었듯이 저도 그 사람을 지켜 주고 싶어요. 그래서 드리는 말씀입니다."

허리를 세워 가슴 앞에 팔짱을 끼우는 것을 지켜봤다. 맹랑하기만 한 게 아니네, 혀를 차실까. 겨우 이런 버르장머리 없는 여자 때문에 제 아비를 찾아와 퍼부었나 괘씸하게 생각하시려나.

"작품전 이제라도 접어 주세요. 부탁드립니다."

"무슨 말인가."

"선배가 어떤 고약을 부렸든, 이건 아니세요. 고이안 대표님 걱정대로 만약 원하시는 것이 남은 명성을 확실히 끝내기 위한 것이라면,

그래서 일부러 이러시는 거라면요. 정말 그럼 안 되세요."

말하는 동안 점점 더 지현은 절박해진다. 이안이 말한 것처럼 이 두 사람을 말려야 한다는 생각만 강렬해진다.

"무슨 말인지 물었네."

"고이안 대표가 그러던데요. 아무래도 뭔가 이상하다고. 명장님 손은 도자기를 만들 수 없는 상태라고요."

명장은 팔짱 끼워 감춘 손에 가만히 시선을 주는 지현을 노려보기 시작했다. 아까 이안은 화난 말투로 그녀에게 설명했었다.

'걸음도 눈에 띄게 한쪽으로 기울어 있고, 무엇보다 나쁜 건 손을 떠시더라고. 작품전에 내놓을 새 작품을 아직 눈으로 확인하지 못한 직원이 불안해서 나름 조사를 했다면서 보고해 왔어. 10년 전에 한 번 입원 수술한 기록을 찾았는가 봐. 명장님 곁에 딱히 이렇다 할 측근도 없고, 병원에서도 알려 주지 않아 거기서 막혔다면서. 그래서 내가 알아본 거야. 뇌졸중이 심하게 왔었던 것 같아. 수술 치료로 어느 정도 회복은 했지만, 하필 다리와 한쪽 손에 장애가 남은 것 같고. 그런데 거기가 끝이 아닌 것 같아.'

술 냄새. 이 방에 들어오자마자 맡은 짙은 술 냄새. 명장의 붉고 탁한 두 눈과 안색, 의자를 권하며 잘게 떨리던 손끝. 그리고 밭은 숨소리에 실려 풍기는 술 냄새가 내내 지독했다.

'우리가 마련해 준 호텔 레지던스에서도 매일 엄청난 술병이 나오고, 담당 직원이 보는 앞에서도 아침저녁 할 것 없이 꾸준히 마시더래. 중독은 이미 오래전부터 그런 생활을 하셨다는 뜻인 거고, 그렇다면 그 지경으로 도자기를 빚었을 리가 없다는 말이지.

빚었대도 아마⋯⋯.'

지현은 비로소 사고하기 시작했다. 이분의 저의가 무엇일까. 선배의 의지는 또 무언가.

"정말 끝까지 나쁘시네요, 명장님."

지현은 만나 보니 기대보다 더 어렵고, 두려운 분이라는 사실에 망연자실한 기분이 되었다. 이제 그는 적개심 가득한 눈으로 그녀를 노려보고 있다. 지현도 그에 지지 않고 시선을 단단히 했다.

시끄럽던 바깥의 소란은 어느 순간부터 들리지 않고, 이 큰 공간에 두 사람만 있는 듯 무덤 같은 적막이 닥쳐왔다.

실내를 부유하는 짙은 알코올 향 덕분인가. 지현은 묵직한 두통과 어지러움을 느꼈다. 단혜처럼 술 냄새만으로도 취기가 오르는 걸까.

"내놓을 작품이 없거나, 최악의 도자기를 내놓으실 것이라는 고 대표님 말씀이 맞는 것 같네요. 이렇게 가벼운 찻잔 뚜껑도 쥐지 못하시는데, 작품이 있을 리 없지요. 십몇 년 만에 복귀하시는 이유가 만약 완벽한 파멸이라면 제발 그러지 말아 주세요. 그럼 정말 안 되세요."

사납고 거친 숨을 내쉬는 명장이 뿜는 노여움에 어깨가 떨려 왔다. 지현은 두 주먹에 힘을 주어 버텨 냈다. 살면서 말하는 것에 겁이 난 것은 오늘이 처음이었다. 그래서 용기를 내야만 했다.

"그쪽이 나설 일이 아니오."

"그렇지만 절 찾으셨지요. 저와 범용 선배의 관계를 염두에 둔 일이기 때문이실 겁니다. 그럼 우리 일이기도 합니다."

"그렇지. 내가 불렀네. 그럼 내 말을 듣는 게 먼저일 텐데."

팔짱을 끼워 감췄던 두 손이 테이블 위로 올라왔다. 군은살이 두껍고 투박할 것이라는 선입견과는 달리 생각보다 큰 손은 가늘고 힘없이 주름진, 초라한 노인의 손이었다.

"그럼 이제 내가 부지현 씨를 부른 이유를 말해도 되겠나."

* * *

차는 날카로운 소리를 내며 텅 빈 주차장에 정차했다. 급하게 나오느라 외투도 없이 차에서 내린 범용은 빌어먹게 넓은 갤러리 뜰을 뛰기 시작했다. 제법 매서운 바람이 달리는 그의 얼굴을 마구 때리고 지났다.

한 번도 와 보지 않은 갤러리, 두 개의 입구 중 불이 켜진 현관의 문을 밀고 들어갔다. 이틀 뒤에 있을 오픈 준비는 이미 끝났고, 내일 그도 갤러리에 언론 인터뷰를 위한 방문이 예정되어 있었다. 작품전 홍보와 함께 갤러리 오픈 홍보가 대대적으로 이루어지는 중이었고, 이안의 총공세 덕분인지 대중과 언론의 관심이 쏟아진다고 했다.

총 여덟 점의 그림을 이미 갤러리에 보냈고, 욕심을 낸 마지막 한 점이 마무리 중이었다. 생각보다 작업이 더뎌 며칠째 거기에 매달려 있던 그는 휴대전화에 도착한 메시지를 한 시간 만에 확인했던 것이다.

[부지현 지금 갤러리에 와 있어. 명장님이 부르셨고, 내가 중간에서 전달했어.]

지현의 휴대전화는 신호만 가고 여전히 연결되지 않고 있다. 텅 빈 명장의 전시회장은 조명만 남아 있다. 가장 안쪽 응접 공간도 마찬가지였다. 이미 늦은 걸까, 탕탕 소리가 울리는 곳을 두 번이나 확인했지만, 아무도 없었다.

조급함에 머리를 헝클었다. 지현에게 험한 행동을 할 분은 아니지만, 그렇다고 부드럽고 다정하게 누굴 대할 분도 아니었다. 하지만 지현이 여기에 온 이유가 문제였다. 다시는 세상에 나오시지 말라고 아버지께 부탁했던 말은 진심이었다.

[진범용이 드디어 연애를 한다, 아시는지 모르겠지만 그 인간 인생 처음이다, 여자 집안에서 안 그래도 반길 배경 아닌데 돕지는 못할망정 이 시점에 꼭 이렇게 세상에 다시 나오셔야겠느냐. 말려 보려고 명장님한테 두 사람 관계 말씀드린 거야. 미안해, 내가 선 넘었어. 부지현한테는 사과했고, 오빠한테도 사과는 해야 할 것 같아서.]

이안의 만류는 아버지께 전혀 효과가 없었을 것이다. 아들인 범용의 부탁을 듣고도 굳이 복귀를 선택하신 분이니까 말이다.

바깥으로 나와 계단을 내려서던 범용은 걸음을 돌려 다시 오르기 시작했다. 불이 꺼진 다른 쪽 전시실로 가 현관문을 밀어

보았다. 잠겨 있지 않았다. 범용은 그 안으로 들어갔다. 전시 홍보 배너들이 그 앞에 빼곡히 준비되어 줄지어 있었다.

'Sal.'

배너 속 큼지막한 사인을 손끝으로 톡 튕겨 보았다. 꿈꾼 순간이기도, 두려워한 순간이기도 하다. 처음 캔버스에 저 이름을 지어 박았던 순간 느꼈던 감정과 정확히 똑같다. 그러니까 경계를 넘어서 첫걸음을 내디딜 때의 긴장과 어지러움 말이다.

전시 준비가 모두 된 것은 아닌 것 같았다. 입구에서 조금 더 나아가던 그는 이내 다시 걸음을 돌리며 휴대전화 액정을 열었다. 지현은 지금 어디 있을까. 지금쯤 작업실에 돌아왔을까, 집으로 갔을까.

돌아 나가는 그때였다. 텅텅 공간을 울리는 그의 발걸음 소리와는 다른 걸음 소리가 있다는 것을 깨달았다. 범용은 그 작은 소리를 다시 확인하기 위해 걸음을 멈추고 귀를 기울였다. 저 안쪽에서 두 걸음 후 멈춘 소리가 확실히 들렸다. 그는 그 소리를 향해 안으로 걸어 들어갔다.

"왜 여기 있어?"

지현은 정말로 놀랐는지 들고 있던 휴대전화 플래시를 그에게 쏘며 움찔 놀라는 것이었다. 눈이 부시기도 하고, 화가 나기도 한 그의 표정이 무섭기는 했을 것이다. 그녀는 선배! 하고 비명에 가까운 목소리로 통박을 주더니, 가슴을 쓰는 시늉을 했다.

"아니, 왜 기척도 없이 와요? 몰래 들어온 사람 수명 줄게!"

"그럼 몰래 보는 게 습관이야?"

"집에서 안 보여 줄 때도 빈정 상했는데, 이번 건 진짜 십 년 심술감인 거 알죠? 어떻게 나 몰래 이런 걸 해요?"

"누가 몰래 한대?"

"그럼 언제 말하려고 했는데요? 내가 선배 일을 하필 고이안한테 들어야 하나구요!"

"그래서 전화 안 받은 거야?"

"아뇨. 명장님한테 혼나고 기죽어 있느라 안 받은 건데요!"

지현은 닫은 입술을 삐죽 내밀며 저항했다. 그녀에게 다가가 아직도 그의 얼굴을 향해 쏘아지고 있는 휴대전화 플래시를 치웠다.

"무슨 말을 들었는데, 기죽었어?"

"선배가 울 할머니한테 들은 말보다 더 고약한 말씀이요."

범용은 지현의 말간 두 눈을 똑바로 들여다보았다. 갤러리 건물 바깥에는 은은한 조명이 있었고, 그 조명이 들어온 실내도 그렇게 어둡지는 않았다. 그래서 지현이 지금 말한 것처럼 상처받은 얼굴은 아니라는 것쯤은 읽을 수 있었다.

"왜. 나랑 놀지 말래? 당신 자식이지만 형편없대?"

그녀는 휴대전화 플래시 앱을 끄며 어깨를 으쓱했다. 작은 미소로 부정하지 않는 시늉도 한다.

"이만 정신 차리고, 훌륭한 집안의 사랑받고 자란 남자 새로 만나라지?"

지현은 그가 외투도 없이 얇은 라운드 티셔츠 차림인 것을 그제야 보고 다가섰다. 범용은 안심시키며 와락 다가드는 그녀의 손을 잡았다.

"성격도 좋고, 능력도 좋고, 배경도 좋은 남자 소개해 준다고는 안 하셔?"

"뭐든⋯⋯."

"뭐?"

지현은 그가 잡은 손을 깍지 끼워 마주 잡아 오며 대답했다.

"선배가 누구였대도, 무엇이었대도, 다른 얼굴을 했어도. 음, 설령 여자였다거나 바퀴벌레였다고 해도. 나는 선배를 사랑했을 거라고 주눅 들지 않고 분명히 말씀드렸어요."

정말로 그렇게 말했을 가능성이 농후한 여자라서 픙, 하고 앓는 소리가 터져 나왔다. 그의 반응에 지현이 또 설핏 웃었다.

"그러니까 일부러 작품전 하지 않으셔도 된다고, 아픈 손으로 빚은 도자기를 내놓고 일부러 명장 칭호를 버리는 쇼를 하지 않으셔도 된다고 설득했어요."

무슨 말인가. 범용은 미간을 찌푸려 그다음 말을 종용했다.

"아들이 그랬다고 하시더라고요. 영원히 이렇게 숨어 계셔 달라고, 세상에 나오지 말아 달라며, 생전 처음 아버지를 찾아와 부탁하고 갔다면서."

"알아듣게 말해, 지현아."

지현은 제 입술을 깨물며 마음 아픈 듯 잠시 말을 멈췄다.

"하루라도 빨리 명장 타이틀을 지워야 사람들의 관심에서 벗어날 수 있다고요. 아들이 처음 찾아와 부탁한 것을 들어주려고 움직이지 않는 한쪽 손으로 인생 최악의 도자기를 빚으셨대요."

그녀는 그의 다른 쪽 손을 가져가 잡았다. 마주 선 그의 시선은 이미 그녀를 향해 있지 않지만 지현은 말을 이었다.

"내게 당부하시려고 부르셨대요. 잠깐 기다리면 선배 인생에서, 아버지라는 사람의 존재도, 이름도 지워질 거라고. 그때까지만 꾹 참고 선배를 놓지 말아 달라고요. 그러니까, 그 부탁, 하시려고, 얼굴도 이름도 모르는 나를……."

듣는 그분의 아들은 그인데, 눈물은 지현이 흘리고 있다. 지현은 자꾸만 입술을 깨물어 참는 모양이지만, 이미 터진 눈물은 하염없었다.

"선배가 말려요. 그래야 해요. 그렇게까지 하지 않으셔도 나는 선배 안 놓을 거라고 말씀드렸는데도, 꿈쩍도 않으셔서…… 응? 선배…… 선배가 어떻게 해 봐……."

"왜 울어, 네가."

"말려 줘요. 아무도 없잖아요. 가족도 친구도 다 잃은 분이잖아. 도자기까지 잃게 하지 말아요, 우리? 선배? 응?"

"그 양반이 뭘 잃든 네가 왜 우냐고."

딱딱한 그의 목소리와 무섭게 보일 얼굴에도 그녀는 물러서지 않고 오히려 꼭 잡은 손을 놓고 더 다가들었다. 그리고 따뜻한 몸을 기대 왔다. 추운 줄 몰랐던 그는 지현의 따뜻한 몸에 이가 딱딱 물릴 만큼 극심한 추위를 느꼈다.

그래서, 범용은 우는 지현의 얼굴을 당겨 그의 가슴에 안고 따뜻한 몸을 세게 끌어안았다. 더 뜨거운 정수리에 입술을 묻고 시린 말들이 쏟아질 것 같은 입을 틀어막았다. 우는 지현을 안고, 떨리는 그의 몸을 기댔다.

"왜 울어, 네가⋯⋯."

* * *

계약 파기 사유는 밝혀지지 않았지만, 이례적으로 갤러리 측에서 명장에게 위약금을 지급했다는 기사문의 마지막 한 줄로 사람들은 제각기 내막을 짐작했다. 분명한 것은 아무것도 없었고, 그저 세계적 명장의 신작을 볼 수 없게 된 것만 안타까워할 뿐이었다.

"갤러리 오픈 2주 연기 사유는 공사 기한이 늦어지고 있다는 것으로 내보냈습니다."

"응."

"샬 작가님께서 한 작품을 추가로 이번 주 안에 보내 주신다고 연락 주셨습니다. 100호 크기의 작품으로 설치 구성을 변경 예정입니다."

"하나 더?"

"네, 직접 오늘 아침 연락 주셨습니다."

이안은 직원을 내보내고 한참 고민스럽게 입술을 뜯었다. 친절하지 않은 기사문 하나로 명장의 작품전을 무효로 만들어 버리자는 작전은 범용의 생각이었다.

명장은 공식 기사가 나간 그날 저녁 갤러리에서 제공한 레지던스에 두 개의 도자기만 남기고 자취를 감추었다. 도자기는 신작이 아니었고, 본인이 소유하고 있던 예전 작품이었다. 그리고 레지던스

욕실의 욕조에는 박살 난 도자기 잔해가 남겨져 있었다.

물론 갤러리와 호텔, 나아가 그룹의 이미지에 타격을 입기는 했지만 다른 임원들은 이안의 사실 설명을 듣고 쉽게 양해해 주었다.

자연히 'Sal'의 작품전이 2주 연기된 것도 다행이었다. 지현이 범용을 설득할 시간이 필요하다고 했으니 말이다. 지현은 범용이 작심한 일종의 커밍아웃이 적절하지 않다는 이안의 생각에 동의한다고 했다. 하찮은 부지현과 고이안의 생각이 같을 수도 있다니, 살짝 찝찝하기도 하지만 말이다.

다만 명장을 통 찾을 수 없는 것이 마음에 걸렸다. 원래 기탁해 계시던 암자에도 없고, 명장은 현재 그의 거취를 밝혀 놓을 지인이 한 명도 없는 것이다.

어젯밤까지도 범용은 아버지를 찾아 지방에 있다고 했었다. 그 냉혈한이 나섰다는 것은, 그도 이안처럼 불길한 생각을 지울 수 없기 때문일 것이었다.

이안은 비서실에 호출을 넣으려다 말고 직접 방을 나섰다. 그리고 놀라서 다급하게 따라나서는 실장에게 말했다.

"지금 당장 비공식 루트라도 좋으니, 사람 찾아낼 방법 좀 알아와요. 이러고 가만히 기다릴 일이 아닌 것 같아. 명장, 찾읍시다."

대답을 기다리지 않고 이안은 실장에게 덧붙였다.

"그러니까 따라 나오지 말고 그 일 해요. 그 일이 최우선이라고요. 그리고 오 기사님한테 내가 직접 운전한다고 연락 넣어 줄래요?"

그사이 실장이 잡아 놓은 승강기에 오른 이안은 로비 층으로 내려가며 바삐 휴대전화를 열었다.

"안녕하세요, 아저씨! 저 이안이에요. 지금 어디 계세요? 아, 안 돼요. 제가 먼저예요, 아저씨. 약속 취소해 주세요. 급한 일이죠, 저 아저씨보다 바쁜 앤 거 모르세요? 급해서 그래요, 아저씨. 진범용 일이에요."

* * *

퉁퉁.

바닥을 울리는 노크가 전해졌다. 범용은 마른걸레에 손을 대충 닦고, 작업실을 나갔다. 시간이 벌써 이렇게 됐나, 새벽이 다 가고 아침이었던가 보다.

지현이 따뜻한 수프와 빵을 사서 출근하겠다고 했었으니 아마 그를 배려하기 위해 올라오는 대신 거실 천장을 무언가로 두드려 노크한 것이다. 성큼성큼 1층으로 내려가 불이 켜진 거실을 살폈지만, 지현이 없다.

아직 따뜻한 빵이 들었을 종이봉투를 열어 고소한 냄새를 맡고, 함께 마실 커피를 내리기 위해 주방으로 들어갔을 때였다. 개수대 물을 틀어 손을 먼저 닦는 그의 뒤로 기척이 느껴졌다.

살금살금 조심해서 걷는 모양이지만, 나무 마루는 진동을 그대로 느낄 수 있게 했다. 잠시 모른 척 기다린 그는 다 들리게 심호흡하는 그녀에게 몸을 확 돌렸다.

"워!"

"아, 깜짝야."

놀라게 하려다가 되레 놀라 자빠지는 모양으로 지현은 엉덩방아를 찧으며 주저앉고 말았다.

"재미없어, 부."

"그것까지 없을 줄이야."

구시렁거리는 그녀에게 손을 내밀었다. 젖은 그의 손을 탁 소리 나게 쳐 내는 그녀의 얼굴에 손에 있는 물을 뿌렸다. 푸푸, 인상 쓰는 그 틈에 지현의 어깨를 붙들어 일으켜 세웠다. 그리고 아직도 분해서 벌름거리는 그녀의 콧구멍을 느긋하게 감상했다.

이틀만의 만남이다. 보고 싶어 숨이 꼴딱 넘어가기 직전이었던 부지현 얼굴. 오는 길 추웠는지, 붉게 찬 기운이 남은 귓불과 코끝이 귀여웠다. 진득해지는 그의 눈길을 의식하기 시작한 모양 지현의 콧구멍은 잠잠해지고 새카만 두 동공이 눈에 띄게 은밀해지는 것이다.

범용은 그녀의 차가운 귓불을 두 손가락으로 문질러 녹이며 손바닥 가득 두 볼을 자신 얼굴 가까이 당겼다. 못 이기는 척 당겨져 온 지현의 얼굴 가득 의미심장한 기대감이 드러난다.

그의 입술을 따라 지현의 입술이 살짝 벌어진다. 더 가까이 당기며 그녀의 고개를 조금 기울였더니 두 눈꺼풀이 반쯤 감기며 순식간에 몽롱해진다.

그가 있는 힘껏 가깝게 당기는데도 불평 없이 까치발까지 들어 기꺼이 안겨 오는 그녀의 이름을 불렀다. 닿을 듯 아슬아슬한 입술과 입술 사이로.

"부……."

으응? 대꾸하는 지현의 목소리는 달떠 있다.

"배고파."

"네?"

범용은 지현이 절체절명의 순간마다 하던 그 짓을 되돌려 주었다. 눈을 하얗게 까뒤집어 절망을 선사했다.

"진짜야, 배고파."

아직 온기가 남은 발효 빵은 촉촉하고 고소했고, 클램 차우더 수프는 향긋하고 부드러웠다.

"맛있는 집이라 그런가, 아침부터 사람이 줄을 섰더라고요. 거기 연어 스테이크도 있던데 우리 다음에는 직접 가서 그거 사 먹어요. 수프가 이렇게 맛있는 집이면 그것도 분명히 맛있을 것 같아요. 그죠?"

"맛이 있어?"

"네. 맛없어요? 별로예요? 난 괜찮은데."

"신뢰가 가질 않아서. 넌 지금 먹을 틈이 없이 떠드는 중이거든. 입에 넣고 음미할 틈도 없이 재잘대는데 맛이 느껴지나?"

지현의 눈이 새초롬해졌다. 뜯어서 아직 한 입 먹지도 않은 빵을 테이블에 툭 던지며 항의한다.

"오늘 왜 이렇게 타박이시지? 그날도 아닐 텐데?"

범용은 같잖은 말을 눈으로만 대응했다.

"내가 말이 많아요?"

"몰랐다고 하지 마, 소름 끼치니까."

"나 어디 가면 낯가림 많다는 소리 들어요."

"끼쳤어, 소름."

팔뚝을 열어 보여 주려는 그의 친절을 찰싹 쳐서 뿌리친 지현이 말했다.

"내가 말을 많이 하는 건, 선배가 말을 안 하기 때문이라고는 생각 안 해 봤어요?"

범용은 이제야 인정하는 지현이 마음에 들어 던져 버린 빵 대신 새로 뜯어 그녀의 접시에 놓았다.

"선배한테만 말 많이 해. 선배가 날 이렇게 만든 거라고요."

"너만 내 앞에서 말이 많아. 너만 날 편하게 생각해."

둘은 그렇게 닮은 미소로 푸스스 마주 웃었다.

"언제 한 번 되게 멋있게 상의만 입고 영상통화 한 번만 해요."

수프에 적신 큰 빵을 우적우적 씹으며 다음 말을 기다렸다. 또 무슨 엉뚱한 말을 하려나, 습관적 한숨을 참아 냈다.

"울 엄마한테 선배 이야기 했더니 너무 보고 싶어 해서. 선배는 슈트빨이 제일 좋으니까. 명자형 씨 선배 슈트빨 보면 아마 대화 한 마디 안 나누고 사랑한다고 고백할 거예요. 전설의 금 사빠. 인물만이 개연성. 사랑은 마음이 아니라 눈으로 맞는 거라는 분……."

범용은 그 후로도 오랫동안 어머니 흉을 보며 즐거운 지현을 구경했다. 저 작은 그릇의 적은 수프 한 국자를 다 먹으려면 얼마나 많은 시간이 걸리려나.

"우리 할머니나 아빠 때처럼 불편하지는 않을 거예요. 울 엄마는 내가 남자 때문에 할머니 뒤로 넘어가게 했다고 자랑스러워하는 걸요."

"안 그랬어."

"응?"

"불편하지 않았다고. 할머니는 할머니 생각을 전하고 가셨을 뿐, 날 윽박지르거나 해하지 않으셨어. 아버님은 오히려 나에게 널 부탁하시면서 정중했고. 우리 관계에 어떤 영향을 끼칠까 봐 너 모르게 부르셨잖아. 불편하지 않았어. 그러니까 나 때문이라면 다시 생각해."

몇 번 먹지 않은 수프를 기어이 밀어내는 것에 범용이 미간을 찌푸렸다. 하지만 지현은 그걸 못 본 척 숟가락도 놓아 버렸다.

"날 모르는 분이셔. 내가 가진 몇 가지 정보만으로 날 판단하신 건 당연한 거야. 그분께서는 최선이셨다고 생각해."

"그래도 나쁜 건 나쁜 거예요. 모르시지 않아, 당신 입이 못된 것도."

"너도 그랬잖아. 내가 남자 아니라 여자였다고 해도, 누구의 아들이어도 날 사랑했을 거라고. 나도 그래. 네가 누구의 딸이든, 어떤 모습이든 상관없이 말야. 사랑했을 거야. 그러니까 하나도 잃지 말고 온전하게 나한테 와. 별것 아니라 다 버릴 수 있다고 생각하겠지만, 아니야. 부, 널 버리는 거야."

다름 아닌 지현이 그에게 가르쳐 준 사실이었다. 아버지 이름을 지워 내려는 못난 자신을 일깨운 것은 지현의 눈물이었다. 범용을 대신해 눈물로 아파해 주는 그녀를 보면서 느낀 감정을 기억한다.

아버지를 잃는 것이 범용 그 자신을 잃는 것처럼 두려워해 준 지현. 이 여자를 아프게 한 것이 누구도 아닌 자신이라는 것에, 그것이 처음 느껴 본 사랑이라는 것에 아득하던 정신이 돌아오는 기분이었다. 그녀에게 그도 가르쳐 주고 싶다.

"너를 이룬 분자 하나까지 다 안고 싶어. 그러니까 아무것도 버리지 말고 와."

"……나 하나도 무겁다고 한 사람이?"

건들면 터질 것 같은 커다란 눈물을 매단 채로 꽁알거렸다. 코맹맹이 소리인 걸 보니, 용케 울음을 삼킨 모양이다. 지난번 갤러리에서 네가 울면 그도 울고 싶어진다는 경고를 아로새긴 결과인가. 더 애처로운 것이 마음에 안 든다. 범용은 티슈를 뽑아 그녀의 눈두덩을 꾹 눌러 맺힌 눈물을 지워 냈다.

"무겁지. 거구인 내 위에 올라타면 딱 알맞아. 그러니까 부지현한테서 어느 것 하나도 덜어 내지 말라고. 소박맞기 싫으면."

닦아 준 보람도 없이 눈물이 그새 고인다. 범용은 한숨을 쉬며 그녀가 앉은 맞은편으로 갔다. 또 닦아 주려 손을 뻗는 그 순간이었다. 그녀의 두 손바닥이 그의 얼굴을 찰싹 때리듯 가져갔다. 그리고 따뜻한 지현의 입술이 겹쳐 왔다. 두 사람이 동시에 신음처럼 내쉰 날숨소리가 키스를 시작부터 깊어지게 했다.

범용의 머리통을 꼭 붙든 채로 그의 얼굴 위를 차지한 지현의 허리를 안았다. 손바닥을 펼쳐 그녀의 등을 쓸며 당기자 더 뜨거운 숨이 입 안에서 퍼졌다. 따뜻한 지현의 숨 냄새가 좋다. 자는 그녀의 얼굴 앞에 코를 대고 누워 있는 간지러운 취미를 얻었을 만큼.

이렇게 키스를 하며 맛보는 것도 좋지만, 그녀와 섹스를 할 때 그의 위에서 흔들리며 쏟아 내는 더운 숨이 미칠 듯이 좋다. 좋다는 걸 인정하고 나니 아랫배부터 땅땅하게 뭉치기 시작했다. 아직 밥을 다 먹이지 못한 것이 마음에 걸리지만, 지현이 먼저 시작한 것이니까.

달콤한 입술을 쭉 빨아 그녀보다 더 커다랗게 입맞춤을 되돌렸다. 아프다는 듯 칭얼거리는 소리가 마음에 들어 입술을 잘근잘근 물어 댔다.

그녀의 주먹이 그의 어깨를 탕탕 두드리지만, 그는 모르는 척 쪽쪽 소리까지 내며 괴롭혔다. 질색하며 툭 떨어져 나간 지현의 입술이 아쉽지만, 당장 급한 게 생겼다.

"하나도 덜어 내지 말라더니. 입술 떨어질 뻔했네."

"벨 소리가 네 번째야 벌써. 급한 전화 같은데."

2층에서 우렁차게 울려 퍼지는 벨 소리를 손가락으로 가리켜도 지현은 언짢은 모양, 그를 야무지게 째려볼 뿐이었다. 그녀의 엉덩이를 가뿐히 들어 소파에 던진 후 그는 휴대전화가 있을 2층으로 뛰어 올라갔다.

"오늘의 이 굴욕을 잊지 않겠어요! 꼭 되돌려 줄 거야! 피 보게 해 줄 거야!"

심술로 악에 받친 저주를 고래고래 퍼붓는 소리에 범용은 싱긋 웃었다. 작업실에 둔 휴대전화를 찾아내 바로 받았다.

"네."

– 나다.

"네, 사장님."

남 사장답지 않게 침울하고 진지한 목소리에 범용은 얼굴에 퍼진 미소를 지워 냈다.

– 선배님 찾았다. 이안이가 어제 찾아왔더구나. 그런 일이 있었으면 나한테 먼저 왔어야지, 이 자식아! 어려운 일이 생기면 나한테 바로 오라고 하지 않았더냐!

"……어딘가요?"

남 사장은 고함을 억누르는 듯 거친 숨을 쉬더니 메시지 보내마, 하고 전화를 일방적으로 끊어 버렸다. 서운하게 해 드리려고 했던 것은 아니었다. 'Sal'을 드러내는 것이 두려워서도 아니었다. 그분이라면 존중하고 품어 줬을 것이었다.

또 지금껏 그랬던 것처럼 물심양면 후원하려 했을 것이라는 것도. 그저 그가 아버지에게 했던 짓이 부끄러웠던 것 같다. 남 사장과 회장님이 그에게 실망하실까, 꾸지람하실까 두려웠던 듯하다.

그리고 그와 형이 아는 모든 곳을 다 다녀 봤기 때문이다. 숨겠다 작정하셨으니 형제는 지금껏 그랬듯이 아버지에게 거듭 내쳐진 것처럼 두 손 두 발에 힘이 빠진 참이었다.

[멀지 않다…….]

짧은 메시지에 담긴 주소는 경기도 인근이었다. 지난번에 계시던 암자와도 그다지 멀지 않은 지역이었다.

* * *

[비겁했어, 당신. 그 실망감 때문에 나는 병들었고. 오래 아팠어.

만신창이가 되었어도 쉬이 끊어지지 않는 목숨에 고단해. 내가 끝내는 것만은 하고 싶지 않았는데, 더는 견딜 수가 없네.

우리 아들들은 너무 오래 아픈 엄마 때문에 외로웠지. 나도 내 생때같은 자식들에게 비겁한 사람이었다는 걸 너무 늦게 깨달았어. 당신은 아이들에게 끝내 비겁한 사람으로 남지 마.

범준이에게 범용이 데리고 외가로 가라고 했어. 이걸 받는 대로 날 수습하러 집으로 와 줘. 당신, 이번에는 피하지 말고 한 번만 아이들 아빠 몫을 해야만 해. 이 부탁은 모른 척 말아 줘야 해.]

간성혼수에서 임종까지는 길지 않았다. 아버지는 범용과 범준이 병원에 차례로 도착하고 이틀을 버틴 후 돌아가셨다. 무연고자로 들어왔을 때부터 이미 혼수상태였고, 그다음은 눈 한번 뜨지 못하셨다고 했다.

장례는 간소했고, 불교 신자가 아닌 형제 대신 절에서 모든 준비된 절차를 맡아 주었다. 그리고 종이 상자 하나도 채 되지 않은 짐에서 어머니의 유서가 나왔다. 우편 봉투 그대로 남겨진 유서의 날짜는 어머니의 자살 이틀 전이었다.

'네가 끝날 시간에 맞춰 학교 앞으로 갔는데, 너는 일찍 하교하고 없었어. 널 데리고 외가로 어머니 심부름을 갔어야 했는데, 그날이 방학하는 날이라는 걸 몰랐던 거지.'

어머니가 숨이 끊어지기 전에 범용이 도착해 버렸고, 범준이 뛰어왔을 때는 범용도 그 앞에서 정신을 잃고 난 후였다. 어머니의 유서는 제때 아버지에게 닿지 못했고, 그 유서를 감춘 사람은 함께 살고 있던 그 내연녀였다.

어머니의 자살은 아버지에게도 폭력이었다. 한번 스러진 정신은 뒤늦게 발견한 유서로 인해 다시는 제자리를 찾지 못했다.

그리고 병든 아버지 곁을 지키던 그 여자가 그리 오래 지키지 않고 떠난 후로는 무덤 같은 시간을 살며 서서히 죽어 가는 것을 선택한 것이다.

죽음이 목전에 있다는 것을 알았기에 범용의 부탁을 들어줄 수 있다고 생각하신 모양이었다. 아무것도 주지 못하고 가느니, 완벽하게 아버지의 이름을 아들의 인생에서 지워 놓고 가겠다 했던 것일까.

"잘 잤어요?"

"왔어?"

그가 앉은 침대 끝에 나란히 앉아 막 내린 따뜻한 커피를 내밀었다. 지현은 아버지 장례부터 단 하루도 그의 곁을 떠나지 않았다. 어젯밤 처음 집으로 가, 자고 온 아침인 것이다.

내내 옆에서 그의 먹을 것을 챙기고, 옷을 챙기고, 잠에 들게 했다. 지현의 삼촌인 서원은 넋이 나간 범준과 범용을 대신해 장례 절차를 도맡아 진행을 돕고, 동생인 단혜도 처음부터 끝까지 지현을 도왔다.

주형과 은희와 이안, 그리고 남 사장 부부와 남 회장님만 방문한 마지막이었다. 명장을 기억하고, 기리는 시간이 아니었다. 형제가 밟고 지나온 불행을 곱씹고 다시 안타까워한 시간일 뿐이었다. 그 시간이 범용에게는 온전한 위로가 되는 시간이 되어 주진 않았다. 다만 형제 주변에 남은 사람들이 든든했고, 그 모습을 보고 있을 부모님에게는 이 장면이 어쩌면 위로가 되겠구나 싶어서 아주 조금 다행이다 싶을 뿐이었다.

"밤새 이러고 있었던 건 아니지요?"

"잤어."

그가 잠드는 모습을 보고 갔던 지현이면서.

"오늘 중요한 날이잖아요. 밥 먹고, 씻고 준비하려면 바쁜데?"

"그러다가 손수 씻겨 주고, 코도 풀어 주고 하겠네."

"해 줄까요?"

"까분다."

옅게 웃으며 뜨거운 커피를 홀짝이는 지현 앞에 상자를 내밀었다.

"이게 뭐예요?"

"오늘 중요한 날이잖아. 너도 준비할 게 많아."

지현은 제 몸집만 한 상자를 낑낑 당겨 안고는 눈으로 연신 물어 왔다.

"예쁘게 하고, 다녀와."

무슨 말인데요, 안달이 난 지현에게 범용은 실로 오랜만에 웃어 주었다. 그의 미소를 홀린 듯이 보던 그녀가 앓는 소리를 내며 중얼거렸다.

"그렇게 웃는 건, 되게 어려운 일을 시키려고 할 때라는 건데."

"절대복종이 원칙이라는 거지."

지현은 흔들리는 동공을 그에게 꽂은 채 상자의 뚜껑을 열었다. 열고도 한참을 긴장하더니 범용의 진한 미소 응원에 힘입어 천천히 아래를 내려다보았다. 얼어붙은 채로 다시 한참이었다.

　"……내가 이런 진지한 의상에 알레르기 있다고 말 안 했던가요?"

　"알지. 네가 내 슈트빨에 꼴려 하는 것도 잘 알아."

　"그게 무슨 상관인데요."

　불만스러워 먹색 벨벳 드레스 정장을 손끝으로 툭툭 찌르는 지현에게 경고의 눈을 했다.

　"내가 오늘 먹색 슈트를 입을 거니까. 내 옆에 서 있으려면 맞춰 입어야지."

　"이렇게 높은 것도 신고요?"

　"내가 190이 넘는 바람에."

　"이런 것도 달고요?"

　"알다시피 내가 존재만으로 눈부신 편이라."

　"나 짜증 나게 해서 선배 기운 차리는 거면, 얼마든지 당해 줄 수 있지만요. 어서 말해요, 오늘 진짜 바쁘잖아요."

　검지 하나로 구두 한 짝과 두 손가락으로 멀찍이 들어 올린 명품 클러치에 부들부들 떠는 여자. 그 모습이 귀여워 더 괴롭히고 싶었지만, 그녀가 말한 대로 우리는 오늘 바쁘다.

　"심부름 좀 해. 초대장을 전해 줬으면 좋겠어."

　"지금요? 당일에?"

　"기왕이면 직접 모셔와 줘."

* * *

마음 같아서는 이대로 벌렁 드러누워 배 째라고 하고 싶다. 하지만 그러기엔 길바닥이 엄청 추웠고, 입은 벨벳 랩 원피스가 너무 예뻤다.

큰 심호흡을 하고 벨을 눌렀다. 저절로 고개가 떨구어졌다. 인터폰으로 그녀를 확인할 사람과 차마 눈을 맞출 수 없는 것이다.

"지현이에요."

문은 말없이 큰 소리를 내며 열렸다. 군데군데 언 눈이 남은 정원을 꾸역꾸역 건너는 중간에 현관이 열리고 아빠가 나왔다.

"부지현!"

"아빠."

아빠는 평소와 달리 반가운 미소 대신 경직된 얼굴로 그녀를 마중 나왔다. 찾아뵙겠다고 수민과 통화한 뒤 급히 집으로 불려 오셨을까. 슈트 재킷까지 입은 바깥 차림 그대로였다.

"명장님……."

"부고를 알리지도 않고, 장례에 조문객을 받지 않는 것도 생전에 남기신 말씀이라고 해서 조용히 보내 드렸어요. 내 뜻도, 선배 뜻도 아니에요."

말만 전해 들었을 아빠는 아마 오해했을지도 모르겠다고 생각했다. 서운한 마음도 짐작했고, 설명해 드리면 바로 이해해 주실 거라는 것도 말이다.

"고생했다."

아빠는 기대대로 그녀의 어깨를 가져가 깊이 안아 주었다.

"이따가 아빠 품이 또 필요할지도 몰라서 그러는데, 지금은 좀 아껴 둬도 되죠?"

지현이 품을 물리자 아빠는 짐짓 심각한 얼굴이 되었다.

"얼마나 큰 폭탄을 짊어지고 왔기에 이래? 아빠 긴장해야 하는 거, 맞지?"

"응."

아마 지난번보다 더 크게 뒤로 넘어가실 수도 있어요. 그녀가 지고 온 큰 짐을 나눠 들어 줄 아빠의 가슴을 애잔하게 두드려 준 후 지현은 집 안으로 들어갔다.

"나도 준비해야 해?"

수민은 현관에서 기다리다 지현에게 물었다.

"각오하세요. 혹시 모르니 율이는 집 밖으로 대피시키시고요."

진담이야, 농담이야? 웃고 있는 지현의 얼굴을 조심히 살피는 수민의 팔도 톡톡 두드려 주었다.

각오는 할머니가 하고 계신 것 같았다. 지현이 거실을 지나려는데 할머니가 방에서 나와 소파 상석에 자리하시는 것이다. 손녀에게 관심은커녕 시선 한번 주지 않고, 우아하게 앉아 며느리에게 차를 부탁했다. 지현도 인사는 생략하고 할머니를 따라 소파에 가 앉았다.

"인연 끊은 걸로 기억하는데."

"기억 정확하세요."

"그럼 손님이 왜 방문한 건지 물어야겠구나."

"심부름 왔어요. 그런데 그 전에 들어야 할 말이 있어요. 초대는 그래야 의미가 있는 거니까요."

수민이 가져온 차를 지현이 일어나 받아서 네 사람의 앞에 차례로 놓았다. 아빠와 새엄마는 지현의 옆에 앉아 물끄러미 그녀가 하는 양을 볼 뿐 누구와도 시선을 나누지 않았다. 할머니와 지현의 사이에서 누구의 편도 들어 주지 않으려 노력하는 것이다.

"그게 무어냐."

"사과요. 할머니께 듣고 싶은 말이 남아 있다는 걸 알았어요. 내가 아니라 엄마가 들어야 한다고 생각했는데, 아니었어요. 나도 할머니한테 사과 듣고 싶어요."

진정한 사과, 그것이 범용이 지현에게 조언한 한 가지였다. 그의 어머니는 범용에게, 아버지는 아내와 아들에게, 또 그는 두 분에게, 제때 하지 못한 것이 진심 어린 사과였고, 때를 놓치고 난 후에는 이미 모든 것을 돌이킬 수 없었다고 했다.

결핍은 일생에 걸쳐 사람을 흔들어 놓는다. 같은 원리로 과잉되어 차고 넘친 감정이 해소되지 않고 오래 축적되는 경우도 크게 휘둘리기 마련이다.

두 경우 모두 청산하고 지나야 비로소 나아갈 수 있다. 범용이 두 손 놓고 아무것도 하지 못한 동안 잃어버린 기회를 통해 알게 된 것이라고, 고집부려 버티는 지현을 꼭 끌어안고 해 준 고백이었다.

"잘못했어요, 할머니."

지현이 먼저 가슴 안에 남았던 것을 꺼내어 놓았다. 소파에서 내려와 무릎을 꿇어앉는 그녀에게 드디어 세 분의 시선이 따갑게 꽂히는 것을 느꼈다.

"지현아!"

새엄마 수민이 놀라 벌떡 일어났지만, 아빠가 도로 앉혀 말렸다. 그냥 두라고 하는 양인가 보다.

"버릇없다 하시고, 보고 배운 것 없다 하시던 말씀 들어 마땅한 짓 반성하고 있어요. 부족하지 않게 수십 년 옆에서 마음 써 준 어른들에게 혼자 컸다고 원망해서는 안 됐어요. 욕되게 했어요. 건방졌던 것, 용서하세요."

비단 할머니께만 드리는 말씀은 아니다. 심정은 그렇지 않더라도 어리광처럼 들렸을 수 있다. 마냥 귀여울 나이도 아니다. 크든 작든 기울여 준 관심과 정성이 헛된 것이 된 것에 황망했을 마음들을 알고 있다. 이것만은 진심이다. 진심이기에 오래 고민했었으니까.

지현은 가만히 할머니 말씀을 기다렸다. 기다리는 동안 오히려 마음 안이 차분히 가라앉는 것을 느낀다. 초인종을 누르기 전 번잡했던 감정들은 온데간데없다. 오길 잘했다, 오는 게 옳았다 싶다.

"네가 무릎을 꿇어 숙이고 들어오면, 나도 오냐 하고 져 줘야 한다는 거냐."

할머니 목소리는 작았어도 차고 냉랭했다. 평소 하시는 시위처럼 손녀 때문에 자리보전하지 않고 있다는 것만 봐도 할머니가 얼마나 화가 났는지 알 수 있다.

"이기겠다고 사과드리는 것 아니에요. 할머니가 제게 사과하는 것도 그러니까 절대 지는 게 아니라는 말씀이고요."

"일어나 앉아라."

할머니는 소파 팔걸이를 힘줄이 드러날 만큼 꽉 쥐고 있었다. 선배가 찍어 놓은 사진 중에 손가락 끝까지 하얗게 변할 만큼 힘 주어 주먹을 쥔 손을 본 적이 있다. 범용은 그 사진 아래에 메모해 놓았다.

'고통'.

그때도 그 손이 고통인가, 분노인가 되물었었는데. 아무래도 분노쪽이 맞는 것 같다.

"지현이 올라와 앉으라고 했다!"

날아든 역정에 지현은 천천히 일어나 소파에 앉았다. 그녀의 사과는 받아들여지지 않을 것이고, 아마 사과도 받을 수 없을 것인가 보다. 지현은 작게 한숨을 내쉬었다. 가지고 온 초대장을 내놓아야 할까.

"네가 이러는 것과 네가 만나는 그 남자가 상관이 있는 것이야?"

"제 모든 말이 그 남자 하나 옆에 두고 싶어서 부리는 꼬라지냐고 물으시는 거라면, 서운해요. 이것도 사과받아야겠어요."

그제야 할머니 고개가 돌아 그녀를 쏘아본다. 지현은 할머니의 눈을 똑바로 보며 말했다.

"크면서 내내 제 안에 쌓인 울분이에요. 아무리 생각해도 나는 내 엄마를 미워할 수 없고, 그렇다고 아빠가 사랑하는 할머니를 미워할 수도 없어서 아주 오래 무기력했어요. 내가 할 수 있는 건 결국 무기력한 나를 모른 척하고 사는 게 전부였다고요. 지금 사는 삶이 어서 지나가 버렸으면, 하고 날 방치했어요. 이 모든 게 다 할머니 탓이라고 하는 것 아니에요. 늦된 제게도 문제가 있었겠지요. 지금이라도 벗어나 내 삶을 사랑하고 살고 싶은데, 끝까지 제가 아닌 사람이 되길 강요하시는 것에 상처받았다고 하는 거예요. 할 수 없기 때문이에요, 나는. 이제 와 엄마 딸이 아닐 수도 없고, 그리고 할머니가 원하는 손녀가 될 수도 없어요."

범용은 그녀의 자책에 대답했었다.

'나는 그저 어머니에게 사랑받길 바랐어. 아마 너도 그랬겠지. 있는 그대로의 너를 사랑해 주지 않는 것에 아팠을 거야. 너도, 나도 그런 보통의 아이였을 뿐이야.'

사랑받고 싶었다. 보통의 아이처럼 아빠와 엄마, 그리고 할머니에게.

"엄마를 있는 그대로 사랑하게 해 주세요. 그럼 나 자신을 있는 그대로 사랑하며 건강하게 살 수 있을 것 같아요."

거듭 부탁하는 말이었지만 이번엔 일방적이지 않으려고 노력하고 있다.

"사랑받길 원하고, 사랑하길 원하는 걸 알아 준 유일한 사람이 그 남자 맞아요. 부족해도, 넘쳐도 있는 나 그대로 그 사람에게 와 달래요. 그러니까 할머니 말씀처럼 그 사람 때문에 오늘 이 자리에 온 것 맞아요."

그녀의 이실직고에 할머니는 도로 몸을 돌려 앉았다.

"그 사람이 나로 인해 자신이 누군가의 아들이라며 손가락질 받는 거 원치 않아요. 그러니 할머니가 그것도 사과해 주세요."

더는 그녀의 말에 귀 기울이지 않겠다는 몸짓에 지현도 마음을 접었다. 당장 어떻게 되리라고는 기대하지 않았다. 다만 화내지 않고, 마음에 담긴 흉포한 언어 그대로 쏟아 내지 않은 것에 만족한다.

지현은 범용이 부탁한 초대장을 테이블에 놓았다. 그녀가 하는 양을 지켜보는 아빠와 새엄마에게 눈을 맞추어 설명했다.

"오셨으면 한다고 전하래요. 그 사람이 오늘 이곳에 서기로 한 것은 모든 불편과 손해를 감수하더라도 세상에 나서려는 것이니까요. 그 근본적인 이유가 나와 날 낳으신 분들에게 잘 보이기 위한 것이라서 나는 반대지만, 이것도 그 사람 선택이라서 응원하기로 했어요."

"잘 보이기 위한 거라니."

작품전 초대장을 읽고 난 아빠의 물음이었다.

"그림을 그리는 '살'로 자신을 드러내면 아무래도 돌아가신 명장님과 또 어머니의 비극적인 죽음이 어쩔 수 없이 사람들 입에 오르내릴 것이고, 선배의 행보마다 그 말이 붙어 다닐 테고요. 그동안 다른 이름으로 얼굴을 숨긴 채 활동한 이유가 다 그런 이유였겠죠. 그림보다는 그 사람의 집안에 대해 떠들기 좋으니까. 숨어산 보람 없이. 난 싫은데. 그렇지만 선배는 생각이 달라요. 숨어서, 아닌 척 사는 건 이제 싫대요. 나 때문이 아니라 날 기회로 세상에 나오는 거라고."

어떤 쪽이 좋은 건지 지현은 아직도 잘 모르겠다. 아직 반열에 오른 것이 아닌 이상, 그런 위험과 부담을 끼고 살 필요 있는가. 이안의 말에 일리가 있다고 생각했는데.

"우리가 부담을 준 것이라는 거구나."

"아니라고 볼 수 없죠."

망한 집구석의 보고 배운 것 없이 혼자 큰 자식. 할머니의 그 지독한 목소리가 아직도 지현의 귓가에 쟁쟁 남아 있다. 그 말에 지현도 손이 떨렸는데, 평생 듣고 자랐을 그가 가엽고 또 가엽다.

"또 날 원망하려고 온 게야?"

입을 다물어 돌아앉은 것도 잊고 할머니가 발끈했다.

"할머니 하나가 아니라서 무서운 거예요. 남의 비극을 약점 삼는 사람이 너무 많아서 그 큰 남자가 여태 그늘 아래 몸을 숨겼던 거니까요."

'괜찮아, 난.'

정말 후련한 건지, 그녀를 안심시키려 가장한 건지는 몰라도 그는 웃었었다. 그래서 더는 말리지 못한 것이다.

* * *

한겨울답지 않게 따뜻한 볕이 뜰 안에 앉아 있는 늦은 오후 시간이었다. 날이 좋아 그런지 하얀 건물이 더 빛을 발하고 있었다.

반질반질한 인도를 걸어 저 앞의 갤러리를 향해 걷는 지현의 손에는 하얀색 애나벨 한 송이가 들려 있다. 단 한 송이인데도 풍성한 꽃을 두 손으로 받쳐 든 손이 간지러웠다.

늦지 말라고 했는데, 생각보다 아빠 품이 좋아서 지체되고 말았다. 눈물을 흘리지 않는데도, 그녀가 울기라도 하는 것처럼 아빠는 꼭 안고 놓아주지 않았었다.

'한 번 더 노력해 줘서 고마워, 지현아. 그거면 됐어, 충분히 했어.'

초대는 거절했다. 할머니가 범용을 찾아가 해 댄 것을 알게 된 아빠는 범용을 볼 낯이 없다고 고백했다. 당장은 당신의 어머니 얼굴도 볼 수가 없을 만큼 절망이 크다시면서.

그러나 네가 어떤 길을 선택하든 가장 큰 축복을 보낼 것이라고, 원한다면 어디든 달려가 뒤에 서 주겠다고 해 주셨다. 너의 남자에게도 꼭 전해 달라고 덧붙여 두 사람 몫의 축복을 챙겨 주셨다. 그녀도 아빠에게 말했다.

'그거면 충분해요, 아빠.'

첫날이라 아무래도 부산할 수 있다고 했던가. 입구에는 사람보다 많은 화환과 화분이 대기하고 있었다. 유독 범용의 일에 열정이 과한 이안 덕분에 전시회 오픈 전인 오늘 아침 대대적인 기사가 쏟아졌다.

그의 얼굴이 박힌 기사를 송출 전에 보내 주면서도 이안은 지금이라도 취소할 수 있다고 범용을 압박했지만, 기사는 나오게 되었다. 끝끝내 불만스러움을 숨기지는 않았지만, 일단 돕기로 마음먹은 이상 이 세상에서 가장 요란한 언론 플레이를 보여 줄 태세였다.

그동안 'Sal'의 에이전시이자 공식 대변인은 친구 남 피디였다.

미국과 유럽을 오가며 급한 일을 전담해 주었고, 이는 정은희 이사와도 공유한 비밀이었다.

〈활〉을 만들며 전 직원이 써 낸 이력서를 범용에게도 요구했고, 피도 눈물도 없는 친구들은 이력서의 공란을 채울 때까지 악착같이 괴롭혔다고 했다. 반년 만에 그가 채운 두 글자는 '금기'였다고.

두 친구도 그때 처음 그의 상처에 대해 듣고 물심양면 돕기로 약속했다고. 그가 원하는 것이 나라를 파는 것이라고 해도 함께하겠다, 복숭아나무 대신 편의점 간판 아래서 결의했단다.

'그림도 그렇지만, 나에게는 사랑도 일종의 금기였어.'

그래서 지현에게 고맙다고 했다, 마치 고백처럼 수줍게. 그 말 때문이었다. 그의 결정을 말릴 수 없었던 것은 말이다. 걱정하는 대신 옆에서 함께 외롭지 않게 하겠다고 지현도 말해 주고 말았다.

조명이 연출하는 갤러리 실내는 야밤에 몰래 훔쳐본 그곳과는 전혀 다른 세상이었다. 입구에서 코트를 맡기고 안내받은 방향으로 걷기 시작했다.

번잡한 입구와는 달리 음악이 깔린 실내는 차분했다. 그러나 조명이 떨어진 그림 앞마다 사람들이 무리를 지어 몰려 있었다. 복잡한 자리를 피해 관람하기 위해 지현은 안내와는 달리 부러 저 안쪽으로 걸음을 잡았다.

범용은 어디 있을까. 바쁠 것을 알고 있지만, 낯선 이곳을 홀로 걸으려니 영 어색했다. 인터뷰로 바쁠까. 이곳을 지키고 앉았어야 하는 줄 알았더니, 그것도 아닌가 보다.

지난번에 휴대전화 플래시로 도둑 감상하던 것과는 다른 느낌이었다. 유화가 대부분이지만 다양한 재료와 구도, 구성으로 손을 연출한다.

'Sal'이 뉴욕에 전시 중인 그림 중 가장 유명한 작품은 늙은 노동자의 손등을 거뭇한 가죽으로 질감을 내었다. 그리고 그 위를 직접 만지게 한 설치 작품이었다.

지현이 보고 있는 작품은 수면을 건드리는 네 손가락이 표현되어 있다. 수면에 닿아 번져 나가는 물결과 저 멀리 흐리게 비친 손금까지 섬세하게 크고 작은 선들로 이루어진 그림이었다. 〈동경〉이라고 이름 지어 있다.

멍하니 그림 앞에 서서 선 하나하나 따라가던 그때였다. 사람들이 웅성웅성 한곳으로 모이기 시작했다. 직원들도 일사불란하게 움직이는 것으로 보아 유명하거나 귀한 손님이 온 것인가 싶어 지현은 사람들이 더 없는 곳으로 거꾸로 나아갔다. 덕분에 사람들 없이 한적한 공간들만 남았다.

그림을 모르는 지현은 그가 그림을 잘 그리는 것인가 보다 생각했었다. 'Sal'이라는 작가 하나에 관심을 보이는 언론을 보고도 이안의 능력이려니 의심했다. 그런데 여기 몰려든 사람들을 보니 기가 질리기 시작했다.

우리 살자는 정말 대충하는 게 없구나. 그리고 이안이 왜 그렇게 결사반대했었나, 비로소 실감하게 되는 것이다. 이렇게 처음부터 요란한 것이 그에게 좋은 일일까, 또 불안하기도.

몰려드는 생각들에 잠기어 걷는 줄도 모르던 지현은 가장 끝

막다른 벽에 커다란 그림 앞에 섰다. 'Sal'의 그림은 손이라는 소재는 공통되어 있지만, 형태나 빛, 색을 뒤틀고 변주를 다양하게 주기 때문에 재밌다고 했다. 추상적이기도 하고, 어느 작품은 또 극사실적이기도 하다.

지현의 눈앞의 그림을 두고 하는 말인가 보다, 극사실적인 그림. 사진인 줄 알았던 그림은 유화가 아닌 수채화였다. 지현은 멀리 떨어져 봤다가, 다가가 자세히 들여다보기를 반복하면서 그림에 푹 빠져들었다.

유독 밝고 빛이 그득한 그림 안에는 두 손이 얽힌 채 꼭 잡고 있다. 남녀의 손이라는 것이 눈에 들어왔다. 그리고 남자는 벨벳 그레이 슈트와 라이트 그레이 셔츠를 입은 팔이었다. 순간 눈이 커다래지고 침이 힘겹게 목을 타고 넘어갔다.

비슷한 질감의 벨벳 그레이를 입은 여자의 팔목은 하얀색 진주 단추 다섯 개가 수놓여 있다. 지현은 조심스레 자신이 입은 원피스의 팔목을 내려다보았다.

"하아……!"

새하얀 진주알 단추를 매만지며 떨리는 호흡을 뱉었다. 그래서 이 진지한 옷을 꼭 입어야 한다고 했을까. 감동적이기도, 고맙기도 한 기분이 들고 곧 그가 몹시 보고 싶어졌다.

어디 있을까, 이 사람.

지현은 다시 고개를 들어 눈부신 그림을 보았다. 약지와 새끼 손가락 사이 옅은 갈색 점이 있는 것까지 그려져 있다. 마치 보고 그린 듯이 말이다.

그리고 그때였다. 지현은 두 손으로 입을 틀어막았다. 손에 들었던 애나벨이 바닥에 톡 떨어졌다. 그림 속 여자의 약지에 끼워져 있는 다이아몬드 반지가 남자의 손가락 사이로 빛을 내고 있다.

천천히 홀린 듯 그곳으로 걸어갔다. 그리고 커다란 그림 옆 손바닥만 한 제목을 읽었다.

〈0220〉

눈꺼풀 한 번 깜빡이지 않고 뚫어지게 보며 그 숫자를 소리 내어 읽고 또 읽던 순간이었다. 입을 막고 있던 지현의 손을 가져가 잡는 갑작스러운 손길이 닿쳤다.

"오늘이잖아. 2월 20일."

그림처럼 그녀의 손을 잡고, 바닥에 떨어진 하얀 애나벨을 다른 손에 들게 한 범용이 말했다.

"어때?"

"네?"

"내 슈트빨. 꼴려?"

"……응."

지현의 두 눈을 살피는 것을 보니 그녀가 지금 제정신인지 가늠하는 중인 것 같았다. 그의 따뜻한 손과 눈길에 뻣뻣했던 긴장이 서서히 녹는 기분이 되었다.

"엄청 꼴려요. 슈트빨 보는 맛에 진범용이랑 연애하지, 내가."

감동한 것에 대한 감사로 지현은 평소보다 더 후하게 그를 칭찬했다.

"그러니까 꼴린다고? 진짜?"

"그러니까 엄청이요. 선배를 위해 산 누드 톤 레이스 팬티가 불편할 정도로 젖었거든요."

"지금 우리 뒤에 있는 사람들은 우리가 이런 대화를 서로의 귀에 속삭이는 줄은 모를 거야."

아까 사람들을 술렁이게 한 누군가의 등장은 선배였던가 보다. 그를 따라 몰려든 인파가 그들의 뒤에 겹겹이 둘러싸기 시작했다. 순식간에 달라진 공기에 지현은 표정 관리를 놓치고 있었다.

"이 점도 대단히 꼴리는 부분이네요. 이런 것에 꼴리는 성향인 걸 나도 처음 알았지 뭐예요."

서로에게 눈을 떼지 못하고, 손도 떼지 못하는 두 사람을 향해 사람들이 웅성댈수록 지현의 긴장감은 도로 높아져만 갔다.

그런 그녀를 아는지 범용은 잡은 손의 손가락으로 지현의 손등을 살살 문질러 달래 주었다. 그의 손길에 미소로 화답하던 그때 돌연 지현의 눈이 커다래졌다.

가까스로 내려놨던 다른 한 손으로 도로 입을 막으며 그에게 붙들린 손에 끼워진 반지를 내려다보았다. 그리고 저 앞의 그림을 보았다. 그림 속 반지와 똑같은 빛깔의 링이었다.

"오늘이라고 했잖아, 놀라면 어떡해."

범용의 속삭임이 귀에 뜨겁게 앉았다. 지현은 아직도 입을 틀어막고 그에게 겨우 물었다.

"이거 어떤 의미예요?"

"왜."

"말해 봐요."

"터지는 거면 몸을 던져야 해서?"

지현은 그제야 범용과 마주 눈웃음 했다. 범용이 입술을 막고 있는 손을 내려 주었다.

"어떤 의미이길 바라?"

"그럼 0220의 부제는 내가 정하는 거예요?"

그가 어깨를 으쓱했다. 허락인가 보다.

"그래서 부제가 뭔데?"

잡은 손을 살짝 흔들어 그가 보채 왔다. 그녀는 두 사람이 맞잡은 손을 올려 반지를 눈앞에 흔들며 조용히 속삭여 주었다.

"결혼기념일."

응? 하고 되묻는 범용에게 지현이 다시 분명하게 말했다.

"0220, 결혼기념일."

"이렇게?"

반지와 애나벨.

진지하게 차려입은 두 사람. 그리고 두 사람을 둘러싸고 지금 이 순간의 증인이 되어 줄 많은 손님들까지.

"응, 이렇게. 오늘이라면서요?"

"마음에 들어."

지현은 '나도!' 하고 터지는 웃음소리와 함께 대답했다. 사람들은 이제 두 사람 뒤에서 숨을 죽여 기다리는 듯했다. 그리고 두 사람은 동시에 서로에게 다가가 키스했다.

이 사람과 살며 사랑하고, 상처받겠지. 혹은 상처가 커 이 사람은 내 곁을, 나는 이 사람 곁을 떠나는 일이 생길 수도 있을 것이다.

하지만 나는 이 사람 덕분에 겁내지 않을 수 있으리라. 상처받고 누군가와 또 헤어지더라도 나는 계속 사랑을 할 것이다. 사랑하고 사랑받는 그 순간만큼은 나는 외롭거나 아프지 않다는 것을 배웠으니까 말이다.

"결혼 축하해."

"결혼 축하해요, 선배도."

지현은 그의 입술에 묻은 립스틱을 엄지로 지워 주며 웃었다. 그가 그녀의 엄지에 다시 입을 맞추며 말했다.

"사랑해, 부."

〈흔들어 줄까〉 FIN

외전 1

벌써 오후의 공기가 숨 막힌다. 여름이 머지않았다. 여름은 지현이 가장 좋아하는 계절이다.

들풀 내음, 막 피어난 나팔꽃, 이슬에 젖은 흙냄새, 새카만 나무 그늘, 꽃잎 위에 앉은 풀벌레, 그 위를 나는 날벌레의 날갯짓. 아담한 대청에 나온 개다리소반, 처마 아래 늙은 선풍기가 돌아가는 소리.

얼음이 녹아 가는 미숫가루 컵, 빛이 바랜 파라솔과 새소리에 흔들리는 투박한 흔들의자. 바람이 지나는 소리를 들으며, 바람이 흘리는 여름 향기를 맡으며 빠져드는 달던 낮잠.

잠에 빠질 즈음 콧잔등에 맺힌 땀을 훔쳐 주던 외할머니의 까끌까끌한 손바닥 감촉도.

외할머니와 마당을 차지하고 보내는 한여름의 일요일 오후를 지현은 아직도 종종 추억한다. 그 기억이 이 계절을 사랑하는 유일한 이유다.

"왜 밖에 있어, 안 더워?"

"더워서 좋네?"

서원은 이해할 수 없다는 듯, 그녀가 먼저 시켜 놓은 에이드를 들이켰다. 도심의 카페, 뜨거운 야외 테라스에 홀로 나와 앉은 지현이 마음에 들지 않는 모양이었다. 유난히 더위를 타는 그는 시원한 실내의 에어컨 바람을 기대하고 왔을 테다.

"일어나자, 시간 됐어."

어지간히 더운지 의자에 한 번 앉아 보지도 않고 서두르는 것이다.

"앉아. 안 가도 돼. 내가 일찍 도착해서 혼자 보고 왔어."

"뭐? 왜?"

"어쩌다 보니 일찍 도착했어. 그러게 안 와 봐도 된다니까 그래."

서원은 하는 수 없이 햇빛을 피해 어닝 안으로 들어와 지현의 옆에 털썩 주저앉았다.

"그럼 삼촌인 내가 와야지, 누가 와? 새집을 찾는 집안의 대사에는 모름지기 어른이 나서서……."

"마저 마셔. 더위 무서운 거다."

"어."

두 사람은 잠시 그렇게 나란히 앉아 거리를 지나는 사람들을 구경했다.

"그래도 내가 오는 게 낫지 않아? 우리 조카사위는 네 보행의 자유를 박탈한 자잖아."

고얀 놈, 하며 혀를 차는 서원의 말에 지현도 피식 웃었다. 그렇다. 길바닥은 돌부리가 위험하고, 계단은 넘어질까 위험하고, 거실 바닥은 차가워서 안 된다. 지현은 범용 때문에 보행의 자유를 잃은 지 오래다.

"너무 유난이야. 그렇게 못 미더우면 들숨 날숨도 대신 쉬어 주지 그러냐고 오늘도 한바탕했잖아."

"알아. 그 한바탕 때문에 내가 여기 온 거잖아. 우리 조카사위 속이 까맣게 탄 것 같더라."

"내가 신랑이 아니라, 팔푼이를 얻었을까?"

"위험했잖아. 나라도 칠푼이, 반편이 됐겠다."

서원은 지현의 어깨를 툭툭 쳐서 진정시켰다. 부루퉁한 표정을 지은 그녀는 삼촌의 반대쪽으로 얼굴을 돌려 버렸다. 이 해묵은 잔소리 때문에 범용을 피한 건데, 여기서도 또 듣는 처지가 서럽다.

지난 2월, 그의 작품전에서 나온 두 사람은 곧장 서원과 남 피디를 불러내 혼인신고를 해치웠다. 그리고 며칠 걸리지 않아 둘은 미국으로 떠났다.

범용의 미국 작품전 일정에 따라 곳곳을 쏘다니다가, 엄마 자형의 생일에 맞춰 캐나다에 방문하기 위해 막 밴쿠버 국제공항에 도착했을 때였다.

갑작스러운 하혈과 실신으로 지현은 비행기에서 바로 병원으로 옮겨졌다.

그리고 두 사람은 임신 15주째라는 느닷없는 소식뿐만 아니라, 엄마와 새 아빠 맷의 무서운 꾸지람을 들어야 했다. 아닌 게 아니라 지현은 반년 넘게 범용을 졸라 사막으로, 해변으로 주와 주를 넘나들며 로망이었던 트레일러를 몰고 다닌 후라 몰골이 말이 아니었기 때문이었다.

"누나가 그러더라. 아이 지킬 수 있었던 건 기적이라고."

그 기적을 행하기 위해 남의 나라 병상을 2주나 지켰다. 엄마의 노기가 풀리기 전까지 그 나라를 떠날 수 없었기 때문이다.

"내 말이 그거야. 이미 기적인 아인데, 뭐가 걱정이냐고. 건강하게 태어나 예쁘게 자랄 건데."

지현의 고집스러운 입매를 본 서원은 한숨을 푹 쉬었다.

"그래서 오늘 본 집은 어땠는데."

"별로야. 너무 고층은 싫더라."

"고층이어서 싫고, 저층이어서 싫고. 마당이 넓어서 싫고, 마당이 없어서 싫고. 언제까지 호텔 살이 할 수는 없어. 알지?"

아무래도 범용과 서원, 두 사람이 너무 친해진 것 같다.

"누구 삼촌이야, 삼촌? 왜 그 사람 잔소리를 그대로 전하고 있는 거지?"

"네 삼촌이니까, 네 걱정 하는 거지."

"치."

빌딩 사이를 통과한 한 줌의 바람이 지현의 짧아진 머리카락을 들추며 지났다. 그 바람에 드러난 희고 고운 이마가 밉게 찌푸려져 있다.

"엉뚱해서 가끔 사람 뒤로 넘어가게는 해도 까탈스럽거나 어려운 사람 아닌데, 우리 부지현이."

"왜? 내가 어렵대, 삼촌 조카사위가?"

"어. 어려워 죽겠다더라. 뭘 원하는지 정확히 말을 해 줘야 할 것 아냐. 집이 포장마차 안주도 아니고 아무거나, 라고 했다며."

어디든 좋다고 생각했다, 처음에는. 그건 진심이다. 그 사람과 태어날 아이, 세 가족이 지내는 데에 불편한 것 없는 집이면 좋겠다. 그게 전부다. 그랬는데.

"정말 모르겠단 말야."

지현은 결국 속을 터놓기 시작했다. 삼촌의 주특기였다. 만만한 자신의 존재감을 어필해 사람을 무장 해제 시키는 것.

"뭘 몰라?"

"어디가 좋을지 말야. 어떤 곳이 우리에게 최선인지, 그 최선은 또 어떤 조건으로 구성되는 건지. 안 해 본 일이니까. 내가 또 한 번 배우면 기똥차게 잘하는데, 그치? 이건 누구한테 배워야 하는지 모르겠고."

범용은 대신 모든 일을 알아서 해 주겠다고 했다. 하지만 지현은 거절했다. 범용은 회사 일로도 충분히 바빴고, 세 사람이 지낼 집을 구하는 것 정도는 자신이 할 수 있을 것 같았다. 착각이었지만 말이다.

"외할머니 생각이 자꾸 나, 삼촌아. 할머니 집도, 할머니 밥도."

"울 엄마?"

"보고 싶고, 만지고 싶어."

"나도."

"할머니는 가르쳐 줬을 텐데. 내가 뭘 고민하든 할머니는 모르는 게 하나도 없었잖아."

"모르는 게 하나도 없었던 건 아닐걸? 부지현을 가장 잘 아는 것뿐이지."

"맞아."

외할머니는 그녀에 대해 모르는 것이 없었다.

"알고 있니, 조카야? 우리가 커플 젖병을 건배하며 상생하기 시작하고부터 네가 섹시한 남자랑 섹스 하고 돌아치는 시절까지. 긴 긴 세월 내가 우리 조카 옆에 있었지."

지현은 외할머니 생각에 시큰해진 코를 훌쩍이며 뚱하게 받아 쳤다.

"그러게. 삼촌 4살이 다되도록 기저귀 못 떼고 빌빌거릴 때부터 고독사를 앞둔 지금까지니까. 우리 꽤 오래지? 그치?"

서원은 듣기 싫은 말은 들리지 않는 모양, 한 박자도 쉬지 않고 말을 이어 갔다.

"울 엄마 다음으로 부지현을 가장 잘 아는 사람은 나, 명서원이라는 거야."

"그래서 할머니가 줬을 답을 삼촌도 가지고 있나?"

"내가 어떻게 가지고 있나? 너랑 내 문제가 똑같을 텐데. 그 긴 세월 같은 환경에서 살았으니, 우리는 앓고 있는 문제도 똑같지 않겠냐고."

지현은 애써 비켜 두었던 시선을 옆에 앉은 서원에게로 옮겼다.

"나도 네 입장이라면 어려웠을 것 같아. 나보다 더 똑똑하고 야무진 부지현도 이렇게 헤맬 일이니, 나는 더할지도 모르지."

"뭐래……."

테이블 위에 두었던 지현의 가방과 선글라스를 한 손에 든 서원은 그녀를 일으켜 팔짱을 끼게 했다. 카페 밖으로 나서면서 너무 뜨거운 햇볕을 확인한 그는 지현에게 선글라스를 다시 넘겨 쓰게 했다.

"내가…… 아니, 우리가 부모 아래 건강하게 자라지 못한 탓이라는 거야? 그래서 남들 다 하는 연애도, 결혼도, 하다 하다 이제는 내 집 찾는 것도 버벅댄다고?"

"엄마 돌아가시고 우리 둘이 지금 빌라에 이사 갔을 때 말야. 너 반년을 꼬박 헤매고도 가구 하나 못 사고, 결국 다락방에 매트리스 하나 달랑 넣고 3년을 살았어."

오죽하면 단혜가 와서 누구네 집이냐고 세 번이나 물었을까. 지금 소파를 비롯한 가구와 가전 모두 단혜가 필요하다고 해서 하나씩 들여놓아 겨우 사람 사는 데가 되었다.

그때는 그저 결정 장애나 귀차니즘을 남들보다 더 심하게 앓는 것인가 보다 했었는데.

"나도 마찬가지지. 난 심지어 빌라 내 방 내 침대보다 가게 쪽방 소파가 더 편했어. 지금도 그렇고."

서원은 자동차 조수석 문을 열어 지현을 타게 했다. 그리고 문을 닫기 전 그녀를 내려다보며 물었다.

"가 볼래?"

"어디?"

"옛날 엄마 집. 그 집 산 사람, 작은누나 아는 분이었잖아. 부탁해 보자, 잠깐 본다고."

그 말에 눈이 동그래졌다. 그래도 될까. 안 그래도 그리웠었는데 말이다.

그늘이 시원한 그 집 마루에 앉아 보면. 오래된 나무 이끼 냄새 맡으면. 매끈한 기둥에 머리를 기대어 눈을 감아 보면. 조금 채워지지 않을까.

나에게도 이렇게 행복했던 시간이 있었다는 충만함 같은 것. 그럼 지금 닥친 모든 문제가 좀 수월해지지 않을까.

지현은 기다리는 서원의 어깨너머로 기대감을 크게 부풀렸다가, 툭 하고 그만두었다.

"아니, 그러지 말자."

"왜?"

"가도, 할머니 없잖아."

* * *

[부지현이 좋아하던, 전 사무실 근처 카페 스콘입니다. 얼그레이랑 먹는 거 좋아해요.]

네 개 팀의 릴레이 미팅에 참석하고 돌아온 참이었다. 책상 위에는 투명한 케이스와 봉투에 싸인 종류별 스콘이 놓여 있었다.

친절한 메모와 함께 놓인 공물의 주인공은 예민환이다. 민환은 연일 지현이 좋아하는 음식들을 사다 나르고 있었다.

오랜만에 본 지현의 얼굴이 너무 야윈 데다, 임신 소식을 들은 까닭이다. 결혼 소식도 영상통화로 전한 배신자라고 박박 성을 피우더니, 이렇듯 기어이 오랜 취미 생활을 다시 시작한 모양이다.

은희도, 다른 동료들도 축하 인사와 함께 선물을 보내 주었다. 지현은 함박웃음을 지으며 좋아했고, 간간이 어울려 밥이나 차를 먹고는 한다. 태어날 아기의 용품과 결혼 선물을 호텔방 한구석에 늘어놓으며 지현이 말했다.

'이런 게 필요한 줄도 몰랐어요. 아기는 욕조도 따로 쓰는 거구나. 선배는 알고 있었어요?'

설레는 것 같기도, 또 걱정되는 것 같기도 한 얼굴로 늘 어색하게 웃는다. 범용은 그것이 마음에 걸렸다. 그녀가 느끼는 당황스러움을 그는 오롯이 불안으로 느끼고 있다.

- 여보세요? 나예요.

"응. 어디야?"

- 지금 막 호텔 도착했어요. 삼촌은 바로 가게로 가고. 바빠요?

범용은 스콘 봉투를 들고 대표 이사실 바깥으로 나섰다. 지나는 소회의실의 민환과 시선을 맞추며 봉투를 흔들었다.

고맙다는 인사인데, 민환은 회의 중 벌떡 일어나 과장되게 허리까지 굽혀 인사했다. 덕분에 회의실 안 직원들이 줄줄이 일어나 연쇄 인사 현상이 일어났다. 그는 그러거나 말거나 복도를 성큼성큼 빠져나갔다.

"스콘 좋아해?"

- 어, 말차 스콘! 그거 맛있는 집 나 아는데!

"가지고 갈게. 간단히 먹고 데이트하러 나가자."

- 진짜? 안 바빠요?

"응. 데이트하자. 날씨 좋은데, 산책도 하고, 저녁엔 맛있는 것도 좀 먹고."

- 좋아요. 얼그레이 맛있는 카페 있나 검색해 볼게요. 스콘이랑 같이 먹게!

그는 벌써 신난 그녀의 목소리에 푸스스 웃었다. 지나던 직원들은 살자의 느닷없는 미소에 저마다 위협이거나, 환상이거나 혹은 종말을 읽는 듯했다. 그러거나 말거나 그는 지현이 보고 싶을 뿐이었다.

* * *

즉흥적이었던 두 사람의 결혼은 많은 이들의 원성을 샀다. 당일, 증인으로 부른 주형과 서원은 시청 공무원 앞에서 갖은 저항과 훼방을 놓은 다음에야 사인했다. 주형은 경미한 심술이었고, 서원은 순도 높은 골부림이었다.

범용의 형 범준과 지현의 동생 단혜 그리고 친구 은희는 오랜 서운함을 보인 끝에 마지못해 축하해 주었고, 다른 이들은 대체로 놀라워하거나, 배신감을 드러냈다.

오직 두 분, 지현의 부모님만은 진심으로 축하했다. 그 형식이 무엇이든 두 사람이 만나 서로 사랑하는 것만으로 두 분은 충분히 기쁘다는 말을 전했다. 훈훈한 말씀과는 달리 너무 과분한 결혼 선물을 억지로 안기려는 통에 지현과 두 분의 설전이 오래 이어졌었지만.

그 과정에서 범용은 너무 간단하고 간소하게만 보내는 것이 문득 아쉬웠다. 그래서 결혼을 기념하여 갖고 싶은 것이 없느냐 물었을 때 지현은 잠시 골똘하더니 아주 긴 여행을 하고 싶다고 했다. 범용은 바로 미국행을 결정했다.

며칠을 좁은 차에서 보내기도, 열악한 모텔에서 지내기도, 트레일러를 사 길에서만 지내기도, 한 달 동안 뉴욕에 아파트를 얻어 머물기도 했다. 잠든 시간 말고는 한시도 눈에서 멀어지지 않아도 보고, 서로 각자 다른 곳에서 하루를 보내기도 했다.

지현은 처음으로 '부지현'이 아닌 사람으로 사는 기분이라고 했다. 여행이 그래서 좋은 것이었다고 어린아이처럼 행복해했다. 그녀의 블로그에 차곡차곡 여행의 기록이 쌓일수록 하루가 다르게 아름다워지는 지현이었다. 저렇듯 맹한 얼굴이 아니고 말이다.

범용은 호텔 산책로 위 나무 벤치에 앉아 생각에 잠긴 지현을 발견했다. 오후가 끝나 가는 시간, 바람이 좋은 초여름 밤이다.

재킷을 벗어 지현의 맨 어깨에 둘러 주었다.

"부?"

"여기 앉아 있으면 강이 보여서. 바람도 좋고. 강 위로 노을 지는 거 꽤 보기 좋아요. 우리 브루클린에 아파트 얻었을 때요. 그때 4월인데도 너무너무 추워서 꽁꽁 싸매고 매일 산책했잖아요. 기억나요? 그때도 허드슨 강에 노을만 보고 들어오자고 귀찮아하는 선배 졸랐었는데."

"내 평생 그렇게 하루도 빠짐없이 빨빨거리며 싸돌아다닌 적은 처음이야. 잠시도 한군데에 붙어 있질 못했지."

그는 지현의 손에 스콘 하나를 꺼내 쥐여 주었다.

"거기 참 예쁘다고 생각했는데, 여기만 못해요. 저기 좀 봐요, 훨씬 선명하고 예쁘죠?"

그녀와 지내며 새로 알게 된 사실이었다. 지현은 안 예쁜 게 없는 여자다. 길바닥을 구르는 먼지 뭉치도 예쁘다고 사진 찍는 여자.

"그럼 오늘은 노을인가? 태명 말야."

어제는 여름이었고, 그제는 순살 치킨의 순살이었다. 자태가 고운 티팟을 본 날에는 티팟, 맛있는 점심을 먹은 날에는 보쌈이기도 했다. 좀체 태명을 결정짓지 못하고, 그들은 매일 다르게 지어 부르고 있다.

"아니, 말차. 말차 스콘 너무 맛있다. 그치, 말차야?"

"말차구나……."

범용은 지현이 먹기 편하게 앉은 자리의 사이를 벌려 두 사람 사이에 손수건을 펼쳤다. 그녀가 가지고 온 얼그레이 컵과 스콘 박스를 놓았다.

"오늘 본 아파트는 어땠어? 회사랑 가까워서 좋겠다고 했잖아."

"삼촌이랑 아까 선배 아틀리에 다녀왔어요."

지현은 오늘도 결정짓지 못한 모양이다. 말 돌리는 걸 보면.

"우리 미국 가고, 짐 정리해서 서원 삼촌이 다 가져갔다고 했는데. 뭐 빠뜨린 것 있었어?"

"아니. 그냥 한번 가 보고 싶었어요."

그는 뭔가 짚이는 것이 있어 물었다.

"그냥 아틀리에서 살까, 우리?"

지현은 그곳을 좋아했다. 왜 그 생각을 못 했을까.

"마당이랑, 2층이랑 좀 더 손보면 괜찮을 거야. 네가 원하면 내일 당장……."

"오래된 집이라 겨울에 너무 춥고, 화장실이 너무 좁아요. 말차 태어나면 좀 클 때까지는 집이 따뜻해야 할 거예요."

마음이 동해 그곳을 가 본 것은 아니었던가.

"그래, 좀 어둑하고 칙칙하기도 하고. 아이뿐만 아니라 사람 살기엔 별로지, 고치다 말아서."

"아닌데? 나는 거기 되게 좋아하는데요. 만약 말차가 아니었다면, 한국에 들어오자마자 아틀리에로 갔을 거예요."

노을도 지워지는 시간이 되자 산책로의 가로등이 하나둘 켜지기 시작했다. 지현의 하얀 얼굴이 더 환하게 밝혀졌다.

"삼촌은 내가 겁을 내는 거래요. 당연한 거라고도 했어. 위로가 되지는 않았지만요."

"겁? 뭐에 대한?"

"아마 선배를 선택하는 데에 너무 많은 용기를 짜냈나 봐요. 그래서 이번엔 살짝 딸렸나 봐, 용기가."

지현은 아마 오늘 매물로 나온 새 아파트 단지에 가 보지 않았을지도 모르겠다. 보통 사람보다 많이 느리고, 많이 서투른 서로를 인정했으면서도 제법 부른 지현의 배 때문에 범용은 자신도 모르게 조급했던가 보다. 힘들어하고, 어려워하는 지현을 보니 마음이 아팠다.

"용기 내지 않아도 돼. 지금처럼 호텔도 괜찮고, 단기로 임대를 해서 지내 보며 찾는 것도 괜찮아. 미국에서 지낼 때처럼 우리, 계속 여행하는 중이라고 생각하면 되잖아. 말차도 널 닮았다면 여행 좋아하지 않겠어?"

"역마살도 유전이 되는 거군요."

"태어나지도 않는 내 새끼한테 벌써 살을 먹여?"

지현은 마지막 스콘 조각을 입에 털어 넣으며 까르르 소리 내어 웃었다. 오늘 아침부터 저기압이던 아내의 웃음을 겨우 보게 된 남편은 그제야 마음을 내려놓고 스콘 반 개를 한입에 욱여넣을 수 있었다.

노을도 꺼지고 이제 푸른 저녁이 시작되었다. 두 사람은 천천히 호텔 산책로를 걷기로 했다. 미지근한 얼그레이 티로 입 안을 헹군 지현이 말했다.

"요 며칠 돌아가신 외할머니가 너무 보고 싶었어요. 우리가 살

집을 찾으면서 할머니 집이 많이 생각났거든요. 그래서 삼촌이 할머니 살던 집에 가 보자고 했죠. 근데 거기 가도 할머니는 없잖아요."

범용은 지현의 어깨를 안았다. 그의 어깨에 머리를 기대어 걸으면서 말하는 그녀의 목소리는 내용만큼 슬프지 않다고 생각했다.

"그리고 아틀리에로 갔어요. 근데 우리가 지냈던 때보다 아늑하지도, 애틋하지도 않더라고요."

"그랬어?"

"당연했어요. 그곳엔 이제 더는 선배가 살지 않거든요."

점점 목소리에 진한 생기가 돌기 시작했다. 범용은 그런 지현의 얼굴을 보고 싶었지만, 지금은 가만히 말을 들어 줘야 할 때라는 것을 안다.

"낯설고, 새로운 것에 겁내지 않으려고요. 여행하는 내내 그것이 한 번도 어렵지 않았던 건, 내 옆에는 선배가 있었기 때문이니까. 이제 매일 새로운 일들만 닥쳐도 괜찮아. 선배가 있어 줄 거니까."

그녀가 느낀 불안은 아마 가정을 이루고, 새 가족을 맞이하는 변화에서 온 것이었나 보다. 생각지 못한 변화가 연속해 일어난 까닭이었을 것이다.

조금 느리고 어려운 게 많은 여자에게는 벅찬 날들이었고. 그리고 그녀 옆에 이제 영원히 그가 함께라는 사실도 좀 늦게 깨달았겠지.

"어디여도 괜찮을 것 같아요. 어디든 우리가 함께 지내다 보면 할머니 마당, 할머니 냄새, 시끄러운 아틀리에 마루 소리 같은 것들이 생기겠죠?"

"부지현 수다 소리, 부지현 볼일 볼 때 불러 달라는 내 휘파람 같은 거?"

"음…… 화장실은 사람 수만큼 확보해야겠어요. 아니면 화장실 문을 최소 한 뼘 두께의 철문으로 교체한 곳. 그런 데가 있을까?"

누구보다 화장실 방음에 진심인 그녀였다.

"옥외 화장실도 괜찮잖아요?"

"그냥 내 귀를 막는 게 더 싸게 먹히지 않겠어?"

"우리 그냥, 각방 쓸래요?"

어깨를 잡은 손에 사나운 힘이 들어갔다.

"아, 안 되는 거구나."

꿈도 꾸지 마, 말차 엄마.

외전 2

옅은 색 회벽에 두른 검은 띠의 끝에 필기체 영문으로만 새긴 〈Dream U〉. 지현은 부드럽게 정차한 세단의 뒷좌석의 문을 직접 열고, 운전석에서 내린 민환에게서 태블릿을 건네받았다.

얼굴을 타고 물결치듯 흘러내리는 긴 생머리를 고갯짓으로 넘기며 시간을 확인했다. 그 모습을 보던 민환이 빠르게 알려 주었다.

"45분 뒤."

"응."

부산 출장에서 돌아오자마자 잡아 두라고 한 미팅이 45분 뒤라는 민환의 말은 1층부터 회의가 있을 4층까지 평소처럼 둘러볼 수 있는 시간적 여유가 없음을 미리 알리는 말이다. 대충 좀 했으면 좋겠다는 경고조이기도 하고.

총 다섯 개 층의 'ㄱ'자 형태의 건물은 〈드림 유 매거진〉 소유로, 1층에는 〈드림 유 매거진〉의 표지 전시 월이 한쪽 벽면을 가득 채우고 있다. 그 밖에 웨딩드레스와 웨딩 주얼리를 시작으로 웨딩 포토, 여행사, 웨딩 플라워, 웨딩 슈즈 업체들의 쇼룸으로 채워져 있다.

지현이 로비에 들어서 엘리베이터로 향하는 길에 눈으로 빠르게 훑는 동안, 민환은 허리를 굽혀 인사를 해 오는 직원의 인사에 대신 화답했다.

푸른 새틴 투피스 슈트와 굽 높은 힐이 대리석 바닥을 짓치고 지나는 지현과 짙은 색 데님 슈트를 입은 민환, 사람들은 일제히 회사의 두 임원에게 고개를 숙였다.

지현은 엘리베이터에 올라탄 다음, 경비실 최고참인 오 주임과 짧게 시선을 맞추고 살짝 눈꺼풀을 내렸다가 올렸다. 오 주임은 그때까지 험악하고 단단한 인상을 펴지 않다가 그 인사에 씨익 더 험악한 미소로 화답했다.

민환은 오랜 지기가 된 두 사람의 눈인사 사이를 등으로 가르며 오 주임에게 아는 척을 했다. 하지만 오 주임의 그새 지워진 미소와 정색한 표정에 고개를 절레절레 흔들어야 했다. 지현에 이어 엘리베이터에 올라탄 민환은 곧바로 눌려 있던 2, 3층의 버튼을 차례로 지웠다.

"회의요, 대표님아."

나무라는 목소리다. 지현의 일정에 관한 한 지현조차 민환의 컨트롤에서 벗어날 수 없음이다. 지현이 작게 한숨 쉬며 그에게 말했다.

"표지 월에 떨어지는 간접조명 말야."

"응."

"조도가 너무 칙칙하지 않아?"

"시정하라고 할게."

민환은 익숙하게 휴대전화에 메모를 시작했다. 매일 오가며 확인하는데, 매번 시정할 것이 나오는 것이 희한하다고 툴툴거리는 듯한 그의 어깨를 보며 지현은 피식 눈으로만 몰래 웃었다. 그렇지만 방금 작정한 것들은 아직 끝나지 않았다.

"쇼룸 업체들 리뉴얼 시기가 언제지?"

"분기별 리뉴얼이 원칙이니, 다음 달이지."

"그럼 하기 전에 실무자들 보내서 너무 한 톤으로 가지 않게 조율하라고 해. 촌스러워."

"네에, 네!"

승강기 문이 열리자, 민환이 문을 붙들고 그녀가 나가길 기다렸다.

"몇 분 남았니."

휴대전화를 보던 눈이 빠르게 대답했다.

"43분."

"그럼, 나 5층."

그럴래? 하고 민환은 5층 버튼을 눌러 주고 4층에서 내렸다.

"편집장님이 먼저 시작해 줘. 중간에 들어갈게."

편집장인 민환이 이끌 편집 회의가 끝나고부터 대표인 지현이 웨딩 박람회 출장 건에 관련해 이야기를 시작해도 될 것이었다. 민환은 고개를 끄떡여 그녀를 배웅하며 말했다.

"좀 쉬어. 오늘 회의 릴레이야."

고개를 끄떡여 대답을 대신할 만큼 피곤한 그때였다. 닫히는 승강기 문을 재빨리 다시 연 지현이 민환을 불렀다.

"예! 너 참, 휴직계는."

"지난주에. 처리됐어, 이미."

"근데 왜 아직 출근하는 거야? 인수인계 안 끝났어?"

민환은 이제야 자신의 출근을 눈치챈 지현에게 불만을 표하려 호주머니에 든 세정 젤을 꺼내 치덕치덕 손을 닦았다.

"대표님 출장으로 회사가 비었는데, 나까지 없을 수는 없잖아."

"조산기 있다며! 혼자 두지 말라고 했다면서, 병원에서도!"

"우리 단혜가 나가라고 등 떠민 거거든?"

"또 얼마나 유난을 떨었으면, 단혜가 등 떠밀어 쫓아내?"

지현은 새삼 씩씩거리며, 해묵은 원한을 뿜어댔다. 감히 예민환 주제에, 열 살이나 어린 내 동생을 채 가? 아직도 앙심을 털어 내지 못한 그녀였다.

그놈의 위스키 바를 진작에 폭파했어야 했는데! 툭하면 〈활〉 식구들을 데리고 서원의 바에 나타난 남 피디 때문이야! 아니야, 위스키 바의 그 촌스러운 백열등 때문이야! 우리 순진한 오단혜가 저 예민환을 BTS 보듯 찬양하게 된 건 순전히 조도가 형편없어서라고!

3년이나 직진 짝사랑 끝에 겨우 예민환 따위를 차지한 동생 오단혜는 언니와 형부가 차라리 흙을 퍼 넣으라고 눈을 까뒤집으며 반대하자, 혼전 임신을 감행했다.

온순한 애가 한번 꼬라지를 부리기 시작하니 두 손 두 발 다 들겠더라. 지현은 인생 처음 제 부모에게 해 댔던 지난날을 반성하기까지 했다. 그녀는 단혜의 임신 사실에 거품을 물며 예민환의 멱살을 잡았을 때 저놈의 얄밉던 미소를 잊을 수가 없다.

"우리 단혜는 처형, 너처럼 손 많이 안 가거든? 떨 유난도 없거든?"

"우리 단혜 몸 약한 애야! 그 어린 게 얼마나 무섭겠어! 손이 어떻게 안 가? 왜 유난 안 떨어?!"

예민환이랑 예민환 닮은 아이가 나란히 서 있을 생각에 지현은 몸을 부르르 떨었다.

"어쩌라는 건데! 유난을 떨라는 거야, 말라는 거야!"

또 시작된 두 동업자의 아웅다웅에도 초연한 직원들은 평화롭게 복도를 지나갔다.

"부산 출장은 어땠어요, 대표님? 너무 촉박하게 일정 잡지 않으려고 했는데, 잠은 좀 주무셨어요?"

지현과 민환의 비서 업무를 전담하는 고 실장이 두 사람 사이를 비집고 들어섰다.

"편집장님? 녹차 준비 하라고 전화 넣을까요? 해외 직구 하신 그 녹차, 오늘 드디어 도착했다던데요."

능숙하게 편집장의 몸을 돌려 가던 길 가게 한 고 실장이 이번엔 지현에게로 우아하게 돌아섰다.

"올라가세요. 회의 5분 전에 제가 직접 올라가 불러 드릴 테니, 눈 좀 붙이세요. 어서요."

정 실장의 눈이 엄해졌다. 곧 쉰의 나이가 되는 이 구역 실세의 비위를 건드는 우를 범하지 않기 위해 지현은 어렵게 이성을 되찾아 왔다.

"고마워요. 오늘도 나의 제부를 때리지 않게 해 줘서."

"제 일입니다."

범용이 불안한 콤비, 지현과 민환을 위해 특별 채용한 베테랑. 남주형 피디의 부친, 남 사장님이 특별히 양보한 비서실계의 전설이다.

"미준 양 전화 왔었어요. 엄마 도착 시간 몰래 묻는 걸 보니, 꼬마 아가씨 수다 보따리 터지기 직전인 모양이에요."

전설은 전설이다. 녹차 덕후 예민환과 말차 덕후 부지현을 손쉽게 다루지 않는가.

지현은 말이 끝나기가 무섭게 승강기의 '닫힘' 버튼을 눌렀다. 가엽게도 바쁜 엄마를 방해할까 봐, 고 실장 아줌마와의 직통 번호를 애용하는 딸, '말차'를 터치해 통화를 연결했다.

- 엄마!

"딸!"

- 나도 있어, 부!

"응, 잘 있었어요?"

- 아니, 아빠! 나 먼저 할래.

끝내 태명 '말차'로 정착해 가을에 태어난 딸 미준은 올해로 5살이 되었다.

- 가위바위보 해.

범용은 아내와의 통화를 딸에게 순순히 양보하지 않는다. 툭탁거리며 기어이 가위, 바위, 보! 하고 승부를 가르는 소리가 들렸다.

지현은 5평이 채 되지 않는 작은 집무실 안으로 들어가 소파에 몸을 묻었다. 다리를 아무렇게나 흔들어 힐을 벗어 던진 후 눈두덩 위에 손등을 얹었다.

말차의 신나는 함성을 듣고 오늘의 승자를 알아챘다. 늘 주먹만 내는 딸에게 그는 오늘도 진다.

"시작해, 말차. 뭐 하고 있었어?"

- 아빠랑 그림 그렸어. 할아버지 집에 걸어 주려고.

"그랬어? 완성되면 엄마도 보여 줘."

- 근데 엄마 있잖아. 할아버지 집에 나는 안 가면 안 돼? 이제 미준이는 안 가고 싶어.

"왜? 미준이 할아버지 좋아하잖아. 미준이 때문에 할아버지 동네로 이사 간 건데."

지현과 미준은 지현의 아빠 형운과 나란히 서면 도레미, 하고 싶을 만큼 똑 닮았다. 어쩐지 아빠와 미준이 조금 더 판박이였다.

- 할아버지는 좋은데…….

"왜? 왕할머니 때문에?"

얼굴만 닮은 게 아니다. 성정도 유전이다. 지현처럼 왕할머니 원 여사와 미준은 서로 상극이다.

- 왕할머니라고 부르지 말라고 해서. 엄마가 시킨 대로 원할머니라고 했는데. 화내잖아.

지현은 참지 못하고 큭큭 웃었다. 저쪽에서 범용도 웃음을 터뜨렸다.

- 아 참! 엄마 오늘 언제 와?

"저녁 먹을 시간에 가지. 왜?"

- 아빠가 보쌈 사 준대. 보쌈이 뭐야, 엄마?

지현은 사악하게 웃고 있을 범용을 그리며 대답했다.

"있어. 다정하고 상냥하신 원 할머니가 만들어 주는 거."

- 에? 왕할머니가 줘? 보쌈을?

"아빠 바꿔 줘, 말차. 엄마 시간이 별로 없어."

혼란스러운 목소리도 귀여운 딸이 보고 싶어서 안 되겠다. 릴레이 회의는 오늘까지 출근해 준 제부 민환에게 떠맡기고 도망쳐야겠다. 일부러 수고하러 나온 사람의 정성이 있지 않나.

- 부.

"아깝다. 나도 봤어야 했는데."

- 아냐. 거기 있었으면 넌 포복절도 했을 거야. 사태를 걷잡을 수 없었을 거라고.

"더 아까워졌어요."

- 이만큼 화해시키기까지 우리 말차가 한 생고생을 생각해 봐.

"반성할게요. 그래도 아까워."

- 그만 아깝고. 부, 언제 와?

지현은 그의 말이 끝나기가 무섭게 벗어 던진 힐을 찾아 벌떡 일어나 맨발로 헤매기 시작했다. 겨우 두 발에 꿰어 신고, 책상의 키폰을 연결했다.

"고 실장님? 1층에 택시 좀 불러 줘요. 지금 퇴근하려고요. 편집장님이 세 개 회의 모두 주재할 겁니다. 음, 이유를 물으면 그냥 그 날이라고 해 주세요."

네, 하고 간단하고 명료한 대답을 들은 지현은 서둘러 집무실을 나갔다.

― 마음에 들어. 처제한테 사주한 보람이 있군.

그녀의 퇴근을 알아챈 범용의 목소리가 즐겁다.

"응? 단혜한테 사주했다고요?"

― 예민환 좀 빌려달라고 부탁 좀 했지.

"왜요?"

범용은 그러나 어서 오라는 재촉만 하고 통화를 끝냈다. 지현은 또 길게 의아할 틈도 없이 너무 그리운 두 사람에게 달려가기로 했다.

* * *

출산 한 달 만에 스무 평짜리 오피스텔 임대 계약서를 선물로 준 범용은 그때부터 하루도 빠짐없이 독박 육아 중이다.

그는 창고와 차고를 개조한 작업 공간에서 보내는 새벽 시간을 제외하곤 모든 시간을 미준과 지현을 보살피는 데에 쓰고 있다.

첫 창간호가 나온 아침, 살자는 지현에게 말했다.

'축하해, 부. 오늘처럼 모든 너의 일을 응원할게. 힘들면 도울 거고, 필요하면 달려갈 거고, 그만두고 싶다고 하면 그것도 환영할게.'

말차가 어리고, 범용에게도 제 할 일이 있다는 것에 대한 지현의 부담을 그렇게 지워 주었다. 매일 아침 출근하고, 밤늦게 퇴근하는 일상 속에서 그녀가 지치거나 미안해하지 않을 수 있게 항상 용기를 주었다.

그러나 회사가 커질수록 그녀는 출장이 잦았고, 범용은 일 년이면 서너 달을 그림전을 위해 미준을 데리고 해외를 다녀야 했다. 아무리 틈틈이 사랑을 다져도 물리적인 시간이 부족했고, 무엇보다 한창 사랑을 받아야 하는 미준의 환경이 열악한 것도 사실이었다.

그러던 어느 날, 새엄마 수민이 나섰다. 곱기만 했던 그녀가 그날처럼 단호하고 고집스러웠던 적이 있었나.

시어머니와 지현을 불러 놓고 불같이 화낸 이유는 단 하나였다. 상사병처럼 손녀에 대한 들끓는 그리움으로 하루하루 병들어 가는 남편을 살리기 위해서였다.

일주일에 한 번은 가족 모임을 할 것이고, 가족이라면 누구도 빠질 수 없다. 수민은 그 의견을 관철시키기 위해 한 번도 어겨 본 적 없는 시어머니에게 협박을 내어 놓았다.

'꺾여 주세요, 어머니가. 저 사람 지현이 없이 일생을 살아요. 이제 자기 꼭 닮은 손녀까지 못 보게 하실 참이세요? 애간장 녹는 자식 사랑, 그게 어머니만 있겠냐고요. 저 사람에게 지현이도, 손녀 미준이도 다 그런 존재라는 걸 왜 모르세요.'

물론 할머니는 배신감에 크게 노했고, 언제나처럼 득병도 했다. 그러나 갖은 수가 먹히지 않자, 최후의 수단으로 아들 내외에게 선택을 강요했다.

아빠 형운은 숨도 쉬지 않고 지현과 손녀를 선택했다. 그렇게 수민의 주도하에 범용의 실행으로 이 동네에 이사 왔다. 서로 길 하나를 사이에 둔 이웃으로 두 가족의 전쟁 같은 동거가 1년째에 접어들었다.

일요일 점심, 함께 식사하는 것뿐만 아니라 수시로 오가며 일상을 공유했다. 지현보다 범용이 더 자주 처가에 다니며 두 가족의 사이가 한결 부드러워질 수 있었다.

지현과 범용이 동시에 바쁜 때가 오면 아빠 형운은 미준을 아예 데려가 며칠씩 지내기도 한다. 이제 어쩐지 은근히 범용의 바쁜 일정을 바라는 듯도 하다.

'저맘때 부지현 키울 때처럼 좋아. 그때 우리, 못 한 게 너무 많았거든. 다시 기회를 준 것 같아서 아빠가 딸한테 너무 고맙다.'

그 말씀에 지현은 또 위로받고, 그래서 할머니에게 조금은 너그러울 수 있었다. 무엇보다 미준에게는 탁월한 선택이었다.

그들이 사는 이 층 집은 푸른 벽돌로 지어진 그림 같은 곳이었다. 급히 이사를 결정했고, 본가와 가장 가깝다는 이유로 선택한 집이었기에 지현이나 범용의 취향이 반영된 곳은 아니었다.

단란한 가족 수에 비해 덩치가 너무 컸고, 솜씨 없는 사람이 관리하기엔 정원이 넓었다. 어쩔 수 없이 애써 가꿔 놓은 정원을 비우고 자갈을 채웠다.

그렇지만 범용이 장담한 대로 우리와 어울리지 않을 것만 같던 집은 어느새 그들의 일상으로 물들어 가고 있다.

미준의 자전거와 모래 놀이 장난감, 수민이 미준에게 선물한 래브라도 리트리버 '홍차'의 집이 그 넓던 마당을 차지하자 이제는 복작복작했다.

현관으로 오르는 돌계단에는 사랑스러운 미준의 물감 낙서가 있고, 전문가 범용의 실패에 가까운 리터치도 군데군데 남았다. 두 사람의 결혼기념일을 누르고 들어가는 현관 번호 키와 아이가 손을 찧는 바람에 아주 들어낸 중문 흔적이 현관에 있다.

오른발, 왼발 방향이 틀린 채 놓인 귀여운 플랫슈즈 옆에 역시 방향이 틀린 범용의 슬립온이 놓여 있다. 지현은 그 옆에 나란히 힐을 벗어 놓았다. 그녀 역시 일부러 방향을 틀리게 놓았다.

"말차! 엄마 왔는데!"

따뜻한 우리 집 냄새에 지현은 크게 숨을 들이켰다. 때늦은 크리스마스트리 꼬마전구만 밝혀진 거실의 형광등을 켜며 코트를 벗었다. 마당과 거실이 비어 있다면, 그림을 그리고 있었다고 했으니까 차고에 있을까. 올라오면서 불이 꺼진 것을 분명 확인했는데.

"선배?"

1층에는 인기척이 없다는 것을 확인한 지현은 2층으로 올라갔다. 부부 침실과 미준의 방이 모두 1층에 있어, 2층은 거의 쓸 일이 없다.

"아무도 없어요?"

복도 가장 안쪽의 방이 밝혀져 있다. 문틈으로 새어 나온 조명에 지현은 노크도 없이 문을 열었다.

쓰임이 없어서 그저 비워 뒀던 방. 그래서 열어 본 적이 거의 없는 방에 익숙한 풍경이 펼쳐져 있었다. 은은한 핀 조명 아래, 그들의 그림이 걸려 있다. 5년 만에 보는 그림.

"다섯 번째 0220이야. 축하해, 부."

그림 앞에 선 지현의 손에 깍지를 끼우며 선 범용이 속삭였다. 청혼하던 그날처럼 근사한 잿빛 슈트를 입은 그에게서는 은은한 샤워 젤 향기가 났다.

그녀를 위해 급히 씻고 준비한 이벤트인 모양이다. 귀 뒤로 길러 넘긴 머리카락에는 아직 물기가 조금 남아 있다.

"축하해요, 선배."

"그 선배라는 호칭 좀 어떻게 하자. 원 여사님이 우리 벼르고 있잖아. 여보, 당신이 싫으면 다른 거라도 하자."

지현은 새침하게 어깨를 으쓱하며 잘생겨서 위험한 남편의 어깨에 고개를 기댔다. 오랜만에 보는 그림을 조용히 들여다보며 그날 설레고 벅찼던 순간을 떠올렸다.

매해 이날은 희한하게도 매번 두 사람은 떨어져 있었다. 그가 해외에 있거나, 아니면 지현이 회사에 묶여 있거나.

작년에는 지현이 엄마 자형의 큰 수술 때문에 캐나다에 가 있었다. 한 번도 챙겨 보지 못한 두 사람의 특별한 결혼기념일. 그래서 안타깝기도, 또 애틋하기도 하다. 이런 날을 또 모르고 지냈다니, 많이 무안하고 미안했다.

"결혼기념일인 줄도 모르고 출장을 잡고 다녀왔네요. 미안해요."

"오늘이 안 되면 내일 했으면 되는 거지, 축하는."

깍지 낀 손을 올려 그녀의 손등에 입을 맞춰 주는 살자에게 지현이 물었다.

"근데 말차는요?"

"어머님이 데리고 갔어, 홍차랑 같이."

"이것도 미리 작정하고?"

"이 맛에 처가 옆에 사는 거지. 우리 착한 말차는 원 할머니와 보쌈을 나눠 먹고 있을 거야."

"아깝다, 그거 보고 싶은데!"

그는 깍지 낀 손에 사나운 힘을 주어 주의 경고를 주었다.

"빈말이라도 날 더 보고 싶다고 해야지."

대답 대신 소리 내어 웃었다. 잡은 손의 손바닥을 간질이는 감촉을 음미하며 잠시 그렇게 서 있었다.

"나 궁금한 게 있어요."

"응."

"이거 다음 식순이 어떻게 되나요? 결혼기념일 이벤트는 처음이라."

그녀를 당겨 허리에 팔을 두른 범용은 이마에 입을 촉 맞춰 왔다. 더 짙어진 그의 체취에 지현도 두 눈을 질끈 감아 음미했다.

"원래는 네가 좋아하는 양고기를 사 놨고, 시즈닝도 해 뒀지. 콜리플라워 샐러드 거리는 사 놨지만 아직 손질 전이고, 구워서 곁들이려고 브리 치즈도 주문해 놨어. 참, 아버님이 챙겨 준 꽤 비싼 와인도 있어. 아직 주문한 애나벨 꽃다발이 도착하지 않았지만, 그것까지."

"근데?"

"네가 일정과 달리 일찍 출발한 덕분에 나 씻을 시간밖에 없었어."

지현은 그림을 등지고 그의 앞에 섰다. 셔츠 위에 두 손바닥을 대어 따뜻한 체온을 즐겼다.

"음, 그러니까…… 오늘의 만찬은?"

"나밖에 없는 거지."

"훌륭하네요, 메인 디쉬."

각진 슈트 핏을 좋아하는 지현의 취향을 고려한 성장은 벗기지 않는 것이 좋겠다.

"통째로 먹어야겠어요. 오늘 내가 아무것도 못 먹었거든요."

"저런. 요즘 자주 굶네? 마음 아프게."

범용은 지현의 은근한 손길을 떼어 그의 목에 두르게 했다. 그리고 밀착한 그녀의 몸을 밀어 그림이 붙은 벽 옆에 붙였다.

"응, 요즘 입맛이 많이 없어요. 선배가 날 좀 채워 줘야겠어요."

그녀는 그의 허리 아래를 더듬어 몸집을 잔뜩 키운 페니스의 기둥을 확인했다. 두 사람은 동시에 만족스러운 한숨을 내쉬었다. 범용은 바지 위를 쓸기 시작한 지현의 손목을 잡아 떠나지 않게 단단히 고정시키고, 그녀의 목덜미를 지분거렸다.

"뜨거울 때 먹어, 식기 전에."

그의 섹시한 음성이 짜르르 몸통을 채워 울리고, 거짓말처럼 입 안에 침이 고인다. 지현은 그의 입술을 찾아 다급하게 키스를 시작했다.

메인 디쉬에 곁들이는 진하고 부드러운 와인처럼, 그를 갈급하게 마셨다. 언제나 그녀를 배려하던 그도 오늘은 더 적극적인 몸짓이다.

"어이쿠, 체하겠어요."

팬츠 지퍼를 열어 한 겹 더 가까이 페니스를 쥐었다. 단단하게 뻗치고 있는 기둥을 꽉 쥐자, 그는 그녀의 입술을 문 채로 신음했다. 지현은 급히 스커트를 올려 손가락 하나로 속옷을 내려 벗었다.

"지금이에요."

그제야 바닥에 떨어진 검은색 란제리를 본 범용은 험악하게 이맛살을 구겼다.

"방으로 가자."

"지금이래도?"

그의 허리를 당겨 몸을 도로 붙였다. 그리고 잘 데워진 그의 페니스를 직접 꺼냈다. 흐트러진 데 없이 성장한 두 사람 사이에 헐벗은 그의 페니스. 그것을 붙들고 잔악하게 비트는 손길.

"콘돔이……."

"필요 없어요."

마구 흔들리는 범용의 동공에 대고 지현이 한 번 더 쐐기를 박았다.

"당장. 넣어요!"

벽에 탁! 하고 밀쳐진 지현은 만족스럽게 미소 지었다. 그가 우악스럽게 그녀의 스커트를 걷어 올리고 한쪽 다리를 그의 팔뚝에 걸었다. 그리고 그는 단박에 박혀 왔다.

이미 넘쳐흐르는 그녀의 안에 들어와 잠시, 그렇게. 두 사람은 서로를 그득 느꼈다. 그가 푹푹 박히는 소리를 내며 움직인 건 지현의 격한 소감을 들은 직후였다.

"어떡해…… 오늘 달랑 한 끼만 주고 끝낼 거예요?"

서두르지?

* * *

말간 피부 위로 피어난 지현의 홍조가 예뻐서 범용은 연신 보드라운 그녀의 볼과 귓볼에 입을 맞췄다. 그가 가닿는 자리마다 피어나는 꽃인 것만 같다.

그녀가 샤워하고 나온 사이 도착한 애나벨 꽃다발에서 꺼낸 한 송이를 들고 감상 중인 아내에게 범용이 물었다.

"목걸이라도 살 걸 그랬지?"

"작고 반짝이는 건 내 취향 아니라니까요? 선배만으로 충분해, 아직 밤인 것도 행복하고."

자의든 타의든 자꾸만 그냥 넘어가게 되는 결혼기념일을 그도 신경 쓰고 있었다. 특히 이번에는 간단히 넘어가고 싶지 않았다.

요즘 들어 더 지쳐 보이는 것이 마음에 걸렸기 때문이었다. 샤워 가운 사이로 드러난 빗장뼈, 어쩐지 날이 갈수록 더 야위는 것도 같다.

"무리하지 말아야 해, 알지? 힘들면 언제든 기브 업 하기로 한 것, 잊지 않았지?"

"응. 나 쉽게 포기하라고 선배가 그림 열심히 그리는 거라고……."

젖은 머리카락 한 가닥이 수건에서 빠져나와 목덜미를 적시고 있었다.

"머리, 말려 줄까?"

"조금만 이러고 있다가요. 씻었더니 나른해요."

밤이 짧다고 칭얼댄 사람치고, 너무 이르게 졸려 하는 것만 같아 서운해진다.

"밥 먹고 자야 해."

"또 먹어?"

눈을 감은 채로 쿡쿡거리는 여자가 귀여워 범용은 안아서 제 무릎 위에 앉혔다. 나른하다는 말이 진짜였는지 지현은 사지에 힘을 풀어 고분고분 그의 손길에 응했다. 아까 자신을 채워 달라고 도발하며 사뭇 거칠었던 몸짓과는 달리.

"나도 선배한테 선물 있어요."

지현은 그의 어깨에 머리를 대고 꽁알꽁알 속삭였다.

"선물 받기 전에 진짜 우리 호칭 바꿔야 해. 말차도 날 선배라고 불렀던 거 알지?"

귀여운 말차의 첫 말은 엄마도, 아빠도 아닌 '빼'였다.

"음, 그럼 말차 아빠는 어때요?"

"미준 아빠, 말차 아빠?"

누구누구 아빠라고 하는 게 적당한 호칭인지는 모르겠다. 그래도 나쁜 기분은 아니었다. 지현은 그의 목에 따뜻한 손을 둘러 더 따뜻한 볼을 묻으며 또 제안했다.

"아니면 애나벨 아빠는?"

"어?"

"······겨울이 아빠. 봄이 아빠."

"······부?"

"이번엔 늦지 않게 지어서 불러 주고 싶어요. 우리 말차가 태명이 몇 갠지 알죠? 늦된 엄마 때문에 태명만 수십 개잖아요."

범용은 지현의 손을 풀고 그녀의 얼굴을 보았다.

"지현아?"

그녀는 눈을 감은 채로 미소를 짓고 있었다.

"아니면, 브리 아빠?"

"말해 봐."

"아니다. 선물이 아빠."

눈을 번쩍 뜨더니 정말 마음에 드는지 방긋 웃는 것이다.

"예쁘다, 선물이. 그죠?"

범용은 떼어 놓았던 그녀의 얼굴을 다시 품에 가두고 꼭 껴안았다.

"진짜야?"

"어제 부산에서 컨디션이 너무 안 좋아서. 병원에 갔다가 알았어요. 이번에도 나는 바로 알아채지 못했지만, 그래도 말차 때보다는 빨라. 이제 10주 정도 됐대요."

그래서 입맛이 없었던 건 줄도 모르고, 유난히 기운 없던 것도 눈치챘건만.

"고마워, 선물."

"나도 고마워요, 선물."

너무 느리고, 어리다고 거듭 그에게 사과하지만, 범용은 그저 그녀가 기특하고 사랑스러울 뿐이다 누구보다 착실하고, 진실되게 제 삶을 사는 여자 옆에서 그도 숨김없이 삶을 사랑하게 되었으니까.

"선물이 태어나면 이번엔 내가 아이들이랑 있고 싶어요. 매거진, 민환이한테 잠시 맡기고 선배랑 말차랑 선물이 옆에서 지낼래. 선배는 네 식구 되었으니까 더 치열하게 그림 그려요."

"뭐든 네가 원하는 대로."

네가 원하는 그것이 바로 그가 원하는 바라고 했던 첫 고백처럼. 오늘도 그는 기꺼이 그렇게 하라고 말할 것이다.

"아 참. 선배라고 하지 말랬지? 뭐라고 하지? 선물이 아빠라고 하면 말차가 서운하고, 말차 아빠라고 하면 선물이가 서운할 텐데."

"마음대로 불러. 뭐든 상관없어."

원 할머니, 알 게 뭐야.

그의 격한 저항에 지현이 소리 내어 웃음을 터뜨렸다. 범용의 목을 더 꼭 끌어안더니, 또 품을 떼고 그의 두 볼을 잡으며 눈을 맞춘다.

"선배."

"응."

"선배……."

느른하고 충만해 보이는 그녀의 두 눈을 보며 범용도 불렀다.

"부."

"네, 선배."

지나온 날들보다 더 애틋하고 깊은 사랑으로.

"부."

"······네."

서로를 부르며 눈을 맞추는 이 고백들이 쌓여 갈수록 깊어지는 사랑이라 믿어 의심치 않으며 우리는.

"선배."

"부."

오늘도, 내일도.

어쩌면 영원을 살며.

"부."

"······응, 선배."